Sabine Städing

Magnolia Steel – Hexennebel

Boje

Weitere Titel der Autorin:

Magnolia Steel – Hexendämmerung
Magnolia Steel – Hexenflüstern
Anna und die flüsternden Stimmen

Titel in der Regel auch als E-Book erhältlich

Sabine Städing

Magnolia Steel

Hexennebel

Boje

MIX
Papier aus verantwortungsvollen Quellen
FSC
www.fsc.org
FSC® C014496

Dieser Titel ist auch als E-Book erschienen

Originalausgabe in neuer Ausstattung

Umschlaggestaltung: Dorothee Mahnkopf
Innenillustrationen: Gisela Kullowatz
Satz: Helmut Schaffer, Hofheim a. Ts.
Gesetzt aus der Warnock Pro
Druck und Einband: GGP Media GmbH, Pößneck

Printed in Germany
ISBN 978-3-414-82466-0

5 4 3 2 1

Sie finden uns im Internet unter: www.boje-verlag.de
Bitte beachten Sie auch: www.luebbe.de

Für Andreas,
der mich bei all meinen Vorhaben
unterstützt

Prolog

Professor Benjamin Schnuck war kein ängstlicher Mann. Sonst wäre er sicher nicht in die Mansardenwohnung unter dem Dach seines Museums gezogen. In eine Wohnung, deren nächste Nachbarn ägyptische Mumien, mongolische Reiterkrieger und ein sechs Meter hoher Tyrannosaurus Rex waren. Nein, ängstlich war Professor Schnuck nicht. Im Gegenteil, er hatte es sich zur Gewohnheit gemacht, nach Museumsschluss einen letzten Rundgang durch alle Abteilungen zu machen, um sich zu vergewissern, dass die Fenster geschlossen und die Alarmanlagen eingeschaltet waren, bevor er sich in seiner Wohnung an den Schreibtisch setzte und mit dem Übersetzen maurischer Texte begann. Professor Schnuck war eine Koryphäe auf dem Gebiet der Ägyptologie und ein gefragter Experte alter Schriften.

Auch am heutigen Abend drehte er noch eine letzte Runde durch das Museum. Nachdenklich blieb der Professor vor den hohen Flurfenstern stehen und blickte durch die blanken Scheiben zu einem milchigen Mond hinauf. Es war seltsam, welche Streiche einem die Ohren mitunter spielten, wenn man allein und alles um einen herum völlig still war. Gerade glaubte er, Schritte zu hören. Leise, tappende Schritte. Lauschend drehte er sich um. Nichts. Natürlich nicht!

Gemächlich setzte er seinen Rundgang fort und schaute auch noch einmal bei den ägyptischen Mumien vorbei. Auch hier schien alles in bester Ordnung. Kanopen, Amulette und andere Schätze standen sicher verwahrt hinter verschlossenen Vitrinen, und auch die Sarkophage lagen säuberlich in Reih und Glied nebeneinander. Alles Zeugen einer längst vergangenen Zeit.

Es war nur ein Gefühl, das den Professor innehalten und die Deckenbeleuchtung einschalten ließ. Irgendetwas stimmte nicht. Prüfend ließ Professor Schnuck seinen Blick durch den Raum gleiten. Tatsächlich! Der Deckel eines Sarkophags war verrutscht, sodass eine handbreite Öffnung zu sehen war. Das war wirklich ungeheuerlich. Gleich morgen früh würde er Herrn Sparbier, den Museumswärter, zur Rede stellen. Wieder und wieder predigte er seinen Mitarbeitern, gerade die ägyptische Abteilung im Auge zu behalten. Es war schließlich kein Geheimnis, welche Faszination die alten Mumien auf lebende Menschen ausübten. Es mussten mindestens drei Männer angepackt haben, um den schweren Deckel anzuheben, und so etwas durfte einfach nicht unbemerkt bleiben! Ärgerlich schaltete Professor Schnuck das Licht wieder aus und stieg die schmale Treppe zu seiner Wohnung hinauf. Er schlüpfte aus seinen Schuhen, kochte sich in der Küche einen Becher Jasmin-Tee und setzte sich mit der dampfenden Tasse an seinen Schreibtisch. Seit Tagen beschäftigte er sich mit einem äußerst interessanten Text der Sarazenen. Es ging darin um eine Rezeptur, mit deren Hilfe man das ewige Leben erlangen konnte. Im Schein seiner Schreibtischlampe versank das Zimmer um ihn herum in dunkle Schatten, und der Professor tauchte ein in die geheimnisvolle Welt der alten Schrift.

Plötzlich glaubte er, ein leises Klingeln zu hören. Wie Schellen an einem Glockenbaum. Der Professor blickte kurz von seiner Arbeit auf und schüttelte den Kopf. Tappende Schritte, klingelnde Glöckchen, er musste wirklich einmal seine Ohren untersuchen lassen. Vielleicht arbeitete er einfach zu viel. Gerade beugte er sich wieder über seinen Text, als er erneut ein Geräusch vernahm, das in seiner Wohnung nichts zu suchen hatte. Es kam aus der Küche und erinnerte ihn an einen tropfenden Wasserhahn. Patsch – patsch – patsch. Unwillig stand der Professor auf. Was war denn heute Nacht bloß los? Hatte er etwa vergessen, den verflixten Hahn zuzudrehen? Mit Schwung betrat er die Küche und blieb wie angewurzelt stehen. Eine grüne, schleimige Masse tropfte aus dem Wasserhahn und sammelte sich in der Spüle. Überrascht trat der Professor näher. Was zum Teufel war das?

Er sollte es nicht erfahren, denn das schleimige Etwas tropfte bereits über den Rand zu Boden und glitt lautlos wie eine Schlange zur Tür hinaus, weiter über den Flur, bis ins Arbeitszimmer.

Fassungslos folgte Professor Schnuck dem unheimlichen was-auch-immer-es-war, und blieb erneut wie angewurzelt stehen. Er blickte geradewegs in die Mündung einer altertümlichen Pistole. Das musste ein schlechter Scherz sein, anders konnte sich Professor Schnuck das, was er dort sah, nicht erklären.

Auf seinem Schreibtisch saß ein kleinwüchsiger Mann mit Schnabelschuhen und Narrenkappe und grinste ihn höhnisch an. In der einen Hand hielt er die Pistole, in der anderen einen goldenen, mit Edelsteinen verzierten Pokal.

»Tretet näher!«, verlangte der Gnom.

Zögernd setzte der Professor einen Fuß vor den anderen.

»Halt! Das ist nah genug!« Der Gnom reichte ihm das Gefäß. »Trinkt!«, befahl er.

Der Professor wurde so grün wie der Inhalt des goldenen Pokals.

Erstes Kapitel
Bollwark

Frühling lässt sein blaues Band wieder flattern durch die Lüfte ...

Missmutig streckte Magnolia ihren Kopf aus dem Fenster des Turms, in dem sie nun schon seit über einem Jahr wohnte, und rümpfte die Nase. Traurige Tatsache war, dass hier nichts flatterte, was in irgendeiner Weise mit dem Frühling zu tun hatte. Gewiss, Tante Linette hatte in grenzenlosem Optimismus ihre langen gerüschten Unterhosen im Garten zum Trocknen aufgehängt, aber das zählte nicht, fand Magnolia. Die Sache mit dem Top und den Flip-Flops konnte sie für die nächsten Wochen getrost vergessen, denn zu allem Überfluss wehte jetzt auch noch ein eiskalter Wind.

Magnolia schloss schnell das Fenster und stopfte lustlos die magischen Schulbücher in ihren Rucksack. Heute war Dienstag, und das bedeutete Nachmittagsunterricht bei Runa Rickmoor. Irgendwo weit draußen auf einer Hallig mitten in der Nordsee. Sie blickte verächtlich auf das Buch in ihrer Hand. Hinter so lustigen Titeln wie »Feuerwerk der guten Laune«, »Rodeo für Hexen« oder »Die wunderbare Welt der Schimmelpilze« versteckten sich gar nicht so lustige Kapitel, wie »Bewegungsdiagramme von Kugelblitzen«, »Elementare Stoffe und deren chemische Verbindungen« oder »Verkehrsregeln für fliegende Hexen«. Nur die wunderbare Welt der Schimmelpilze hielt, was der Titel versprach. Magnolia schulterte seufzend ihren Rucksack, stieg die steile, enge Treppe hinab und machte sich auf die Suche nach Tante Linette.

Linette Kater war eine Hexe im besten Sinne des Wortes. Sie war Heilkundige und weise Frau in einem. Die Bewohner Rauschwalds kamen zu ihr, wenn sie ein Pülverchen gegen Liebeskummer brauchten, einen kurzen Blick in die Zukunft werfen wollten oder wenn sie wieder mal das Rheuma plagte. Über mangelnde Beschäftigung konnte Linette sich nicht beklagen. Die Geschäfte liefen gut.

Darüber hinaus genoss sie auch in der magischen Welt ein hohes Ansehen. Sie war Angehörige des Hexenrates und ein äußerst geachtetes Mitglied der nationalen und internationalen Hexenzunft.

Wie so oft fand Magnolia ihre Tante in der Küche. Sie stand mit mehligen Händen vor einem riesigen Herd und war gerade dabei, einen knusprigen Laib Brot herauszuziehen. Sofort lief Magnolia das Wasser im Mund zusammen. Es gab auf der Welt nichts Leckereres als dieses Brot. Und dazu den Kräuter-Dip ihrer Tante, hergestellt aus Sauerrahm, Knoblauchrauke und anderen Kräutern aus ihrem Hexengarten.

»Ich wünschte, ich könnte Runas Unterricht heute sausen lassen. Ist sie eigentlich niemals krank?«, fragte Magnolia mürrisch. Ihre Tante klatschte neuen Teig auf die bemehlte Tischplatte und drehte sich lächelnd zu ihrer Nichte um. »Nicht dass ich wüsste, Täubchen! Wäre ja auch noch schöner, wenn eine Watthexe bei jedem Lüftchen umknicken würde wie ein verwitterter Strohhalm.«

Magnolia grinste schief. Natürlich, Runa hatte einen Kern aus Eisen. Das Reizklima und der raue Wind der Nordsee schienen für sie eine Art Frischzellenkur zu sein. Und damit ihre Schüler ebenfalls nicht verweichlichten, bestand sie darauf, die wöchentlichen Unterrichtsstunden bei sich zu Hause abzuhalten. Bei Wind und Wetter ließ sie die sechs Schüler auf ihrer Hallig Bollwark antanzen. Dass die Anreise lang und nicht ganz ungefährlich war, interessierte sie herzlich wenig.

Vor dem Haus waren auf einmal Stimmen zu hören und kurz darauf wurde auch schon geläutet.

»Das müssen Jörna und Ronda sein«, sagte Magnolia, während sie zur Tür ging, um zu öffnen. »Bis heute Abend, Tante Linette. Ich bin dann mal weg.«

»Viel Spaß und fleißig die Ohren spitzen!«, rief ihre Tante, während sie den Teig zu einem neuen Laib Brot formte.

»Hi, kommt herein!« Magnolia hielt ihren Freundinnen Jörna und Ronda die Haustür auf. »Ihr seid spät dran.«

»Kein Wunder«, antwortete Jörna und putzte sich die Nase. »Wir mussten die ganze Zeit gegen den Wind fliegen. Baldur wurde mit jedem Kilometer langsamer und langsamer.«

»Dann freut euch schon mal auf das offene Meer«, sagte Ronda.

Magnolia ging zu dem alten Bauernschrank, der in Tante Linettes Diele stand, und hielt ihren Hexenfreundinnen die Schranktür auf. »Nach euch!«, sagte sie.

Ein Mädchen nach dem anderen verschwand zwischen Besenstielen und dicken Jacken. Magnolia musste grinsen, als sie daran dachte, wie lange sie geglaubt hatte, ihre Tante würde es lieben, stundenlang in dem Schrank zu sitzen. Nicht im Traum war ihr eingefallen, dass der Schrank der Zugang zu einem geheimen Gang war, der das Zwergendorf Hackpüffel mit dem Haus ihrer Tante verband. Ein kalter Luftzug fuhr ihr ins Gesicht, und kurz darauf waren Jörna und Ronda verschwunden. Schnell griff Magnolia nach ihrem Besen Huckebein und sprang ebenfalls auf die inzwischen blank polierte hölzerne Rutsche. Blitzschnell sauste sie hinab in den geheimen Gang und landete Sekunden später neben ihren Freundinnen auf dem ausgetretenen unterirdischen Pfad.

»Und jetzt Tempo!«, rief Jörna. »Sonst fährt die Gondel ohne uns ab.« Die Mädchen verfielen in einen schnellen Trab, und das, obwohl es neben ihnen schier endlos in die Tiefe ging und es nichts weiter gab als ein dünnes Hanfseil, an dem sie sich zur Not hätten festhalten können. Nachdem sie die morsche, frei schwingende Brücke passiert hatten, erreichten sie erneut das Ende einer hölzernen Rutsche. Magnolia setzte sich darauf, klopfte sich dreimal gegen den Kopf, und schon wurde sie von einer unsichtbaren Kraft die Rutsche hinaufgerissen. Schnell stieß sie die Tür im Stamm der mächtigen Rotbuche auf, die auf dem Marktplatz von Hackpüffel stand, und trat hinaus. Ronda und Jörna folgten ihr.

Hier war das Wetter sogar noch schlechter als zu Hause. Es nieselte, und die Straßen in dem Zwergendorf sahen bei diesem Wetter genauso trostlos aus wie überall anders auch. Hinter den Fenstern der runden, strohgedeckten Häuser leuchteten die Lichter, und Magnolia konnte sich gut vorstellen, wie behaglich es sich vor dem knisternden Feuer mit einer Tasse heißer Schokolade saß.

»Nicht für uns, meine Liebe. Auf uns wartet Runas zugige Hütte. Also los!« Jörna gab ihr einen gutmütigen Stoß, und Magnolia sah sie empört an. Sie konnte es nicht ausstehen, wenn man ihre Gedanken las.

Die drei jungen Hexen setzten sich zum Schutz vor dem Regen ihre Hüte auf und eilten mit gesenkten Köpfen durch das Dorf. Glücklicherweise war es bis zum Eingang des Stollens, der zu dem unterirdischen See führte, nicht mehr weit. Schnell stiegen sie die feuchten Stufen hinab und erreichten gerade noch rechtzeitig die schwarze venezianische Gondel, die sie ans Meer bringen sollte. Beherzt sprangen die drei Junghexen an Bord. Milauro, der Gondoliere, schnaubte verächtlich. Bis heute war er Magnolia nicht geheuer, und unter keinen Umständen wäre sie allein zu ihm ins Boot gestiegen. Er war ein Unterirdischer, einer jener schaurigen Gesellen, deren Vorfahren einst von den Menschen verstoßen worden waren. Und die nun allein in den verlassenen Bergwerksstollen der Zwerge hausten. Unterirdische mieden das Tageslicht und trauten sich nur nachts hinauf auf die Erde. Es hieß, sie seien mit dem Teufel im Bunde.

»Setzt euch«, knurrte Milauro und legte im selben Moment auch schon ab. Die Gondel setzte sich schaukelnd in Bewegung, und Magnolia landete unsanft auf Nemos Schoß.

»Sitzt du wenigstens bequem?«, fragte er und verdrehte die Augen.

»'tschuldigung«, murmelte Magnolia.

Nemo von Zingst war ein ekelhafter Angeber. Sein Spott war gefürchtet, und niemand wagte es, sich ernsthaft mit ihm anzulegen.

Lautlos glitt die schwarze Gondel durch die unterirdischen Wasserläufe in Richtung Meer, nur eine kleine Laterne an ihrem Bug sorgte für funzeliges, trübes Licht. Milauro brauchte sein ganzes Geschick, um die Gondel sicher durch die sich windenden Kanäle zu steuern, deren Strömung immer stärker wurde, je näher sie dem Meer kamen.

Für Magnolia war das nichts Neues. Sie lehnte sich schweigend zurück und betrachtete unauffällig ihre Mitschüler. Ein seltsamer Haufen hatte sich hier zusammengefunden. Eher eine Zweckgemeinschaft als richtige Freunde. Kurz nach der Hexenweihe auf dem Blocksberg waren sie noch zu siebt gewesen. Aber Daphne, die Sumpfhexe, war wenig später mit ihrer Mutter nach Florida gezogen. Jetzt waren sie also nur noch zu sechst. Da war Ronda Regenguss, die ängstliche kleine Gebirgshexe, die sie zusammen mit Jörna von zu Hause abgeholt hatte. Dann Eugenie, das blasse schwarzhaarige Mädchen, das ihr gegenübersaß und sich einen Spaß daraus machte, sie aus stumpfen roten Augen anzustarren. Sie war eine Banshee, eine Todesfee, und mindestens genauso eingebildet wie Nemo. Menschen, denen sie sich zeigte und die sie zu lange anblickte, mussten sterben, und Eugenie ließ keine Gelegenheit aus, ihren Todesblick auszuprobieren. Einen alten Küster hatte es bereits das Leben gekostet! Magnolia erwiderte gleichgültig ihren Blick. In ihren Adern flossen selbst ein paar Tropfen Bansheeblut, und Eugenies Blick verursachte bei ihr nicht mehr als das Gefühl, etwas Sand im Auge zu haben. Mit einem kleinen Lächeln wandte sich die Banshee von ihr ab und versuchte ihr Glück bei Jörna.

»Hör damit auf, Bäääänschiii! Oder ich versenge dir deine rabenschwarzen Haare«, zischte die.

Magnolia grinste. Jörna war ihre beste Freundin und eine echte Kaminhexe. Mit ihren leuchtend roten Locken und den blitzenden grünen Augen konnte sie überhaupt nichts anderes sein. Zusammen hatten sie ein paar unglaubliche Abenteuer bestanden. Magnolias Blick wanderte weiter zu Konrad Korona. Er war der Kleinste von ihnen, sogar noch kleiner als Ronda, aber das störte ihn nicht. Konrad war zwar schon vierzehn, aber noch ein richtiges Kind. Er wuchs bei seiner Großmutter auf und ließ sich von ihr ganz sicher auch noch füttern.

»Guck gefälligst woanders hin!«, quietschte Nemo. Er meinte Eugenie, und wäre er nicht so ekelig arrogant gewesen, hätte er Magnolia vermutlich leidgetan. Seine Hormone spielten auch mit sechzehn noch verrückt. Mal plagten ihn Heerscharen von Pickeln, dann waren Schweißausbrüche das Problem, und seine Stimme wusste auch nicht so recht, ob sie nun piepsen oder brummen sollte.

»Achtung!« Es gab einen Ruck und ein scheußlich knirschendes Geräusch. »Verdammt!« Milauro hatte alle Hände voll damit zu tun, die Gondel zu stabilisieren, denn um ein Haar hätten sie die Abzweigung zum stillen Wasser verpasst und wären schnurstracks aufs Meer hinausgespült worden. Jetzt legten sie an dem unterirdischen Bootssteg an, und Milauro sprang heraus, um sich den Schaden an der Gondel anzusehen. Schnell machten Magnolia und die anderen, dass sie davonkamen. Sie hatten keine Lust, ihn wütend zu erleben.

»Bis heute Abend«, rief Konrad unverdrossen. Er erntete jedoch nur einen eiskalten Blick und seine Mitschüler zogen ihn energisch weiter.

Am Strand stiegen die Hexen und Jungmagier auf ihre Besen, riefen: »Nach oben hinaus und nirgends an!« Und schon stiegen sie senkrecht in die Luft.

»Auf die Rickmoor Hallig, nach Bollwark«, flüsterten sie ihren Besen zu, und ab ging die Post. Der Wind hatte um ein paar Stärken zugelegt, und sie mussten sich gut festhalten, um nicht seitlich herunterzurutschen. Eine Weile flogen sie schweigend nebeneinander her, dann sah Magnolia sich um. Natürlich! Eugenie war weit hinter ihnen zurückgeblieben. Sie hatte wahnsinnige Höhenangst, und die Flüge über das Meer waren für sie die reine Hölle.

»Wartet!«, rief Magnolia gegen den Wind.

Die anderen Hexen und Magier zügelten ihre Besen und sahen sich um. »Jetzt komm schon, Eugenie!«

»Geht es vielleicht auch schneller? Ich habe keine Lust, wegen dir in einen Gummibaum verwandelt zu werden«, schimpfte Nemo.

Magnolia gab ihm recht. Ihre Lehrerin Runa hasste Verspätungen und reagierte darauf ausgesprochen empfindlich. Wegen einer bummeligen Viertelstunde hatten sie neulich als Topfpflanzen am Unterricht teilnehmen müssen. Es war erbärmlich gewesen, wie sie da so sinnlos auf der Fensterbank und in den Zimmerecken herumgestanden hatten. Außerdem war Magnolia zu einem »fleißigen Lieschen« mutiert. Und das passte ja nun überhaupt nicht zusammen. Unbehaglich sahen sich die Hexen und Magier an. »Beeil dich, Eugenie!«

Etwas grün um die Nase holte die Banshee auf, und wenig später lag unter ihnen im schäumenden grauen Meer Runas Hallig. Die Salzwiesen standen bereits unter Wasser, aber das war zu dieser Jahreszeit nichts Besonderes. Sie landeten auf der Warft, der zweihundert Jahre alten Bauernkate und brauchten nicht einmal anzuklopfen. Denn die Watthexe hatte bereits ungeduldig gewartet und öffnete ihnen prompt die Tür. Runas ganze hagere Gestalt drückte ihren Unmut darüber aus, dass sie schon wieder auf den letzten Drücker hereinwehten. Die Augen in ihrem walnussartigen Gesicht schienen sie bei lebendigem Leib zu durchbohren.

»Fünf vor vier. Das war knapp!«, schimpfte sie und deutete mit dem Kopf auf die große Standuhr, die in ihrer niedrigen dunklen Diele stand.

»Es lag am Sturm«, versuchte Konrad eine Erklärung. Doch Runa zog nur grimmig die Augenbrauen zusammen.

»Schweig!«, befahl sie. »Und sei froh, dass ich euch nicht dem blanken Hans zum Fraß vorwerfe.«

»Blanker Hans?«, stotterte Ronda.

Verächtlich sah Runa sie an. »So nennt man eine Sturmflut, Mädchen! Was seid ihr bloß für erbärmliche Landratten.«

»Ist sie nicht süß?«, flüsterte Jörna.

Magnolia mochte das Hallighaus nicht. Es war dunkel, feucht und roch nach Fisch und getrocknetem Seetang. An den Wänden hingen knöcherne Haifischkiefer, und die winzigen Fenster ließen auch bei Sonnenschein kaum einen Lichtstrahl herein. Magnolia fühlte sich wie lebendig begraben. Sie folgte den anderen in das Schulzimmer im hinteren Teil des Hauses. Das Mobiliar musste Runa aus einem Museum gestohlen haben, so mittelalterlich, wie die dunkelbraunen Pulte wirkten, an denen sie während des Unterrichts sitzen mussten. Genauso vorsintflutlich war Runas Unterrichtsstil. Obwohl es in Hexenkreisen unüblich war, bestand sie darauf, in den Unterrichtsstunden mit Sie und Frau Rickmoor angesprochen zu werden. Sie stand reglos vor der Klasse, hielt endlose Monologe und ließ die Schüler besonders wichtige Formeln im Chor wiederholen. Es war sterbenslangweilig. Trotzdem musste man sich davor hüten, einfach wegzudämmern oder auch nur für einen winzigen Moment aus dem Fenster zu schauen. Für solche Fälle hatte Runa einen dünnen, langen Rohrstock. Sie hielt ihn wie ein Florett in der Hand und zögerte keine Sekunde, ihn auch zu benutzen. Es war ein ekelhaftes Geräusch, wenn er durch die Luft pfiff. Mit Glück erwischte er nur das Pult, mit Pech traf er eine Schulter oder einen Arm.

Heute Nachmittag war es noch dunkler als gewöhnlich. Der Wind trieb schwere Wolken über das Meer und drückte die auflaufende Flut bis an den Warfthügel heran. Magnolia hatte immer ein mulmiges Gefühl, wenn das Wasser stieg, obwohl sie wusste, dass sie in Runas Hütte nichts zu befürchten hatte. Heute übten sie sich im Gedankenlesen. Und diese Fähigkeit war wirklich mal nützlich! Außerdem lernten sie, die eigenen Gedanken gegen fremde Lauschangriffe zu blockieren. Und, was genauso wichtig war, eine solche Blockade zu erkennen. Denn nicht allen Wesen sah man an, ob sie über die Gabe des Gedankenlesens verfügten.

Runa klatschte in die Hände. »Bildet Paare und setzt euch mit den Rücken zueinander«, verlangte sie. »Einer von euch ist der Denker, der andere ist der Lauscher. Ziel ist es, die anderen Gedanken zu belauschen, während man die eigenen Gedanken blockiert. Wer es sich zutraut, kann versuchen, die Blockade des anderen zu durchbrechen. Fangt an!«

Natürlich bildeten Magnolia und Jörna ein Paar. »Ich bin der Denker«, sagte Jörna.

»Meinetwegen, fang an!«, sagte Magnolia und konzentrierte sich auf Jörna hinter ihrem Rücken. Zuerst nahm Magnolia ein Knistern wahr, dann hörte sie ein Rauschen. Fast so, als würde man im Radio einen Sender suchen. Langsam schälten sich Jörnas Gedanken heraus. Magnolia konnte sie nur undeutlich hören.

»Hass was Neander stört.« HÄ?? Jörna lächelte sie an.

»Denk noch mal, aber einen richtigen Satz!«, verlangte Magnolia.

Und Jörna dachte. »Hass was Neander stört?«

Magnolia sah sie ratlos an.

»Und, was habe ich gedacht?«

»Hass was Neander stört?«, fragte Magnolia vorsichtig. Jörna brach in schallendes Gelächter aus, und Magnolia sah sie böse an.

»Quatsch!«, sagte Jörna. »Ich habe gedacht: Hast du was von Leander gehört?«

»Psst!« Magnolia wurde rot. »Das muss ja nicht gleich jeder mitkriegen, oder? Es klang jedenfalls ziemlich genuschelt.«

»Dann solltest du noch etwas üben«, schlug Runa vor, die gerade bei ihnen vorbeikam. »Beim Zahnarzt, an der Käsetheke im Supermarkt oder einfach nur auf dem Schulhof. Es gibt tausend Gelegenheiten.«

Magnolia sah Jörna an und verdrehte die Augen. Runa hatte natürlich mitgehört. Die Watthexe klatschte erneut in die Hände. »Partnerwechsel!«

Zack! Magnolia hatte noch nicht einmal den Kopf gedreht, da saß auch schon Nemo von Zingst hinter ihr. Sie konnte ihn riechen. Er tat so, als würde er sich umsehen, und sagte dann erstaunt: »Oh, es sieht aus, als müssten wir zwei zusammen …«

Magnolia seufzte. »Ja, sieht so aus, fang an!«

Sie saßen mit den Rücken zueinander, und Magnolia konzentrierte sich auf Nemos Gedanken. Zuerst setzte wieder das bekannte Rauschen und Knistern ein, dann aber hörte sie seine Gedanken laut und deutlich. »Ich wäre gern der Grund deiner schlaflosen Nacht, Baby!«, dachte er mit tiefer Stimme.

»Iiiiiih!!!« Magnolia fuhr herum. »Wünsch dir das nicht!«, fauchte sie wütend. Die anderen sahen sie erstaunt an. Nemo wurde rot wie ein Krebs, und Eugenie fing an zu kichern.

»Genug! Setzt euch wieder auf eure Plätze«, fuhr Runa dazwischen.

»Was ist das für ein komisches Licht?«, wunderte sich Ronda und deutete aus dem Fenster. Ronda wagte es sonst nie, Runa zu unterbrechen, aber jetzt sprang sie auf und sah hinaus. Tatsächlich, weit draußen über dem Meer hatte sich eine Windhose gebildet. Sie verbreitete ein schwefelgelbes Licht und kam rasend schnell auf sie zu. Eine riesige Welle, die wie eine Horde galoppierender Pferde schäumte, begleitete sie.

Runa wurde erst blass und dann rot. »Ich hätte nie geglaubt, dass sie es wagen würde«, murmelte sie. »Schnell Kinder, geht rauf in den ersten Stock und wartet dort – Magnolia, du bleibst hier bei mir.«

Magnolia wurde es flau im Magen. Vor allem, als sie Jörnas erschrockenen Blick sah.

»Husch, husch, nach oben. Worauf wartet ihr?«, fragte Runa ungeduldig. Und ein Schüler nach dem anderen stieg die steile Treppe in den ersten Stock hinauf.

Zweites Kapitel

Ein gefährlicher Auftrag

Magnolia sah ihre Lehrerin unbehaglich an. Was hatte sie mit ihr vor? Die Watthexe stand am Fenster und winkte sie zu sich heran. Magnolia sah hinaus, und das Herz rutschte ihr in die Hose. Sie hatten es mit einer ausgewachsenen Sturmflut zu tun, und das Wasser vor Runas Haus war sehr wütend. Doch Runa hatte keine Augen für die schäumenden Wellen und das laute Tosen des Orkans.

»Ich glaube, sie sucht Streit!«, schnaubte sie. »Es wird Zeit, sie in ihre Schranken zu weisen.«

»Von wem sprechen Sie?«, wollte Magnolia wissen.

»Von Libussa, dem Teufelsweib, das dort in einer Windhose auf uns zurast.« Runa konnte ihren Blick nicht vom Fenster lösen.

»Sie meinen, das da draußen ist kein normaler Wirbelsturm?«

Runa schnaubte verächtlich. »Natürlich nicht. Oder hast du schon einmal etwas von schwefelgelben Wirbelstürmen gehört?«

Magnolia schüttelte den Kopf.

»Darin steckt eine Wetterhexe, so wie du eine bist. Libussa und ich haben noch eine alte Rechnung offen. Allerdings habe ich nicht geglaubt, dass sie mich so offen herausfordern würde. Nun denn, sie soll dich kennenlernen!«

»Was für eine Rechnung ist das?«, wollte Magnolia wissen. Doch Runa schüttelte bloß den Kopf. »Das ist nichts für Kinderohren. Es ging um einen Mann!«

Magnolia sah Runa erstaunt an. Es gab einen Mann in Runas Leben? Mitten in diesen lustigen Gedanken knallte Runas nächster Satz wie ein Peitschenhieb.

»Du musst sie da rausholen und den Wellen zum Fraß vorwerfen!« Ihre Augen blitzten.

»Ich?«, Magnolia schluckte. »Sie haben doch die offene Rechnung mit ihr und verstehen sich wie keine Zweite auf das Reisen in Wirbelstürmen!«

Runa winkte ab. »In Wirbelstürmen zu reisen und einen Wirbelsturm für einen Angriff zu nutzen, sind zwei ganz verschiedene Paar Schuhe. Hier!« Runa hielt ihr einen ausgelatschten Pantoffel unter die Nase, und Magnolia verzog angewidert das Gesicht. Die Sache wurde immer absurder.

»Was soll das?«

»Hör zu, du Ahnungslose.« Runa holte tief Luft. »Was ich jetzt sage, sage ich nur einmal, verstanden?« Magnolia nickte. »Wir haben keine Zeit zu verlieren, wenn wir nicht mit Mann und Maus im Meer versinken wollen. Libussa hockt auf ihrem Besen in dieser Windhose und treibt eine Springflut vor sich her. Deine Aufgabe ist es, sie zu stoppen. Du bist eine Wetterhexe, dir kann der Orkan da draußen am wenigsten von uns allen anhaben.«

»Aber ich habe doch überhaupt keine Ahnung, ich …«

»Unsinn, du verfügst über alle Fähigkeiten, die man für eine solche Aufgabe braucht. So kompliziert wird es nicht werden. Sie rechnet nicht damit, dass wir ihr Paroli bieten. Du musst ihr nur entgegenfliegen und diesen Schuh von unten nach oben in ihre Windhose werfen. So einfach ist das!« Runa deutete einen Wurf von unten nach oben an. »Wenn du getroffen hast, wird das Biest aus dem Wirbel herausfallen. Der Sturm ist dann augenblicklich vorbei, und ich kann sie mir vorknöpfen. Noch Fragen? Okay, dann los!«

Natürlich hatte Magnolia noch Fragen, aber Runa drückte ihr bereits den Pantoffel in die Hand und bugsierte sie durch die offene Haustür.

Fauchend sprang der Wind Magnolia ins Gesicht. Der Lärm, den der Orkan und das Wasser erzeugten, war ohrenbetäubend. Magnolia hatte nur eine ungefähre Vorstellung davon, was sie zu tun hatte. Trotzdem schob sie den alten Pantoffel unter ihre Jacke und stieg mit ihrem Besen in die Luft.

»Du musst sie stoppen, bevor sie die Hallig erreicht. Viel Glück!«

Der Sturm griff mit klammen Fingern nach ihr, riss an ihren Kleidern und Haaren. Magnolia bezweifelte ernsthaft, dass etwas Glück ausreichen würde, dieses Abenteuer unbeschadet zu überstehen. Tapfer stieg Huckebein höher und höher, und Magnolia wurde ganz flau im Magen. Sie hatte entsetzliche Angst, von den Böen gepackt und auf das Wasser gedrückt zu werden.

Doch zu ihrem Erstaunen geschah nichts dergleichen. Der Sturm versuchte zwar, sie vom Besen zu stoßen und wie ein Blatt durch die Luft zu wirbeln. Doch so sehr er sich auch bemühte, er konnte ihr nichts anhaben. Überrascht stellte Magnolia fest, wie aus dem wütenden Zerren plötzlich ein sanftes Streicheln wurde, aus dem Tosen ein Säuseln und aus der beklemmenden Angst die Sehnsucht nach grenzenloser Freiheit. Die Erkenntnis traf Magnolia mit einer solchen Wucht, dass ihr die Tränen in die Augen schossen und sie vor lauter Begeisterung nach Luft schnappte. Die Hexen hatten also recht gehabt. Sie war tatsächlich eine Windsbraut! Eine Sturmreiterin! Alles in ihr jubelte, doch dann riss sie sich zusammen. Jetzt war nicht die Zeit, den Augenblick zu genießen.

»Leg los, Huckebein«, flüsterte Magnolia ihrem Besen zu. Und Huckebein legte los. Er ließ sich fallen wie ein Stein und bremste erst ab, als sie beinahe das Wasser berührten. Über die schäumenden Wellen jagte er dem gelben Wirbel entgegen. Je näher sie kamen, desto lauter wurde es um sie herum. Jetzt fing es auch noch an, Fische zu regnen. Der Wirbelsturm hatte sie mit seinem schlauchartigen Rüssel aus der Nordsee gesogen und ließ sie nun wieder fallen.

»Steig höher, Huck, damit ich den Schuh in den Tornado werfen kann!«, rief Magnolia ihrem Besen zu. Huckebein gehorchte. Er löste sich von den Wellen und geriet dabei mehr und mehr in die Reichweite der Sturmausläufer, die ungebremst über das Wasser fegten. Der ungeheure Sog hätte Magnolia beinah vom Besen gerissen, und auch Huckebein war überrascht. Sofort legte er den Rückwärtsgang ein, trotzdem bewegten sie sich keinen Zentimeter zurück. Die beiden wurden wie von einem gigantischen Staubsaugerrohr angesogen. Magnolia brach der Schweiß aus: Huckebein konnte dieses Kräftemessen nicht gewinnen. Sie hätte nie geglaubt, dass ihr Schicksal einmal von einem ausgelatschten Pantoffel abhängen würde, aber ihr blieb keine andere Wahl.

Als sie direkt unter dem Wirbel waren, holte Magnolia aus und warf. Der Schuh wurde direkt in das Auge des Tornados gezogen. Es folgte ein Schrei, ein Knall, und ganz plötzlich war der Spuk vorbei. Wie eine Seifenblase zerplatzte das schwefelgelbe Gebilde. Übrig blieb eine ganz in violett gekleidete Hexe, die auf ihrem Besen ins Trudeln geriet. In halsbrecherischem Tempo stürzte sie den tobenden Wellen entgegen. Da streckte Runa, die das Treiben gespannt beobachtet hatte, ihre Arme nach ihr aus, murmelte einen Zauberspruch und zog sie, trotz der großen Entfernung, sicher zu sich an Land.

Magnolia atmete erleichtert auf. Das wäre geschafft. Eine solche Ritterlichkeit hätte sie ihrer Lehrerin überhaupt nicht zugetraut. In Gedanken entschuldigte sie sich bei Runa. Ohne ihre Hilfe wäre die fremde Hexe vermutlich ertrunken. Schnell kehrte Magnolia zur Hallig zurück. Sie war noch nicht gelandet, da musste sie jedoch auch schon einsehen, dass ihre Entschuldigung voreilig gewesen war. Von Ritterlichkeit und Versöhnung keine Spur. Da unten flogen die Fäuste. Die Hexen hielten sich nicht mit unnötigen Reden auf. Wie die Furien gingen sie aufeinander los. Es wurde geboxt, gekniffen und gekreischt. Und sicher wäre es noch eine ganze Weile so weitergegangen, hätte sich Nemo nicht aus dem Fenster gelehnt, seinen Zauberstab auf Libussa gerichtet und sie mit einem funkelnden Goldregen übergossen. Magnolia grinste, sie war sicher, dass es eigentlich ein Schmetterblitz hatte werden sollen. Die Wirkung war zwar nicht die gleiche, aber Libussa war so irritiert, als die kleinen Funkelsternchen sie umkreisten, dass es Runa gelang, den entscheidenden Kinnhaken zu landen. Bewusstlos sackte die Wetterhexe zu Boden.

Magnolia wusste, dass ihre Lehrerin nicht zimperlich war. Was Runa dann tat, erstaunte sie dennoch. Die Watthexe schob die Ärmel zurück, erhob die Arme zum Himmel und rief dreimal: »Phoca Vitulina!« Kurz darauf streckten fünf Seehunde ihre runden Köpfe aus dem Wasser. »Schnappt sie euch und bringt sie sehr weit weg«, befahl Runa und deutete auf Libussa. Sofort wurde die Hexe von den Seehunden gepackt und in das Wasser gezerrt. Im nächsten Augenblick war sie zwischen den glitzernden Wellen verschwunden.

»Wird sie sterben?«, fragte Magnolia entsetzt.

Runa schnaubte verächtlich. »Nicht, wenn sie eine gute Schwimmerin ist. Mit etwas Pech werfen sie sie schon in Schottland wieder an Land.«

Mit diesen Worten machte die Watthexe kehrt und marschierte zurück ins Haus. Magnolia warf einen besorgten Blick in Richtung Himmel. Der Tornado war fort, aber der Sturm war geblieben. Ihr selbst konnte er nichts anhaben, aber für die anderen könnte der Rückflug gefährlich werden.

»Du hast recht«, bestätigte Runa und hielt ihr die Tür auf. Sie hatte schon wieder ihre Gedanken gelesen! »Deshalb ist es das Beste, wenn ihr heute Nacht bei mir auf der Hallig bleibt. Deine Tante würde mich in einen Frosch verwandeln, wenn ich dich in Gefahr brächte.«

Magnolia traute ihren Ohren nicht. Das musste ein schlechter Scherz sein. Runa konnte nicht ernsthaft von ihnen verlangen, die Nacht in dieser stinkenden, kalten Hütte zu verbringen. Ärgerlich stellte sie ihren Besen in die Ecke, als auch schon Applaus ertönte. Ihre Mitschüler hatten alles mit angesehen, und vor allem Jörna geizte nicht mit Lob. »Es war unglaublich, wie du dich auf dem Besen gehalten hast!«, rief sie.

»Kunststück, wenn ich eine Wetterhexe wäre, könnte ich das auch«, sagte Eugenie.

»Du bist bloß neidisch«, piepste Ronda und fing sofort heftig an zu zwinkern, weil Eugenie versuchte, sie anzustarren.

Runa klatschte in die Hände. »Hört auf zu streiten, dazu ist später noch Zeit. Ihr werdet heute Nacht hierbleiben. Die Wetterverhältnisse lassen eine sichere Reise nicht zu. Manche von euch sind noch ziemlich wackelig auf ihren Besen unterwegs.«

»Manche? Sie meinen Eugenie«, schimpfte Nemo.

»Keine Namen!«, sagte Runa. Die übrigen Schüler verdrehten genervt die Augen.

»Ja, aber warum müssen wir alle hierbleiben, bloß weil Eugenie zu blöd zum Besenreiten ist?«, wollte jetzt auch Jörna wissen.

»Weil ihr eine Klasse seid. Da gibt es keine Extrawürste, basta!« Jetzt wurde Runa sauer, und das war nicht ungefährlich. »Undankbares Volk!«, schimpfte sie. »Ich biete euch Obhut, dabei könnte ich euch einfach an den blanken Hans weiterreichen. Zur Strafe üben wir jetzt noch einmal das Blockieren von Gedanken.«

Eugenie zeigte ihr unergründliches Lächeln.

»Wenn sie wenigstens nicht dauernd so hämisch grinsen würde«, beklagte sich Magnolia wenig später bei Jörna. Sie saßen nebeneinander im Schulzimmer und hörten Runa seit über einer Stunde beim Blockieren ihrer Gedanken zu – eine langweilige Angelegenheit, wie man sich unschwer vorstellen kann.

Dann hatte die Watthexe selber genug und beendete den Unterricht. »Schluss für heute!«, verkündete sie. »Kommt mit in die gute Stube. Ich will schnell bei euren Familien anrufen und ihnen mitteilen, dass ihr heute Nacht auf der Hallig bleibt.«

In Runas guter Stube war es genauso zugig und kalt wie im restlichen

Haus. Der Kamin qualmte, aus dem alten zerschlissenen Sofa quoll das Rosshaar heraus, und eine einzige Petroleumlampe sorgte für spärliches Licht.

»Schöne Gesellschaft, in der sie sich wohlfühlt«, flüsterte Jörna und deutete mit dem Kopf auf die präparierten Schlangen, Molche und Nachtfalter, die in einem gläsernen Schaukasten lagen. Runa fühlte sich hier zweifellos wohl. Sie pfiff ein kleines Lied und stellte ihre Kristallkugel schwungvoll auf den Tisch. Linette war die Erste, die sie anrief, und Magnolia hoffte inständig, dass ihre Tante darauf bestehen würde, sie auf der Stelle nach Hause zu bringen. Vor allem, wenn sie von der Sache mit dem Wirbelsturm erfuhr. Nachdem sich der weiße Rauch in der Kugel verflüchtigt hatte, erschien auch schon Tante Linettes erhitztes, rundes Gesicht. Eine Haarsträhne fiel ihr wirr ins Gesicht, und der Rußfleck auf ihrer Stirn erinnerte an ein Einschussloch.

»Zieht dein Kamin bei diesem Wetter auch so schlecht?«, fragte Runa. Und ohne eine Antwort abzuwarten, fuhr sie fort: »Wollte dir nur sagen, dass ich die Bälger heute Nacht lieber auf der Hallig behalte. Das Wetter ist viel zu schlecht. Es könnte Verluste geben, wenn ich sie fliegen ließe!«

Magnolia reckte den Hals. Ihre Tante sah ehrlich besorgt aus. Sie traute einer Hallig bei Sturm nicht. Sicher würde sie wollen, dass ihr Lämmchen nach Hause kam.

»Du willst sie über Nacht bei dir behalten?«, fragte Linette ungläubig.

Magnolia lächelte breit.

»Was heißt wollen? Ich muss! Es sind welche darunter, die nicht flugtauglich sind.«

Tante Linette war für einen Moment still, dann brach es aus ihr heraus. »Du Ärmste, dass du dir so etwas zumutest! Das kann dir niemand hoch genug anrechnen. Eine Horde Teenager, und dabei ist dir dein Schlaf doch heilig!«

»Pädagogik verlangt Opfer«, seufzte Runa.

Linette senkte die Stimme. »Du trennst sie doch hoffentlich? Es sind schließlich auch ein paar Jungen darunter ...«

Magnolia glaubte, nicht recht zu hören. »Wenn hier jemand Opfer bringt, dann doch wohl wir«, zischte sie in Jörnas Richtung.

Es war traurig. Aber die anderen Hexen reagierten genauso wie ihre Tante. Runa wurde mit Dank für ihre Fürsorge förmlich überschüttet. Man lobte diese selbstlose Tat in den allerhöchsten Tönen. Es war unglaublich.

Nachdem sie den letzten Anruf getätigt hatte, war Runa mit sich mehr als zufrieden. Zum Abendbrot gab es für jeden eine harte Scheibe Brot mit Schmalz und dünnen Hagebuttentee, dann war es an der Zeit, ins Bett zu gehen.

»Die Jungen schlafen im Schulzimmer, die Mädchen in der guten Stube«, bestimmte Runa und ließ mit einem Fingerschnipp vier Strohsäcke auf dem Boden vor dem Kamin erscheinen. Ein weiterer Schnipp ihrer Finger, und auf den Strohsäcken lagen auch noch ein paar Wolldecken. Genauso machte sie es im Schulzimmer, in dem Nemo und Konrad schlafen sollten.

»Und jetzt schlaft schön. Morgen früh bringe ich euch höchstpersönlich ans Land, damit ihr rechtzeitig in eure Schulen kommt.« Mit diesen Worten blies Runa das Licht aus und ließ die verdutzten Junghexen zurück.

»Ich muss morgen zur ersten Stunde hin«, piepste Ronda.

»Nicht nur du«, murmelte Magnolia.

»Sie sitzt auf dem Flur«, sagte Jörna, die durch das Schlüsselloch geguckt hatte.

»Das ist nicht dein Ernst, oder?« Magnolia schob ihre Freundin beiseite. Tatsächlich, Runa hatte es sich mit ein paar Decken in einem Schaukelstuhl bequem gemacht, und es sah nicht danach aus, als ob sie den Platz vor morgen früh verlassen würde.

»Nicht, dass ich vorhätte, nachts im Haus herumzugeistern«, sagte

Magnolia. »Aber wenn ich weiß, dass ich nicht rausdarf, muss ich ständig zum Klo.«

»Eine Form der Klaustrophobie«, sagte Eugenie und wickelte sich in ihre Decke. »Das muss behandelt werden.«

»Quatsch«, schnaubte Magnolia. Zaghaft steckte sie den Kopf aus der Tür. Sofort blitzte Runa sie an. »Was ist? Willst du schon fensterln gehen?«

»Was?«

»Na, zu den Jungs schleichen!«

Magnolia wurde rot. »Natürlich nicht. Ich muss bloß mal zur Toilette.«

»Ach, du willst auf den Topf!« Runa sah auf die Standuhr und notierte sich die Zeit auf einem Zettel, den sie neben sich liegen hatte.

Drei Minuten später war Magnolia zurück und ging wortlos an Runa vorbei in die gute Stube. Sie schloss die Tür und legte sich neben Jörna auf ihren Strohsack. Der Wind strich noch immer um das Haus, rüttelte an den Fensterläden und pfiff durch die Ritzen. Magnolia wickelte sich fester in ihre dünne Wolldecke und hörte auf die Geräusche des Meeres. Plötzlich horchte sie auf. Sie wusste nicht, ob oder wie lange sie geschlafen hatte, aber irgendetwas war anders. In das Geräusch von Wind und Wellen mischten sich leise Stimmen. Eine davon gehörte eindeutig Runa, sie klang ungeduldig. Verwundert setzte Magnolia sich auf. Die Stimmen kamen von draußen. Das war mehr als sonderbar, denn wer kam bei diesem Sturm auf die Hallig, um sich mitten in der Nacht mit Runa zu unterhalten?

Neugierig stand Magnolia auf. Sie wollte die anderen nicht wecken und schlich so leise wie möglich zur Tür. Vorsichtig spähte sie auf den Flur, Runas Schaukelstuhl war leer. Ein kalter Wind strich über den festgetretenen Lehmboden und ließ Magnolia trotz der dicken Socken frösteln. Kein Wunder, denn die Haustür stand einen Spaltweit offen. Magnolia schlich zur Tür und warf einen Blick hinaus. Es war dunkel, und das Wasser reichte noch immer bis an den Warfthügel heran. Aber der Sturm hatte die dichte Wolkendecke aufgerissen, und vereinzelt blinzelten hier und da ein paar Sterne hervor. Ein Stück weiter entdeckte Magnolia, wer da mitten in der Nacht miteinander sprach. Die eine war eindeutig Runa. Ihre große hagere Gestalt hätte Magnolia unter Tausenden erkannt. Die andere Person stand in Runas Schatten, und Magnolia konnte sie kaum erkennen. Trotzdem wusste sie, wer es war. Im ersten Moment traute sie ihren Augen nicht, doch ein Zweifel war ausgeschlossen. Ganz deutlich konnte sie die Umrisse des Bootes erkennen, auf dem der nächtliche Besucher zur Hallig gelangt war. Es waren die Umrisse einer venezianischen Gondel. Es konnte also niemand anderer als Milauro sein. Das war seltsam. Bei Wind und Wetter starteten sie vom Strand aus und flogen auf ihren Besen hinüber zur Hallig, weil die Gondel nicht seetüchtig war. Sie war gebaut worden, um durch die Kanäle Venedigs zu gleiten oder durch die unterirdischen Wasserläufe Rauschwalds. Auf der Nordsee hatte sie nichts zu suchen. Und nun tauchte Milauro hier auf, und das ausgerechnet nach dem heftigen Sturm, der sie am Rückflug gehindert hatte. Magnolia stand eine ganze Weile im Schatten verborgen und versuchte herauszufinden, was die beiden miteinander besprachen. Da sie aber rein gar nichts hören konnte, kehrte sie schließlich fröstelnd auf ihr Lager vor dem Kamin zurück. Vielleicht ließ sich das Rätsel ja morgen früh lösen. Es dauerte noch eine ganze Weile, bis ihre Zehen wieder warm wurden und Magnolia tatsächlich einschlief.

Das zweite Mal wurde sie in dieser Nacht wach, weil sie der schrille Ton einer Trillerpfeife weckte und unheimliche Schatten über die Wände zuckten. Es dauerte einen Moment, bis sie begriff, dass es Zeit zum Aufstehen war und dass die schaurigen Schatten von der Petroleumlampe kamen, die Runa ihnen ins Zimmer gestellt hatte.

»Acht Glasen, eine gute Zeit, dem neuen Rudergänger die Pinne in die Hand zu drücken und für euch das Tagewerk zu beginnen!«, trompetete Runa und erinnerte Magnolia dabei irgendwie an Tante Linette. Schimpfend und stöhnend erhoben sich die Mädchen von ihren Strohsäcken und rieben sich die kalten Hände.

»Wie früh ist es?«, fragte Magnolia.

»Vier Uhr«, piepste Ronda nach einem Blick auf die Uhr.

»Ist sie noch ganz normal?« Magnolia ließ sich ächzend zurück auf ihren Strohsack fallen.

Doch da tönte Runas Stimme bereits aus der Küche. »Essen fassen!«, rief sie und schlug mit dem Löffel gegen einen Kochtopf.

»Hat sie zu viele Piratenfilme geguckt, oder was ist mit ihr los?«, maulte Jörna, während sie nacheinander in die Küche schlurften. Hier war es wenigstens warm. Nemo und Konrad saßen bereits am Tisch und kauten lustlos auf dem gleichen harten Stück Brot herum, an dem sie sich schon gestern Abend die Zähne ausgebissen hatten.

»Schön wachbleiben!«, rief Runa. »Der frühe Vogel fängt den Wurm!«

»Und die zweite Maus bekommt den Käse«, murmelte Jörna.

»Wir haben nicht viel Zeit. Ich bringe euch persönlich aufs Festland und sorge dafür, dass ihr pünktlich in die Schule kommt.«

»Da hätte Milauro ruhig noch etwas warten und uns mit zurücknehmen können«, nuschelte Magnolia mit vollem Mund.

»Wie sollte das gehen?«, fragte Runa unwirsch. »Du weißt, dass die Gondel nicht über das Meer fahren kann.«

Magnolia legte ihr Brot zur Seite. Sie wusste schließlich, was sie gesehen hatte. »Aber er war doch heute Nacht hier …«, sagte sie.

Runas Augen funkelten böse. »Du redest Unsinn. Am besten, du vergisst dieses Hirngespinst ganz schnell.«

Eine Weile erwiderte Magnolia ihren Blick, dann senkte sie doch lieber den Kopf. Es war nicht klug, sich mit Runa anzulegen, obwohl sie genau wusste, was sie gesehen hatte.

Drittes Kapitel
Aufregende Neuigkeiten

Linette Kater stand betrübt in ihrem Kräutergarten und schaute auf die schwarzen, teils gefrorenen Beete. Es war viel zu kalt für diese Jahreszeit. Zwar blühten Schneeglöckchen und Märzveilchen, vom Scharbockskraut, der Knoblauchrauke und dem Guten Heinrich waren bisher jedoch nur winzige, zarte Spitzen zu sehen. Es würde noch eine Weile dauern, bis sie aus den Kräutern neue Salben und Tinkturen herstellen konnte, auf die Arnulf Langboom, der Apotheker, bereits ungeduldig wartete.

Linette wollte gerade zurück ins Haus gehen, als sie hinter der Regentonne einen roten Schopf entdeckte, den sie nur zu gut kannte. Jeppe war gerade dabei, mit einem winzigen Spaten ein tiefes Loch zu graben. Und zwar direkt am Fuße ihres Goldregens, den sie so heiß und innig liebte. Der Kobold war so vertieft in seine Arbeit, dass er die Hexe erst bemerkte, als sie direkt hinter ihm stand und sich laut und vernehmlich räusperte. »Was soll das werden, wenn es fertig ist?«

Der Kobold fuhr herum und warf blitzschnell seine Kappe auf den kleinen Kupfertopf, der neben ihm auf dem Boden stand. Ertappt sah er die Kräuterhexe an. »Das, ach hallo, Linette, das wird ein Loch.«

»Danach sieht es aus. Du willst nicht zufällig einen Goldtopf unter meinem Goldregen vergraben?« Streng sah Linette den Kobold an.

Verlegen trat er von einem Bein auf das andere und murmelte etwas von »Eselsbrücke«.

»Eselsbrücke?« Linette schnaubte verächtlich. »Nicht in meinem

Garten. Du weißt, dass um einen vergrabenen Goldtopf Hexenringe wachsen und die tun meinem Goldregen ganz sicher nicht gut! Also, mach das Loch wieder zu und suche dir ein neues Versteck. Mein Garten ist für Goldtöpfe tabu.«

Brummig schaufelte Jeppe das Loch wieder zu. Es war schon sehr ärgerlich. Ein sichereres Versteck als in einem Hexengarten würde sich kaum finden lassen. Andererseits war ein Versteck, das bereits entdeckt worden war, nichts wert.

»Wenn du fertig bist, kannst du ins Haus kommen. Es ist verflixt ungemütlich hier draußen, und ich habe Lust auf einen Becher heiße Schokolade mit einer Prise Zimt.«

Nun schaufelte Jeppe gleich doppelt so schnell. Linettes heiße Schokolade war legendär und bei beißendem Ostwind und blaugefrorenen Fingern genau das Richtige.

Wenig später saß der Kobold auf dem Sofa in der gemütlichen Wohnstube. Der dicke Ofen bullerte, Serpentina, die einäugige schwarze Katze, lag schnurrend auf der Ofenbank, und Linette kam mit einer großen Kanne Kakao zur Tür herein. Jeppe streckte sich wohlig. Sollte sein Onkel Glöck ihn irgendwann einmal vor die Tür setzen, würde er auf der Stelle hier einziehen.

Linette wollte sich gerade zu ihm setzen, als die Schranktür im Flur knarrte. Gleich darauf waren Schritte von Stiefeln zu hören und ein bärtiges Zwergengesicht schaute zur Tür herein. Hastig versteckte Jeppe seinen Goldtopf hinter dem Kissen auf Linettes Sofa.

»Klopf, klopf!«, sagte der Zwerg und stand auch schon in der Stube.

Über Linettes Gesicht ging ein Lächeln. Jackomo Rosenstolz war Bürgermeister von Hackpüffel und gehörte zu ihren ältesten und besten Freunden.

»Ach, Jacko! Wie schön, dass du einmal hereinschaust. Setz dich zu uns an den Tisch. Hier ist heißer Kakao, du bist herzlich dazu eingeladen.«

»Klingt verlockend, meine Liebe«, sagte der Zwerg und zwängte sich umständlich neben Jeppe auf das Sofa.

»Guten Tag, Jeppe! Was machen die Goldtöpfe?«

»Wie, was?« Hastig lehnte sich der Kobold gegen das dicke Kissen. Einem Zwerg war nicht zu trauen. Besonders dann nicht, wenn es um glänzende Goldstücke ging.

Linette schenkte auch ihrem zweiten Besucher einen Becher Schokolade ein und ließ sich ächzend in ihren Lieblingssessel sinken. Die Standuhr tickte, der Ofen bullerte, und niemand sprach ein Wort. Das war ungewöhnlich, denn normalerweise gab es immer einen Grund, wenn Jacko aus Hackpüffel herüberkam. Doch heute saß er nur gemütlich auf dem Sofa und lächelte geheimnisvoll.

Linette sah ihn fragend an. »Und?«, fragte sie nach einer Weile.

»Schmeckt prima!«, antwortete Jacko und strahlte weiter in die Runde.

»Das meine ich nicht«, sagte Linette. »Weshalb bist du hier?«

Das Strahlen auf Jackos Gesicht wurde noch breiter. »Och, wegen nichts Besonderem.« Nach einer Pause fügte er hinzu: »Es gibt bloß ein paar klitzekleine Neuigkeiten, die dich samt deinem Sessel umhauen werden.«

Jetzt war Linette hellwach. »Neuigkeiten? Was sind das für Neuigkeiten?«

Auch Jeppe, der sich bisher unauffällig gegen das dicke Kissen gepresst hatte, setzte sich nun kerzengerade auf.

Jacko grinste, und Linette platzte allmählich der Kragen. »Meine Güte, Jacko! Du grinst wie das Pferd von Gerd. Nun sag schon, was es so Spannendes gibt.«

Jackomo hörte zwar nicht auf zu grinsen, aber er fing endlich an zu reden. »Die drei …« Weiter kam er nicht.

»Nein!!«, schrie Linette ungläubig auf.

Jacko nickte. »Doch!«

»Nein!!!«, schrie Linette erneut. »Du machst Witze!«

Aber Jackomo schüttelte lachend den Kopf.

»Jaaaa!!! Bingo! Volltreffer!« Linette sprang aus ihrem Sessel und war sich nicht zu schade, einen kleinen Stepptanz aufzuführen. Genau in diesem Moment kam Magnolia zur Tür herein. Sie war eben angekommen, und der Rucksack hing ihr noch über der Schulter.

»Ich hab's gewusst!«, kreischte ihre Tante statt einer Begrüßung.

»Hohoho!«, lachte nun auch Jacko aus voller Kehle.

»Alle gesund?«, fragte Magnolia erstaunt. Doch sie bekam keine Antwort.

Stattdessen packte Jacko ihre Tante um die Taille und wirbelte mit ihr durch die Stube. Die beiden jauchzten und lachten, dass ihnen die Tränen über die Wangen liefen. Fragend sah Magnolia Jeppe an. »Was ist passiert?«, fragte sie. Doch der Kobold schüttelte nur stumm den Kopf.

»Haben sie einen Kleinen gezwitschert?«

»Nein, es gab nur heiße Schokolade«, beteuerte Jeppe und sah misstrauisch in seinen Becher.

Endlich ließ sich Linette lachend in ihren Sessel fallen und wischte sich über die Augen. »Hallo, Nichte, schön, dass du wieder da bist.«

»Hier herrscht ja eine Bombenstimmung«, stellte Magnolia fest. »Wenn ihr uns den Grund dafür verraten würdet, könnten wir mittanzen. Stimmt's?« Jeppe nickte.

»Sehr gerne, meine Liebe!« Ihre Tante strahlte. »Die drei …«

»Hohoho!« Schon fing Jacko wieder an zu lachen.

»Sag du es ihnen!«, forderte Linette ihren Freund auf.

»Also gut!« Jacko holte tief Luft und sagte: »Die drei Spinnerinnen kommen nach Rauschwald.«

Enttäuscht sahen Magnolia und Jeppe sich an. »Ja, und?«

»Ich hab's gewusst, Jacko! Und weißt du was? Ich bin darauf vorbereitet!«

»Das habe ich mir gedacht«, lachte der Zwerg. »Ganz Hackpüffel steht kopf.«

»Augenblick mal!« Langsam wurde Magnolia ungeduldig. »Was ist so toll an den drei Spinnerinnen?«

Linette und Jacko sahen sie an. »Ganz einfach, sie spinnen Stroh zu Gold!«

»Was?«, riefen Magnolia und Jeppe gleichzeitig. »Sie machen aus Stroh Gold?«

»Jo!«

»Genau genommen aus Flachs«, antwortete Linette.

»Sie spinnen Flachs zu Gold«, stammelte Jeppe benommen. »Ist das nicht das Zeug, das bei dir an der Mauer im Garten wächst?«

»Sofort wurde Linettes Blick wachsam. »Genau, Kobold. Und ich werde noch heute einen Bannkreis drumherum ziehen – nur für den Fall, dass du auf seltsame Gedanken kommst.«

Erschrocken riss Jeppe die Hände hoch. »Für wen hältst du mich?«

»Für einen Kobold«, entgegnete Linette knapp.

»Weshalb habe ich noch nie von den drei Spinnerinnen gehört?«, wunderte sich Jeppe.

»Da musst du deinen Onkel Glöck fragen, er könnte dir sicher von ihnen erzählen.«

»Die drei fahren mit bunten Wohnwagen kreuz und quer durch die Welt«, erklärte Jacko. »Und überlassen es meistens ihren Ponys zu bestimmen, wo sie Rast machen. Für ein kleines Geschenk spinnen sie Flachs zu Gold.«

»Ach so, sie erwarten ein kleines Geschenk! Alles klar!«, sagte Magnolia.

»Nein, nein …«, unterbrach Jacko sie, »es sind wirklich kleine Geschenke. Ein Wollschal, ein Krug Milch oder auch nur eine gute Geschichte.«

Ungläubig sah Magnolia den Zwerg an, dann stahl sich auch auf ihr

Gesicht ein Lächeln. »Worauf warten wir noch? Lasst uns die Flachsvorräte der ganzen Region aufkaufen!«, sagte sie eifrig.

Aber Tante Linette schüttelte den Kopf. »So einfach ist es natürlich nicht. Es muss schon besonderer Flachs sein, sonst funktioniert es nicht.«

»Und du besitzt diesen besonderen Flachs?«

»Ein wenig davon wächst in der hintersten Ecke meines Gartens. Da hat Jeppe schon recht.«

»Oh, Tante Linette! Warum hast du nicht die Wiese hinter dem Haus gepachtet und ihn dort angepflanzt?«

»Weil es sehr unwahrscheinlich ist, dass die Spinnerinnen jemals vorbeikommen. Und weil ich nicht gierig bin«, antwortete ihre Tante schroff.

Jacko stand auf. »Ich muss in Hackpüffel nach dem Rechten sehen. Wie gesagt, dort sind alle völlig aus dem Häuschen. Wir sollten diese Neuigkeit so lange wie möglich für uns behalten. Sonst locken wir vielleicht noch Trolle und Orks an.«

»Da hast du vollkommen recht. Ich danke dir für die wundervolle Nachricht, Jacko.« Mit diesen Worten brachte Linette ihren Besucher zum Schrank.

Und plötzlich hatte es auch Jeppe furchtbar eilig. Unauffällig versteckte er den Goldtopf unter seiner Jacke und verabschiedete sich rasch. Er war schon fast zur Tür hinaus, als Linette ihn aufhielt. »Einen Moment, Jeppe! Du behältst die Sache mit den Spinnerinnen aber für dich. Verstanden?«

»Kein Problem, für wen hältst du mich?«, fragte der Kobold empört und war schon aus der Tür. Besorgt schaute die Hexe ihm nach.

Als Linette wenig später zurück in die Wohnstube kam, hatte sich das Lächeln wieder fest auf ihrem Gesicht eingenistet.

»Das ist ja eine tolle Geschichte«, sagte Magnolia. »Wie viel Gold ergeben die Stängel in deinem Garten denn?«

»Besonders viel ist es nicht«, erwiderte ihre Tante, »aber ein, zwei Spindeln werden es schon sein.«

»Super, soviel ich weiß, ist es bisher noch niemandem gelungen, künstlich Gold herzustellen.«

»Stimmt genau. Jetzt müssen wir gut auf unseren Flachs aufpassen.«

»Ist er denn überhaupt schon reif?«

»Darüber mache dir mal keine Sorgen. Du kannst ihn nicht mit dem normalen Lein vergleichen.«

Magnolia runzelte die Stirn. »Lein?«

»Genau«, nickte ihre Tante. »Flachs wird auch Lein genannt. Du findest seine Fasern in Leinenhemden, Leinenhosen oder Beuteln.« Sie lächelte. »Der Flachs in meinem Garten ist über hundert Jahre alt. Damals sagte man noch Flachs, und damals ließ er sich auch noch zu Gold spinnen.«

Sie nahm die Kakaokanne vom Tisch und hauchte ganz sacht etwas Feueratem darüber. Sofort war die Schokolade darin wieder heiß. Dann schenkte sie ihrer Nichte einen Becher ein und sah sie aufmerksam an. »Und nun erzähl mal, wie es euch auf Runas Hallig ergangen ist. Hat der ›blanke Hans‹ an die Tür geklopft?«

Magnolia seufzte. »Hat er. Möchtest du die ganze Geschichte hören?«

»Unbedingt«, erwiderte ihre Tante.

»Okay, dann halte dich mal gut fest«, sagte Magnolia grimmig und nahm einen Schluck Kakao. Ihre Tante horchte auf.

»Runa hat mich in den Kampf mit einer Wetterhexe geschickt! Was sagst du nun? Mich, als blutige Anfängerin! Dreimal darfst du raten, was meine einzige Waffe war – ein gammeliger ausgelatschter Pantoffel!«

»Sie hat was?«

»Ja, du hast richtig gehört. Ich musste eine wild gewordene Wetterhexe aus einem Wirbelsturm schubsen. Krass, oder?«

»Ihr wurdet angegriffen?«

»Runa wurde angegriffen, weil Libussa, so hieß die Hexe, noch eine Rechnung mit ihr offen hatte!«

»Ach, Libussa ... Libussa ist ein Miststück«, schimpfte ihre Tante.

Magnolia traute ihren Ohren nicht. »Äm, müsste es nicht heißen, Runa ist ein Miststück?«, wollte sie wissen.

Aber schon blitzte Tante Linette sie böse an. »Ich verbiete dir, in solch einem Ton von deiner Lehrerin zu sprechen! Runa ist Vorsitzende ...«

»Ich weiß! Sie ist Vorsitzende des Hexenrates und Trägerin des goldenen Pferdefußes. Aber stell dir vor! Mich hätte ihre offene Rechnung beinah den Hintern gekostet!«, brauste Magnolia auf. »Was glaubst du, wie es sich anfühlt, auf den Besen zu steigen und diesem grässlichen Wirbel entgegenzufliegen? Ich hatte Angst, und Huckebein ging es genauso!«

Nun sah ihre Tante sie mitleidig an. »Beruhige dich, Lämmchen, du kannst es nicht wissen. Es war deine Feuertaufe, irgendwann musste es so kommen. Runa hat dich in den Sturm geschickt, weil niemand besser dafür geeignet ist als eine Windsbraut. Und ich will ehrlich sein, die Gefahr, der sie dich ausgesetzt hat, war nicht besonders groß! Mir ist aus den letzten fünf Jahren kein Fall bekannt, der tödlich geendet hätte.«

Na, das war ja sehr beruhigend. Typisch Tante Linette. Wo andere Tanten wutentbrannt die Messer gewetzt hätten, fand sie die Sache halb so schlimm, weil es keine Toten gegeben hatte. Eingeschnappt nippte Magnolia an ihrem Becher Kakao.

»Und wie habt ihr die Nacht verbracht?«, brachte Linette die Unterhaltung auf das Thema zurück.

»Auf einem Strohsack, mit einer dünnen Decke, während die Wellen das Haus umspülten. Aber das findest du sicher auch ungeheuer gemütlich.«

Tante Linette seufzte. »Sei nicht so zickig! Und stell dir vor, ich finde es nicht gemütlich.« Sie erhob sich aus ihrem Sessel. »Ich werde jetzt einen Bannkreis um den Flachs ziehen. Denn wer weiß, wem der geschwätzige Kobold davon schon erzählt hat.«

»Wusstest du, dass die schwarze Gondel über das Meer fahren kann?«, fragte Magnolia schnell, bevor ihre Tante aus der Tür war.

»Wer hat dir denn diesen Unsinn erzählt?«, sagte Linette und sah ihre Nichte spöttisch an.

»Niemand, ich hab's gesehen.« Jetzt verschwand das spöttische Lächeln aus Linettes Gesicht. »Was hast du gesehen?«

Und Magnolia erzählte, wie sie nachts wach geworden war und Runa und Milauro im Gespräch beobachtet hatte.

»Sicher hast du dich getäuscht.«

Magnolia schüttelte den Kopf. »Ich bin mir ganz sicher. Das Hochwasser hat die Gondel bis fast vor die Haustür getragen.«

»Seltsam«, murmelte ihre Tante. »Runa würde nie Kontakte mit Unterirdischen pflegen.«

»Da hast du es! Vielleicht hat die liebe Runa ein Geheimnis, von dem niemand etwas weiß!«, triumphierte Magnolia.

Tante Linette funkelte sie böse an. »Unsinn, ich werde sie bei Gelegenheit darauf ansprechen.«

»Nicht nötig, das habe ich bereits getan – und sie hat es abgestritten.«

»Dann wird sie ihre Gründe haben«, erwiderte Linette knapp und marschierte los, um den Bannkreis zu ziehen.

Viertes Kapitel
Was ist denn hier los?

Dann kam der Frühling endlich auch nach Rauschwald. Am Bach blühten die Leberblümchen, und das Wiesenschaumkraut verwandelte den Hang hinter Tante Linettes Haus in ein zartrosa Blütenmeer.

Gut gelaunt sauste Magnolia auf ihrem Rad die Landstraße nach Rauschwald hinunter. Hummelbrummen und Blütenduft erfüllten die Luft und machten Lust auf den Sommer. An einem solchen Tag ließ sich sogar die Schule einigermaßen ertragen. Schwungvoll ratterte die junge Hexe über die kopfsteingepflasterte Brücke und war im Handumdrehen mitten in dem beschaulichen Städtchen. Vor der Apotheke hielt sie an und wartete. Eine Minute später öffnete sich die Tür, und ein stämmiges Mädchen mit krausen Haaren kam eilig heraus. »Hast du Mathe?«, fragte sie statt einer Begrüßung.

Der Schreck fuhr Magnolia in die Glieder. Die entspannte Frühlingslaune war wie weggeblasen. »Mist!«, fluchte sie. »Wie spät ist es?«

»Gleich Viertel vor.«

»Okay, steig auf! Wenn wir uns beeilen, können wir von Merle noch einen Teil der Aufgaben abschreiben.«

Birte sprang auf den Gepäckträger, und Magnolia trat kräftig in die Pedalen. Zum hundertsten Mal wünschte sie sich ihren Besen her. Doch das konnte sie leider vergessen. In der Schule ahnte niemand, dass sie eine Hexe war.

»Hast du schon gesehen, dass in Anatol Totts Laden ein neues Geschäft aufmacht?«, fragte Birte, während Magnolia durch das Schultor jagte und fast eine Gruppe Fünftklässler über den Haufen gefahren hätte.

»Nee, ist mir nicht aufgefallen. Wie spät ist es?«

»Zehn vor!«

»Mist!«

Im Laufschritt stürmten die beiden Mädchen in die Schule und hetzten hinauf in den ersten Stock.

»Wenn Frau Brummund mich erwischt, kriegt meine Tante hundertprozentig Post!«, jammerte Magnolia.

Eilig warf sie den Rucksack auf ihren Tisch. »Merle!«, rief sie und sah sich nervös nach ihrer Mitschülerin um.

»Hier!«, antwortete Merle. Sie saß neben Samantha auf dem Tisch und sah ihr beim Schreiben zu.

»Hast du Mathe?«, fragte Magnolia atemlos.

»Hab ich, aber Samantha schreibt gerade ab. Vielleicht setzt du dich daneben, dann ...«

»Vergiss es, Schätzchen. Mein Ego braucht Platz, wir passen nicht an einen Tisch«, ertönte es von Samantha.

»Stimmt, aufgeblasen bis unter die Zimmerdecke«, bestätigte Magnolia. »Birte braucht die Aufgaben auch.«

Merle sah auf ihre Uhr. »Könnte knapp werden.«

»Ihr könnt die Aufgaben von mir haben.« Daniel schob Magnolia bereitwillig sein Heft hin.

»Danke.« Magnolia sauste zurück an ihren Platz und machte sich sofort an die Arbeit.

Sie war gerade bei der dritten Aufgabe, da kündigte eine Niesattacke Frau Brummund an. Blitzschnell reichte Magnolia Daniels Heft nach hinten durch.

»Wir sollten uns wirklich bei ihrem Heuschnupfen bedanken!«, flüsterte sie Birte zu.

Frau Brummund stellte ihre Tasche auf den Stuhl und putzte sich geräuschvoll die Nase. »Gebt mir keinen Grund, mich zu ärgern, ich bin heute wirklich schlecht drauf«, sagte sie. »Holt eure Hausaufgaben raus, damit wir sie vergleichen können. Möchte jemand anfangen?«

Magnolia hasste Mathe, nie im Leben hätte sie sich freiwillig gemeldet, aber heute hieß es alles oder nichts. Sie hatte nur drei Aufgaben, die sie vorlesen konnte. Sollte Frau Brummund auf die Idee kommen, sie später zu fragen, wären die Folgen katastrophal.

Magnolias Finger schnellte in die Höhe, während Birte eine andere Taktik verfolgte. Sie machte sich unsichtbar, oder vielmehr, sie versuchte es. Den Blick starr auf ihr Heft gerichtet, saß sie an ihrem Platz.

Frau Brummunds Augen schweiften über die Klasse. »Dann fang mal an, Samantha«, sagte sie.

Magnolia fuhr wütend herum. Warum meldete sich die blöde Nuss schon bei der ersten Aufgabe? Sie hatte die Hausaufgaben doch komplett abgeschrieben.

»Sehr gut gemacht, Samantha«, lobte Frau Brummund sie anschließend. Samantha lächelte artig, und Magnolia verspürte einen Brechreiz.

Jetzt tuschelte Samantha mit Stefanie, ihrer Bewunderin und engsten Vertrauten. Die zwei sahen zu Magnolia herüber und kicherten. »Wer liest die nächste Aufgabe vor?«, wollte Frau Brummund wissen. Wieder schnellte Magnolias Finger in die Luft. »Ja, Stefanie!«

Magnolia schluckte. Die Sache wurde eng. Jetzt hatte sie nur noch eine Aufgabe, die sie vorlesen konnte. Frau Brummund sah sich fragend in der Klasse um, und Magnolia schnippte sofort wie wild mit den Fingern. »Magnolia!«

Ihr fiel ein Stein vom Herzen. Eifrig las sie die Aufgabe vor. »Sehr gut«, lobte ihre Lehrerin. »Ist doch gar nicht so schwer, oder?«

Magnolia lächelte verlegen und drehte sich zu Daniel um. »Danke«, formten ihre Lippen.

Jetzt meldete sich Samantha erneut. »Könnte Magnolia vielleicht auch die nächste Aufgabe vorlesen? Sie macht das so gut. Ich habe eben zum ersten Mal den Lösungsweg verstanden«, fragte sie zuckersüß. Frau Brummund lächelte, und Magnolia drehte sich blitzschnell zu Samantha um. »Du kannst sämtliche Lösungswege in der Pause von mir abschreiben, dann kann ich sie dir auch gleich erklären«, antwortete sie mindestens ebenso süß. Erstaunlicherweise gab Frau Brummund sich damit zufrieden und nahm jemand anderen dran.

»Das hat Samantha mit Absicht gemacht«, schimpfte Magnolia in der Pause.

Birte und Merle nickten. »Davon kannst du ausgehen.«

»Warum lässt du diese Notleuchte auch von dir abschreiben?«, fragte Magnolia gereizt.

»He, ich habe nicht so viel gegen sie. Und sie hat halt als Erste gefragt«, gab Merle beleidigt zurück.

Auf dem Heimweg warf Magnolia einen kurzen Blick auf den leer stehenden Laden von Anatol Tott. Er war ein Handlanger des unheimlichen Graf Raptus gewesen, und die Zwerge hatten ihn damals gezwungen, den Laden aufzugeben und Rauschwald zu verlassen, nachdem der Blutschlürfer besiegt war. Seitdem stand das Geschäft leer.

Jetzt war die Ladentür jedoch weit geöffnet, und Möbelpacker schleppten Kisten und Kartons hinein. Magnolia war gespannt, was für ein Geschäft dort wohl einziehen würde.

Es ging leicht bergauf, und die junge Hexe trat kräftig in die Pedalen. Schwungvoll bog sie in den schlaglochgepflasterten Weg ein, der zum Haus ihrer Tante führte, und hätte dabei um ein Haar zwei winzige Blumenelfen zwischen die Speichen bekommen. Sie bremste so stark, dass sie fast vom Rad fiel. Die zierlichen Wesen mühten sich mit einem Stängel Flachs ab und waren ganz offensichtlich auf dem Weg zu Tante Linettes Haus. Langsam radelte Magnolia weiter und wunderte sich nicht schlecht, als sie eine lange Warteschlange vor dem Garten ihrer Tante erblickte.

Feen, Zwerge, Hexen und vor allem Kobolde standen ungeordnet in Zweier- und Dreierreihen an, und jeder hatte mindestens einen Armvoll Stroh mitgebracht. Anstatt wie üblich ihr Rad in der Brombeerhecke zu parken, stellte Magnolia es diesmal zwischen die drei Eichen neben dem Haus. Dann bahnte sie sich einen Weg durch die Menge. Die unfreundlichen Kommentare überhörte sie ganz einfach. »Entschuldigung, darf ich mal durch? Entschuldigung!«

»He, was drängelt die Bohnenstange da so frech? Kann sie sich nicht hinten anstellen?«

»Entschuldigung, darf ich mal ...«

»Ja, hinten ist das Ende!« »Wir müssen alle warten!« Ellenbogen trafen Magnolia schmerzhaft an der Wade. »Gibt es Probleme?« Ein dicker Zwerg, den Magnolia zuvor noch nie gesehen hatte, stellte sich ihr in den Weg. Unbeirrt kämpfte sich Magnolia voran. »Entschuldigung!«

»Pass mal auf, Süße!«, dröhnte da eine große Hexe mit einem noch größeren Hut. »Wenn du dich nicht bei drei hinten anstellst, zünde ich einen Feuerdrachen unter deinem Hintern und verwandle dich in einen Fliegenpilz. Verstanden?« Drohend funkelte sie Magnolia an. »Also, was ist? Eins, zwei ...«

»Ich wohne hier, wenn es Ihnen nichts ausmacht!«, fauchte Magnolia und hatte endlich die Gartenpforte erreicht. Doch, oh Schreck! Die Pforte ließ sich nicht öffnen. Ein großes Schild hing daran: *Praxis geschlossen! Heute kein Wahrsagen, Handauflegen oder Rückführungen! Von 15 – 18 Uhr große Flachs-Expertise! Kosten: 7,- Euro!*

Magnolia wurde nervös. »Tante Linette!«, rief sie ängstlich und rüttelte an der verschlossenen Pforte. Schon spürte sie eine knöcherne Hand auf ihrer Schulter. »Tante Linette!!!« Ihre Stimme wurde lauter. »Tante ...«

Da tauchte Jeppe mit einem Schlüsselbund auf und öffnete die schmiedeeiserne Pforte. Erleichtert schlüpfte sie hinein, und die Wartenden drängten ungeduldig nach. Es war nicht zu fassen. Magnolia und

Jeppe mussten sich mit ihrem ganzen Gewicht gegen das Tor stemmen, um es wieder zu schließen. Wütendes Fluchen und Fäusteschütteln war die Antwort.

»Deine Tante ist im Garten!«, schnaufte der Kobold.

Magnolia ging ums Haus und blieb im nächsten Moment verdutzt stehen. Tante Linette saß an ihrem Gartentisch und hatte sich ein goldenes Tuch wie einen Turban um den Kopf geschlungen. Vor ihr verteilt lagen eine Lupe, ein silbernes Messer, eine Geldkassette und Serpentina. Neben ihr stieg grünlicher Rauch aus einer Feuerschale auf.

»Hallo, Kätzchen! Schön, dass du es bis hierher geschafft hast«, krächzte sie. »Ich hatte schon Angst, sie könnten dich zerfleischen.«

»Oh, tatsächlich? Warum hast du mich dann nicht vorgewarnt?«

»Ist ja gut gegangen. Also kein Grund, eingeschnappt zu sein!«, winkte ihre Tante ab und ordnete noch einmal ihre Utensilien. »Du kannst mir heute Nachmittag assistieren. Bring deinen Rucksack ins Haus und dann lass die Bande herein. Einen nach dem anderen selbstverständlich.«

»Ist das dein Ernst? Ich soll sie wirklich zu uns in den Garten lassen? Hast du den Mob dort draußen gesehen? Woher wissen die bloß alle davon?«

Ihre Tante zuckte die Schultern. »So was spricht sich herum. Uns bleibt nichts anderes übrig, als das Beste daraus zu machen. Keine Angst! Sie werden dich schon nicht überrennen«, sagte sie, als sie Magnolias besorgtes Gesicht sah. »Ich habe vorgesorgt. Durch das magische Tor passt immer nur einer zur Zeit.«

Na, wenn das nicht beruhigend war. Magnolia brachte ihren Rucksack ins Haus und warf ihn unter die Treppe. Dabei fiel ihr auf, dass sogar der große Bauernschrank mit einem Riegel verschlossen war. Dreimal kurz, zweimal lang stand auf einem Zettel, der daran klebte.

Na, das konnte ja heiter werden. Magnolia holte noch einmal tief Luft und ging dann hinaus, um den ersten Wartenden einzulassen. Es war furchtbar, sowie sie den Schlüssel umdrehte, fing die Menge an, zu schieben und zu drängeln. Glücklicherweise wirkte Tante Linettes Zauber. Wie durch einen unsichtbaren Flaschenhals flutschte tatsächlich nur eine einzige Hexe in Gummistiefeln herein. Magnolia führte sie hinter das Haus, wo Tante Linette an ihrem Tisch thronte und ungeheuer exotisch aussah.

»Sei gegrüßt, meine Liebe. Was kann ich für dich tun?«, fragte sie würdevoll.

Eilig trat die Hexe an den Tisch heran. »Rede nicht so gestelzt, Linette. Du weißt genau, weshalb wir alle hier sind.« Eifrig hielt sie ihr den Flachs unter die Nase. »Und, was meinst du? Ist das Gemüse Gold wert oder nicht?«

Linette schob den Flachs wie eine lästige Fliege zur Seite und deutete auf ihre Geldschatulle. »Sieben Euro, Gertrude. Von irgendetwas muss ich ja schließlich leben.«

Gertrude schnaubte, griff in die Tasche ihres weiten Mantels und ließ sieben Euro in die Schatulle fallen.

Nun griff Linette mit Kennermiene nach einem der Halme. Sie betrachtete ihn durch die Lupe, schnüffelte daran wie ein Hund. Schnitt ein Stück von dem Stiel ab. Leckte noch einmal an der Schnittstelle und warf ihn dann, schwupp, in die Feuerschale. Sofort verfärbte sich der grünliche Rauch golden.

»Glückwunsch, meine Beste!«, grinste sie. »Dein Flachs ist ein Volltreffer.«

»Jaaaa!«, schrie Gertrude und machte vor Freude einen Luftsprung. »Weißt du schon, wann die Spinnerinnen ankommen?«

Jetzt blickte Linette missmutig in den Himmel. »Das steht in den Sternen. Aber sobald ich etwas weiß, erfährst du es als Erste.«

Gertrude schnappte sich ihren wertvollen Flachs, nickte Linette noch einmal würdevoll zu und ließ sich von Jeppe zurück zur Pforte bringen.

Magnolia hätte zu gern gewusst, was das für ein Zeug war, das da in der Feuerschale unablässig vor sich hin qualmte und mit dessen Hilfe sich der Beweis für den Goldflachs erbringen ließ. Sie wollte ihre Tante gerade danach fragen, als Serpentina fauchend vom Tisch sprang und zwischen den buchsbaumgesäumten Beeten verschwand. Gleich darauf war eine zornige Stimme zu hören.

»Finger weg, sage ich! Oder du wirst mich kennenlernen!« Eine Garbe Flachs bog um die Hausecke, blieb an den Brombeerranken hängen, taumelte und fiel Magnolia laut raschelnd vor die Füße. Heraus rollte eine junge Koboldfrau mit spitzer Nase und einem hellblauen Kopftuch. Magnolia wollte ihr gerade auf die Beine helfen, als Jeppe um die Ecke schoss.

»Verflixt, Melitta!«, schimpfte er. »Du musst vor der Hecke warten, bis ich dich durch die Pforte hereinlasse.«

»So, muss ich das?«, fragte Melitta angriffslustig. »Hast du die Schlange vor dem Tor gesehen?«

»Jeppe hat vollkommen recht«, mischte sich nun auch Linette ein. »Wenn du willst, dass ich mir deinen Flachs ansehe, musst du dich schon hinten anstellen. Vordrängeln gibt es nicht. Jeppe, bring sie zur Tür und lass den Nächsten zu uns herein.«

»Finger weg!«, schnauzte die Koboldin. »Ich finde den Ausgang auch allein.«

Es wurde ein anstrengender Nachmittag. Als Linette um 18 Uhr endlich Schluss machen wollte, musste Magnolia etliche Zwerge und Kobolde nach Hause schicken.

Erschöpft packte Linette ihre Utensilien zusammen und ging ins Haus. Sie war gerade dabei, sich aus ihrem Turban zu wickeln, als aus dem Schrank in der Diele das verabredete Klopfzeichen ertönte. Drei kurz, zwei lang. Im ersten Moment wollte Linette einfach in der Küche verschwinden, dann besann sie sich eines Besseren und schob den Riegel zur Seite. Nasser Flachs peitschte ihr ins Gesicht.

»Beim Wassermann, Linette! Du verstehst es, einen warten zu lassen.« Umständlich stieg Runa aus dem Schrank.

»Nimm das Büschel Gras aus meinem Gesicht!«, brummte Linette. »Du kommst zu spät. Ich habe bereits geschlossen.«

»Geschlossen? Ahnst du, wie lange ich dort in deinem Schrank zwischen muffigen Mänteln und nassen Stiefeln gehockt habe?«, empörte sich Runa. »Und jetzt willst du mir erzählen, die ganze Warterei war umsonst?« Böse starrte sie Linette an.

Die seufzte erneut. »Also gut. Weil du es bist. Komm mit raus in den Garten.«

Magnolia nutzte die Gelegenheit, sich zu verdrücken, und stieg hoch in ihren Turm. Dort stellte sie ihre Kristallkugel auf den Tisch und nahm Kontakt zu Jörna auf. So, wie sie es jeden Abend tat, wenn sie sich tagsüber nicht gesehen hatten. Denn Jörna lebte mit ihrer Mutter in Wurmstadt, ein gutes Stück von Rauschwald entfernt.

Jetzt füllte rosa Rauch die Kugel aus Bergkristall, und kurz darauf zeigte sich auch schon Jörnas Gesicht.

»Hi, alles entspannt bei euch?«, fragte Jörna ohne weitere Einleitung.

»Ich bin fix und fertig!«, jammerte Magnolia. »Du ahnst ja nicht, was heute bei uns los war. Es müssen Tausende gewesen sein, die vor dem Garten angestanden haben, um Tante Linettes Expertise zu ihrem Flachs zu hören.«

»Wahnsinnsgeschichte, die Sache mit den Spinnerinnen. Ich habe davon gehört«, bestätigte Jörna. »Deine Tante scheint in der Gegend wirklich die Einzige zu sein, die in der Lage ist, Goldflachs von stinknormalem Flachs zu unterscheiden. Ich wollte morgen eigentlich auch mal bei euch vorbeikommen. Bei uns wächst hinter dem Misthaufen so ein verdächtiges Kraut vor sich hin.«

»Super! Komm einfach durch den Schrank, und vor allem nicht so spät. Vielleicht können wir dann zusammen noch etwas unternehmen. Drei kurz, zwei lang ist das Klopfzeichen. Tante Linette musste den

Schrank verriegeln, sonst stünden die Leute vermutlich bei uns im Wohnzimmer. Runa ist übrigens auch gerade da.«

»Runa? Was will die denn bei euch?« Jörna verzog das Gesicht.

»Dreimal darfst du raten. Sie kam durch den Schrank und hatte ein paar aufgeweichte Halme dabei.«

Und genau diese aufgeweichten Halme waren das Problem.

»Versuche es noch mal!«, forderte Runa Linette auf. Doch Linette legte den Stängel beiseite. »Es hat keinen Sinn!«, sagte sie bestimmt. »Das Salzwasser hat deinen Flachs zerstört. Da kann man nichts machen.«

»Huuuuuuuuuh!«, heulte Runa wütend auf und fuhr sich mit beiden Händen durch das Gesicht. »Weißt du, wie viele Jahre ich diesen Flachs gehegt und gepflegt habe? Er hat gut zweihundert Sturmfluten heil überstanden. Und ausgerechnet jetzt, wo die drei Spinnerinnen im Anmarsch sind, ist er im Meer ertrunken.« Dramatisch rang Runa die Hände. »Wem ich das zu verdanken habe, ist klar! Sollte Libussa, die alte Sumpfschnepfe noch einmal meinen Weg kreuzen, mache ich Hustensaft aus ihr!« Grimmig stierte die Watthexe Linette an.

Die nickte. »Ärgerliche Geschichte! Aber sag mal …« Sie brach ab und suchte nach den passenden Worten.

»Was ist? Warum sprichst du nicht weiter?«, wollte Runa wissen.

»Na ja …« Jetzt war es Linette, die nervös ihre Finger knetete. »Ich möchte dir nicht zu nahetreten. Und wenn du mir sagst, dass es absoluter Quatsch ist, bin ich die Erste, die dir glaubt.«

»Nun spuck es schon aus! Ist doch sonst nicht deine Art, um den heißen Brei herumzureden«, blaffte Runa.

Linette holte tief Luft. »Also gut. Magnolia sagt, sie hätte in der Sturmnacht die schwarze Gondel vor deinem Haus gesehen und gehört, wie du mit Milauro gesprochen hast.« Jetzt war es raus. Gespannt sah Linette die Watthexe an. Und ihre Reaktion gefiel ihr ganz und gar nicht.

Runa schluckte und zwinkerte kurz nervös mit den Augen. Dann polterte sie los: »So ein Unfug! Das Mädchen hat sich getäuscht. Die Angst vorm blanken Hans muss ihre Sinne verwirrt haben.« Dann lachte Runa laut. »Du glaubst hoffentlich nicht im Ernst, dass ich mich mit Unterirdischen abgebe?«

»Nein, natürlich nicht«, murmelte Linette. Doch im selben Moment beschloss sie, ihre Freundin im Auge zu behalten. Runa hatte selten so schlecht gelogen.

Fünftes Kapitel

Das neue Geschäft

Als Magnolia am nächsten Tag von der Schule nach Hause fuhr, fiel ihr auf, dass der ehemalige Laden von Anatol Tott ganz offiziell geöffnet hatte. Zwei junge Frauen kamen heraus und verglichen lachend den Inhalt der kleinen Papiertüten, auf denen das Logo des Ladens prangte. Magnolia hielt an und kniff die Augen zusammen, um besser sehen zu können.

Meister Schnuck stand in verschnörkelten Buchstaben auf dem wuchtigen Schild, das sanft im Frühlingswind schaukelte. *Antiquar und Parfümeur.* Das klang ungewöhnlich. Magnolia hätte sich zu gerne in dem Laden umgeschaut, doch leider musste sie ihrer Tante bei der Bestimmung des Flachses helfen. Und so blieb ihr nichts anderes übrig, als später wiederzukommen.

Bereits auf dem Weg zum Haus ihrer Tante hörte sie die aufgeregten Stimmen von Kobolden, Hexen und Zwergen. Es war unglaublich, aber die Schlange vor ihrem Garten wurde einfach nicht kürzer. Man hätte meinen können, der magische Flachs würde im selben Umfang wie Mais oder Kartoffeln angebaut. Was natürlich Quatsch war, denn schnell stellte sich heraus, dass nicht einmal jeder zehnte mitgebrachte Flachs zu der Sorte gehörte, die sich zu Gold spinnen ließ.

Energisch drängte sich Magnolia durch die Pforte und ging sofort zu ihrer Tante in den Garten.

»Hallo, Kröte!«

Täuschte sie sich, oder sah Tante Linette ein wenig erschöpft aus? Jedenfalls hatte sie heute auf ihren Turban verzichtet.

»Er rutscht mir ständig vor die Augen, wenn ich einen störrischen Flachsbesitzer vor die Tür setzen muss«, erklärte sie knapp. »Aber jetzt bist du ja da.«

Magnolia zwang sich zu einem gequälten Lächeln. Ihre Tante hatte recht. Sie war in der Lage, enttäuschte Besucher zu trösten und sie mit sanfter Gewalt aus dem Garten zu bugsieren, ohne dass gleich die Fäuste flogen. Ein Talent, um das Tante Linette sie außerordentlich beneidete.

Sofort machte sich Magnolia an die Arbeit. Sie führte einen Besucher nach dem nächsten in den Garten und lief alle fünf Minuten ins Haus, um nachzusehen, ob Jörna vielleicht schon im Schrank saß und auf ihre Befreiung wartete. Dann hörte sie endlich das vereinbarte Klopfzeichen. Drei kurz, zwei lang. Magnolia stürzte zum Schrank und schob den Riegel beiseite.

»Du bist meine Rettung!«, begrüßte sie ihre Freundin. »Jetzt kann ich Tante Linette endlich mit gutem Gewissen allein lassen. Sie begutachtet den Flachs im Akkord und ist dabei ganz in ihrem Element. Dass ich zwischendurch mal zum Klo muss oder gigantischen Hunger habe, interessiert sie einfach nicht.«

»Ich wäre schon früher gekommen«, entschuldigte sich Jörna nach einem Blick auf die Uhr. »Aber meine Mutter hat darauf bestanden, dass ich sämtliche Kamine im Haus kehre. Es hat eine geschlagene Stunde gedauert, bis ich den verdammten Ruß von meiner Haut geschrubbt hatte. Trotz der wunderbaren Aus-Dreck-mach-Gold-Paste, die sie mir zum Waschen gegeben hat. Apropos Gold. Ich habe ein paar Stängel Flachs dabei. Meinst du, deine Tante könnte einen Blick darauf werfen?«

»Sicher kann sie das. Sie tut seit zwei Tagen nichts anderes. Komm mit in den Garten.«

Magnolia führte Jörna über die Terrasse zu ihrer Tante. Die hatte gerade einen Zwerg enttäuscht und entsprechend angespannt war die

Stimmung. Fluchend zerbrach er die Flachsstängel über seinem Knie und verließ zornig den Garten.

»Sieh mal, wen ich mitgebracht habe!«, strahlte Magnolia.

»Guten Tag, Frau Kater«, grüßte Jörna höflich.

Linette sah den Mädchen freundlich entgegen, und ihre Augen wanderten blitzschnell zu den Flachsstängeln in Jörnas Hand. »Hallo, Jörna! Lass mich raten, weshalb du hier bist«, sagte sie seufzend. Verlegen drehte die Kaminhexe die drei Stiele zwischen ihren Fingern. »Wären Sie wohl so freundlich und würden ...«

Linette seufzte. »Zeig schon her.«

Jörna reichte ihr den Flachs, und Linette betrachtete ihn wie schon hundertmal zuvor durch die Lupe. Sie schnüffelte, schmeckte und warf schließlich ein paar Stückchen davon in die Feuerschale. Sofort fing der Flachs an zu knistern und der grünliche Rauch verfärbte sich golden.

»Glückwunsch!«, rief Magnolia.

Tante Linette lächelte und Jörna sah ungläubig von einem zum anderen. »Ist das euer Ernst?« Linette nickte und Magnolia hielt ihr die offene Hand hin. »Jippiii!!!« Begeistert schlug Jörna ein. »Ich fass es nicht! Ich weiß überhaupt nicht, was ich sagen soll. Meine Mutter ahnt nichts davon und ...«

»Deine Mutter sollte so bald wie möglich einen Bannkreis um den Flachs ziehen«, riet Linette. »Je mehr Ohren davon erfahren, desto größer ist die Gefahr von Flachswilderei.«

»Werde ich ausrichten«, versprach Jörna. »Aber zuerst lade ich Magnolia auf einen Erdbeerflip ins Milky Way ein, das muss schließlich gefeiert werden!«

»Du kommst doch ohne mich klar, Tante Linette?«, fragte Magnolia brav und blinzelte Jörna heimlich zu.

Ihre Tante nickte. »Sicher, lasst es euch schmecken. Ach, Jörna?« Abwartend blieben die beiden jungen Hexen stehen. »Nur, damit es keine bösen Überraschungen gibt. Bevor du den Flachs zum Spinnen bringst, muss er vorbereitet werden. Stängel lassen sich nämlich nicht verarbeiten.«

»Ja, logisch. Ähm, wie bereitet man den Flachs vor?« Jörna sah Tante Linette unsicher an, und auch Magnolia hatte sich darüber noch nie Gedanken gemacht.

»Er wird getrocknet, gebrochen, gehechelt, na ja die ganze Prozedur eben. Deine Mutter wird hoffentlich wissen, wie man es macht.«

»Sind Sie sicher? Hecheln und Brechen bringe ich mit völlig anderen Sachen in Verbindung.«

Magnolia kicherte, und Tante Linette verdrehte die Augen. »Siehst du, und deshalb sage ich es dir.«

»Danke für den Hinweis!« Jörna winkte zum Abschied und die Mädchen verschwanden schleunigst im Haus. »Ist das nicht eine tolle Geschichte?« Jörna war absolut begeistert. »Etwas hecheln und ein bisschen brechen, und schon sind wir reich!«

Magnolia grinste von einem Ohr bis zum anderen. »Hauptsache, es lohnt sich. Wie viel Flachs wächst denn bei euch?«

»Eine ganze Menge«, versicherte Jörna und strahlte dabei über das ganze Gesicht.

»Ich bin mal gespannt, wie viele Spindeln bei uns rumkommen. Wäre doch genial, wenn wir reich würden«, träumte Magnolia, während sie in ihre Jacke schlüpfte. Dann pfiff sie nach ihrem Besen und sofort wischte Huckebein um die Ecke. Jörna holte Baldur aus dem Schrank, in dem sie bis eben gewartet hatte, und öffnete die Haustür. Vorsichtig sah Magnolia sich nach allen Seiten um. Tante Linette musste nicht unbedingt wissen, dass sie die Besen benutzten, obwohl es noch hell war. Erst hinter dem Haus stiegen sie auf und riefen: »Nach oben hinaus und nirgends an!«

Dann flogen sie dicht über den Baumwipfeln nach Rauschwald und versteckten ihre Besen in einem Gebüsch unter der steinernen Brücke. Vergnügt hakte sich Jörna bei Magnolia ein, und dann schlenderten sie gut gelaunt in Richtung Milky Way.

Das Milky Way sah wie eine amerikanische Milchbar aus den fünfziger Jahren aus. Überall blitzte blanker Chrom, und es gab eine kleine Tanzfläche sowie eine alte Musikbox, die immer dieselben Lieder spielte. Trotzdem war das Milky Way ein beliebter Treffpunkt. Denn nirgendwo gab es so leckere Milchshakes wie hier. Heute herrschte jedoch gähnende Leere. Die besagte Musikbox dudelte leise vor sich hin und Angelo, der Barkeeper, spielte hinter der Theke mit seinem Handy. Als er die Mädchen kommen sah, steckte er es schnell weg und schenkte ihnen ein freundliches Lächeln. »Ah, endlich kommt mich jemand besuchen. Ich habe schon geglaubt, ich kann den Laden wieder schließen. Womit kann ich euch glücklich machen?«

Magnolia lächelte. »Jörna möchte mich zu einem Erdbeerflip einladen«, sagte sie.

»Glück muss der Mensch haben«, erwiderte Angelo und sah Jörna freundlich an.

»Stimmt! Zwei Erdbeerflips bitte.«

»Zum Hiertrinken oder zum Mitnehmen?«

Die Mädchen sahen sich an. Im Milky Way war nun wirklich nichts los. Schweigend kamen sie überein, ihr Getränk mitzunehmen.

»Zum Mitnehmen, bitte!«, antwortete Jörna.

Auf Angelos Gesicht zeigten sich betrübte Falten. »So schnell bin ich euch wieder los?« Dann zwinkerte er ihnen zu. »Ich wette, ihr wollt euch auch um einen Stehplatz in dem neuen Geschäft prügeln, oder?«

Zuerst sah Magnolia Angelo verständnislos an. Dann fiel ihr Meister Schnucks Laden ein. Natürlich wollte sie sich den angucken.

Angelo grinste. »Ich war zwar noch nicht dort, aber von seinen Parfüms spricht inzwischen die ganze Stadt.« Er machte sich an der Saftmaschine zu schaffen und stellte schwungvoll zwei Becher auf den Tresen. »Voilà!«

Jörna bezahlte, und die Mädchen marschierten zufrieden schlürfend davon. Bereits von Weitem sahen sie bunte gasgefüllte Luftballons die

Hauswand erklimmen und eine riesige Menschentraube, die direkt vor dem Eingang zu Meister Schnucks Laden stand.

»Ich habe gar nicht gewusst, dass Rauschwald so viele Einwohner hat«, stellte Magnolia missmutig fest, und Jörna kicherte. Die Mädchen reckten die Hälse. Ohne Nahkampfausbildung war es unmöglich, in den Laden zu kommen.

»Oh, männo!«, quengelte Magnolia. »Ich will endlich wissen, was das für ein Geschäft ist.«

»Trink deinen Erbeerflip aus, dann stürzen wir uns in den Kampf«, sagte Jörna. »Schade, dass wir nicht ein paar Knatterblitze vorausschicken können.«

Magnolia nickte. Sie wollte gerade die Ellenbogen ausfahren und sich in Jörnas Fahrwasser durch die Menschenmenge schieben, da tippte ihr jemand von hinten auf die Schulter.

Birte und Merle hatten bereits kleine Tüten aus dem Laden in der Hand und sahen sehr zufrieden aus. »He, was machst du denn hier? Hast du heute keine Nachhilfe?«

Die Mädchen glaubten, Magnolia würde Nachhilfestunden nehmen, wenn sie bei Runa zum Hexunterricht war. Und irgendwie stimmte das ja auch.

»Oh, hallo!« Magnolia freute sich, ihre Freundinnen aus der Schule zu treffen. »Nö, keine Nachhilfe. Jörna und ich wollen uns den neuen Laden ansehen. Wart ihr schon drin?«

Birte nickte. »Waren wir. Ich habe gestern sogar eine exklusive Führung bekommen.«

»Wow, wie hast du das denn hinbekommen?«

Jetzt wurde Birte rot. Das passierte immer, wenn sie gelobt oder bewundert wurde. »Mein Vater und Meister Schnuck kennen sich von früher. Sie sind zusammen zur Schule gegangen. Dann hat mein Vater Pharmazie studiert und der Professor irgendwas anderes. Er war mal Museumsdirektor und hat irgendwann keine Lust mehr gehabt, zwischen toten Königen und präparierten Höhlenbären herumzulaufen. Deshalb hat er beschlossen, sich seinen Jugendtraum zu erfüllen und diesen Laden aufgemacht. Er stellt all seine Parfüms selbst her. Es ist der Wahnsinn. Du musst sie unbedingt riechen.«

»Ist der Laden eine Parfümerie?«, fragte Magnolia enttäuscht, aber Merle schüttelte den Kopf. »Nein, er verkauft auch anderes seltsames Zeug, das er auf seinen Reisen zusammengetragen hat.«

»Klingt spannend, das muss ich mir unbedingt ansehen.« Magnolia sah sich suchend nach Jörna um. »Ich glaube, meine Freundin ist schon drin«, sagte sie.

»Dann drücke ich die Daumen, dass ihr lebend wieder rauskommt«, lachte Merle.

Magnolia winkte ihren Mitschülerinnen zu. »Wenn ich morgen nicht in der Schule bin, habe ich es nicht geschafft!«, witzelte sie und drängelte sich energisch zwischen zwei dicken Frauen vorbei in den Laden.

Das Erste, was ihr drinnen auffiel, war der Geruch. Es duftete nach Lebkuchen, verbranntem Zucker und irgendwie geheimnisvoll. Eine tolle Mischung. Die Einrichtung des Geschäfts war jedoch enttäuschend normal. Es gab einen Verkaufstresen mit Kasse, Kleiderständer und gläserne Schaukästen. Vielleicht war die Beleuchtung nicht ganz so hell wie anderswo. Die Artikel, die Meister Schnuck zum Verkauf anbot, unterschieden sich dann allerdings doch deutlich vom Sortiment anderer Geschäfte. An den Kleiderständern hingen seltsame barocke Kostüme und Kimonos. Und in den Schaukästen lagen alte Gürtelschnallen, Ringe und Wurfsterne. Ganz hinten stand ein dunkles Holzregal, in dem Meister Schnuck seine selbst kreierten Parfüms ausstellte.

»Betörung der Sinne«, stand auf einem Schild in schnörkeliger Schrift. Und hier fand Magnolia auch Jörna wieder. Eifrig drehte sie sich zu ihrer Freundin um. »Da bist du ja endlich! Guck dir bloß diese winzigen Flakons an!«, schwärmte sie. »Sind die nicht süß?«

Jörna hatte recht. Die bronzenen Flakons waren wie Vögel geformt und echte Kunstwerke. Es gab stolze Adler, winzige Rotkehlchen und dicke Tauben. Sie alle waren mit glitzernden Glassplittern verziert und hatten so schöne Namen wie »Schwalbentanz«, »Endstation Sehnsucht«, »True Love« oder »Sternenglimmer«.

Natürlich gab es auch Düfte für die Herren. Die hießen dann »Yedi-Ritter«, »Venusfalle« oder »Sturzflug«.

Magnolia öffnete den Flakon, der »Schwalbentanz« hieß und war wie hypnotisiert. Was sie roch, war kein Duft, sondern ein berauschendes Gefühl. Augenblicklich stiegen in ihr Erinnerungen an endlose warme Sommer auf. Tage voller Sorglosigkeit und grillenzirpender Vollmondnächte.

»Wow!«, staunte sie.

»Riech mal diesen!« Jörna hielt ihr die »Endstation Sehnsucht« unter die Nase. Magnolia schnüffelte. Dieser Duft tat beinah weh. Nicht, weil er so scheußlich roch, sondern weil er so wundervoll war. Wie der Name des Parfüms versprach, stieg eine unendliche Sehnsucht in ihr auf, so süß, so schwer! Schnell schob sie den Duft zur Seite. Jörna war nicht zu bremsen. Schon hatte sie das nächste Fläschchen in der Hand.

»Dieser hier heißt ›Rodeo‹. Ist ein Herrenduft. Willst du den auch mal riechen?«

Magnolia kicherte. »Nicht nötig«, sagte sie. Dann entdeckte sie eine schmale Holztreppe, die auf eine Galerie hinaufführte. »Warst du schon oben?«, fragte sie.

»Da sind nur Bücher«, antwortete Jörna. »Lauter alte Schinken.« Sie schnupperte am nächsten Fläschchen. »He, es gibt auch Raumdüfte. Dieser hier heißt ›Kassenschlager‹.«

Magnolia sah sich in dem Laden um. Ihr Blick fiel auf einen kleinen, runden Mann mit ernstem, fast verschlossenem Gesicht. Er stand an der Kasse und tütete gerade zwei Parfümfläschchen ein.

»Das muss Meister Schnuck sein«, flüsterte Magnolia und deutete unauffällig mit dem Kopf in seine Richtung.

»Den hätte ich mir anders vorgestellt«, sagte Jörna. »Eher wie Meister Eder vom Pumuckel, du weißt schon.«

Magnolia kicherte. »Er macht ein gutes Geschäft.« Dann seufzte sie. »Ich würde mir auch gerne eins von diesen Parfüms kaufen. Aber fünfundvierzig Euro sind einfach nicht drin.« Jörna stellte den »Flug der Krähe« zurück ins Regal. »Es wird Zeit, dass die drei Spinnerinnen endlich aufkreuzen«, sagte sie.

»Du hast es gut«, seufzte Magnolia. »Von dem Zeug in Tante Linettes Garten gehört mir kein einziger Stängel.«

»Sicher schenkt sie dir ein paar Fäden«, meinte Jörna »Und wenn nicht, spendiere ich dir eine Garnrolle von meinem Anteil.«

»Ich nehme dich beim Wort«, lachte Magnolia und gab Jörna einen Klaps auf den Arm.

»Tu das, aber jetzt lass uns gehen. Ich muss noch ein Geschichtsreferat vorbereiten.« Die Mädchen drängten sich aus dem Laden und machten sich mit leeren Händen auf den Heimweg.

Sechstes Kapitel

Ein schwarzes Zicklein

»Schade, ich hätte mir so gerne eins von diesen Parfüms gekauft«, seufzte Magnolia. Sie waren auf dem Weg zu ihren Besen, die unter der Brücke auf sie warteten.

»Nicht nur du!«, brummte Jörna. »›Endstation Sehnsucht‹, klingt das nicht romantisch?« Magnolia nickte.

Seite an Seite liefen sie über die steinerne Brücke und sahen sich dabei unauffällig um. Sie mussten vorsichtig sein. An einem Tag, an dem ganz Rauschwald auf den Beinen war, war es nicht einfach, ungesehen unter einer Brücke zu verschwinden. Als sie schließlich sicher waren, dass niemand sie beobachtete, sprangen die Mädchen über die steinerne Mauer und rutschten die steile Böschung hinunter.

»Geschafft!«, murmelte Magnolia. Sie wollte gerade nach ihrem Besen pfeifen, als sie einen dunklen Schatten auf dem Wasser bemerkte. Wie angewurzelt blieb sie stehen, und Jörna stieß sich prompt die Nase an ihrer Schulter. »He!«

Magnolia legte den Finger auf die Lippen. Neugierig lugte Jörna über ihre Schulter und bekam einen Schreck. »W…was sucht die denn hier?«, stotterte sie.

Dieselbe Frage stellte sich Magnolia auch. Denn direkt vor ihnen, gut versteckt vor fremden Blicken, lag die schwarze Gondel. Ein Schauer huschte ihr über den Rücken. Sie hatte absolut keine Lust, Milauro unverhofft gegenüberzustehen. Und schon gar nicht in einer Situation, die ihn vielleicht in Erklärungsnot brachte.

»Schnappen wir uns die Besen, und dann nichts wie weg«, flüsterte sie.

Da sie es nicht wagten, nach ihren Besen zu pfeifen, pirschten sich die Mädchen leise an den Busch heran, hinter dem sie Huckebein und Baldur versteckt hatten. Glücklicherweise waren die Besen noch da! Sie wollten gerade aufsteigen, als sie ein Wimmern hörten, das aus dem Bug der Gondel kam. Bestürzt sahen sich die jungen Hexen an. »Was war das?«, fragte Jörna erschrocken.

»Es kam aus der Gondel und klang wie ein Baby«, flüsterte Magnolia heiser.

»Bitte nicht«, piepste Jörna. »Was sollen wir jetzt machen?«

»Nachsehen«, hauchte Magnolia.

Mit klopfenden Herzen stiegen sie das letzte Stück der Böschung bis ans Wasser hinab. Ihre Blicke huschten nervös über das Innere der Gondel. Dann hörten sie das Geräusch erneut. Es kam aus einem Sack, der gut verschnürt unter der ersten Sitzbank lag.

»Da liegt etwas«, flüsterte Magnolia. »Pass auf, dass Milauro nicht kommt. Ich sehe schnell nach, was drin ist. Mit einem geübten Satz sprang sie in die Gondel und kletterte schnell über die Bänke bis zu dem Sack. Mit fahrigen Fingern zog sie ihn unter der Bank hervor und löste den rauen Strick, mit dem er zugebunden war. Verwundert zuckte sie zurück. Aus dem Sack schaute der schwarze Kopf einer kleinen Ziege heraus.

Magnolia zögerte keine Sekunde. Ganz gleich, was Milauro mit diesem Zicklein vorhatte, es würde kein gutes Ende nehmen. Sie schnappte sich den Sack, drückte ihn fest an ihren Körper und sprang mit einem Satz zurück ans Ufer.

»Es ist ein schwarzes Zicklein!«, rief sie, während sie die Böschung hinaufstolperte. »Schnapp dir die Besen, und nichts wie weg!«

Jörna stellte keine Fragen. Sie ergriff die Besen und hastete ihrer Freundin hinterher. Die Mädchen rannten, bis ihre Lungen brannten. Sie wagten es nicht einmal, stehenzubleiben, um auf ihre Besen zu steigen. Immer wieder blickten sie über die Schulter zurück. Doch die Landstraße hinter ihnen blieb leer. Schließlich verschwanden sie in einem Tannenwäldchen neben der Straße. Das Zicklein in dem Sack meckerte kläglich.

»Keine Angst, kleine Ziege, bei uns bist du sicher«, murmelte Magnolia wenig überzeugend und blieb stehen. Einen solchen Sprint hatte sie seit den letzten Bundesjugendspielen nicht mehr hingelegt. Dann öffnete sie den Sack zum zweiten Mal. Das Zicklein meckerte vorwurfsvoll.

»Ich schätze, es hat Hunger«, sagte Jörna.

»Am besten, wir bringen es zu uns nach Hause!« Magnolia stieg auf ihren Besen und steckte die kleine Ziege samt Sack unter ihre Jacke. Dann stieß sie sich vom Boden ab, rief: »Nach oben hinaus und nirgends an!«, und sauste los.

»Milauro wird sich wundern, wo die kleine Ziege abgeblieben ist!«, rief sie Jörna zu, die dicht hinter ihr flog.

Jörna nickte. »Es wäre schlauer gewesen, den leeren Sack in der Gondel zu lassen. Dann hätte er geglaubt, sie wäre einfach entwischt.«

Magnolia runzelte die Stirn. »Natürlich wäre es schlauer gewesen, aber stell dir vor, ich hatte Schiss! Und da kann ich nun mal nicht schlau sein.«

»He, ich wollte dir keinen Vorwurf machen«, verteidigte sich Jörna.

»Natürlich nicht. Tut mir leid.« Magnolia warf ihrer Freundin einen zerknirschten Blick zu. »Was hatte Milauro wohl mit ihr vor?«

»Mit einer schwarzen Ziege?«, fragte Jörna. Mehr brauchte sie nicht zu sagen. Sofort hatte Magnolia Bilder von schwarzmagischen Messen im Kopf. Opfertiere, Teufelskult. Sie schauderte. Das Zicklein unter ihrer Jacke fing an zu zappeln. Es wollte endlich aus seinem engen Gefängnis heraus. »Gleich hast du es geschafft«, murmelte die junge Hexe und landete wohlbehalten zwischen den drei Eichen vor Tante Linettes Haus. In der Diele zog sie den Sack unter ihrer Jacke hervor und rief nach ihrer Tante.

»Tante Linette!«, rief sie. »Tante Linette, wo steckst du?« Keine Antwort. Magnolia versuchte es erneut und diesmal etwas lauter. »Tante Linette!!!«

»Sie ist nicht da!« Das war eindeutig Jeppes Stimme. Wie der Blitz kam der Kobold aus der Küche und sah die Mädchen erschrocken an. Sein Gesicht war marmeladenverschmiert, aber das schien er nicht zu bemerken.

»Hast du genascht?«, fragte Magnolia streng.

»Natürlich nicht, wie kommst du darauf?«

»Weil dir die Marmelade noch vom Kinn tropft«, erwiderte Jörna angeekelt.

Hastig wischte sich Jeppe über das Gesicht. »So ein Quatsch. Ich habe bloß ...«

»Du musst bis zu den Schultern im Marmeladentopf gesteckt haben.« Jörna ließ nicht locker.

»Hör mal zu, du Fön ...« Jeppe krempelte sich angriffslustig die Ärmel auf. In diesem Moment kam ein klägliches Blöken aus dem Sack. Irritiert sah der Kobold von einer zur anderen. Magnolia nahm das Zicklein behutsam heraus.

»Wo habt ihr die denn her?«, fragte Jeppe und alle Angriffslust war aus seiner Stimme verschwunden.

»Wir haben sie gefunden«, antwortete Magnolia trotzig. Jeppe stemmte die Hände in die Hüften und richtete sich zu seiner vollen Koboldgröße auf. »So, gefunden, dass ich nicht lache! Ihr habt sie gestohlen, und zwar von jemandem, den man nicht bestehlen sollte, wenn man eines natürlichen Todes sterben möchte.«

Die Mädchen schluckten. »Woher willst du das wissen?«, versuchte Jörna, ihm zu widersprechen. Doch Jeppe ließ sie nicht einmal ausreden.

»Woher ich das weiß? Ganz einfach, ich bin nicht blöd! Es gibt nur eine Handvoll Gestalten, die von Zeit zu Zeit eine schwarze Ziege brauchen. Und die sind so was von schwarzmagisch, das einem angst und bange wird.« Der Kobold fasste sich an den Kopf. »Ihr könnt die Ziege nicht behalten. Sie muss weg, und zwar, bevor diese Leute spitzkriegen, wer sie ihnen gestohlen hat.«

Unsicher sahen sich die Mädchen an. »Tante Linette wird wissen, was das Beste für die kleine Ziege ist«, sagte Magnolia.

»Tante Linette, Tante Linette, lass deine Tante aus dem Spiel. Für sie ist es genauso gefährlich wie für alle anderen auch.«

Das Zicklein blökte. »Es hat Hunger!«, erklärte Magnolia. »Wo ist Tante Linette denn nun?«

Jeppe stöhnte. »Sie wurde nach Hackpüffel gerufen. Der alte Brohmer ist von der Leiter gefallen und hat sich vermutlich ein paar Rippen gebrochen.«

»Ausgerechnet heute!«, stöhnte Magnolia. »Okay, wir geben der kleinen Ziege zuerst etwas Milch und sehen dann weiter. Tante Linette hat immer ein paar Flaschen für mutterlose Kälber herumstehen.« Magnolia lief ins rote Zimmer, den Raum, in dem Tante Linette praktizierte, und schaute in sämtlichen Schränken nach. Glücklicherweise wurde sie fündig. Mit Flasche und Sauger flitzte sie zurück in die Küche, wo Jörna bereits die Milch aufwärmte. Sie füllten das lauwarme Getränk in das Fläschchen, dann setzte Magnolia sich auf den Boden und lockte das Zicklein mit leiser Stimme zu sich heran. Lange brauchte die Hexe nicht zu warten. Das junge Tier stakste unbeholfen auf sie zu und sog gierig an der Flasche.

»Ist das nicht süß?«, flüsterte Magnolia ganz hingerissen, und Jörna nickte.

Nachdem der erste Hunger gestillt war, legten die Mädchen das Tier behutsam in Serpentinas Korb neben dem Ofen. Sofort fielen der kleinen Ziege die Augen zu, und sie schlief erschöpft ein.

»So, und jetzt sagt schon, wem ihr das Zicklein abgenommen habt«, verlangte Jeppe.

Die Mädchen tauschten noch einmal einen Blick, dann holte Magnolia Luft und sagte: »Milauro.«

Jeppe fuhr sich durch die Haare. »Oje«, murmelte er.

»Die schwarze Gondel hat unter der Brücke angelegt, die nach Rauschwald führt. Und wir hatten ausgerechnet dort unsere Besen versteckt«, erklärte Jörna.

»Am helllichten Tag? Das ist wirklich seltsam«, wunderte sich Jeppe. Die Mädchen nickten. »Und Milauro?«

»Der war nicht da«, antwortete Jörna.

»Es war nicht das erste Mal, dass ich die Gondel an einem ungewöhnlichen Ort gesehen habe«, sagte Magnolia plötzlich. Erstaunt sahen Jörna und Jeppe sie an.

»Erinnerst du dich an die Sturmnacht auf Runas Hallig?«

»Sicher.«

»In dieser Nacht hat sie direkt vor Runas Haus angelegt.«

Jetzt waren Jörna und Jeppe ehrlich verblüfft. »Unmöglich«, sagte Jörna. »Die Gondel kann nicht über das Meer fahren. Du musst dich getäuscht haben.«

Aber Magnolia schüttelte den Kopf. »Ich habe Runa und Milauro gesehen, wie sie sich unterhalten haben.«

»Er kann sprechen? Das ist nicht dein Ernst«, spottete Jörna.

»Ich schwöre es beim Wackelzahn meiner Tante.« Lachend hielt Magnolia zwei Finger in die Luft. »Ich habe sie eine ganze Weile beobachtet.«

Jörna pfiff durch die Zähne. »Das ist schon krass. Niemand, den ich kenne, würde sich mit Unterirdischen einlassen. Meine Mutter kann überhaupt nicht verstehen, weshalb man einem von ihnen erlaubt, Schüler zum Unterricht zu chauffieren. In Österreich wäre das nicht möglich, hat sie gesagt.«

»Die Zwerge lassen ihn nicht aus den Augen«, sagte Jeppe. »Trotzdem kann ich nicht glauben, dass Runa und Milauro irgendetwas miteinander zu tun haben sollen.«

Das Zicklein war nach seinem kleinen Schläfchen wieder bei Kräften und machte sich nun daran, den Raum zu erkunden. Es knabberte an den Holzscheiten neben dem Ofen und probierte etwas von Tante Linettes Beinwell, dessen Wurzeln zum Trocknen auf der Ofenbank lagen.

»Was machen wir jetzt mit ihr?«, fragte Magnolia ratlos.

»Sie muss auf jeden Fall weg!« Jeppe sah die kleine Ziege an wie ein lästiges Insekt. »Und zwar so weit wie möglich, damit ihr mit der Sache nicht in Verbindung gebracht werdet.«

»Sicher, aber wohin? Wir können sie unmöglich sich selbst überlassen. Sie ist absolut hilflos, sie würde ...«

»Ich nehme sie zu uns auf den Hof«, sagte Jörna entschlossen. »Wurmstadt ist weit genug entfernt, das passt schon.«

Überrascht sah Magnolia ihre Freundin an. »Wenn deine Mutter nichts dagegen hat?«

Jörna lachte. »Bestimmt nicht. Sie ist ungeheuer tierlieb, und wir brauchen ihr ja nicht zu erzählen, wie wir an das kleine Ding gekommen sind.«

Also musste das Zicklein noch einmal zurück in den Sack. Jörna steckte es genau wie Magnolia unter ihre Jacke, dann gingen sie gemeinsam in den Garten, und Jörna stieg auf ihren Besen.

»Pass auf dich auf«, murmelte Magnolia.

Jörna nickte. »Nach oben hinaus und nirgends an!«, rief sie und war im nächsten Moment zwischen den Bäumen verschwunden.

Jeppe verabschiedete sich ebenfalls. »Ich muss auch weiter«, sagte er. »Richte deiner Tante aus, dass ich morgen gerne wieder vorbeischaue. Wenn sie Hilfe bei der Flachsbestimmung braucht, kann sie auf mich zählen.«

Magnolia sah den Kobold erstaunt an. »Du hilfst bei der Flachsbestimmung? So hilfsbereit kenne ich dich ja gar nicht! Machst du das für umsonst?«

»Natürlich!«

Magnolia runzelte ungläubig die Stirn.

»Fast.«

Jetzt wurde sie allerdings hellhörig. »Was heißt fast?«

»Ich arbeite für ein Ei und ein Butterbrot.«

»Kobolde arbeiten nicht für ein Ei und ein Butterbrot. Kobolde arbeiten nur für blankes Gold.« Magnolia ging ein Licht auf. »Sie hat dir etwas von ihrem Flachs versprochen!«

»Einen winzigen Stängel, und den habe ich mir redlich verdient.« Und bevor Magnolia etwas erwidern konnte, hüpfte der Kobold an ihr vorbei und durch den dunklen Garten davon.

»Ich hätte für meine Hilfe auch gern ein paar Stängel Goldflachs«, murrte Magnolia. Das mickrige Taschengeld, das ihre Tante ihr zahlte, reichte hinten und vorne nicht. Sie nahm sich vor, das Thema Geld bei Gelegenheit einmal anzusprechen. Denn schließlich half sie ihrer Tante wesentlich öfter als der Kobold.

Grübelnd ging sie zurück ins Haus und setzte sich mürrisch mit ihren Mathe-Hausaufgaben an den Tisch. Sie konnte es sich nicht leisten, schon wieder abzuschreiben. Denn spätestens in der nächsten Mathearbeit müsste sie die Aufgaben alleine lösen.

Magnolia war noch nicht besonders weit gekommen, da polterte es im Schrank, und ihre Tante stieg ächzend heraus. Händereibend betrat sie das Wohnzimmer. »Wie schön, endlich in eine warme Stube zu kommen«, begrüßte sie ihre Nichte. »Der alte Brohmer ist geizig wie ein Schotte. Zwei armselige Holzscheite sind alles, was er sich abends im Kamin genehmigt. Meine Finger sind schon ganz steif gefroren, und meine Füße kommen mir wie zwei Polareisschollen vor.«

Magnolia schob die Hausaufgaben freudig zur Seite. Wenn das kein Wink des Schicksals war. Dann würde sie die restlichen Aufgaben eben doch morgen früh von Birte abschreiben. Sie zog den alten Ohrensessel ihrer Tante dichter an den Kamin und legte noch ein Holzscheit nach. »Setz dich, Tantchen, und trink einen großen Becher Tee«, flötete sie, bevor ihrer Tante das Mathebuch auf dem Tisch doch noch auffiel.

»Gutes Kind.« Linette ließ sich dankbar in den Sessel plumpsen. »Du hast doch hoffentlich keine unangenehmen Nachrichten in der Hinterhand?«, fragte sie nach einer Weile argwöhnisch.

Magnolia fühlte sich ertappt. Trotzdem war sie fest entschlossen, nichts von der schwarzen Ziege zu erzählen. »He, sei nicht so misstrauisch«, protestierte sie und fragte schnell: »Wie geht es Brohmer? Jeppe hat erzählt, dass er von der Leiter gefallen ist.«

Ihre Tante krauste traurig die Stirn. »Das stimmt. Der alte Heinzel kann von Glück sagen, dass er überhaupt noch am Leben ist. Jeder andere in seinem Alter hätte sich vermutlich den Hals gebrochen. Er wollte eine Gruppe Feuermännchen von seinem Dach vertreiben. Lästige Biester! Wenn sie wütend werden, verwandeln sich diese Winzlinge in null Komma nichts in lebendige Fackeln.«

»Konntest du ihm helfen?«, fragte Magnolia, obwohl sie die Antwort bereits kannte.

»Sicher! Ich wäre eine schlechte Heilerin, wenn ich nicht ein paar gebrochene Rippen und eine Platzwunde verarzten könnte. Schlimmere Verletzungen hat er glücklicherweise nicht davongetragen. Mit etwas Ruhe und guter Pflege ist er in ein paar Wochen wieder so gut wie neu.« Ihre Tante lächelte. »Und jetzt erzähl du. War es nett in Rauschwald?«

Einen winzigen Moment war Magnolia versucht, ihrer Tante doch von der schwarzen Ziege zu erzählen. Doch dann fielen ihr Jeppes Worte ein. *Zieh deine Tante nicht in diese Sache hinein!* Vielleicht hatte er ja ausnahmsweise einmal recht. Man wusste nie, in welcher Stimmung Tante Linette war. Vielleicht würde sie Milauro zur Rede stellen oder Magnolia verbieten, allein nach Rauschwald zu fahren. Deshalb sagte sie nur: »Ja, es war super. Mit Jörna ist es immer lustig. Wusstest du übrigens, dass in Anatol Totts Laden ein neues Geschäft eröffnet hat?«

»Nein, wirklich?«, fragte ihre Tante erstaunt. Magnolia nickte. »Der Laden ist total cool. Er heißt einfach ›Meister Schnuck‹, genau wie der Inhaber, und ist eine Mischung aus Antiquitätengeschäft und Parfümerie.« Sie trank den letzten Schluck Tee aus ihrem Becher. »Er war früher Museumsdirektor und hat richtig was drauf. Seine Parfüms müsstest du riechen. Wahnsinn! Angeblich stellt er sie alle selbst her. Darum sind sie auch so teuer, über vierzig Euro für ein winziges Fläschchen.«

»Du bist ja gut informiert«, lachte ihre Tante und nahm ebenfalls einen Schluck Tee.

»Das ist reiner Zufall. Professor Schnuck ist ein alter Bekannter von Birtes Vater. Sie sind zusammen zur Schule oder auf die Uni gegangen.«

»Tatsächlich?« Jetzt war Tante Linettes Interesse geweckt. »Ich werde ganz sicher einen Blick in den Laden werfen. Schon allein, um mir Arnulfs alten Schulfreund anzusehen.« Mit diesen Worten erhob sie sich aus ihrem Sessel. »So, und jetzt will ich dich nicht länger von deinen Hausaufgaben abhalten«, sagte sie und marschierte zur Tür.

»Ich bin längst fertig«, log Magnolia und lächelte honigsüß.

Entrüstet sah ihre Tante sie an. »Du bist nicht fertig! Wann fängst du endlich an, deine Gedanken zu blockieren?«

Siebtes Kapitel

Dreizehn Grimoires

In dieser Nacht fiel es Magnolia besonders schwer, einzuschlafen. Eine Million Dinge geisterten ihr durch den Kopf, und zwei davon waren besonders hartnäckig. Das eine war die Sache mit Milauro. Magnolia musste sich eingestehen, dass sie so gut wie nichts über den Gondoliere wusste, der sie seit gut einem Jahr durch die Kanäle zum Unterricht fuhr. Zu Anfang ihrer Ausbildung hatte Runa ihnen eingeschärft, ihn so wenig wie möglich zu beachten. Sie sollten ihn nicht verärgern und sich auf kein Gespräch mit ihm einlassen. Wobei Letzteres eine sinnlose Vorschrift war, denn Milauro sprach nicht. Er stieß maximal drei zusammenhängende Worte aus. Und die ähnelten dann auch eher einem wilden Knurren. Die übrige Zeit starrte er sie so abweisend an, dass ihm jeder sofort den Rücken kehrte.

»Latent aggressiv«, nannte Jörna das. Die Versuchung, nett mit ihm zu plaudern, war also äußerst gering. Der alltägliche Umgang mit dem Unterirdischen war eine Sache. Sollte sich nun aber herausstellen, dass er tatsächlich schwarzmagische Ambitionen hatte, wäre es nur fair, wenn man ihnen zu diesem Thema ebenfalls ein paar Verhaltensregeln mit auf den Weg geben würde, fand Magnolia.

Die andere Sache, die ihr nicht aus dem Kopf ging, war Leander. Ihr Halbelf, wie Jörna sie ständig aufzog. Magnolia seufzte. Über ein halbes Jahr war er jetzt schon bei den Vulkanelfen in Neuseeland, und sie wusste nicht einmal, ob er sie überhaupt noch auf der Rechnung hatte. Gut, es war sicher nicht einfach, aus den Bergen Neuseelands Kontakt zu halten, aber sie hatte seit ihrem Abschied im Sommer erst ein Mal von ihm gehört. Das war im Dezember und eine halbe Ewigkeit her. Vielleicht war ihm irgendeine lichtdurchflutete Elfe über den Weg gehüpft, oder ...

»Schluss damit!«, schimpfte Magnolia. Es war sinnlos, sich mit solchen Gedanken die Nacht um die Ohren zu schlagen. Energisch drehte sie sich auf die andere Seite und fing an, Schäfchen zu zählen. Eine alberne Methode, die aber bei ihr niemals ihre Wirkung verfehlte.

Als der Wecker klingelte, fühlte es sich an, als ob sie kaum eine Stunde geschlafen hätte. Er rasselte so entsetzlich, als wollte er sich jeden Moment in seine Einzelteile zerlegen. Wütend warf Magnolia ihr Kopfkissen nach ihm und schlurfte unter die Dusche. Wie immer war das Wasser nur lauwarm, was unbestritten seine Vorteile hatte, wenn man noch im Halbschlaf war. Man wurde einfach erheblich schneller wach, wenn einem ein Kübel Eiswasser über den Rücken lief. Zehn Minuten später war Magnolia fertig und ging zu ihrer Tante in die Küche hinunter. Bereits auf der Treppe duftete es herrlich nach Rührei und Schinken. Der Service im Regenfass war wirklich eins a und Magnolia war beinah bereit, sich mit dem Tag zu versöhnen.

»Guten Morgen, Kätzchen, hast du gut geschlafen?«, fragte ihre Tante, ohne sich umzudrehen. Sie ließ das Rührei in der Pfanne stocken und schüttete es von dort direkt auf Magnolias Teller. Dann stellte sie ihr selbst gebackenes Brot dazu und winkte einen Milchkrug heran, der Magnolia mit kaltem Kakao versorgte.

»Isst du nicht mit?«, wunderte sich die junge Hexe mit einem Blick auf das einzige Gedeck, das auf dem Tisch stand.

»Nein, heute nicht«, erwiderte ihre Tante. »Ich habe Brohmer versprochen, so früh wie möglich bei ihm vorbeizuschauen, und bin schon viel zu spät dran.« Sie griff nach der braunen Reisetasche, in der sie all ihre Pulver und Tinkturen aufbewahrte, und schlüpfte in ihren Mantel. Eine Minute später verschwand sie ächzend im Schrank.

Magnolia frühstückte in Ruhe zu Ende, gab Serpentina den Rest von ihrem Rührei und probierte dann den Trick mit der Spülbürste. Sie stellte Teller und Tasse ins Becken, nahm ihren Zauberstab und fuhr mit einer spiralförmigen Bewegung über das Geschirr.

»Kuzkur plasch!«, rief sie. Tasse und Teller machten einen gefährlichen Hüpfer und fielen scheppernd zurück ins Waschbecken. Schnell sah Magnolia nach, ob etwas zerbrochen war. Dann wiederholte sie den Zauberspruch und konzentrierte sich ganz besonders auf das Spiralmuster ihres Zauberstabs. Erneut hüpfte das Geschirr besorgniserregend hoch und krachte wieder zurück in die Spüle. Frustriert legte Magnolia den Zauberstab aus der Hand und schnappte sich ihren Rucksack. Sie hatte keine Zeit, länger zu üben, denn sie hatte Birte versprochen, sie von zu Hause abzuholen.

Mit Volldampf sauste sie auf ihrem Rad nach Rauschwald und warf einen zufriedenen Blick auf die Rathausuhr, während sie über den kopfsteingepflasterten Marktplatz ratterte. Es war erst zwanzig vor acht. Sie wurde immer besser!

Gleich darauf hielt sie mit quietschenden Bremsen vor der Apotheke und wunderte sich, dass Birte bereits auf sie wartete.

»Na, alles flauschig heute Morgen?«, fragte Birte lässig, und bei Magnolia setzte automatisch das Fremdschämen ein. Birte und cool passte ungefähr so gut zusammen wie Zahnschmerzen und gute Laune.

»Hi!« Magnolia grinste verlegen, dann schnupperte sie. »Bist du das?«

Ihre Freundin wurde rot. »Cool, oder?«

Magnolia schnüffelte erneut. »Riecht gut«, bestätigte sie.

»Es heißt ›Gewitternacht‹.«

»Wow, ist das ein Parfüm aus Meister Schnucks Laden?«

»Ist es.« Wie selbstverständlich kletterte Birte auf Magnolias Gepäckträger.

»Fahr los!«, sagte sie, und Magnolia setzte sich ohne zu murren in Bewegung.

In der Schule stellte sich schnell heraus, dass Birte nicht die Einzige war, die eines von Meister Schnucks Parfüms gekauft hatte.

Auf Samanthas Tisch standen gleich drei der kleinen Flakons in Vogelform. »Der Mann ist ein Zauberer«, verkündete sie gerade und hielt Stefanie ihr Handgelenk unter die Nase.

»Hmmmmm, riecht das gut!«, seufzte die. »Richtig lecker!« Sie liebte es, sich bei Samantha einzuschmeicheln. »Welcher Duft ist das? Er passt unglaublich gut zu dir.«

Samantha lächelte. »Er heißt ›Nach dem Monsun‹«, sagte sie. Dann runzelte sie unwillig die Stirn. Birte hatte ihren Duft herausgeholt und ließ Merle an dem Fläschchen schnuppern.

»Ich krieg gleich 'ne Krise. Es sieht wirklich so aus, als hätte sich jeder Hans und Franz irgendeinen Duft gekauft!«, zischte sie. Mürrisch stand Samantha auf und kam an Birtes Tisch. Die zog automatisch den Kopf ein. Sie wurde immer etwas ängstlich, wenn Samantha sie so direkt aufs Korn nahm.

»Wie heißt das Parfüm?«, fragte Samantha und sah sie streng an.

»Gew… Gewitternacht«, antwortete Birte und räusperte sich.

»Lass mal riechen!«

Birte hielt Samantha das Fläschchen hin.

Samantha schnüffelte. »Riecht ganz gut«, sagte sie dann gnädig. »Zeig mal, wie es auf deiner Haut riecht.«

Brav hielt Birte ihr den Arm unter die Nase. Sofort verzog Samantha das Gesicht. »Uuuuh!« Sie wedelte, als wollte sie einen unangenehmen Geruch verscheuchen. »Parfüm riecht auf jeder Haut anders und bei dir riecht es irgendwie streng. Du solltest kein Parfüm tragen.«

Der Ärger stieg in Magnolia auf wie in einem Vulkan. »Und was hast du für einen Duft drauf?«, fragte sie, und ihre Augen blitzten angriffslustig.

»Er heißt ›Nach dem Monsun‹. Aber davon verstehst du nichts«, entgegnete Samantha von oben herab und ging zurück an ihren Platz.

»Nach dem Monsun? Wie kommt es, dass ich dabei gleich an Schlammlawinen und Müll denken muss?«, Magnolia schnupperte. »Riecht auch irgendwie komisch, oder liegt das an deiner Haut?«

Wütend drehte sich Samantha um. »Vielleicht stimmt etwas mit deiner Nase nicht. Wer weiß, was bei euch so im Kochtopf landet! Überhaupt, mich interessiert deine Meinung nicht. Wenn ich so einen Waldschrat als Tante hätte, würde ich längst …«

»Was würdest du?«, fragte Magnolia drohend und kniff die Augen zusammen. Sie verfluchte das Verbot, in der Öffentlichkeit zu zaubern. Liebend gern hätte sie den Papierkorb heranschweben lassen und ihn samt Inhalt über Samanthas Kopf gestülpt. Jetzt musste sie sich auf das Anstarren beschränken. Sie hatte diesen Blick tausendmal geübt. Er war ein Erbe der Banshee und so schmerzhaft wie ein Spritzer Zitronensaft im Auge.

»Autsch!«, schrie Samantha prompt und schlug sich die Hände vor's Gesicht. »Was ist das?«

Die anderen starrten Magnolia verblüfft an.

»Sie hat den bösen Blick!«, kreischte Stefanie begeistert und kicherte nervös. »Ich hab's genau gesehen. Sie hat dich angestarrt und zack …«

Magnolia sagte nichts. Sie hatte ein schlechtes Gewissen. Nicht wegen Samantha, sondern wegen ihrer Tante. Immer wieder predigte sie ihr, vorsichtig zu sein. Gerüchte über Hexerei waren gefährlich und durften unter keinen Umständen aufkommen. Sie musste sich besser im Griff haben.

Es war ein Glück, dass in diesem Moment ihre Klassenlehrerin, Frau Mümmel, den Raum betrat und so den Streit beendete.

Nach der Schule, als Magnolia am Laden von Meister Schnuck vorbeikam, konnte sie der Versuchung nicht widerstehen, noch einmal hineinzuschauen. Dabei hatte sie heute Nachmittagsunterricht und eigentlich überhaupt keine Zeit. Trotzdem stellte sie ihr Rad in den Ständer vor der Apotheke und ging hinein. Der Laden war wie beim letzten Mal voller Kunden, und der Renner waren noch immer die Parfüms. Meister Schnuck stand ernst, aber zufrieden hinter der Kasse und tütete einen Flakon nach dem anderen ein. Magnolia aber war wegen der Bücher da, von denen Jörna erzählt hatte. Sie zwängte sich durch eine Gruppe Schüler, die das Parfümregal belagerten, und stieg die enge steile Treppe zur Galerie hinauf. Hier oben befand sich also das Antiquariat. Meister Schnuck hatte erstaunlich viele Bücher zusammengetragen. Es gab alte Handschriften, Landkarten, Musikalien. Und es gab ... Magnolia rieb sich erstaunt die Augen ... Grimoires, sogenannte Zauberschriften. Fest verschlossen unter Glas lagen sie da. Neugierig beugte sie sich hinunter und war völlig perplex. Dort lag auch ein Buch, von dem sie nicht geglaubt hätte, dass sie es jemals zu Gesicht bekommen würde. Das sagenumwobene Nekronomikon! Abgegriffen und in Leder gebunden. Wie gerne würde sie es einmal in die Hand nehmen. In diesem Moment schlug die Rathausuhr zweimal. So ein Mist! Sie musste nach Hause, damit sie den Unterricht bei Runa nicht verpasste. Dabei hätte sie sich die Bücher zu gerne genauer angesehen. Eilig stieg sie die Treppe der Galerie hinunter und huschte aus dem Laden.

Auf der Heimfahrt ging ihr das Nekronomikon einfach nicht mehr aus dem Kopf. Von einem verrückten Araber geschrieben, sollte sein Inhalt so grauenhaft sein, dass man den Verstand verlor, wenn man darin las. Es war beinah unglaublich, dass Meister Schnuck dieses Buch besaß.

Als sie am Garten ihrer Tante ankam, stellte sie erstaunt fest, dass niemand mehr vor der Gartenpforte wartete. Und das konnte nichts anderes bedeuten, als dass jedes magische Geschöpf im Umkreis von zwanzig Kilometern hier gewesen war und jetzt Klarheit über die Qualität seines Flachses hatte. Magnolia war heilfroh darüber.

Die nächste Überraschung lag auf dem Esstisch, neben ihrem Teller Kartoffelsuppe.

»Zwergenpost«, flötete ihre Tante und grinste, als würde sie ihr die Juwelen der englischen Königin präsentieren. Magnolias Herz machte einen kleinen Hüpfer. Sie erkannte das blaue Briefpapier mit den sieben Siegeln sofort. Jedes Siegel stand für einen Zwergenposten, den der Brief passiert hatte. Mit zitternden Fingern brach sie die Siegel auf und überflog den Inhalt des Briefes. Dann strahlte sie mit ihrer Tante um die Wette.

»Leander bricht sein Auslandsjahr ab und kommt zurück!«, rief sie.

»Wegen dir?« Tante Linette runzelte die Stirn.

»Quatsch!« Magnolia überflog den Brief noch einmal. »Es hat Ärger mit Schwarzalben gegeben. Deshalb haben sie ihn nach Hause geschickt.«

»Ja, richtig. Ich habe davon gehört.« Ihre Tante setzte sich zu ihr an den Tisch. »Die Schwarzalben haben ihre Wälder verlassen und rücken den Elfen immer dichter auf den Pelz. Wenn sie nun schon ihre Austauschschüler nach Hause schicken, ist es wohl nur noch eine Frage der Zeit, bis es da drüben gehörig scheppert.«

»Schlimm, schlimm«, sagte Magnolia düster und konnte ein Grinsen nur mühsam unterdrücken.

Tage, an denen Hexunterricht auf dem Programm stand, waren immer stressig. Auch heute musste Magnolia direkt vom Esstisch aufstehen und in den Schrank steigen. Sie hatte den Löffel noch nicht einmal aus der Hand gelegt, als Jörna und Ronda auch schon an der Tür klopften.

»Bis heute Abend!«, rief sie ihrer Tante zu und sprang auf, um zu öffnen.

Magnolia brannte darauf zu erfahren, ob das Zicklein auf Jörnas Hof ein neues Zuhause gefunden hatte. Aber natürlich konnte sie ihre Freundin nicht danach fragen, solange ihre Tante in Hörweite war. Sie musste sich also noch etwas gedulden. Nacheinander stiegen die Mädchen auf die Rutsche im Schrank und standen wenig später auf dem unterirdischen Pfad, der direkt nach Hackpüffel führte. Magnolia wartete auf einen günstigen Moment. »Was ist mit der Ziege?«, flüsterte sie, als Ronda ein paar Schritte voraus war. »Darfst du sie behalten?«

Jörna strahlte. »Na klar, meine Mutter überlegt sogar, ob sie sich nicht noch vier weitere Ziegen anschafft. Dann hätte sie eine kleine Herde und könnte ihren eigenen Käse herstellen.«

»Deine Mutter kann Käse machen?«, staunte Magnolia.

Jörna nickte. »Früher hatten wir sogar eine eigene Käserei.«

»Was hast du ihr wegen der Ziege erzählt?«

»Ich habe gesagt, ich hätte sie gewonnen«, grinste Jörna.

»Gewonnen?«

»Ja, ich habe ihr erzählt, dass Runa sie unter ihren besten Schülern verlost hat.«

»Spinnst du? Was ist, wenn deine Mutter nachfragt?«

Jörna zuckte die Schultern. »Wird sie schon nicht.«

»Beeilt euch!«, drängte Ronda, die weit vorauslief. »Milauro legt in vier Minuten ab.«

Es war eins der großen Mysterien, weshalb sie ständig zu spät dran waren, und ziemlich sinnlos, sich darüber den Kopf zu zerbrechen. Also stolperten sie aus der mächtigen Rotbuche und trabten Seite an Seite die Dorfstraße entlang.

»Viel Spaß beim Unterricht!« Eine junge Zwergin winkte ihnen aus Jackos Garten zu.

Magnolia zog die Mundwinkel ganz weit nach unten und winkte zurück. »Danke Una, wenn du nichts Besseres vorhast, können wir gerne tauschen!«

Una schüttelte lachend den Kopf. »Passt auf die Trolle auf. Sie sind kurz vor euch die Straße entlanggekommen.«

Die drei jungen Hexen winkten zurück. Trolle fürchteten sie schon lange nicht mehr. Runa hatte ihnen ziemlich zu Beginn ihrer

Unterrichtsstunden einen einfachen, aber sehr wirkungsvollen Trick gezeigt, um sie zu vertreiben.

»Ich weiß, es ist blöd, aber ich habe Angst, Milauro zu begegnen«, keuchte Jörna, während sie den Stollen betraten, der zum unterirdischen See führte. »Ich habe das Gefühl, er weiß, dass wir ihm die Ziege geklaut haben.«

Magnolia nickte. Ihr ging es genauso. Aber sie durften sich Milauro gegenüber unter keinen Umständen etwas anmerken lassen.

Wie immer dauerte es eine Weile, bis sich ihre Augen an die Dunkelheit gewöhnt hatten. Dann erkannten sie das gelbe Licht der Laterne, die am Bug der schwarzen Gondel brannte. Wie ein Schatten lag sie auf dem ruhigen, schimmernden Wasser und wartete. Milauro sah ihnen mit undurchdringlicher Miene entgegen. Schnell stiegen die Mädchen ins Boot und setzten sich zu den anderen auf ihre Plätze. Sofort legte die Gondel ab und glitt lautlos an den nass glänzenden Felsen vorbei. An manchen Stellen waren die Kanäle so eng, dass sie nur die Hand ausstrecken mussten, um die Fledermäuse zu berühren, die in dichten Trauben an den Felswänden hingen und auf den Anbruch der Nacht warteten.

»Ilewich halewa-belewe keileweinelewen Bolewock aulewauf Runewunalewas Ulewun-telewer-ilewicht!«, sagte Nemo plötzlich in der peinlichen Räubersprache. Konrad hatte sie ihm beigebracht, und er war sofort Feuer und Flamme, denn magische Wesen konnten diese Sprache nicht verstehen und mussten sie erst mühsam erlernen. Magnolia fand sie zwar albern, hatte aber keine Probleme damit. Bei Jörna und dem Rest der Truppe lag die Sache anders. Sie taten sich, zu Nemos Entzücken, erstaunlich schwer damit, sie zu lernen. Doch er ruhte nicht eher, bis jeder von ihnen das Prinzip der Sprache verstanden hatte. Denn sonst hätte er sich ja nicht unterhalten können.

»Ilewich aulewauch nilewicht«, erwiderte Konrad sofort und grinste zufrieden. Es gefiel ihm, dass Nemo so begeistert von dieser Sprache war, denn schließlich kam sie von ihm. Genauer gesagt von seiner Großmutter.

Jörna verdrehte die Augen. »Pipikram«, sagte sie.

»Rolewolmolewops«, sagte Konrad genüsslich, und Nemo grinste.

Es dauerte eine Sekunde, bis Jörna sich das übersetzt hatte, dann langte sie rüber und fegte Konrad seinen Zylinder vom Kopf.

»Spinnst du?«, fragte Konrad in normaler Sprache und grapschte hastig nach seinem Hut, damit er nicht über Bord fiel. Jetzt war es Jörna, die grinste.

Magnolia hörte dem Geplänkel nur mit halbem Ohr zu. Sie hatte die ganze Zeit das unangenehme Gefühl, Milauros Blick auf sich zu spüren, und zog automatisch den Kopf ein. Nur gut, dass sie mit dem Rücken zu ihm saß. Dann hatten sie endlich den Bootssteg des stillen Sees erreicht. Wortlos legte der Gondoliere an, und genauso wortlos stiegen die jungen Hexen und Magier aus. Sie nickten Milauro noch einmal zum Abschied zu und waren froh, aus seinem Blickfeld zu verschwinden.

Am Strand stiegen sie noch immer schweigend auf ihre Besen und flogen über ein spiegelglattes Meer nach Bollwark, zu Runas Hallig.

Achtes Kapitel
Eine gefährliche Zutat

Auch auf Bollwark konnte man den Frühling bereits riechen. Der Wind, der noch vor Kurzem wie ein wilder Stier getobt hatte, strich heute sanft über die Salzwiesen der Insel, und im Strandhafer flötete der erste Seeregenpfeifer.

Runa erwartete ihre Schüler mit gewohnt strengem Blick und führte sie gleich nach der Landung hinter das Haus. Sie hatte dort sechs Zielscheiben aus Korb aufgestellt, die interessanterweise die Silhouette eines Trolls darstellten. Ihre Schüler waren angenehm überrascht.

»Sieht nach einer Menge Spaß aus«, stellte Magnolia erfreut fest.

»Stimmt. Endlich mal etwas anderes als das ewige Gedankenblockieren«, pflichtete Jörna ihr bei. »Ich schätze, Runa will uns bei Laune halten.«

»Ruhe!«, rief die Watthexe und klatschte energisch in die Hände. »Schluss mit dem ständigen Geplapper! Was ich euch jetzt sage, sage ich nur einmal, verstanden?«

Die Schüler nickten. »Dort hinten seht ihr sechs Bergtrolle. Ich will, dass ihr sie erledigt – und zwar mit dem klassischen Hexenschuss.«

»Wow!« Begeistert sahen sich die jungen Hexen und Magier an.

»Stellt euch in einer Reihe auf. Ihr braucht nicht zu drängeln. Jeder von euch hat seine eigene Zielscheibe.«

Die Schüler stellten sich wie verlangt auf und warteten.

»Das Besondere am Hexenschuss ist, dass man keinerlei Hilfsmittel wie zum Beispiel einen Zauberstab oder Ähnliches benötigt. Er lässt sich schnell und effektiv aus dem gestreckten Zeigefinger abfeuern und richtet nicht so einen Flurschaden wie ein Kugelblitz an. Noch Fragen?«

Die Schüler schüttelten stumm die Köpfe.

»Dann konzentriert euch auf euer Ziel. Streckt den Arm und den Zeigefinger aus und ruft laut und deutlich: ›Tonebat!‹ Die Betonung liegt auf der letzten Silbe.«

Die Schüler streckten ihre Zeigefinger aus und fixierten ihr Ziel.

»Ach ja. Es wird zu Anfang etwas wehtun, wenn der Schuss eure Fingerspitze verlässt.«

Augenblicklich ließen alle die Arme sinken.

»Das habe ich mir gedacht!«, polterte Runa. »Sobald es ernst wird, kneift ihr!«

»Tut es sehr weh?«, piepste Ronda ängstlich.

»Nicht mehr, als wenn ich dir ein paar Feuerdrachen unter den Hintern schiebe«, blaffte Runa. »Und jetzt los. Wer kneift, ist für die Zunft der Hexen verloren!«

Magnolia schluckte. War ja klar, dass der Spaß einen Haken hatte.

»Warum musste sie das unbedingt vorher sagen?«, brummte Jörna. Magnolia sah ihre Freundin an und nickte entschlossen. »Egal«, sagte sie und streckte Arm und Zeigefinger aus. Dann konzentrierte sie sich auf ihr Ziel und rief: »Tonebat!«

Es gab ein zischendes Geräusch und fühlte sich an, als hätte ein Peitschenhieb ihre Fingerspitze getroffen.

»Au!«, schrie Magnolia, und im gleichen Moment gab es eine kleine Explosion auf der Zielscheibe.

»Nicht schlecht für den Anfang«, lobte Runa. »Der Nächste!«

Niemand wollte sich vordrängeln. »War es schlimm? Tut es sehr weh?« Die Zauberschüler sahen Magnolia nervös an.

Die hielt sich noch immer den schmerzenden Finger. »Es geht«, sagte sie tapfer.

Runa zog schweigend einen Tontiegel aus ihrer Rocktasche und strich Magnolia eine rosafarbene Creme auf den Finger. Sofort ließ der Schmerz nach.

»Da müsst ihr durch«, verkündete die Watthexe. »Aber ich kann euch beruhigen. Wenn ihr fleißig übt, bekommt ihr an dieser Stelle sehr schnell eine schöne dicke Hornhaut.« Sie grinste.

Jörna verdrehte die Augen. »Wer will, bitte schön, Hornhaut auf seinem Zeigefinger haben?«, flüsterte sie Magnolia zu.

Obwohl niemand wirklich Lust hatte, versuchten alle ihr Glück. Der Schmerz ließ zwar nicht nach, aber sie gewöhnten sich an ihn, weil sie wussten, womit sie zu rechnen hatten.

Am Ende der Lektion saßen sie mit rosa Zeigefingern auf Runas Terrasse und die Watthexe goss jedem von ihnen zur Belohnung einen Becher Zimtmilch ein, bevor sie zur zweiten Lektion an diesem Nachmittag kamen. Dem Festmachen.

Zunächst konnte sich keiner der Schüler etwas darunter vorstellen. »Hauptsache, es tut nicht wieder weh«, flüsterte Nemo leise. Aber Runa hatte ihn gehört.

»Was seid ihr nur für Jammerlappen«, schimpfte sie. »Aber ich kann euch beruhigen. Festmachen bedeutet nichts anderes, als sich stark und weniger verwundbar zu machen.«

Besorgt sahen die Hexen und Magier sich an. Runa lachte. »Keine Angst, diesmal braucht ihr nicht einen einzigen Finger zu rühren. Das Festmachen erledigt dieser kleine Talisman für euch. Wichtig ist nur, dass ihr ihn bei euch tragt.« Sie hielt etwas zwischen ihren Fingern, das wie ein kleiner runder Stein mit einem sternenförmigen Muster aussah.

»Was ist das?«, wunderte sich Jörna.

»Das«, Runa machte eine bedeutungsvolle Pause, »das ist ein versteinerter Seeigel.«

»Ein Seeigel?«, wunderte sich Eugenie. »Der soll uns unverwundbar machen? Die liegen doch zuhauf am Strand herum.«

»Diese hier sicher nicht, denn sie stammen von Neptuns Seeigelbänken, tief auf dem Meeresgrund. Ich habe sie eigens für euch bestellt.« Runa griff unter den Tisch und zog ein winziges Netz hervor, in dem sechs versteinerte Seeigel klapperten. »Sie sind alle eines natürlichen Todes gestorben, bevor sie zu Stein wurden«, versicherte sie. Mit diesen Worten griff sie ins Netz und händigte jedem ihrer Schüler einen solchen Talisman aus.

Magnolia befühlte den versteinerten Seeigel. Er fasste sich rau und kühl an.

»Wir wollen gleich einen Test machen«, sagte Runa. »Aber vorher muss ich euch noch warnen. Das Festmachen, also der Schutz dieses Talismans, gilt nur für magische Angriffe. Ihr könnt also immer noch von einem Auto überfahren oder von einem Ziegelstein erschlagen werden. Denkt immer daran! Den magischen Schutz wollen wir jedoch sofort ausprobieren. Freiwillige vor!« Auffordernd sah Runa in die Runde. Niemand meldete sich. »Nun, was ist?« Böse kniff die Watthexe die Augen zusammen und starrte ihre Schützlinge an. Man sah ihr an, dass sie sie allesamt für missraten hielt.

»Es kommt sowieso jeder dran«, schob sie drohend hinterher.

»Also, ich war heute schon Erste«, murmelte Magnolia.

Zögernd hob Nemo die Hand.

»Aaaaah, Großmagier Zingst will sich der Prüfung stellen. Dann trete vor. Am besten, du stellst dich dahinten neben den Troll.«

Mit schweren Schritten schlurfte Nemo los und positionierte sich zwischen den Zielscheiben. »Muss ich irgendetwas tun?«, fragte er besorgt.

Aber Runa schüttelte den Kopf. »Hast du den Talisman in deiner Hand?« Nemo nickte. »Sehr gut. Dann feuert ihr anderen jetzt einen Hexenschuss auf ihn ab.«

»Au ja!«, rief Konrad. Und auch Eugenie streckte begeistert den Finger aus.

»Einer nach dem anderen und bloß nicht so schüchtern«, mahnte Runa.

»Welewenn dalewas weleweh tulewut, malewachelewe ilewich dilewich plalewatt!«, versprach Nemo.

»Hör mit dem dämlichen Palaver auf!«, blaffte Runa ihn an. Sie verstand die Räubersprache nämlich auch nicht.

Magnolia hatte, genau wie Jörna und Ronda, wenig Lust auf eine schmerzende Fingerspitze. Doch darauf nahm Runa keine Rücksicht. »Feuer frei!«, dröhnte sie wie der Oberbefehlshaber internationaler Streitkräfte. Und ihnen blieb nichts anderes übrig, als zu gehorchen.

Als Erste feuerte Eugenie. Auf Nemos Jacke explodierte ein kleiner Blitz. Ohne mit der Wimper zu zucken, wedelte er den schwarzen Schmauch weg und grinste.

»Hast du etwas gemerkt?«, wollte Konrad wissen.

»Nein, nichts. Von mir aus könnt ihr weitermachen.«

Der Reihe nach war jeder einmal dran. Zuerst als Schütze, dann als Zielscheibe. Magnolia war die Letzte, und als Ronda auf sie anlegte, hatte sie überhaupt keine Angst. Der Schuss knallte, und Ronda schlenkerte vor Schmerz ihre Hand. Doch Magnolia fühlte nicht mehr als eine leichte Berührung an ihrem linken Arm. Dieser Schutz schien zu wirken.

Zur gleichen Zeit machte sich Linette im Regenfass auf den Weg nach Rauschwald. Arnulf, der Apotheker, wartete bereits ungeduldig auf ihre Dornwarzencreme und den Teufelskrallenextrakt, der bei Gelenkschmerzen wahre Wunder wirkte. Die Kräuterhexe schlang sich ihren flauschigen Schal dreimal um den Hals und schlüpfte in ihren unauffälligen Mantel. Anschließend rief sie nach ihrem Besen und flog versteckt zwischen den Baumwipfeln nach Rauschwald.

Als sie die Apotheke erreichte, war es früher Abend, und die meisten

Läden hatten bereits geschlossen. Nur vor Meister Schnucks neuem Geschäft herrschte ein Gedränge, als würden dort Goldtaler mit beiden Händen unter das Volk gebracht.

Kopfschüttelnd stieg Linette die Stufen zu Arnulfs Apotheke hinauf und trat ein. Im Innern des Hauses bimmelte eine Glocke, und kurz darauf erschien der Apotheker aus einem Hinterzimmer im Verkaufsraum.

»Welch Glanz in meiner alten Hütte!«, rief er erfreut und breitete seine Arme aus. »Schön, dass du endlich kommst. Ich gebe es nur ungern zu, aber ohne deine Extrakte und Tinkturen wäre ich aufgeschmissen!«

»Alter Schmeichler!«, grunzte Linette. Ohne große Umstände schob sie sich hinter den Tresen und verschwand im Hinterzimmer der Apotheke.

Schwungvoll stellte sie den Korb auf den Tisch. »Sieh nach, was du gebrauchen kannst«, forderte sie ihren alten Freund auf. »Den Teufelskrallenextrakt und die Dornwarzencreme habe ich extra verpackt.«

Neugierig sah Arnulf Langboom in Linettes Korb. Als Apotheker verstand er selbst etwas von Kräuterkunde, und jedes Mal, wenn sie ihm neue Tinkturen, Extrakte oder Pulver brachte, kam es ihm vor, als würde sich eine Wundertüte vor ihm öffnen. Linette war eine Zauberin, und man konnte mit Fug und Recht behaupten, dass ihre Arzneien tatsächlich Wunder wirkten.

Diesmal zog er erstaunt ein winziges Glas aus dem Korb, in dem hunderte blaue Linsen klapperten.

»Eulenaugen«, sagte Linette, als würde das alles erklären.

»Eulenaugen?« Arnulf sah sie besorgt an. »Ich glaube nicht, dass meine Kundschaft reif für solche Experimente ist.«

Linette winkte ungeduldig ab. »Es sind nur Pastillen«, erklärte sie. »Meine neueste Erfindung. Sie helfen bei Nachtblindheit. Seit Jahren feile ich an der richtigen Rezeptur, und jetzt ist es mir endlich gelungen, auch die unerwünschten Nebenwirkungen abzustellen.«

Misstrauisch sah der Apotheker sie an. »Was für Nebenwirkungen?«

»Nicht der Rede wert«, beruhigte Linette ihn. »Es lag an der Dosierung. Ein Quäntchen zu viel Flaum vom Kauz und schon klang die menschliche Stimme wie der Lockruf einer Ohreneule. Keine große Sache. Für Außenstehende allerdings absolut verstörend.«

»Und du bist sicher, dass du die Nebenwirkungen jetzt im Griff hast?«

»Worauf du dich verlassen kannst, mein Lieber. Der Ruf der Eule tritt nur noch gelegentlich als kleiner Schluckauf auf. Aber irgendwas ist ja immer.«

»Also gut, ich nehme ein Glas«, sagte Arnulf nach anfänglichem Zögern. »Ich werde es zuerst an mir selbst ausprobieren.«

»Alter Knauser! Ein Glas ist gar nichts, aber wie du willst«, murrte Linette. »Allerdings kann ich dir nicht versprechen, dass ich sofort nachliefern kann, wenn du mehr brauchst.«

In diesem Moment bimmelte erneut die Glocke. »Einen kleinen Moment, ich habe Kundschaft«, entschuldigte Arnulf sich und verließ den Raum.

»Benjamin, was für eine Überraschung! Oder soll ich Meister Schnuck sagen? Seitdem du dein Geschäft eröffnet hast, steht halb Rauschwald kopf. Es ist beeindruckend!«

»Jetzt übertreibst du aber«, antwortete Professor Schnuck bescheiden.

»Nein, nein. Ich habe deinen Laden fest im Blick«, lachte Herr Langboom. »Was kann ich also für dich tun?«

Meister Schnuck? Linette wurde hellhörig. Der ehemalige Schulfreund, von dessen Laden inzwischen ganz Rauschwald sprach? Neugierig schlich sie zur Tür und linste durch einen Spalt in den Verkaufsraum der Apotheke.

Der Mann vor dem Tresen war klein und rund und trug einen altmodischen braunen Tweed-Anzug. Sein grauer Haarkranz ließ ihn deutlich älter aussehen, als er sein konnte. Suchend glitt sein Blick über die Regale der Apotheke.

»Du weißt, dass ich meine Parfüms selbst herstelle?«, fragte er mit leiser Stimme.

»Du hast es bei unserem gemeinsamen Abendessen erwähnt«, lächelte Herr Langboom.

»Nun, ich arbeite an einer neuen Kreation und brauche dafür ein ganz spezielles Pulver. Es ist unwahrscheinlich, dass du es vorrätig hast. Du musst es für mich besorgen.«

»Was für ein Pulver brauchst du?«

Meister Schnucks Stimme wurde noch leiser. Und Linette konnte von der Unterhaltung kein Wort mehr verstehen. Sie schnüffelte. Eine alte Gewohnheit, wenn sie einen Menschen das erste Mal traf. Dann schnüffelte sie erneut. Seltsam, Meister Schnuck roch nicht. Dafür trafen sich ihre Blicke durch den Türspalt. Automatisch zuckte Linette zurück. Wie peinlich, beim Lauschen erwischt zu werden.

In der Apotheke wurden die Stimmen wieder lauter. »Vielen Dank, mein Freund. Ich hole das Pulver in der nächsten Woche ab.« Die Glocke klingelte, und schon war Meister Schnuck aus dem Laden verschwunden.

Sofort kam Linette aus der Deckung. »War das der berühmte Meister Schnuck?«, fragte sie.

Arnulf Langboom nickte. »Irgendetwas scheint der Kerl richtig zu machen, das war schon in der Schule so. Ich kann mich an keinen Laden erinnern, der auch nur annähernd so fulminant gestartet wäre.«

»Ihr kennt euch aus der Schule?«, erkundigte sich Linette, obwohl sie es bereits wusste.

»Ja, wir haben zusammen unser Abitur gemacht. Danach trennten sich unsere Wege. Ich fing mit dem Biologie-Studium an, und Benjamin stürzte sich auf die Archäologie. Wir verloren uns für lange Zeit aus den Augen. Irgendwann habe ich dann in der Zeitung von ihm gelesen. Er war weit gereist, hatte fremde Länder und Kulturen kennengelernt und wurde Museumsdirektor in Bern. Bis er dort nicht mehr zufrieden war. Stillstand ist Rückschritt, lautet seine Devise, und deshalb möchte er hier noch einmal ganz von vorne anfangen. Ich bewundere seinen Mut.«

»Manche Menschen haben einen unruhigen Geist«, antwortete Linette und griff nach ihrem Korb.

Arnulf hielt ihr die Tür auf. »Es ist immer wieder eine Freude, mit dir Geschäfte zu machen«, sagte er. »Wie soll die Bezahlung aussehen? Willst du Geld oder sind dir Naturalien lieber?«

»Ich brauche verschiedene Zutaten aus deiner Apotheke«, erwiderte Linette. »Die Liste reiche ich dir in den nächsten Tagen rein.«

»Ganz wie du willst, meine Liebe.«

Linette war schon mit einem Fuß vor der Tür, da drehte sie sich noch einmal um. »Und was wollte er nun?«

Irritiert sah der Apotheker sie an. Dann huschte ein Lächeln über sein Gesicht. »Ach, du meinst Benjamin Schnuck! Du weißt, ich habe Schweigepflicht.« Linette verdrehte die Augen.

»Also gut. Für dich mache ich eine Ausnahme. Er braucht Affodill.«

Linette zuckte zusammen. »Affodill, sagst du?«

Arnulf nickte. »Für seine neue Parfümkreation«, fügte er beinah trotzig hinzu.

»Affodill ist eine Zutat im Brot der lebenden Toten, und das weißt du«, erinnerte Linette streng und verließ nachdenklich die Apotheke.

Neuntes Kapitel
Die Ankunft

Mitten in der Nacht wurde Magnolia wach. Ein Geräusch mischte sich in das Heulen des Sturms, der fauchend wie eine wütende Katze um die Turmspitze tobte. Ein unangenehmes, durchdringendes Geräusch, das wie das Scheppern einer großen Glocke klang.

Magnolia stand auf und sah aus dem Fenster. Der Wald lag wie immer dunkel und geheimnisvoll da. Nur das Knirschen der Äste und das Wispern der Blätter ließen den Wind erahnen, der sich in den Zweigen der Bäume verfing. Magnolia ging auf die andere Seite und blickte über den nächtlichen Garten bis zur alten Kirche hinunter. Verwundert rieb sie sich die Augen. Helle Fackeln bewegten sich langsam in einer kleinen Prozession den Hang hinauf. Und mit ihnen kam das scheppernde Geräusch der Glocke immer näher.

Unten im Haus rumpelte es, kurz darauf hörte Magnolia, wie ihre Tante fluchte. Schnell schlüpfte sie in ihre Goofy-Hausschuhe, die sie zu ihrem letzten Geburtstag von Jörna geschenkt bekommen hatte, zog hastig ihren Bademantel über und lief, so schnell es Goofy zuließ, die Wendeltreppe hinunter. Im Flur stieß sie beinahe mit ihrer Tante zusammen, die ebenfalls mit Bademantel und Hausschuhen bekleidet war.

»Was ist das für ein schreckliches Geräusch?«, wollte Magnolia wissen.

Ihre Tante öffnete hastig die Tür. »Sie sind da!«, rief sie und war schon aus dem Haus.

Magnolia lief ihr nach. »Wer ist da? Die drei Spinnerinnen? He, warte … wo willst du hin?«

»Ich muss dieses Gebimmel auf der Stelle beenden! Kein Mensch soll wissen, dass sie da sind. Und was tun sie? Sie fahren mit einem solchen Getöse den Hang hinauf, als würden sie die Weihnachtsparade in New York anführen!«

»Dann sind die drei Spinnerinnen also tatsächlich angekommen?« Magnolia folgte ihrer Tante atemlos durch den nächtlichen Garten.

Linette öffnete das Tor in der Mauer und trat hinaus. »Was soll das werden?«, fragte sie verblüfft.

»Es sieht so aus, als wollten sie dort ihr Lager aufschlagen«, antwortete Magnolia. »Jedenfalls bauen sie eine Wagenburg.«

»Eine Wagenburg?«, echote ihre Tante mit spitzer Stimme. »Sind sie denn noch ganz bei Trost? Sie können unmöglich am Hang lagern, von dort sind sie kilometerweit zu sehen. Nicht auszudenken, wenn der Pfarrer sie entdeckt!« Behände wie eine Ziege hoppelte Linette in ihren Pantoffeln den Hang hinab.

»Pass auf, dass du nicht auf einem Kuhfladen ausrutschst«, rief Magnolia vergnügt. Der Wind hatte sie nun endgültig munter gemacht. Sie zog ihren dünnen Bademantel fester um den Körper und lief ebenfalls den Hang hinab, hin zu den drei bunten Wohnwagen, die von drei struppigen Ponys gezogen wurden.

»Sind die aber süß«, säuselte Magnolia und hielt einem stämmigen Grauen behutsam ihre Handfläche hin, damit er sie beschnuppern konnte.

Ihre Tante hielt sich nicht mit der Betrachtung der Ponys auf. »Eins von ihnen heißt Tokker!«, schnaubte sie und klopfte energisch an die Wand des ersten Wagens.

»Früher waren sie nur in *einem* Vehikel unterwegs«, erklärte sie. »Heute sind es drei. Allerdings ist es schon eine ganze Weile her, seit wir uns das letzte Mal gesehen haben.«

»Ihr kennt euch? Ich dachte, sie kämen zum ersten Mal nach Rauschwald?«

»Das tun sie auch. Wir wurden einander in Griechenland auf einem Kongress vorgestellt.« Erneut schlug Linette mit der Faust gegen den Wagen. Über ihren Köpfen flog die Tür auf, und drei Holzstufen wurden heruntergeklappt. Im Schein der Fackel erschien eine Gestalt.

Ungläubig sah Magnolia sie an. Sofort gab Linette ihr einen unsanften Knuff. »Starr sie nicht so an!«, zischte sie.

Magnolia schluckte. Das war leichter gesagt als getan. Sie kicherte nervös. Noch nie hatte sie einen Menschen mit einer so großen Unterlippe gesehen. Sicherlich ließ sie sich bequem als Platzdeckchen verwenden. Magnolia konnte ein albernes Schnauben nicht länger unterdrücken. Schmerzhaft trat Tante Linette ihr auf den Fuß. Das wirkte. Zumindest für einen kurzen Moment. Denn dann flogen die Türen der anderen Wohnwagen auf, und auch deren Bewohnerinnen erschienen im Schein der Fackeln.

Magnolia schossen die Tränen in die Augen. Sie wimmerte leise – nicht vor Schmerz, sondern vor unterdrücktem Gelächter. Die eine hatte einen Fuß so lang wie ein Bügelbrett, die andere einen Daumen so breit wie die Frikadelle auf einem Hamburger. Natürlich wusste die junge Hexe, dass man andere Menschen nicht auslacht, und schämte sich sogar ein bisschen dafür. Nur änderte das an der Sache rein gar nichts.

»Limette?«, fragte die, die zuerst aus dem Wagen geschaut hatte, und ihre Unterlippe wippte dabei wie ein Schaukelbrett. Erneut stieg dieses erbärmliche Glucksen in Magnolia auf. Ihre Tante sah sie drohend an. Magnolia atmete tief durch und heftete ihren Blick fest auf die drei Ponys.

»Ich heiße Linette, verehrte Columbina«, berichtigte Linette und drehte sich suchend um. »Da sind ja auch Columbana und Columbun!«

Die Angesprochenen nickten erfreut.

»Wie schön, dass ihr endlich hier seid. Es ist uns eine große Ehre, und ich heiße euch auf das Herzlichste willkommen!«, säuselte Linette.

»Allerdings ist der Platz, den ihr euch ausgesucht habt, nicht der allerbeste. Schlechte Schwingungen, wenn ihr versteht, was ich meine.«

Die drei Schwestern runzelten die Stirn. »Heißt das, wir sollen umziehen?«

»Besser ist es«, empfahl Linette. »Ich wäre froh, wenn ihr euer Lager vor meinem Haus aufschlagen würdet. Unter den drei Eichen wird es euch gefallen, und wir könnten morgens zusammen frühstücken.«

Die drei Frauen tauschten einen Blick. Sie verstanden sich auch ohne Worte. »Wir frühstücken lieber allein!«, erklärte Columbana nicht besonders charmant. »Aber wenn du sagst, der Platz vor deinem Haus sei besser, vertrauen wir deinem Urteil.«

»Sehr freundlich«, erwiderte Linette höflich. »Darf ich euch meine Nichte Magnolia Steel vorstellen? Sie ist im zweiten Ausbildungsjahr zur Hexe.«

Die drei Spinnerinnen schauten Magnolia aus ihren Triefaugen aufmerksam an.

»Guten Abend. Schön Sie kennenzulernen. Ich habe schon eine ganze Menge von Ihnen gehört«, log Magnolia und dachte für einen Moment über einen Hofknicks nach.

»Mageres Ding!«, stellte die mit dem großen Fuß fest. »Sie wird im eisigen Wind erfrieren, wenn wir ihr nichts Warmes zum Anziehen geben.«

»Du hast recht, Columbun«, antwortete die mit der hängenden Lippe. »Wir geben ihr einen Mantel, dann kann sie uns zum Haus ihrer Tante führen. Steig auf den Wagen, Mädchen, du darfst neben mir auf dem Kutschbock sitzen.«

Fragend sah Magnolia ihre Tante an. Doch die schien keine Bedenken zu haben. »Es ist meiner Nichte eine Ehre, euch ein winziges Stück auf eurer Reise zu begleiten.« Mit diesen Worten drehte Linette sich um und stieg eilig den Hang zu ihrem Garten hinauf. Magnolia schluckte. Hier stand sie nun ganz allein zwischen den drei Berühmtheiten.

»Ich hole den Mantel, der warm hält«, sagte die Spinnerin mit der großen Lippe und verschwand im Wagen. Magnolia reckte neugierig den Hals. Außer einem abgewetzten Teppich und einer alten Kommode konnte sie jedoch nichts erkennen. Die Spinnerin kehrte mit einem langen Mantel aus grauer Wolle zurück. »Zieh ihn an!«, befahl sie, während sie auf den Kutschbock kletterte. Magnolia gehorchte und hüllte sich in den schweren Mantel. Der raue Stoff kratzte an ihren nackten Beinen, doch sofort umfing sie das Gefühl wohliger Wärme. Die Spinnerin auf dem Kutschbock streckte ihre Hand aus und hob Magnolia neben sich auf den Sitz, als wäre sie leicht wie eine Feder. Die anderen Frauen bestiegen ebenfalls ihre Wagen.

»Seid ihr bereit, Schwestern?«, fragte die Erste.

»Bereit!«, antworteten die anderen und die alte Frau neben Magnolia schnalzte mit der Zunge. Das graue Pony setzte sich zuckelnd in Bewegung.

»Wir müssen ein Stück an der Landstraße entlangfahren«, erklärte Magnolia und musterte ihre Nachbarin unauffällig von der Seite.

Die nickte. »So soll es sein. Ich heiße Columbina, und das hinter uns sind meine zwei Schwestern Columbana und Columbun.« Dann griff sie nach der großen Handglocke und läutete, was ihr Handgelenk hergab. Magnolia brach der Schweiß aus. Im Pfarrhaus ging das Licht an. Hastig legte sie Columbina ihre Hand auf den Arm. »Bitte nicht. Es ist besser, wenn niemand auf uns aufmerksam wird«, sagte sie. »Die Menschen sind hier … etwas seltsam.«

»Das sind sie überall«, erwiderte Columbina. »Aber sei unbesorgt. Wenn es brenzlig wird, machen wir uns einfach unsichtbar. Es ist so einfach, die Sinne der Menschen zu verwirren.«

Super, dachte Magnolia spöttisch. Aber wir leben hier und können uns nicht einfach unsichtbar machen.

»Du hast vollkommen recht«, antwortete Columbina auf ihre nicht ausgesprochenen Gedanken und hörte augenblicklich mit der Bimmelei auf.

»Ups.« Magnolia sah Columbina peinlich berührt an. »Verzeihung«, murmelte sie dann leise.

Die Spinnerin saß kerzengerade auf dem Kutschbock. Ihre Lippe schaukelte im Takt des trabenden Ponys, und sie tat, als hätte sie nichts gehört. Magnolia grinste. Wenn ihre Schwestern genauso entspannt drauf waren, musste man sich in die drei glatt verlieben. Diesmal blockierte sie ihre Gedanken, aber Columbina lächelte trotzdem von einem Ohr bis zum anderen. Magnolia zog die Beine an. Die Goofy-Schuhe waren nicht besonders wettertauglich, der Mantel allerdings war sensationell. Dann bogen sie auch schon in den schlaglochgepflasterten Weg ein, der zu Tante Linettes Haus führte, und hielten wenig später zwischen den drei hohen Eichen. Das Regenfass war hell erleuchtet, und Linette erwartete sie bereits in ihrer würdigsten Hexenrobe vor dem Gartentor. »Kommt herein und wärmt euch bei einer Tasse Tee auf!«, rief sie. »Ihr ahnt ja nicht, wie lange wir schon auf euch warten.«

Die drei alten Frauen lächelten, als sie von ihren Kutschböcken stiegen. »Wir werden überall sehnlichst erwartet. Darin unterscheidet sich Rauschwald von keinem anderen Ort auf der Welt. Die Einladung zum Tee ist jedoch etwas Besonderes, und wir nehmen sie sehr gerne an. Der Tag war lang, und die Fahrt steckt uns in den Knochen.«

Magnolia schwang sich ebenfalls vom Kutschbock, doch dabei verhedderte sie sich hoffnungslos in dem langen Mantel und fiel der Länge nach hin. Mit rotem Kopf rappelte sie sich wieder auf.

»Nicht so hastig, Fädchen-Mädchen!«, lachte Columbun. »Bevor du ins Haus gehst, kümmerst du dich um unsere Ponys, verstanden?«

Magnolia runzelte unwillig die Stirn. In DIE hatte sie sich eben noch verlieben wollen? Nicht, dass sie die Ponys nicht mochte. Aber es war mitten in der Nacht! Und unter dem langen kratzigen Mantel trug sie nichts weiter als ihr Nachthemd. Die Puschen an ihren Füßen eigneten sich ganz gewiss nicht zur Stallarbeit. Ein kleines ›Bitte‹ oder ein ›wärst du so nett‹ wäre hier sicher mehr als angebracht gewesen.

Empört sah sie ihre Tante an. Doch die nickte nur freundlich und sagte: »Tu, was unsere lieben Gäste dir auftragen.« Auf Tante Linette war mal wieder Verlass.

»Liebe Gäste«, schnaubte Magnolia und blickte verdrießlich zu den Ponys. »Und was soll ich mit ihnen anfangen?«

»Ausspannen, striegeln, füttern und zu Bett bringen. Das ganze Programm. Und wenn du magst, kannst du ihnen ein kleines Schlaflied singen, das haben sie besonders gern«, antwortete Columbana, und die anderen beiden kicherten. »Alles, was du dafür brauchst, findest du im letzten Wagen.«

Die vier Hexen gingen ins Haus. »Haben die auch Namen?«, rief Magnolia ihnen hinterher.

»Sicher, Herzchen, sie heißen Tokker, Mohnblüte und Löwenherz.«

Was blieb ihr also anderes übrig? Mit leisen Worten näherte sie sich den Ponys. Ganz klein waren sie übrigens nicht, die rote Fuchsstute reichte Magnolia beinah bis zur Schulter.

»Mohnblüte, oder?«, fragte sie leise und klopfte ihr sanft den Hals. Dann schirrte sie ein Pony nach dem anderen ab, rieb es trocken und öffnete die Tür zum letzten Wagen. Sie staunte nicht schlecht, als dahinter ein kompletter Pferdestall sichtbar wurde. Wie viele magische Behausungen war der Wagen von innen geräumiger, als es von außen den Anschein hatte. Jedes Pony hatte seine eigene Box mit kleinem Fenster, und es gab alles, was man in einem Pferdestall so brauchte. Vor allem aber gab es genügend Hafer und frisches Wasser.

Magnolia füllte Wasser und Futter in die bereitstehenden Tröge und war noch nicht fertig, als sie auch schon das Trappeln der Hufe von Löwenherz, Tokker und Mohnblüte hörte, die vor ihren Boxen auf das Abendbrot warteten.

»Lasst es euch schmecken, meine Süßen«, sagte Magnolia und unterdrückte ein Gähnen. »Das Schlaflied gibt es ein anderes Mal.«

Sie stieg aus dem Wagen und wollte gerade zurück ins Haus gehen, als sie eine Bewegung zwischen den Bäumen bemerkte. Ein Schatten verschwand hastig im Dickicht des Waldes. Hatte jemand sie beobachtet? Magnolia zögerte. Unsinn, vermutlich war es bloß ein Tier auf der Jagd oder irgendein übereifriger Flachsbesitzer, der die Wohnwagen der Spinnerinnen entdeckt hatte. Mutig zog sie eine Fackel aus der Halterung am Wagen und ging zu der Stelle, an der sie die Bewegung gesehen hatte. Sie brauchte nicht lange zu suchen. Schuhabdrücke hatten sich deutlich in den weichen Waldboden gegraben. Nachdenklich kehrte Magnolia zurück ins Haus und stieß in der Diele mit den drei Spinnerinnen zusammen, die gerade im Begriff waren zu gehen.

»Sie wollen schon wieder weg?« Enttäuscht blickte Magnolia von einer zur anderen. Das war typisch. Endlich war im Regenfass etwas los, und sie hatte das Beste verpasst.

»Es war eine lange Nacht. Höchste Zeit, in die Kojen zu klettern. Sonst werden wir wohl keinen Schlaf mehr bekommen«, sagte Columbina mit einem Blick auf den Silberstreifen, der sich bereits am Himmel zeigte.

»Hast du die Ponys versorgt?«, fragte Columbun. Magnolia nickte.

»Dann nimm dies!« Die alte Frau warf Magnolia einen funkelnden Goldtaler zu.

»Für mich?«, staunte sie.

Die drei Schwestern nickten. »Guter Lohn für gute Arbeit«, sagten sie und traten in den Garten hinaus.

Linette schloss hinter ihnen die Tür, und Magnolia hängte den dicken Mantel an die Garderobe. »Der wärmt fantastisch«, schwärmte sie.

»Zentaurenfell!«, erwiderte ihre Tante. »Da kann man schon einiges erwarten. »Willst du noch einmal unter die Bettdecke kriechen?«

Magnolia schüttelte den Kopf. »Die Vögel fangen ja schon an zu zwitschern und schlafen könnte ich jetzt sowieso nicht mehr.«

»Wie du willst, dann besorge ich uns jetzt eine starke Tasse Kaffee.«

Magnolia lachte. »Hattest du nicht gerade Tee?«

Tante Linette grinste. »Trinken ist gesund«, behauptete sie und winkte mit ihrem Zauberstab.

Wie eine Dampflok bummelten eine Kaffeekanne, zwei Becher, das Milchkännchen und die Zuckerdose ins Zimmer und landeten vor den beiden Hexen klappernd auf dem Tisch.

Magnolia mischte sich ihren Kaffee mit reichlich Milch und schlürfte genüsslich das heiße, bittere Getränk.

»Kannst du mir nicht etwas über die drei Spinnerinnen erzählen?«, bat sie. »Wo kommen sie her, wo gehen sie hin, weshalb sehen sie so seltsam aus?«

Linette blies ihre Wangen auf und dachte nach. »Das würde ich gerne tun«, sagte sie dann. »Leider weiß ich selbst nicht viel über sie. Niemand tut das. Die drei sind sehr geheimnisvoll.« Sie machte eine Pause. »Natürlich gibt es Geschichten und Gerüchte, aber bestätigt ist davon nichts. Die ältesten Geschichten, die von den drei Spinnerinnen berichten, reichen viele hundert Jahre zurück.«

Magnolia bekam große Augen. »Du meinst, die drei sind mehrere hundert Jahre alt?«

Tante Linette nickte. »An eine Welt ohne sie kann ich mich jedenfalls nicht erinnern.«

»Warum sehen sie so seltsam aus?«, fragte Magnolia.

»Du meinst ihre Lippe, den Daumen und den Fuß?«

Magnolia nickte. »Das ist schon schräg, oder?«

Ihre Tante runzelte die Stirn. »Das ist eine Berufskrankheit und kommt vom Spinnen.«

»Ach so.« Magnolia versuchte sich vorzustellen, wie viel man spinnen musste um … so auszusehen.

»Und weiter?«, fragte Magnolia, als ihre Tante schwieg.

Die schüttelte den Kopf.

»Sind es vielleicht Zauberinnen, weil sie Stroh zu Gold spinnen können?«, versuchte es Magnolia noch einmal.

»Vielleicht«, sagte ihre Tante geheimnisvoll. Dann sagte sie nichts mehr.

Magnolia stöhnte unwillig auf. Das war wieder eine typische Antwort à la Tante Linette. Absolut unbefriedigend. Und wie die Sache aussah, blieb ihr vorerst nichts anderes übrig, als sich damit zufriedenzugeben.

Plötzlich hämmerte jemand an die Terrassentür. Verwundert fuhren die beiden Hexen herum, und Linette zückte ihren Zauberstab. »Wer mag das sein, so früh am Morgen?« Sie schnüffelte, dann schob sie den Stab in ihren Ärmel zurück und öffnete die Tür. Ein aufgeregter Kobold zwängte sich herein.

»Sind sie es? Sind sie es wirklich?«, platzte Jeppe heraus.

Linette zwinkerte Magnolia zu und stellte sich dumm. »Ich habe keine Ahnung, wovon du sprichst.«

»Sag bloß, du weißt nicht, wer vor deiner Haustür parkt«, rief der Kobold.

»Vor meiner Haustür?«, wunderte sich Linette aufreizend langsam.

Magnolia musste kichern, und jetzt bemerkte Jeppe endlich, dass Linette ihn nur auf den Arm nahm. Mit einem Satz stand er auf dem Tisch. »Okay, du weißt also nicht, wer direkt vor deiner Haustür sein Lager aufgeschlagen hat?«

Linette schüttelte grinsend den Kopf.

»Gut, dann hast du sicher auch noch nicht mitbekommen, dass die Flusskobolde Marktstände aufgebaut haben, um das gesamte magische Volk in deinem Garten mit Essen und Getränken zu versorgen. Und du weißt ganz sicher nichts von der vier Meter langen Goldpresse, die gerade am Anrollen ist.« Zufrieden sah der Kobold, wie das überlegene Lächeln aus Linettes Gesicht verschwand und einem zornigen Funkeln Platz machte. Mit drei Sätzen war sie vor der Tür, und auch Magnolia rieb sich verdutzt die Augen. Sie hatte keine Ahnung, wie sich die Sache so schnell hatte herumsprechen können, aber der Platz vor Linettes Garten war tatsächlich voll. Magisches Volk, soweit das Auge reichte. Die

Flachsgaben im Arm oder auf Karren gepackt, standen sie schwatzend da und warteten. Und über allem hingen Schwaden von geräuchertem Fisch, den die Flusskobolde zum Verkauf anboten.

Linette schnappte empört nach Luft und stieg auf einen umgekippten Bottich, um besser gesehen zu werden. Sie war sichtlich bemüht, nicht die Beherrschung zu verlieren. »Ich kann mir denken, was euch zu so früher Stunde hierhergelockt hat«, rief sie mit gedämpfter Stimme. »Und ich schwöre euch: Sollte es hier Streit geben oder sollte einer von euch auch nur zu laut schmatzen, werde ich ihn in Granit verwandeln. So wahr ich hier stehe! Die Spinnerinnen dürfen unter keinen Umständen gestört werden. Mein Flachs ist reif, und ich habe nicht die geringste Lust, dass ihr sie von hier vertreibt.«

Zehntes Kapitel
Flachs zu Gold

Linettes Worte zeigten Wirkung. Kobolde, Zwerge, Nussweiblein und Hexen verhielten sich vorbildlich. Niemand sprach ein Wort, und als Magnolia sich später auf den Weg zur Schule machte, gingen in den Wohnwagen der Spinnerinnen auch schon die Fensterläden auf. Die drei alten Frauen schienen wahrhaftig keine Langschläfer zu sein. Wie dumm, dass Magnolia losmusste. Sie wäre zu gerne dabei gewesen, wenn aus dem ersten Flachs Gold wurde.

Aber das war ein Wunsch, von dem man Frau Mümmel nicht einmal erzählen durfte.

Notgedrungen machte sich Magnolia auf den Weg nach Rauschwald. Mit fliegenden Haaren sauste sie über die Brücke und beglückwünschte sich gerade zu einem neuen Streckenrekord, als ihr Jörna einfiel. Die hatte in Wurmstadt ganz sicher noch nichts von der Ankunft der drei Spinnerinnen mitbekommen. Magnolia bremste so heftig, dass ihr Hinterrad sie beinah überholte, und zückte ihr Handy. Bereits nach dem zweiten Klingeln war ihre Freundin dran.

»Hi, bist du schon im Unterricht?«, fragte Magnolia sofort.

»Ja, aber Herr Knorpel ist noch nicht aufgetaucht. Gibt es was Wichtiges?«

»Die drei Spinnerinnen sind da!«

»Waaaas?«, kreischte Jörna und schlug sich gleich darauf auf den Mund. »Sorry«, sagte sie in ihre Klasse hinein. Dann dämpfte sie die Stimme. »Hast du die drei schon gesehen?«

»Na klar, ich musste mitten in der Nacht ihren Stall ausmisten«, berichtete Magnolia nicht ganz wahrheitsgemäß.

»Sie leben in einem Stall?«

Magnolia grinste. »Nein, aber ihre Ponys, und um die musste ich mich mitten in der Nacht kümmern.«

»Finde ich jetzt nicht so schlimm«, meinte Jörna.

»Ich eigentlich auch nicht. Aber im Nachthemd und mit Goofy-Puschen an den Füßen ist das nicht unbedingt der Kracher«, versicherte Magnolia.

Jörna kicherte. »Du Ärmste. Mist, ich muss Schluss machen. Herr Knorpel kommt. Heute Nachmittag komme ich auf jeden Fall mit unserem Flachs vor…«

»Jörna! Leg dein Handy bitte hier vorne zu mir auf das Pult«, hörte Magnolia eine entfernte Stimme, und die Verbindung brach ab.

Sie wollte gerade weiterfahren, als im Laden gegenüber die Tür aufging und Meister Schnuck einen gelben Aufsteller herausstellte. *Aushilfe gesucht*, stand dort in dicken schwarzen Buchstaben. Magnolia zögerte. Wenn das kein Zeichen war! Sie hatte schon öfter über einen Job nachgedacht und in diesem Laden Geld zu verdienen wäre einfach perfekt. Das mickrige Taschengeld, das Tante Linette ihr zahlte, reichte hinten und vorne nicht. Im Geiste sah Magnolia sich schon eigene Parfüms entwerfen und nach Herzenslust in den vielen alten Büchern schmökern. Meister Schnuck wollte gerade wieder in seinem Geschäft verschwinden, als Magnolia sich entschlossen hatte. »Entschuldigung!«, rief sie. Erstaunt sah Meister Schnuck sich um.

»Sie suchen eine Aushilfe?«, fragte Magnolia nicht besonders schlau.

Meister Schnuck lächelte. »So steht es auf dem Schild. Hast du vielleicht Interesse?«

Magnolia war hin- und hergerissen. Einerseits wartete hier vielleicht ihr erster richtiger Job, andererseits wartete in der Schule Frau Mümmel.

»Interesse schon«, beteuerte sie. »Leider muss ich jetzt zum Unterricht. Es wäre nicht gut, zu spät zu kommen.«

»Das ist die richtige Einstellung«, lobte Meister Schnuck. »Dann schau doch einfach heute Mittag nach Schulschluss noch einmal vorbei.«

Magnolia lächelte erleichtert. »Super, das mach ich! Vielleicht könnten Sie das Schild so lange wieder hereinholen?«

Doch davon wollte Meister Schnuck nichts wissen. »Konkurrenz belebt das Geschäft!«, sagte er. »Und ich bin nun mal ein Geschäftsmann.«

Magnolia blieb also nichts anderes übrig, als darauf zu hoffen, dass der Job mittags noch frei war.

Noch nie hatte sich der Unterricht derart in die Länge gezogen. Je mehr Zeit verstrich und je länger sie darüber nachdachte, desto mehr wollte Magnolia diesen Job. Sie mochte gar nicht daran denken, dass er heute Mittag vielleicht schon vergeben war. Wenn sie nur an die alten Bücher dachte, die darauf warteten, gelesen zu werden, kribbelte es ihr in den Fingern.

Vom Unterricht bekam sie so gut wie gar nichts mit. Die Weimarer Republik war ihr herzlich egal. In Gedanken blätterte sie bereits im sagenumwobenen Nekronomikon.

Als sie Birte und Merle in der Pause davon erzählte, wurden die beiden fast ein bisschen neidisch. »Ultra krass!«, stellte Merle fest. »Schnucks Geschäft ist der coolste Laden, den Rauschwald zu bieten hat. Wenn du nicht meine Freundin wärst, würde ich dir den Job glatt wegschnappen.«

»Wehe!«, lachte Magnolia.

»Ich würde auch gern zwischen all den tollen Parfüms arbeiten«, gestand Birte. »Wie viel zahlt er denn?«

Magnolia zuckte die Schultern. »Keine Ahnung, aber bei meinem

Glück ist die Stelle sicher schon vergeben, wenn ich endlich dort aufkreuze.«

Dann war die Schule aus. Mit dem ersten Ton des Schulgongs stopfte Magnolia ihre Hefte und Bücher in den Rucksack und sprintete zur Tür. »Drückt mir die Daumen«, flüsterte sie Birte und Merle zu. Dann fegte sie die Flure und Treppen hinunter und schaffte es tatsächlich, als Erste an den Fahrradständern zu sein. Keine zwei Minuten später hielt sie vor Meister Schnucks Geschäft. Erfreulicherweise stand das Schild noch immer vor der Tür, und Magnolia atmete erleichtert auf. Denn er hätte es sicher nicht stehen lassen, wenn die Stelle schon vergeben gewesen wäre. Sie schloss ihr Rad an und betrat den Laden. Sofort umfing sie ein schwerer, aber angenehmer Duft. Meister Schnuck selbst stand hinter dem Verkaufstresen und sah ihr aufmerksam entgegen. »Ah, die junge Dame von heute Morgen«, stellte er fest.

»Ist die Stelle noch frei?«, fragte Magnolia sofort.

Meister Schnuck nickte. »Es gibt noch ein paar andere Bewerber, aber ich habe mich noch nicht entschieden.«

»Zum Glück!«, entfuhr es Magnolia.

Meister Schnuck sah sie spöttisch an. »Du meinst es also ernst und kannst dir vorstellen, in diesem Laden zu arbeiten?«

Magnolia strahlte. »Es würde mir großen Spaß machen.« Sie stockte. »Allerdings könnte ich nur an zwei Nachmittagen. An den anderen Nachmittagen habe ich Nachhilfe.«

»So?« Meister Schnuck runzelte die Stirn, aber dann entspannte sich sein Gesichtsausdruck wieder. »Ich brauche dich nicht regelmäßig. Nur, wenn sehr viel zu tun ist. An manchen Samstagen dafür den ganzen Tag.«

»Die Samstage sind kein Problem. Da habe ich frei«, sagte Magnolia erleichtert. »Wie viel zahlen Sie denn pro Stunde?« Er sollte nicht glauben, sie wollte den Job um jeden Preis.

»Geschäftstüchtig bist du also auch!«, stellte Meister Schnuck fest. »Ich zahle neun Euro!« Er sah sie mit undurchdringlicher Miene an.

Magnolia schnappte nach Luft. Neun Euro, das klang gut. Frau Paschke hatte für das Hundesitting im letzten Jahr nur vier Euro gezahlt.

»Bist du zuverlässig?«

»Sicher. Sie können sich auf mich verlassen.«

»Ich brauche jemanden, der flexibel ist, sich mit Kräutern, Ölen und Essenzen auskennt und die Kasse bedienen kann. Außerdem wäre es nützlich, wenn er den Unterschied zwischen einem Biber und einem Moschusochsen kennen würde.« Forschend sah Meister Schnuck Magnolia über den Rand seiner Brille an.

Magnolia grinste. »Kein Problem.«

»Manchmal musst du mich nur eine Stunde vertreten. Manchmal länger. Traust du dir das zu?«

»Solange ich an den Nachmittagen zum Unterricht komme, kein Problem.«

»Worin erhältst du Nachhilfe?«, wollte Meister Schnuck wissen. »Ich hoffe, nicht im Rechnen?«

»Nein, in Englisch«, log Magnolia. Sie konnte schließlich schlecht erzählen, dass sie an diesen Nachmittagen zum Hexunterricht flog.

»Dann ist ja gut.« Abschätzend sah der Professor Magnolia an. »Du machst einen aufgeweckten, sympathischen Eindruck. Ich denke, wir sollten es versuchen.«

»Prima!«, rief Magnolia.

Meister Schnuck verzog sein Gesicht zu einem Lächeln, das seine Augen nicht erreichte. »Dann schlag ein«, sagte er und hielt ihr die offene Hand hin. Magnolia schlug ein. Es gab ein klatschendes Geräusch, und ihre Hand fühlte sich an, als hätte sie auf einen Pudding gehauen. Schnell zog Magnolia sie wieder zurück und wischte sie unauffällig an ihrer Jeans ab. Meister Schnuck hatte eindeutig ein Schwitzehändchen-Problem. Egal. Sie war froh, den Job bekommen zu haben.

»Hast du morgen Nachmittag Zeit? Dann kann ich dir in Ruhe alles erklären.«

»Ja, das passt«, bestätigte Magnolia. »Dann also bis morgen.«

Meister Schnuck versuchte sich erneut im Lächeln. »Verrätst du mir noch deinen Namen? Dann weiß ich doch wenigstens, wen ich soeben eingestellt habe.«

»Oh, natürlich. Ich heiße Magnolia Steel«, antwortete Magnolia.

In den Augen des Professors glitzerte es. »Bis morgen, Magnolia Steel«, sagte er und widmete sich den Bestellungen, die vor ihm auf dem Tresen lagen.

Magnolia fuhr wie der Blitz nach Hause. Sie musste Tante Linette unbedingt von ihrem Job erzählen und war gespannt, ob die Spinnerinnen den Flachs tatsächlich zu Gold spinnen konnten. Bereits auf dem holprigen Weg, der zu Tante Linettes Haus führte, hörte Magnolia das Murmeln vieler Stimmen. Hexen, Zwerge, Kobolde und allerlei andere magische Wesen standen geduldig Schlange und warteten darauf, endlich aufgerufen zu werden.

Die drei Spinnerinnen gaben ihr Bestes. Sie saßen auf Schemeln vor ihren Wohnwagen, und das Spinnrad schnurrte, als gälte es, einen Preis zu gewinnen. Neugierig stieg Magnolia vom Rad. Eine zwirbelte die Fasern, die Zweite benetzte sie mit ihrer Spucke, und die Dritte trat unablässig das Pedal. Magnolia krauste die Stirn. Konnte das Daumen, Lippe und Fuß tatsächlich erklären? Was sie jedoch noch mehr faszinierte, war das Ergebnis der Spinnerei. Es war unglaublich mit anzusehen, wie sich die unscheinbaren Flachsfasern in glänzendes Goldgarn verwandelten. Manchmal wurde die Spindel nicht einmal halb voll. Bei anderen war die Ausbeute größer. Je nachdem, wie viele Stränge Flachs sie mitgebracht hatten. Magnolia schaute sich suchend um, konnte ihre Tante aber nirgendwo entdecken. Sie ging ins Haus und warf ihren Rucksack wie üblich hinter die Treppe. »Tante Linette!«, rief sie. Keine Antwort.

Im Garten stieß sie auf Jeppe, der blitzschnell etwas in seiner Jackentasche verschwinden ließ.

»Weshalb stürmst du um die Ecke wie eine wildgewordene Drude?«, beschwerte sich der Kobold und das schlechte Gewissen stand ihm buchstäblich ins Gesicht geschrieben.

Magnolia schenkte dem keine Beachtung. »Hast du meine Tante gesehen?«, fragte sie und sah sich suchend um.

»Ich vermute, sie sucht ein Versteck für ihren goldenen Schatz«, erklärte Jeppe.

»Ihr goldener Schatz?« Magnolia traute ihren Ohren nicht. »Soll das heißen, sie hat unseren Flachs spinnen lassen, während ich in der Schule war?«

»Jep!«

»Du machst Witze. Tante Linette wusste doch, wie gerne ich dabei zugesehen hätte!«

»Sicher vergräbt sie ihn im Wald«, meinte der Kobold unbeeindruckt.

»Warum sollte sie ihn im Wald vergraben?«, fragte Magnolia.

Jeppe zuckte mit den Schultern. »Wir Kobolde vergraben all unsere Goldtöpfe im Wald.« Er drängte sich an Magnolia vorbei. »Und nun lass mich durch. Die drei Ladys brauchen meine Hilfe.«

»Du assistierst jetzt auch den drei Spinnerinnen?«, fragte Magnolia verblüfft.

»So ist es!«

»Umsonst?«

»Jo!«

»Das glaube ich nicht!«

»Dann glaub es eben nicht!« Blitzschnell huschte Jeppe zum Garten hinaus, und Magnolia blieb nichts anderes übrig, als ihm zu folgen. Sie war wirklich enttäuscht. Seufzend ließ sie sich auf einem Baumstumpf in der Nähe der drei Spinnerinnen nieder und wartete. Das Spinnrad quietschte, und die Spindel tanzte so unermüdlich, dass es eine Freude war zuzusehen. War der Flachs versponnen, wurde er an seinen Besitzer übergeben. Eine Aufgabe, die Jeppe nur zu gern übernahm, denn

Gold hatte auf Kobolde eine ganz ungeheure Wirkung. Magnolia beäugte ihn misstrauisch. Gerade überreichte ihm ein Nussweiblein einen prall gefüllten Sack. Jeppe schleppte ihn vor die Spinnerinnen und schüttete ihn vor ihnen aus. Ein ganzer Berg Haselnüsse rollte heraus. Columbina steckte sich prüfend eine Nuss in den Mund, und es krachte ganz abscheulich, als sie die harte Schale zerbiss. Dann breitete sich ein Lächeln auf ihrem Gesicht aus, und ihre Unterlippe wippte anerkennend. Das Tauschgeschäft war perfekt, und der Kobold konnte den Flachs entgegennehmen.

»Dreh dich, Rädchen, spinne mir mein Fädchen«, summten die drei alten Frauen im Chor. »Dreh dich, Rädchen, ohne Ruh, dreh dich, dreh dich immerzu.«

Nach und nach verwandelte sich der Flachs in glänzende Goldfasern. Als alles versponnen war, zog Jeppe das Garn von der Spindel und … Magnolia kniff die Augen zusammen, um besser sehen zu können. Natürlich! Sie nickte grimmig. Genauso hatte sie es sich vorgestellt. Mit der Fingerfertigkeit eines Taschenspielers zupfte der Kobold einige Goldfasern heraus, knüllte sie zusammen und ließ sie blitzschnell in seiner Jackentasche verschwinden. Einen kurzen Moment spielte Magnolia mit dem Gedanken, aufzustehen und den Kobold vor aller Augen zur Rede zu stellen. Als sie dann jedoch in die grimmigen Gesichter der wartenden Zwerge und Hexen blickte, verwarf sie den Gedanken schnell wieder. Sie wollte kein Blutvergießen. Das waren ein paar Goldfädchen sicher nicht wert.

Elftes Kapitel

Elfen-Mail

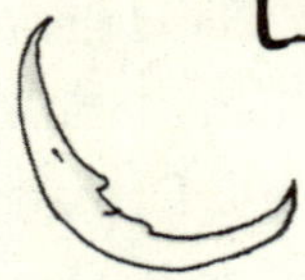

Magnolia hatte genug gesehen. Sie stand von dem Baumstumpf auf und schlenderte hinüber zum Stand der Flusskobolde, wo sie sich für ihr letztes Geld eine kleine Tüte gerösteter Wassermorcheln kaufte. Anschließend spazierte sie ein Stückchen in den Wald hinein, um nach ihrer Tante Ausschau zu halten. Irgendwo musste sie doch sein.

»Wen suchst du?«

Magnolia zuckte erschrocken zusammen. Sie kannte die Stimme, die rau wie ein Reibeisen klang, weil sie so selten benutzt wurde. Und richtig. Hinter dem Stamm einer hohen Fichte trat Milauro hervor. Seine Haut war bleich wie die eines Engerlings, der unter der Erde auf seine Verwandlung wartet, und seine schwarzen Augen sahen sie lauernd an.

Er war nicht größer als Magnolia, hatte aber einen sehr viel kräftigeren Körper. Unterirdische mussten stark sein, um sich aus verschütteten Stollen zu befreien oder einen Dornling mit bloßen Händen zu töten.

»Ich … ich suche meine Tante«, antwortete Magnolia und versuchte, ihrer Stimme einen festen Klang zu geben.

»Sie ist dort hinten im Wald. Ich kann dich zu ihr bringen«, brachte Milauro den für ihn ungewöhnlich langen Satz heraus.

Bei Magnolia leuchteten alle Alarmlampen. Unterirdische waren genauso wenig für ihre Hilfsbereitschaft bekannt wie Kobolde.

»Nicht nötig«, sagte sie deshalb knapp und überlegte, wie sie am besten den Rückzug antrat, ohne ängstlich zu wirken.

»Magnolia!« Erleichtert drehte sie sich um. Tante Linette stampfte energisch durch das Unterholz. Und Milauro war augenblicklich verschwunden.

»Hattest du Sehnsucht nach deiner alten Tante, oder weshalb stehst du hier rum wie bestellt und nicht abgeholt?«

Magnolia grinste schief. »Ich bin froh, dass du da bist«, sagte sie. »Milauro war hier. Du hast ihn glücklicherweise vertrieben.«

»Milauro? Was wollte er von dir?«

»Er wollte mich zu dir bringen.«

Linette runzelte die Stirn. »Er wollte dich zu mir bringen? Das sind ja seltsame Anwandlungen. Du begleitest ihn nirgendwohin, verstanden?«

»Logisch!« Magnolia grinste. »Es ist bloß irgendwie seltsam, dass ich ihm in letzter Zeit immer wieder begegne.«

Linette winkte ab. »Ach was, ihm fällt sicher die Tunneldecke auf den Kopf. Ich würde mich auch langweilen, wenn ich den ganzen Tag nichts anderes sehen würde als dunkle Stollen und unterirdische Kanäle.«

Magnolia hoffte, dass ihre Tante recht hatte, und wechselte das Thema. »Jeppe sagt, du hast unseren Flachs schon spinnen lassen«, erzählte sie, in der Hoffnung, dass der Kobold geflunkert hatte.

Tante Linette lächelte so breit, dass sich ihr Wackelzahn von unten über die Oberlippe schob. »Habe ich … und«, sie senkte verschwörerisch die Stimme, »ich habe ihn auch schon aus der Gefahrenzone gebracht.«

»Aus der Gefahrenzone?«

»Ich habe ihn versteckt!« Linette wirkte außerordentlich zufrieden.

»Du hast ihn tatsächlich versteckt?« Jetzt war Magnolia endgültig enttäuscht. »Warum? Jetzt kann ich nicht einmal einen einzigen Blick darauf werfen.«

Bedauernd sah ihre Tante sie an. »Ich hatte keine Wahl! Du hättest das gierige Glitzern in den Augen der Sumpfhexen sehen sollen.« Sie schnaubte verächtlich. »Sieh dir einfach ein paar andere Goldspindeln an. Ich versichere dir, zwischen denen und unseren gibt es nicht den geringsten Unterschied.«

»Das ist nicht dasselbe«, brummte Magnolia. »Wie viele Spulen sind es denn geworden?«

»Zwei!«, antwortete Linette. »Und nun komm, im Regenfass wartet genug Arbeit auf mich. Wie war es übrigens in der Schule?«

»Du willst mich nur ablenken«, murrte Magnolia, während sie neben ihrer Tante hertrottete. Aber dann erzählte sie doch von ihrem Gespräch mit Meister Schnuck und dass sie schon morgen in seinem Geschäft anfangen würde. »Er zahlt neun Euro die Stunde! Weißt du noch, wie viel ich bei Frau Paschke für das Hundesitting bekommen habe?«

»Du arbeitest für Meister Schnuck?« Linettes Stimme klang nicht besonders begeistert.

Magnolia stutzte. »Ja, stimmt etwas nicht?«

Ihre Tante tätschelte ihr beruhigend den Arm. »Nein, nein! Es ist alles in bester Ordnung. Er hat nur einfach nicht gerochen.«

»Er hat nicht gerochen? Also … ich bin sehr froh, das zu hören.« Ihre Tante war ja wieder reichlich merkwürdig. Hexe hin oder her.

Linette seufzte. »Du hast recht. Ich drücke dir für morgen jedenfalls fest die Daumen.« Mit diesen Worten ließ sie ihre Nichte stehen und kümmerte sich um eine weinende Blumenelfe, deren mühsam gewonnene Flachsfaser an einer Brombeerranke zerrissen war.

Suchend glitten Magnolias Augen über die Wartenden. Jörna war leider noch immer nicht da. Schade! Dafür entdeckte sie Una, das Zwergenmädchen aus Hackpüffel. Sie war mit ihrem Vater hier und vertrieb sich die Warterei, indem sie eine Partie Mühle mit sich selbst spielte. Als sie Magnolia entdeckte, strahlte sie über das ganze sommersprossige Gesicht. »Hallo, Magnolia!«, rief sie. »Hast du Lust auf eine Runde Mühle? Es ist verflixt langweilig, ständig zu gewinnen!«

Magnolia grinste. »Ich fürchte, daran wird sich nichts ändern, wenn du gegen mich spielst. Ich bin eine lausige Mühle-Spielerin!«

Doch Magnolia war nicht so schlecht, wie sie dachte, und es machte Spaß, sich mit Una zu messen. Zwischendurch sah sie sich allerdings immer wieder nach Jörna um. Es wurde schon schummrig unter den Bäumen, und die Kobolde zündeten Feuerkörbe gegen die Kälte an, während die drei Spinnerinnen unermüdlich weiterarbeiteten. Magnolia konnte sich nicht erklären, wo ihre Freundin so lange blieb. Dann tauchte sie endlich auf. Jörna hatte ihre Mutter Miranda im Schlepptau und die reihte sich sofort in die Schlange der Wartenden ein.

»Jörna!«, rief Magnolia erleichtert und winkte ihre Freundin zu sich heran. »Wo hast du so lange gesteckt? Ich dachte schon, du hättest unser Date vergessen.«

Jörna schüttelte den Kopf. »Meine Großmutter hat heute ihren eigensinnigen Tag. Sie hat uns nicht gehen lassen, bevor wir nicht den großen Kamin in der Halle angefeuert und sie hineingesetzt haben. Du weißt, wie groß er ist und wie viel Holz man dafür braucht!«

Magnolia nickte. Sie kannte Jörnas Großmutter, eine uralte Kaminhexe, die die Gicht plagte. Und wenn sie ihren eigensinnigen Tag hatte, wie Jörna es ausdrückte, war sie unausstehlich.

»Du Ärmste«, sagte Magnolia bedauernd. »Una und ich spielen schon die siebte Partie Mühle.«

»Spielten«, berichtigte Una. »Denn du hast gerade deine letzte Mühle verloren.«

Magnolia sah Jörna verzweifelt an. »Ich habe keine Ahnung, wie sie das macht! Entweder ist sie eine Million Mal klüger als ich oder sie schummelt.«

»Unsinn!«, lachte Una und packte das Spielbrett ein. »Ich habe nur nicht so viele andere Dinge im Kopf wie du. Lass uns Schluss machen. Mir wird kalt.«

Magnolia war das recht. Sie verabschiedete sich von Una und machte sich mit Jörna auf die Suche nach ihrer Mutter. Da hörten sie Jeppes durchdringende Stimme. »Das ist die letzte Arbeit für heute!«, verkündete er. »Die Spinnerinnen sind müde. Ihr müsst morgen wiederkommen!« Sofort setzte unwilliges Murren ein.

»Ach nö, jetzt können wir wieder nach Hause gehen«, sagte Jörna enttäuscht. »Morgen kann sich meine Großmutter hier anstellen. Schließlich haben wir es ihr zu verdanken …«

»Warte. Ich glaube, deine Mutter hatte Glück!«, unterbrach Magnolia sie. »Sie wird zu den Spinnerinnen vorgelassen.«

Und wirklich. Miranda hatte es bis ganz nach vorne geschafft.

»Wie hat sie das denn hinbekommen?«, wunderte sich Jörna. »Da hat sie ihre Linzer Torte glücklicherweise nicht umsonst gebacken.«

Linette nickte Miranda freundlich zu, und die Spinnerinnen legten ein letztes Mal los.

Das Spinnrad klapperte, die Spindel tanzte und verwandelte auch Jörnas Flachs in pures Gold. Die junge Kaminhexe hielt die Luft an und wurde ganz rot vor lauter Glück. »Vier Spulen Gold«, flüsterte sie. »Es sieht aus, als wären wir auf einen Schlag reich.«

Magnolia grinste. »Da muss deine Mutter aber was springen lassen. Schließlich hätte sie ohne dich überhaupt nicht gewusst, dass auf eurem Hof magischer Flachs wächst.«

»Du sagst es. Ich werde gleich heute Abend nachfühlen, wie es mit einem Wellnessurlaub aussieht. Für zwei Personen! Du kommst selbstverständlich mit.«

Inzwischen war es unter den Bäumen vor Tante Linettes Haus vollständig dunkel geworden. Die Feuerkörbe knisterten, die Flusskobolde schenkten das letzte Wacholderbier aus, und irgendjemand spielte auf einer Geige leise eine zauberhafte Melodie. Die meisten Wartenden machten sich auf den Heimweg, und Magnolia und Jörna setzten sich auf die hölzernen Stufen eines Wohnwagens. Nachdenklich kraulte Magnolia Tokker das struppige Fell.

»Ich habe übrigens eine lange SMS von Elon bekommen«, sagte Jörna plötzlich und sah Magnolia unsicher an. »Er kommt mit Leander zurück.«

Magnolias Herz klopfte wie immer, wenn jemand Leanders Namen nannte. »Ich weiß. Vor ein paar Tagen kam ein Brief von ihm«, bemerkte sie. »Er schreibt, dass er sein Austauschjahr in Neuseeland vorzeitig abbricht, weil es Ärger mit Schwarzalben gibt.« Sie stand auf und zerrupfte einen Strohhalm, den sie aus Tokkers Mähne gezupft hatte.

»Weiß du, wie oft Leander sich in den letzten Monaten bei mir gemeldet hat?«, fragte sie plötzlich. »Ein einziges beknacktes Mal!«

Jörna sah ihre Freundin bedauernd an. »Du wusstest doch, dass er in den Bergen keinen Empfang hat«, sagte sie tröstend.

»Netter Versuch«, seufzte Magnolia. »Aber Elon konnte den Kontakt ja scheinbar halten.«

»Elon war auch nicht in Neuseeland«, erklärte Jörna und grinste. »Wie auch immer, jetzt sind die beiden jedenfalls auf dem Weg hierher.«

Magnolia antwortete nicht, und Jörna sah sie erstaunt an.

»He, hast du etwa genug von ihm?«

»Ich weiß nicht«, sagte Magnolia und wusste im selben Moment, dass es nicht stimmte.

»Siehst du!« Spöttisch sah Jörna sie an.

»Du liest meine Gedanken!«, beschwerte sich Magnolia. »Hast du eine Ahnung, wann sie hier sind?«

Jörna schüttelte den Kopf. »Morgen oder nächste Woche … Ich weiß es nicht.«

Magnolia grinste: »Egal, wir werden es erleben.«

Dann wechselte sie das Thema. »Habe ich dir eigentlich erzählt, dass ich morgen meinen Job bei Meister Schnuck antrete?«

»Was?! Wie cool ist das denn?«, strahlte Jörna. »Also, wenn du irgendwie günstig an die Parfüms herankommst …«

Magnolia lachte. »Dann lasse ich es dich wissen.«

Zwölftes Kapitel

Der neue Job

Pünktlich wie ein Maurer betrat Magnolia am nächsten Tag Meister Schnucks Laden. Das Windspiel über der Tür klingelte, und der Duft von Rosenholz wehte zart durch den Raum. Suchend sah Magnolia sich um, doch sie konnte ihren neuen Chef nirgends entdecken. Hatte sie sich in der Zeit geirrt? Ihr blieb nichts anderes übrig, als auf ihn zu warten. Aufmerksam sah sie sich um, und für einen Moment streiften ihre Blicke auch die bunten Fresken an der Ladendecke. Erschrocken fuhr sie zurück. Norgen, menschengroße Ratten, zerrten eine junge Frau mit sich fort. Ein Bild weiter versteckte sich eine Burg im Nebel. Sofort wurden schlimme Erinnerungen in Magnolia wach. Die Burg auf dem Teufelsberg. Der Ort, an dem Graf Raptus sie gefangen gehalten hatte. Magnolia atmete betont langsam ein und wieder aus. »Kein Grund, weiche Knie zu bekommen«, murmelte sie. Der Graf war tot, und die Bilder an der Decke waren nichts weiter als Überbleibsel aus dem Laden von Anatol Tott. Sie hatte doch gewusst, in welcher Umgebung sie arbeiten würde. Leider waren ihr die Bilder bei den vorherigen Besuchen nicht aufgefallen und sie hatte einfach angenommen, Meister Schnuck hätte den Laden von Grund auf renoviert.

»Ah, Magnolia. Schön, dich zu sehen! Und pünktlich bist du auch noch.«

Magnolia fuhr herum. Sie hatte den Professor nicht kommen hören und konnte ihn auch jetzt nirgendwo entdecken. Suchend blickte sie sich um.

»Ich bin hier unten«, sagte die Stimme. Und im selben Moment stand er vor ihr. Er war über eine steile Treppe gekommen, die direkt aus dem Boden zu wachsen schien.

»Mein Laboratorium ist im Keller«, erklärte er. »Ich stelle dort meine Parfüms her. Wenn du magst, zeige ich es dir.«

Magnolia zwang sich zu einem Lächeln. »Sehr gerne«, erwiderte sie und beäugte misstrauisch die geöffnete Falltür, mit der sich die Treppe verschließen ließ.

Meister Schnuck hängte das Geschlossen-Schild an die Ladentür und schloss ab. »Ich möchte nicht noch einmal beklaut werden«, erklärte er.

»Sie wurden beklaut?«

Der Professor nickte. »Eine Diebin hat die Gelegenheit genutzt und ließ gleich fünf Parfümflakons und einen indischen Seidenschal mitgehen. Dabei habe ich ihr nur kurz den Rücken zugekehrt, um ein Telefonat anzunehmen.«

»Sie hatten Glück, dass sie nicht die alten Bücher eingesteckt hat«, sagte Magnolia.

»Du verstehst etwas von alten Schriften?«

Magnolia schüttelte den Kopf. »Nein, aber ich habe sie mir neulich angesehen, und sie sehen ziemlich wertvoll aus.«

»Da hast du vollkommen recht. Das ist auch der Grund, weshalb ich sie oben auf der Galerie ausstelle und nicht hier unten im Laden. Manche der Grimoires sind unbezahlbar und nicht verkäuflich.«

»Warum stellen Sie sie dann aus?«

»Um sie um mich zu haben und um mich an ihnen zu erfreuen.« Meister Schnuck lächelte sein hölzernes Lächeln. »Die wertvollsten Bücher liegen unter Glas. Aber ich habe auch ein paar ausgezeichnete Replikate. Kopien, verstehst du? Die ich gerne verkaufen würde.«

Meister Schnuck führte Magnolia durch sein Geschäft. Er erklärte ihr die Kasse und präsentierte ihr stolz seine Sammlung afrikanischer Fetische.

Magnolia war beeindruckt. »Haben Sie das alles auf Ihren Reisen zusammengetragen? Birte hat mir erzählt, dass Sie Museumsdirektor waren und weit in der Welt herumgekommen sind.«

Meister Schnuck lachte heiser. »Deine Freundin hat recht. Ich war viel für das Museum unterwegs. Aber ich habe mich auch privat nach Schätzen umgesehen, die für ein Museum nur wenig Wert haben. Alte Texte zum Beispiel. Mehr als ein ›Aha!‹ lässt sich in einem Museum damit nicht erzielen. Übersetzt geben sie jedoch ihr jahrtausendealtes Wissen preis.« Er führte Magnolia zu den Parfümregalen. »Gefallen dir meine Parfüms?«

Magnolia nickte. »Sehr sogar.«

»Für welchen Duft würdest du dich entscheiden?«

Magnolia zögerte. »Sie riechen alle wunderbar. Vielleicht ...«

»Warte!« Meister Schnuck sah sie abschätzend an. »Ich suche dir einen Duft aus.« Zielstrebig griff er nach einem winzigen Flakon, der die Form eines Zaunkönigs hatte, und hielt ihn ihr unter die Nase. Magnolia öffnete ihn und schnupperte vorsichtig daran. Sie saß wieder in Tante Linettes Garten. Kurz nach ihrer Ankunft in Rauschwald. Süß hing der Duft der Heckenrosen in der Luft, und schwarz und schwer duftete die Erde auf den Kräuterbeeten. Magnolia traten Tränen in die Augen. Da war es wieder, dieses unbeschreibliche Gefühl der Verlassenheit, verwoben mit dem Versprechen auf einen wundervollen neuen Anfang. Es war der schönste Duft, den sie je gerochen hatte. Sprachlos sah sie Meister Schnuck an. Wie war das möglich? Wie konnte er Gefühle auf Flaschen ziehen?

»Wie heißt dieser Duft?«, fragte sie.

»›Hagussa‹«, antwortete der Meister.

»Hagussa«? Magnolia stutzte. Hagussa bedeutete Heckenreiterin und war das ursprüngliche Wort für Hexe. Konnte es Zufall sein, dass er ihr genau diesen Duft ausgesucht hatte? Misstrauisch sah sie Meister Schnuck an. Doch der schien ihren Blick nicht zu bemerken. »Hast du Lust, dir das dazugehörige Labor anzusehen?«, fragte er unbefangen.

Magnolia wischte ihre Bedenken beiseite und träufelte sich schnell einen Tropfen Parfüm auf ihr Handgelenk. »Ja, sicher«, sagte sie.

Meister Schnuck stieg die steile Treppe hinab, und Magnolia folgte ihm mit gemischten Gefühlen. Die Stufen endeten in einem erstaunlich hohen Kellergewölbe, in dem die Zeit stehen geblieben war. Eine rußige Fackel warf zuckendes Licht an die Wände, und Magnolia stellte beunruhigt fest, dass die Fresken an der Ladendecke hier unten ihre Fortsetzung fanden. Schreckgestalten, wie Schattenkrieger, Medusen und Ghule, wurden im Schein der Fackeln lebendig. In Magnolias Nacken sträubten sich die Haare, und sie beschloss, diesen Ort nur im äußersten Notfall zu betreten. Die Parfüms, die sie zu gerne entwerfen wollte, mussten leider warten.

Meister Schnuck winkte sie zu einem Raum am Ende des Kellers. Magnolia war überrascht, als sie die nüchterne Ausstattung des Labors sah. Reagenzgläser, Bunsenbrenner, Kristalle und Essenzen. Alles stand bunt durcheinander auf einem breiten Tisch. So nüchtern hatte sie sich diese Arbeit nicht vorgestellt.

»Gibt es hier denn kein elektrisches Licht?«, fragte sie verwundert.

»Leider nicht. Ein großes Manko, wenn du mich fragst. Und hätte ich es vorher gewusst, hätte ich mich vielleicht für einen anderen Laden entschieden. Andererseits arbeitet man hier unten exakt unter den gleichen Bedingungen wie die großen Parfümeure des siebzehnten Jahrhunderts.«

Magnolias Blick wanderte durch den Raum. »Brauchen Sie denn kein Tageslicht?«

Meister Schnuck schüttelte den Kopf. »Sogar das Gegenteil ist der Fall. Die meisten Essenzen sind flüchtig und lieben die Dunkelheit. Wenn du an einem Parfüm Freude haben willst, stelle es niemals ins Sonnenlicht.«

Irgendwo klingelten Glöckchen. Magnolia horchte auf. Auch Meister

Schnuck schien das Geräusch gehört zu haben und verließ augenblicklich das Labor. »Kundschaft!«, rief er und lief zur Treppe. Er schien es auf einmal sehr eilig zu haben.

»Aber haben Sie den Laden nicht abgeschlossen?«, fragte Magnolia überrascht.

»Nein, nein, ich habe nur das Schild herausgehängt«, entgegnete Meister Schnuck.

Während Magnolia ihrem Chef zur Treppe folgte, kam sie an einer eisenbeschlagenen Tür vorbei, die hinter einem Vorhang hervorlugte und ihr vorhin nicht aufgefallen war.

»Wohin führt diese Tür?«, wollte sie wissen.

Meister Schnuck blieb wie angewurzelt stehen und drehte sich langsam um. Ein Muskel in seinem Gesicht zuckte, und für einen Moment glaubte Magnolia, ihre Frage hätte ihn verärgert. »Sie lässt sich nicht öffnen«, sagte er knapp und stieg die Treppe hinauf.

Magnolia ging ihm eilig nach und war erstaunt, als im Laden dann tatsächlich ein junger Mann stand, der sich für einen ganz bestimmten Ring interessierte, den er seiner Freundin zum Jahrestag schenken wollte. Meister Schnuck war in seinem Element. Vorsichtig zog er die Schublade mit den Ringen heraus und beglückwünschte den jungen Mann zu seinem guten Geschmack.

»Eine ausgezeichnete Wahl!«, lobte er. »Ich erinnere mich noch genau an den Tag, als ich diesen Ring in Verona gekauft habe. Es war in einem Antiquitätengeschäft in einer Seitenstraße. Der Händler versicherte mir, dass dieser Ring aus dem Nachlass der Capulets stammt.« Verständnislos sahen Magnolia und der junge Mann Meister Schnuck an. Der lächelte. »Julia Capulet …«

Und als noch immer keine Reaktion kam, setzte er nach: »Die Geliebte Romeos.«

»Was, wirklich?« Der junge Mann wurde vor Aufregung ganz blass. »Und das ist wirklich ihr Ring? Sind Sie sicher?«

Meister Schnuck nickte. »So wird es zumindest erzählt.«

Glücklich kaufte der junge Mann den Ring für seine Freundin, und Magnolia lächelte. Sie hatte gerade etwas Wichtiges über ihren neuen Chef gelernt. Er war nicht nur ein begnadeter Parfümeur, sondern auch ein Traumverkäufer und Geschichtenerzähler.

Dann wurde es ernst. Magnolia musste das erste Mal kassieren. Erleichtert stellte sie fest, dass es nicht besonders schwer war, die altertümliche Kasse zu bedienen. Von da an ging es Schlag auf Schlag, denn kaum hatte der junge Mann den Laden verlassen, gaben sich die Kunden wieder die Klinke in die Hand. Magnolia hatte alle Hände voll zu tun und kam ordentlich ins Schwitzen. Trotzdem war sie mächtig stolz auf sich, auch wenn bei der Schlussabrechnung drei Euro zweiunddreißig in der Kasse fehlten.

Während Magnolia sich mit den Tücken einer alten Ladenkasse herumschlug, hatte Linette ganz andere Sorgen. Ihr ging der Trubel vor ihrer Haustür inzwischen gehörig auf die Nerven. Nicht nur, dass ihre Praxis seit mehr als einer Woche geschlossen war. Sie konnte auch nicht mehr unbehelligt aus dem Haus gehen, ohne dass irgendwer sie um eine kleine Gefälligkeit bat. Mal handelte es sich dabei um die Benutzung des Toilettenhäuschens oder der Küche, ein anderes Mal um einen klitzekleinen Rat in Sachen Gesundheit. Zu allem Überfluss traten nun auch noch die ersten Fälle von Flachsdiebstahl auf. Nicht bei den Hexen. Die wussten durchaus auf ihr Eigentum aufzupassen. Aber leider standen vor ihrem Haus nicht nur kampferprobte Sumpfhexen und heimtückische Rotkappen, sondern auch Blumenelfen und Nussweiblein. Liebenswerte, arglose Wesen. Denen jegliche Art von Heimtücke fremd war, und genau DIE waren die bevorzugten Opfer.

Gerade hatten Linette und Jacko es sich bei einem Glas Maulbeerwein im Garten gemütlich gemacht, als ihre Unterhaltung von einem lauten Weinen unterbrochen wurde. Das Weinen war so herzzerreißend, dass die zwei augenblicklich ihre Gläser abstellten und erschrocken vor das Haus liefen. Aufgeregtes Stimmengewirr schlug ihnen entgegen.

»Was ist passiert?«, fragte Linette, nachdem sie vergeblich nach Toten oder Schwerverletzten Ausschau gehalten hatte. Niemand antwortete. Alles drängte sich um eine winzige Elfe, die sich schluchzend die Hände vor das Gesicht hielt und heulte, was das Zeug hergab.

»Würde mir bitte jemand erklären, was hier los ist?«, verlangte Linette noch einmal und funkelte böse in die Runde.

Da stand Runa neben ihr. »Dreimal darfst du raten! Das dumme kleine Gänseblümchen wurde natürlich beklaut«, sagte sie. »Und ehrlich gesagt, tut es mir nicht einmal leid! Diese Flatterdinger aus dem Tal der Glückseligen gehen hier jedem auf die Nerven. Endlich ist Schluss mit lustigem Glockengebimmel und Blumengesang!«

»Wer hat sie beklaut?«, fragte Linette, ohne auf Runas Worte einzugehen.

Spöttisch sah die Watthexe sie an. »Es wurde keine Visitenkarte abgegeben. Unsere kleine Elfe hat ein Nickerchen in einer Apfelblüte gemacht und ihren Flachs über den nächsten Ast gehängt. Tja, und als sie ihre Äugelein Stunden später wieder aufschlug, war der Flachs weg, und wir müssen uns nun das Geschrei anhören.«

Linette seufzte. »Hör auf, so boshaft zu reden! Ich werde mich um sie kümmern. Was tust du übrigens hier? Dein Flachs war doch nicht mehr zu gebrauchen, wenn ich mich recht erinnere.«

Runa zuckte die Schultern. »Mir war langweilig. Kein Unterricht. Niemand da, den ich triezen kann.«

Linette schüttelte den Kopf. »Du bist unmöglich.« Sie drängte sich durch die Menge und setzte die kleine Elfe in ihre Hand. »Komm mit ins Haus. Ich gebe dir Baldrian für deine Nerven!« Im Fortgehen bemerkte Linette, dass sich Runa mit jemandem unterhielt. Und wäre es nicht helllichter Tag gewesen, sie hätte geschworen, dass es Milauro war, mit dem die Watthexe sprach.

Als Magnolia am Abend nach Hause kam, pulsierte das Adrenalin noch immer in ihren Adern. Es war ein aufregender Nachmittag gewesen, und sie war ziemlich stolz auf sich. Alles in allem schien der neue Job recht easy zu sein und Spaß zu machen. Die Kunden waren freundlich, und richtig voll wurde es erst gegen Abend.

Tante Linette stand in der Küche am Herd und rührte in einem kräftigen Eintopf, der in ihrem schwarzen gusseisernen Topf leise vor sich hin köchelte. Es duftete herrlich und Magnolia bemerkte erst jetzt, wie hungrig sie war.

»Hallo, Lämmchen!«, begrüßte ihre Tante sie, ohne sich auch nur eine Sekunde umzudrehen. »Columbina, Columbana und Columbun werden gleich hier sein. Du hast also noch genau zehn Minuten Zeit, um dir die Hände zu waschen und die Haare zu kämmen. Dann wird gegessen.«

»Die drei Spinnerinnen wollen mit uns essen?«

Das waren ja tolle Neuigkeiten. Denn obwohl die drei alten Frauen immer wieder beteuerten, wie gemütlich das Regenfass aussah, blieben sie die meisten Abende unter sich.

»Wir sind Reisende auf einem langen Weg«, pflegten sie zu antworten, wenn man sie darauf ansprach. »Zu enge Bindungen tun da nicht gut.«

Lächelnd drehte Linette sich zu ihrer Nichte um. »Diese Ehre wird nur den wenigsten zuteil«, sagte sie. »Ehrlich gesagt habe ich noch nie gehört, dass die drei mit irgendwem zu Abend gegessen hätten. Und nun sieh zu, dass du fertig wirst, bevor sie hier sind.«

Magnolia lief in ihr Zimmer hinauf und öffnete schnell noch einmal das Fenster, um die frische Abendluft hereinzulassen. Von hier oben hatte man einen hervorragenden Blick über das Treiben vor dem Haus. Die Flusskobolde machten das Geschäft ihres Lebens. Denn obwohl die Spinnerinnen bereits Feierabend hatten, wurde der Platz vor Tante Linettes Haus nicht leer. Magnolia griff gerade nach der Bürste, als ihr Blick an etwas hängen blieb, für das ihr Gehirn auf die Schnelle keine brauchbare Erklärung lieferte. In der Eiche vor ihrem Fenster befand sich etwas, das wie eine verschrumpelte Gewürzgurke aussah. Da der Baum vor ihrem Fenster aber kein Gewürzgurkenbaum war, sondern eine Eiche, wurde Magnolia auf der Stelle misstrauisch. Beunruhigt suchte sie nach weiteren Hinweisen und wurde fündig. Mitten aus dem dichten Blattwerk der Eiche ragten fleischige braune Ohren, und ein paar gelbe Augen blitzten sie schadenfroh an. Langsam fügte sich das Bild zu einem schrecklichen Ganzen zusammen. Auf dem Baum, direkt vor ihrem Fenster, saß ein Troll und grinste sie ungeniert an. Magnolias Blick flog über die Äste. Wahrhaftig! Da saß noch einer, und eine Etage tiefer saß der nächste. Sie traute ihren Augen nicht. Dann hörte sie eine Stimme, die ihr nun endgültig die Laune verdarb. »Sie suchen ein Plätzchen für die Nacht? Hier sind Sie goldrichtig! Das erste Baumhotel Rauschwalds hat heute eröffnet, und es sind nur noch wenige Plätze frei.«

Jeppe! Magnolia kochte vor Wut. Was fiel dem Kobold ein! War er denn von allen guten Geistern verlassen? Er konnte doch unmöglich den Baum vor ihrem Fenster als Schlafplatz an Trolle vermieten!

»Ein Taler, der Herr. Danke schön. Gleich hier in der ersten Etage ist noch eine Astgabel frei. Da können Sie Ihre Hängematte aufhängen.«

Jetzt hatte Magnolia aber genug! Sie schloss das Fenster, zog mit einem Ruck die Vorhänge zu und stürmte die Treppe hinunter. Im Flur stieß sie beinah mit den Spinnerinnen zusammen, die pünktlich zum Essen kamen.

»Ich bin gleich wieder da«, murmelte sie und war schon aus der Tür.

»Jeppeeee!!!« Ihre Stimme überschlug sich vor lauter Empörung. »Jeppe! Wo steckst du, du verdammter Kobold? Zeig dich, damit ich Senf aus dir machen kann!« Wütend sah Magnolia sich um.

»Hast du ein Problem, Jungfer Riesengroß?« Wie aus dem Nichts tauchte der Kobold auf.

»Allerdings!«, fauchte Magnolia wütend. »Was fällt dir ein, den Baum vor meinem Fenster an Trolle zu vermieten? Bist du nicht ganz normal?«

»He, he, beruhige dich. Ich vermiete nicht nur an Trolle. Die Leute kommen von weit her und haben keine Lust, im Stehen zu schlafen. Das Baumhotel steht jedem offen. Und es funktioniert. Es ist nur noch ein Schlafplatz frei.«

»Schön für dich!«, fauchte Magnolia. »Aber warum ausgerechnet in meinem Baum? Und warum Trolle?«

»Ganz einfach … dein Baum hat die meisten Etagen.« Jeppe ließ sich nicht aus der Ruhe bringen. »Und Trolle sind völlig schwindelfrei.«

»Weil sie zu blöd sind, Angst zu haben!«, schrie Magnolia und holte tief Luft. »Du sorgst auf der Stelle dafür, dass diese haarigen Ungeheuer …«

»Magnolia, das Essen wird kalt!« Die Stimme ihrer Tante klang alles andere als liebevoll.

Magnolia blitzte den Kobold zum Abschied wütend an und stampfte zurück ins Haus.

In der Wohnstube saßen die drei Spinnerinnen vor ihren Tellern und sahen ihr missbilligend entgegen.

»Bin schon da«, flötete sie und dachte gleichzeitig: Was wisst ihr schon von schnarchenden, furzenden Trollen? Also kein Grund, so blöde zu glotzen.

Die drei Spinnerinnen hoben erstaunt die Augenbrauen, und Tante Linettes Hand krallte sich schmerzhaft in ihre Schulter. Hastig versteckte Magnolia ihre unfreundlichen Gedanken.

»Tschuldigung«, murmelte sie vorsichtshalber. »Ich hatte da draußen etwas Ärger.«

»Der Ärger kann warten«, flötete ihre Tante nun ebenfalls. »Schließlich haben wir heute Abend drei reizende Gäste, über die ich mich sehr freue.«

Innerlich verdrehte Magnolia die Augen. Wenn Tante Linette so weitermachte, würde sie noch auf ihrer eigenen Schleimspur ausrutschen. Klar war es nett, dass sich die drei mal blicken ließen, aber der Kracher war das nun auch wieder nicht. Natürlich hatte Magnolia diesen Gedanken blockiert. Umso mehr wunderte sie sich über die seltsamen Blicke, mit denen die Frauen sie ansahen.

»Von welchem Ärger sprichst du?«, erkundigte sich Columbun und griff nach ihrem Löffel. Magnolia unterdrückte beim Blick auf ihren Daumen ein Grinsen.

»Du hast gehört, was Columbun dich gefragt hat. Also erzähl schon, was los war!«, forderte Linette sie ungeduldig auf.

»Jeppe hat den Baum vor meinem Fenster an Trolle vermietet«, sagte Magnolia knapp.

»Waaas?«

Mit Genugtuung sah sie, wie ihre Tante rot anlief. »Was fällt diesem Kerl ein? Einer Elfe wurde heute der Flachs gestohlen, und jetzt dürfte klar sein, wer dahintersteckt! Ich werde sie eigenhändig vom Baum schütteln!« Linette warf zornig ihren Löffel auf den Tisch und stand auf.

»Recht hast du, meine Liebe!« Columbina legte ihr beruhigend die Hand auf den Arm. »Allerdings macht es wenig Sinn, die Trolle von dem Schlafplatz zu vertreiben, für den sie gezahlt haben. Besser, du hast ein Auge auf sie und sorgst morgen dafür, dass das Baumhotel geschlossen bleibt. Wenn die Trolle merken, dass sie beobachtet werden, verschwinden sie von ganz alleine.«

»Ein weiser Vorschlag«, lächelte Linette. »Da hast du selbstverständlich recht.«

»Das Essen schmeckt ganz ausgezeichnet«, lobte Columbana. »Ich kann mich nicht daran erinnern, wann ich das letzte Mal einen so guten Eintopf gegessen habe.«

»Ist ja auch schon eine ganze Weile her«, fiel Columbun ihr ins Wort. »Wenn ich mich recht erinnere, war es auf einem Bankett der Königin von Saba.«

Die Königin von Saba? Magnolia musste sich verhört haben. Die hatte vor mehr als zweitausend Jahren gelebt!

Die schlechte Stimmung war endlich verflogen, und das Gespräch wandte sich erfreulicheren Themen zu. Gebannt lauschte Magnolia den Erzählungen der drei alten Frauen. Egal, welcher Name im Laufe der Unterhaltung fiel, sie wussten über jeden eine Kleinigkeit zu berichten. Was bei geschichtlichen Schwergewichten wie Julius Cäsar oder Abraham Lincoln nicht weiter verwunderlich war, erstaunte Magnolia bei Herrn Hirsch, dem Förster von Rauschwald, und Annie Walser, der ehemaligen Hebamme aus Wurmstadt, doch sehr. Es schien auf der ganzen Welt nicht einen Menschen zu geben, der noch nicht die Bekanntschaft der drei Spinnerinnen gemacht hatte. Allerdings waren sie alle bereits seit einigen Jahren tot. Als die Schwestern nach einem Gläschen Maulbeerwein die nötige Bettschwere hatten, marschierten sie vergnügt zurück zu ihren Wohnwagen, und auch Magnolia fühlte sich plötzlich ausgelaugt und müde. »Die drei Spinnerinnen müssen einen riesigen Bekanntenkreis haben«, stellte sie gähnend fest. »Woher kennen sie so wahnsinnig viele Menschen?«

Linette sah ihre Nichte unergründlich an. »Das ist ihr Geheimnis«, sagte sie.

Magnolia schlief in dieser Nacht schlecht. Was nicht zuletzt an ihren Nachbarn im Baumhotel lag. Das Schnarchen der Trolle war ohrenbetäubend, und der Streit, der mitten in der Nacht ausbrach, weil einer von ihnen aus der Hängematte fiel, war es nicht weniger.

Dreizehntes Kapitel

Allerleirauhs Ring

Die nächsten Tage erforderten Magnolias ganzes organisatorisches Talent. Es war nicht einfach, Schule, Hexunterricht und ihre Arbeit bei Meister Schnuck unter einen Hut zu bringen. Trotzdem gelang es ihr irgendwie, und Meister Schnuck traute sich bald, sie für ein paar Stunden allein im Geschäft zu lassen. Magnolia liebte diese Gelegenheiten. Vor allem, wenn das Wetter schlecht war und wenig Kunden kamen. Dann hatte sie genügend Zeit, in den magischen Büchern zu lesen, die Meister Schnuck zum Verkauf anbot. Bisher hatte sich noch niemand dafür interessiert, aber Magnolia fürchtete schon jetzt den Tag, an dem sie einen dieser Schätze hergeben musste. Für sie gab es nichts Schöneres, als in den vergilbten Seiten zu blättern und die Magie zu spüren, die ihr entgegenwehte.

Eines Tages, als Meister Schnuck ganz dringend zu einem Händler musste, um neuen Weihrauch zu kaufen, und Rauschwald im Regen versank, entdeckte Magnolia, dass die Vitrine, in der das Nekronomikon lag, nicht verschlossen war. Eine Sekunde lang kämpfte sie mit ihrem Gewissen, dann nahm sie es vorsichtig heraus und fing an, darin zu lesen. Es war erschreckend und faszinierend zugleich. Sie las von schwarzmagischen Ritualen und hörte das erste Mal vom Brot der lebenden Toten. Es war entsetzlich und verstörend. Gab man einem Verstorbenen von diesem Brot zu essen, wie auch immer das geschehen sollte, wachte er auf und wurde zu einem Zombie. Ganze Armeen von Toten ließen sich mit diesem Brot zum Leben erwecken. Magnolia kroch eine Gänsehaut über den Rücken, und sie fühlte, dass ihr dieses Buch nicht guttat. Tante Linette würde ihr das unbegleitete Lesen schwarzmagischer Texte niemals erlauben. Plötzlich lag eine Schwere im Raum, die sie vorher nicht gespürt hatte. Mit steifen Fingern klappte sie das Buch zu und legte es zurück an seinen Platz.

In diesem Moment klingelte es unten im Laden. Insgeheim atmete Magnolia auf. Sie holte noch einmal tief Luft und stieg schnell in den Verkaufsraum hinunter. Dörte Däumling, die Inhaberin von Strickschick, der einzigen Damenboutique Rauschwalds, sah sich ungeduldig um.

»Guten Tag, kann ich Ihnen helfen?«, begrüßte Magnolia die Kundin.

»Das will ich hoffen, junges Fräulein. Ich brauche ein paar Flaschen von Ihrem Raumduft ›Kassenschlager‹. Keine Ahnung, wie Herr Schnuck das macht, aber die Wirkung ist sensationell! Ein-, zweimal in der offenen Tür versprüht, und schon ist der Laden knüppeldicke voll! Dieser Duft saugt die Kunden von der Straße direkt in mein Geschäft. Und das Schönste daran ist, sie gucken nicht nur, sondern sie kaufen auch.« Frau Däumling strahlte.

»Wie viele Flaschen möchten Sie haben?«, fragte Magnolia und hoffte, dass Frau Däumling nicht ihre gesamten Vorräte aufkaufen wollte.

»Alle, die Sie auf Lager haben«, kam die prompte Antwort.

Magnolia führte sie zum Regal, in dem die Raumdüfte standen. Es waren nur noch zwei Fläschchen »Kassenschlager« da.

»Was, mehr nicht? Die habe ich ja ruckzuck versprüht! Habt ihr nicht noch mehr davon oder wenigstens größere Flaschen? Ein halber Liter sollte es schon sein. Schließlich will ich nicht jeden Tag vorbeikommen.«

Magnolia schüttelte den Kopf. »Diese Parfüms sind keine Massenware. Jeder Duft wird von Professor Schnuck eigenhändig hergestellt.«

»Gut, dann packen Sie mir die zwei Flaschen ein, Fräulein. Wann können Sie nachliefern?«

»Keine Ahnung!« Magnolia war die gierige Frau ziemlich unsympathisch.

»Keine Ahnung ist immer schlecht«, sagte Frau Däumling schnippisch. »Also gut, oder besser, nicht gut! Ich schicke in den nächsten Tagen meine Angestellte vorbei. Bitte reservieren Sie mir alle Flaschen, die Sie bis dahin auf Lager haben.«

»Ich werde es ausrichten«, erwiderte Magnolia und kassierte den entsprechenden Betrag. Dann notierte sie die Bestellung auf einem Zettel. Sollte doch Meister Schnuck entscheiden, wie viele Flaschen »Kassenschlager« Frau Däumling bekam. Da klingelte es erneut. Magnolia schob den Zettel in die Schublade und richtete sich auf, um den nächsten Kunden zu bedienen, doch der Laden war leer. Merkwürdig.

Also schnappte sie sich seufzend ihren Rucksack und setzte sich mit ihren Hausaufgaben an den Tresen. Es klingelte erneut. Und diesmal schien das Geräusch aus dem Keller zu kommen. Beunruhigt stand Magnolia auf, um nachzusehen. Schon auf der ersten Treppenstufe fiel ihr der modrige Geruch auf. Es roch wie in einem schlecht belüfteten Stollen. Magnolia zögerte, da klingelte es schon wieder. Jetzt wollte sie es wissen. Eilig stieg sie die Treppe hinunter und sah gerade noch, wie ein kleiner Schatten hinter dem Vorhang verschwand, der ihr bereits bei ihrem ersten Besuch aufgefallen war. Ein Kobold, schoss es ihr durch den Kopf. Die Luft roch nicht nur modrig, sondern war auch eiskalt. Hatte Meister Schnuck nicht erklärt, die Tür hinter dem Vorhang ließe sich nicht öffnen?

Ohne zu zögern griff Magnolia nach einer Fackel und zog den Vorhang mit einem Ruck zur Seite. Meister Schnuck hatte gelogen, so viel stand fest. Denn die Tür, die sich angeblich nicht öffnen ließ, stand sperrangelweit offen und führte in eine Art Lagerraum, in dem sich Dutzende von Kisten stapelten. Am Ende des Raums befand sich eine Öffnung, die in staubiges Dunkel führte.

Warum hatte der Professor nicht die Wahrheit gesagt? Einen Moment überlegte Magnolia, ob es sich lohnen würde, herauszufinden, wohin der staubige Gang führte. Da klingelte oben die Türglocke, und eine Stimme rief: »Hallo! Bedienung! Oder darf man sich hier selbst bedienen? Hohoho!«

Was für eine blöde Frage. Magnolia blieb nichts anderes übrig, als sich später mit dem Geheimnis des finsteren Ganges zu beschäftigen. Eilig stieg sie in den Laden hinauf.

Als Meister Schnuck kurz darauf zurückkehrte, war er bestens gelaunt und ungemein zufrieden mit sich. Er hatte ein gutes Geschäft gemacht. Denn es war ihm nicht nur gelungen, dem Händler den allerbesten Weihrauch zu einem hervorragenden Preis abzuluchsen, sondern er hatte ihn auch überreden können, ihm die sogenannten Märchenringe zu verkaufen, die eigentlich für die Gebrüder-Grimm-Stiftung gedacht gewesen waren.

Stolz präsentierte Meister Schnuck Magnolia seine neueste Errungenschaft. Auf schwarzem Samt lagen die vier Ringe da und funkelten um die Wette, was das Zeug hielt. Sie waren so zauberhaft, dass sie von nirgendwoher sonst als aus einem Märchen stammen konnten.

»Schneewittchen, Allerleirauh, Dornröschen und Rapunzel«, erklärte Meister Schnuck der staunenden Magnolia.

»Sind die Steine auf den Ringen echt?«, fragte sie.

Meister Schnuck lächelte. »Nicht nur die Steine. Wenn mich mein gesamtes Fachwissen nicht täuscht, haben wir hier echte Raritäten vor uns.«

Magnolias Gedanken fuhren Achterbahn. »Sie wollen mir jetzt nicht erzählen, dass … dass diese Ringe tatsächlich Rapunzel und den anderen Märchenfiguren gehört haben, oder?« Sie lachte unsicher. »Nein, Meister Schnuck. Die Romeo-und-Julia-Geschichte habe ich Ihnen beinahe geglaubt, aber das hier … Tut mir leid. So leicht kriegen Sie mich nicht … Pinocchio!!! Sie wollen mich auf den Arm nehmen!«

Jetzt lachte Meister Schnuck ein tiefes, kehliges Lachen. »Könnte ich das denn?«, fragte er lauernd.

Magnolia schüttelte den Kopf.

»Und doch ist es wahr. Die Ringe, die dort vor dir liegen, stammen tatsächlich von den weltbekannten Sagengestalten. Nur, dass sie nicht Schneewittchen hießen, sondern Katharina von Waldeck, und nicht Dornröschen, sondern Brunhilde zu Pütznitz. In jedem Märchen steckt ein wahrer Kern, schon vergessen?« Meister Schnuck machte eine Pause, und ein triumphierendes Grinsen lief über sein Gesicht. »Und jetzt gehören sie mir!« Dann hielt er ihr das Tablett mit den Ringen unter die Nase. »Für welchen würdest du dich entscheiden?«

Magnolia hatte zwar noch immer erhebliche Zweifel. Trotzdem musste sie nicht lange überlegen. »Diesen hier«, sagte sie und deutete auf einen Silberring, der über und über mit winzigen Rubinen besetzt war, die wie glühende Kohlen leuchteten.

»Der Schneewittchenring«, sagte Meister Schnuck. »Ich habe geglaubt, du würdest dich für den Goldtopas von Allerleirauh entscheiden.« Und er erzählte ihr ausführlich, was er über die Mädchen hinter den Sagengestalten wusste.

Magnolia war beeindruckt. Meister Schnuck hatte ein so umfassendes Wissen, was Mythologie und magische Künste betraf, dass sie sich unwillkürlich fragte, ob Tante Linette da mithalten konnte. Und die war schließlich eine Hexe.

Zu Hause erzählte sie ihrer Tante von den Märchenringen, die Professor Schnuck dem Händler abgeluchst hatte. Doch zu ihrem Erstaunen hatte Linette dafür keine Bewunderung übrig. »Er ist ein Schatzräuber«, brummte sie und ließ aus einem kleinen Taschenspringbrunnen Wasser auf die Primel spritzen, die auf ihrem Fensterbrett stand. »Menschen wie er rauben der Welt ihre Magie.«

»Dann haben diese Ringe also wirklich Schneewittchen und den anderen gehört?«

»Das ist zu befürchten.«

»Er sagt, er wäre ein Sammler. Ohne ihn würden die Schätze dieser Welt in Vergessenheit geraten.«

»Pah!«, schnaubte Tante Linette. »Was hat die Welt davon, wenn Meister Schnuck vier Märchenringe besitzt?«

»Vielleicht schenkt er sie einem Museum oder stellt sie in seinem Laden aus«, beharrte Magnolia, die sich ihren Chef nicht einfach schlechtreden lassen wollte.

»Das tut er ganz sicher nicht! Denn dann hätte er sie der Gebrüder-Grimm-Stiftung überlassen, für die sie bestimmt waren.«

Nachdenklich runzelte Magnolia die Stirn. War Meister Schnuck tatsächlich ein sammelwütiger Schatzräuber?

»Jörna hat übrigens angerufen. Sie bat mich, dir auszurichten, dass es Neuigkeiten gibt. Und dass du sie so schnell wie möglich zurückrufen sollst.«

Linette hatte den Satz noch nicht zu Ende gesprochen, als Magnolia schon auf dem Weg in ihren Turm war. Eine Sekunde später saß sie vor ihrer Kristallkugel und wartete ungeduldig darauf, dass sich der pinkfarbene Rauch verflüchtigte und Jörnas Gesicht Platz machte. Der Rauch verzog sich, doch zeigte sich nicht Jörnas sommersprossiges rundes Gesicht, sondern irgendetwas, das entfernt an eine Quarkspeise erinnerte.

Magnolia bekam große Augen. »Bist du das?«, fragte sie vorsichtshalber.

In der Quarkspeise öffnete sich ein Auge. »Bin ich«, nuschelte es. »Ist grade schlecht …«

»Was soll das?«

»Ich versorge meine Haut mit Mineralien und Feuchtigkeit«, erklärte Jörna.

»Ist das eine Quarkmaske?«

»Quark und Honig«, bestätigte Jörna.

»Tante Linette sagte, du hättest angerufen, weil es Neuigkeiten gibt?«

Jörna nickte mit geschlossenen Augen. »In drei Tagen sind sie da.«

Magnolia brauchte nicht weiter nachzufragen. Ihr wurde schwindelig. So lange hatte sie sich auf Leander gefreut, und jetzt rutschte ihr das Herz in die Hose. Sie war sich plötzlich nicht einmal mehr sicher, ob sie ihn überhaupt wiedersehen wollte. Im Sommercamp in Amerika ... das war eine ganz andere Geschichte. Aber hier in Rauschwald? Die Schule, ihr neuer Job ... Leanders Rückkehr brachte alles durcheinander.

Die Augen im Quark öffneten sich. »Ist alles in Ordnung? Warum sagst du nichts?«

Magnolia räusperte sich. »Wow, in drei Tagen? Das ist ja schon ziemlich bald.«

»Drei Tage«, bestätigte Jörna.

Plötzlich musste Magnolia grinsen. »Ich nehme an, Elon ist auch dabei?«

»Sicher, sonst hätte ich wohl keinen Quark im Gesicht. Hast du Lust, morgen shoppen zu gehen?«

»In Rauschwald?«, fragte Magnolia zweifelnd.

»Ich brauche nur eine neue Jeans.«

»Okay, ich komme mit. Du kannst mich von der Schule abholen.«

»Super, dann sehen wir uns morgen.«

Rosa Nebel füllte die Kugel und ließ Magnolia mit gemischten Gefühlen zurück. Nachdenklich trat sie ans Fenster. Das Trollhotel war glücklicherweise weg. Tante Linette konnte sehr überzeugend sein, denn anscheinend hatten sich die Trolle ohne den üblichen Ärger getrollt.

Vor den Wohnwagen der drei Spinnerinnen standen noch immer magische Wesen an, um ihren Flachs zu Gold spinnen zu lassen. Aber die Schlange war deutlich kürzer geworden, und es war absehbar, dass die drei Rauschwald bald verlassen würden. Ihnen zu Ehren sollte in der Walpurgisnacht ein großes Fest stattfinden. Und man hatte Tante Linette mit der Planung beauftragt.

Magnolia warf sich aufs Bett und griff nach Schmatz, ihrer riesigen Plüschkröte aus Kindertagen. Sie hatte Leander seit mehr als einem halben Jahr nicht mehr gesehen und beinah genauso lange nichts mehr von ihm gehört. Es gab also eine Million Dinge, die bei ihrem ersten Treffen schiefgehen konnten.

»Manchmal würde ich gern mit dir tauschen«, sagte sie und setzte Schmatz neben sich auf das Kopfkissen. »Faul herumhängen und auf eine küssende Prinzessin zu warten ist eine entspannte Nummer.« Dann stellte sie sich das Gesicht von Samantha vor, wenn sie mit Leander in der Schule aufkreuzte, und ein breites Grinsen huschte über ihr Gesicht. Aber vielleicht wollte er hier in Rauschwald ja gar nichts mehr von ihr wissen. Magnolia seufzte. Warum musste bloß alles so wahnsinnig kompliziert sein?

Vierzehntes Kapitel
Eibenholz

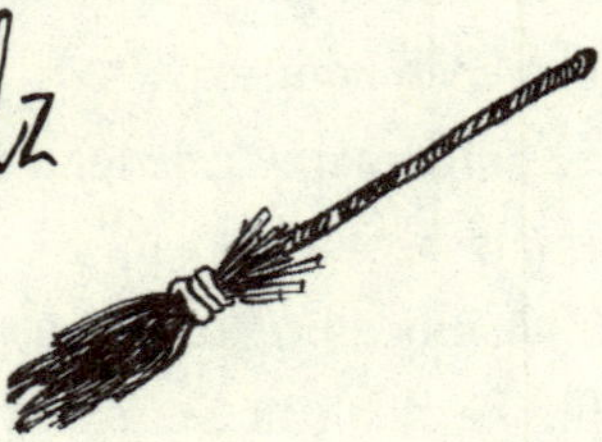

Am nächsten Tag wartete Jörna nach Schulschluss an den Fahrradständern auf Magnolia. »Ist das Wetter nicht super?«, fragte sie und stellte ihren Rucksack auf Magnolias Gepäckträger.

»Unbedingt! Wenn du dich gut benimmst, spendiere ich dir nachher eine Kugel Eis.« Magnolia strahlte mit der Sonne um die Wette.

»Hast du deine Nachrichten in der Kugel schon gecheckt?«, erkundigte sich Jörna, während sie nebeneinander aus dem Schultor trotteten.

Magnolia schüttelte den Kopf. »Als ich heute Morgen aus dem Haus ging, war sie noch leer. Gibt es was Neues?«

»Der Hexunterricht fällt erst einmal aus. Runa ist im Festkomitee, das die Verabschiedung der drei Spinnerinnen an Beltane vorbereitet.«

»Wirklich? Wie cool ist das denn!«, rief Magnolia begeistert.

»Manchmal passt eben eins zum anderen. Super Wetter, kein Nachmittagsunterricht und dann sind auch noch zwei Elfen im Anmarsch.« Jörna lachte.

»Oh, Jörna!«, stöhnte Magnolia und gab ihrer Freundin einen Stoß. »Sag lieber, wo du zuerst nach einer Hose gucken willst. Bei ›Bluse und Büx‹ oder im ›Cotton Club‹?«

Der Nachmittag verging wie im Fluge. Natürlich hatte Jörna weder bei »Bluse & Büx« noch im »Cotton Club« eine passende Jeans gefunden. Dafür entdeckten die Mädchen ein Sommerkleid, das Jörna wie angegossen passte und ihre Figur sehr vorteilhaft zur Geltung brachte.

»Du siehst richtig cool aus«, stellte Magnolia bewundernd fest. »Ich wünschte, meine Figur würde ein bisschen mehr hergeben, dann könnte ich auch solche Kleider tragen.«

»Dafür brauchst du nicht auf jeden Bissen zu achten, den du dir in den Mund schiebst«, erwiderte Jörna und blieb stehen. »Ich möchte mir gerne noch einen von diesen umwerfenden Düften aus eurem Laden kaufen.«

Seit Magnolia bei Meister Schnuck arbeitete, sagte Jörna nur noch »euer« Laden. So, als würde mindestens eine Ecke davon Magnolia gehören.

»Du scheinst Geld wie Heu zu haben«, stellte Magnolia fest und musste bei diesem Vergleich sofort grinsen.

»So ist es!«, lachte auch Jörna. »Meine Mutter hat mir meinen Anteil am Flachs sofort ausgezahlt.«

Fünf Minuten später standen die beiden Freundinnen im Laden. Meister Schnuck nickte ihnen kurz zu, während er weiter seine Kunden bediente.

»Ihr habt die Parfüms ja neuerdings nach Themen sortiert«, staunte Jörna. »Ich schnuppere mich mal durch die Abteilung Liebe.«

»War meine Idee«, antwortete Magnolia stolz. »Jetzt findest du ›True Love‹ neben der ›Mondscheinserenade‹ und ›4-ever 2-gether‹ steht hinter ›Herz an Herz‹.«

»Wow, riecht das gut!« Jörna hielt ihr einen Duft mit dem wunderschönen Titel »Eternal Love« unter die Nase. Magnolia schnüffelte. Das Parfüm roch nach einer Mischung aus Zuckerwatte und siebtem Himmel.

»Riecht wirklich gut«, bestätigte sie und zog ihren Lieblingsduft aus dem Regal. »Riech den mal! Ich liebe ihn. Dieses Parfüm heißt ›Hagussa‹«, sagte sie.

Jörna schnupperte bereitwillig. »Nicht schlecht«, gab sie zu.

»Nicht schlecht? Dieser Duft ist genial. Er berührt das Innerste meiner Seele, er …«

Spöttisch sah Jörna ihre Freundin an. »Ich brauche einen Duft, der Elons Seele im Innersten berührt. Ich bleibe bei ›Eternal Love‹.«

Magnolia lachte. »Du bist so berechnend! Ich werde Meister Schnuck trotzdem fragen, ob er dir einen guten Preis macht.«

»Und was ist mit dir?«

Bedauernd schüttelte Magnolia den Kopf. »Ich habe nichts vom Flachs-Schatz abbekommen und werde warten müssen, bis ich hier mein erstes Geld verdient habe.«

Jörna sah ihre Freundin mitleidig an. »Ich könnte dir das Geld dafür leihen!«

Aber Magnolia schüttelte den Kopf. »Nein, es ist schon okay«, sagte sie.

Meister Schnuck nahm Jörna den Flakon aus der Hand. »Wie ich sehe, hast du etwas Passendes gefunden. Ein Duft aus der Rubrik Liebe.«

Jörna stieß Magnolia auffordernd in die Rippen. Die räusperte sich und fragte: »Könnten Sie vielleicht …? Ich meine, weil ich hier arbeite. Wäre es vielleicht möglich, dass meine Freundin oder ich … einen Rabatt bekommen?« Es war Magnolia furchtbar peinlich, danach zu fragen. Meister Schnuck schien die Frage jedoch nicht ungewöhnlich zu finden und willigte sofort ein. »Ich gebe euch fünfzig Prozent Rabatt, einverstanden?«, fragte er.

Jörna stieß Magnolia entzückt an. Das war mehr, als sie sich erhofft hatten.

»Und was ist mit dir?« Erstaunt sah Meister Schnuck Magnolia an. »Hast du kein Parfüm gefunden, das dir gefällt?«

»Doch, schon, aber im Moment sieht es finanziell nicht gerade rosig aus.«

Ihr Chef runzelte die Stirn. »Mach dir wegen der Bezahlung keine Sorgen, die kann warten. Also?«

Magnolia war völlig überrumpelt. Damit hatte sie nicht gerechnet. »Oh, danke«, stammelte sie. »Sehr großzügig.«

Meister Schnuck winkte ab. »Welcher Duft soll es denn sein?«

»›Hagussa‹. Das Parfüm, das Sie mir neulich gezeigt haben«, antwortete Magnolia wie aus der Pistole geschossen.

»›Hagussa‹? Eine gute Wahl!« Meister Schnuck ging nach hinten, um das Parfüm zu holen.

»Heißt das Parfüm wirklich Hexe?«, wunderte sich Jörna.

»Ja, ein komischer Zufall, oder?«, erwiderte Magnolia.

Und dann war Meister Schnuck auch schon wieder zurück. Bevor er die Fläschchen für die beiden Freundinnen einpackte, roch er noch einmal probehalber daran, so, wie er es immer tat. Lächelnd reichte er Jörna ihr Tütchen. Dann war Magnolia an der Reihe. Meister Schnuck schnüffelte … und stutzte. Er schnüffelte noch einmal.

»Was ist denn das?«, rief er verärgert, und dann passierte etwas Seltsames. Die Mädchen sahen ihn erschrocken an. In schneller Folge spiegelte sein Gesicht die gesamte Palette menschlicher Gefühle wider. Wut, Verzweiflung, Freude, Trauer, Hass und Triumph. Auf solche Zuckungen waren sie nicht gefasst. Es schien, als hätte er die Kontrolle über seinen Körper verloren. Schließlich gab sich Meister Schnuck eine scheppernde Ohrfeige, und der Spuk war vorbei. Er murmelte etwas von einem Tick und sah die Mädchen lauernd an.

»Tut mir leid. Ich kann dir diesen Duft unmöglich mitgeben«, sagte er dann zu Magnolia, als wäre nichts passiert. »Er ist umgeschlagen!«

Verlegen sah Magnolia ihn an. »Aber …« Sie war noch immer bestürzt.

»Nein, nein, glaub mir. Er riecht moderig. Und du willst den jungen Mann doch sicher nicht vertreiben?« Jetzt war Professor Schnuck wieder ganz der Alte. »Ich werde das Parfüm neu ansetzen«, erklärte er. »Es wird seine Zeit dauern. Aber ich verspreche dir, dass du von ihm überrascht sein wirst.«

Noch immer verdutzt verließen die Mädchen das Geschäft.

»Was war das denn?«, fragte Jörna, sobald sie außer Hörweite waren. »Hat er diesen Gesichtszirkus öfters?«

Magnolia schüttelte den Kopf. »So habe ich ihn zum ersten Mal erlebt. Es sah fast so aus, als wäre er nicht allein in seinem Körper.«

»Ein Fall von Schizophrenie?«, schlug Jörna vor. »Wie gruselig. Ich möchte ihn jedenfalls nicht wütend erleben, wenn ihn ein verdorbenes Parfüm schon dermaßen aus der Ruhe bringt.«

Die Rathausuhr schlug sechsmal und die Geschäfte rund um den Marktplatz holten bereits ihre Auslagen herein. Die Mädchen kauften sich auf den Schreck noch schnell ein Eis und machten sich damit auf den Heimweg.

»Baldur wartet im Wald auf mich«, sagte Jörna. »Hast du nicht Lust, mich da vorbeizufahren?«

Magnolia zwinkerte ihr lachend zu. »Und wie! Das ist ja genau meine Richtung.« Sie hob das Rad aus dem Ständer. »Na los, worauf wartest du? Steig auf, ich bringe dich hin!«

Das ließ sich Jörna nicht zweimal sagen. Schnell sprang sie auf den Gepäckträger, und schon waren die Mädchen unterwegs. Im Frühling war der Wald besonders schön. Am Ufer des Wildbachs wuchsen blaue Leberblümchen, der Wurmfarn rollte seine hellgrünen Blätter aus und überall in den Bäumen waren Vogelstimmen zu hören. Das Fahren auf dem weichen Boden war allerdings ziemlich anstrengend, besonders, wenn jemand hinten auf dem Gepäckträger saß.

Auf einmal sprang Jörna vom Rad, und Magnolia geriet gefährlich ins Schlingern. »Warte! Hier muss es irgendwo sein«, rief sie und sah sich suchend um. »Ich bin mir ziemlich sicher, dass ich Baldur hier zurückgelassen habe!« Probehalber pfiff sie auf den Fingern und tatsächlich: Im Geäst über ihren Köpfen knackste es bedrohlich und gleich darauf fiel der Besen wie ein reifer Tannenzapfen zu Boden.

Magnolia grinste. »Etwas ungeschickt, der Gute.«

Ihre Freundin verdrehte die Augen und stieg auf. »Ihm ist der Frühling in die Borsten gefahren. Stell dir vor, gestern hat er sogar mit einer Mistgabel geflirtet.«

Magnolia stieg wieder auf ihr Rad. »Bis morgen. Und melde dich, wenn du etwas von den Elfen hörst.«

»Mach ich«, versprach Jörna. Dann rief sie: »Nach oben hinaus und nirgends an!«, und Baldur stieg krachend durch das dicke Geäst der Buche. Magnolia hörte ihre Freundin unschön fluchen und setzte ihren Weg lachend fort.

Die Strahlen der Abendsonne ließen die moosbärtigen Bäume am Rand des Weges wie verwunschene Riesen aussehen. Geschickt wich Magnolia den dicken Baumwurzeln aus, die wie Pythonschlangen ihren Weg kreuzten, und hielt dabei nach den Wassermädchen Ausschau, die nebenan im Wildbach lebten. Heute Abend konnte sie jedoch keines dieser zierlichen Wesen entdecken. Magnolia gab Gas. Sie wollte den Kreuzweg möglichst noch vor Sonnenuntergang passieren. Es war der einzige Ort im Wald, der ihr nicht geheuer war. Zu genau hatte sie Jeppes Schauergeschichten von den Gehängten im Ohr, die man dort aufgeknüpft hatte und die nun als Wiedergänger keine Ruhe fanden.

»Abergläubische Nuss«, murmelte sie, nachdem sie die unheimliche Kreuzung sicher hinter sich gelassen hatte, und verlangsamte erleichtert das Tempo.

Da zischte etwas an ihrem Ohr vorbei und blieb im Baum direkt vor ihr stecken. Magnolia zog den Kopf ein und bremste so scharf, dass sie fast hinfiel. Wachsam sah sie sich nach allen Seiten um. Sie lauschte. Nichts! Glücklicherweise nichts. Dann erkannte sie, was dort vor ihr im Baumstamm steckte, und ihr dummes Herz schwirrte wie die Flügel eines Kolibris. Das, was eben an ihrem Ohr vorbeigezischt war, war ein Pfeil. Sie stieg vom Rad und zog ihn mit einem Ruck aus dem Holz. Ein flüchtiges Lächeln huschte über ihr Gesicht. Nur Elfen benutzten Pfeile aus Eibenholz.

»Zeig dich, Elf!«, verlangte sie deshalb mit fester Stimme, während sie den Pfeil in den Händen hielt. »Oder soll ich Zahnstocher aus dem Zauberholz machen?«

Eiben-Pfeile waren wertvoll, und ihre Besitzer achteten sehr darauf, sie wenn möglich wieder einzusammeln. Ihre Rechnung ging auf. Etwas bewegte sich im Unterholz.

»Du bist ziemlich frech für dein Alter!«, spottete eine Stimme, die eindeutig Leander gehörte. Im Blattwerk der Sträucher war er jedoch nirgendwo zu entdecken.

Magnolia war in heller Aufregung. Natürlich hatte sie gehofft, dass der Pfeil ihm gehörte. Aber sollte er nicht erst in zwei Tagen ankommen?

Da trat der Elf zu ihr auf den Weg, und Magnolia bekam augenblicklich weiche Knie. Seine Arme und sein Gesicht zeigten die fleckige Tarnung, die die Körper der Elfen im Wald überzog. Trotzdem sah er so umwerfend aus, dass sie beeindruckt nach Luft schnappte. Nicht umsonst fielen die Mädchen reihenweise in Ohnmacht, wenn er auch nur an ihnen vorbeiging.

Hastig wischte sich Magnolia über den Mund. Wie furchtbar, wenn irgendwo noch Schokoladeneis kleben würde.

»Kein Eis, alles gut!«, lachte Leander.

Sie wurde rot wie eine Strauchtomate. Er hatte ihre Gedanken gelesen und die davor wahrscheinlich auch. Auf der Stelle blockierte sie alles, was sie von nun an dachte.

Leander lächelte spöttisch. »Hi!«, sagte er.

»Hi«, antwortete Magnolia und überlegte, ob sie ihm auf der Stelle um den Hals fallen sollte oder ob es besser wäre, noch etwas damit zu warten.

Leander nahm ihr die Entscheidung ab. Er kam auf sie zu und nahm sie ganz einfach in die Arme. »Ich habe dich vermisst«, murmelte er.

Magnolia schluckte und wollte gerade fragen, weshalb er sich dann so selten gemeldet hätte, als er sie auch schon wieder losließ. Mit dem Kopf deutete er auf ihr Rad. »Bist du auf dem Weg ins Regenfass?« Magnolia nickte.

»Prima, genau meine Richtung. Hast du etwas dagegen, mich als Anhalter mitzunehmen?«

Jetzt musste Magnolia lachen, und die Nervosität fiel von ihr ab. »Allerdings«, entgegnete sie. »Aber ich wäre bereit, das Rad zu schieben, damit du nicht nebenher traben musst.«

»Sehr charmant«, erwiderte Leander und war sofort an ihrer Seite.

»Du hast sicher eine Menge erlebt, seit wir uns das letzte Mal gesehen haben«, begann Magnolia das Gespräch und ärgerte sich sofort, weil ihre Stimme nicht so unbeschwert klang, wie sie eigentlich klingen sollte. Leander musste nicht gleich merken, wie enttäuscht sie von ihm war.

»Tut mir leid, dass ich mich nicht öfters gemeldet habe«, erwiderte er prompt. »Ich habe versucht, dich anzurufen. Aber Handys haben dort keinen Empfang und ich habe versucht zu schreiben …«

Das war das Stichwort, und Magnolia konnte sich nicht länger zurückhalten. »Du hast versucht zu schreiben? Super! Warum hast du es nicht einfach getan?« Sie klang wie eine eifersüchtige Zicke, und Leander sah sie verblüfft an.

»Du kannst dir nicht vorstellen, wie oft ich an Rauschwald gedacht habe …«

»Glückliches Rauschwald«, knurrte Magnolia bissig.

»Nein, he … so war das nicht gemeint. Natürlich habe ich auch an dich gedacht. Ehrlich!«

Magnolia seufzte und gab ihm einen spielerischen Schlag auf den Arm. »Sicher!«, sagte sie. Jetzt war nicht der richtige Zeitpunkt, um darüber zu sprechen. »Du hast Glück, dass du bereits heute angekommen bist, denn sonst hättest du das Beste sicher verpasst.«

»Was meinst du mit: das Beste?« Leander sah sie misstrauisch an.

»Die drei Spinnerinnen sind da. Seit ein paar Tagen haben wir höchsten Besuch in Rauschwald«, lachte Magnolia.

»Was!!! DIE drei Spinnerinnen, von denen die gesamte magische Welt spricht?«

Magnolia nickte. »Und nun rate mal, wo sie ihr Lager aufgeschlagen haben?«

Leander sah sie ungläubig an. »Vor eurem Haus?«

»Erfasst!«

»Sind sie noch da?«

»Sind sie!«

»Und ich kann sie mit eigenen Augen sehen?«

Magnolia grinste. »Das lässt sich kaum vermeiden. Du ahnst ja nicht, was seitdem vor unserer Haustür los ist.«

»Wow!« Leander fuhr sich durch die Haare. »Gibt es sonst noch etwas, das ich unbedingt wissen muss?«

»Klar, sogar eine ganze Menge«, lachte Magnolia. »Aber das erzähle ich dir später. So, wie du gerade guckst, glaube ich nicht, dass irgendetwas die Spinnerinnen toppen kann.«

Fünfzehntes Kapitel
Schulhoftuschelei

Der Platz vor Tante Linettes Haus präsentierte sich so, wie seit Tagen schon. Feuerkörbe spendeten Licht und Wärme. Kobolde brachten ihre goldenen Schätze misstrauisch in Sicherheit. Und die drei Spinnerinnen spannen unermüdlich Flachs zu Gold.

Magnolia musste lachen, als sie Leanders verdutztes Gesicht sah. Sie konnte sich noch sehr gut an ihre eigene Reaktion auf den Fuß, die Lippe und den Daumen der Spinnerinnen erinnern. Dann fiel ihr allerdings auf, dass der Elf sie gar nicht deswegen so unentwegt anstarrte. Im Gegenteil, er schien geradezu verzückt und murmelte: »Sie sind fantastisch!«

Magnolia schluckte und kam sich ungeheuer dumm vor, weil ihre eigene Reaktion so kindisch ausgefallen war.

»Als Kind habe ich von meinem Vater unzählige Geschichten über sie erzählt bekommen. Manche glauben, sie stammen aus einem alten Göttergeschlecht, andere sagen, sie sind weiße Hexen.«

Magnolia runzelte die Stirn. »Also, als göttlich habe ich sie bis jetzt nicht empfunden«, gestand sie.

Leander hörte überhaupt nicht zu. »Könntest du … Könntest du mich ihnen vorstellen?« Er klang so eifrig, als wären die drei irgendwelche angesagten Popstars.

»Natürlich«, sagte Magnolia. »Das heißt, ich frage Tante Linette. Sie ist die Einzige, von der sie sich während ihrer Arbeit ansprechen lassen.«

»Eine riesige Ehre für deine Tante«, sagte Leander.

»Meinst du? Dahinten ist sie.« Magnolia hatte ihre Tante am Stand der Flusskobolde entdeckt.

»Tante Linette!«, rief sie. »Schau mal, wen ich mitgebracht habe.«

Linette ließ sich noch schnell etwas Wasserpest einpacken, dann drehte sie sich zu den beiden um. »Nanu, Leander!«, rief sie und schenkte dem Elf ihr breitestes Zahnlächeln. »Solltest du nicht erst in ein paar Tagen ankommen?«

»Der Wolkentänzer hatte Rückenwind ...«

»Sag bloß, du durftest ihn benutzen?«

Leander lächelte. »In Neuseeland brodelt es wie in einem Vulkan. Und ich glaube, man war froh, mich möglichst schnell loszuwerden.«

Der Wolkentänzer! Magnolia konnte sich noch gut an ihre Fahrt in dem alten Fesselballon erinnern. Seine Hülle war aus Drachenhaut, und er war schnell wie der Wind. Zauberer Merlin war mit ihm gereist, und allein das reichte aus, ihn zu einer Legende zu machen.

Ihre Tante sah Leander herzlich an. »Komm mit, mein Junge. Ich stelle dich den drei Spinnerinnen vor«, sagte sie.

Magnolia konnte gar nicht so schnell gucken, schon stolperte Leander ihrer Tante hinterher. Und wenig später erlebte sie die tiefste Verbeugung, die sie jemals gesehen hatte, und hörte ihn etwas stammeln, das wie ... »der aufregendste Tag meines Lebens« klang.

Als er kurz darauf wieder neben ihr stand, strahlte er wie ein radioaktiver Brennstab.

Magnolia fand seine Reaktion eigentlich recht süß. Noch süßer wäre es allerdings gewesen, wenn er für sie dieselbe Begeisterung gezeigt hätte. Aber das konnte ja noch kommen. Leider bestand Tante Linette nach dem Auftritt vor den Spinnerinnen darauf, alles über seinen Aufenthalt in Neuseeland zu erfahren. Und ohne Magnolia zu fragen, hakte sie sich bei Leander ein und zog ihn mit sich fort.

Das Letzte, was Magnolia von ihm sah, war ein hilfloses Schulterzucken. Dann war er auch schon hinter der dichten Brombeerhecke verschwunden.

Was für ein Reinfall! Kaum war er da, wurde er von Tante Linette in Beschlag genommen. Magnolia hatte keine Lust, darauf zu warten, dass er irgendwann wieder auftauchte. Grummelnd stieg sie hinauf in ihren Turm. Sollte Leander sie vermissen, würde er sich sicher denken können, wo sie zu finden war.

Sie wartete, und die Zeit verstrich. Allmählich wurde Magnolia unruhig. Er schien sich nicht gerade nach ihr zu verzehren. Da klopfte es endlich an ihrer Tür. Schnell fuhr sie sich durch die Haare, schnappte sich eine Zeitschrift und warf sich damit lässig aufs Bett.

»Komm rein!«, rief sie schnell, und ihr blödes Herz fing schon wieder an zu klopfen.

Die Tür ging auf, und Tante Linettes rosiges Gesicht schob sich breit grinsend ins Zimmer. »Ich bin es bloß!«

»Ach!« Magnolia seufzte unwillig.

»Leander kann nichts dafür«, nahm ihre Tante den Elfen sofort in Schutz. »Es war meine Schuld. Ich habe ihn mit unzähligen Fragen so lange aufgehalten, bis er losmusste.«

»Und nun?«

»Nun ist er auf dem Weg nach Hause. Wie du dir vorstellen kannst, erwartet seine Familie ihn ebenfalls sehnsüchtig. Er war noch gar nicht bei ihnen, sondern ist sofort hierhergekommen, um dich zu sehen.«

»Wie schön!«, knirschte Magnolia. »Du ahnst nicht, wie froh ich bin, dass wenigstens ihr zwei ein bisschen Zeit miteinander verbringen konntet.« Diese kleine Spitze konnte sie sich nicht verkneifen. »Wie hat es ihm denn in Neuseeland gefallen?«

»Das erzählt er dir am besten selbst. Ihr seht euch ja sicher morgen in der Schule.«

»Hat er denn gesagt, dass er kommt?« Magnolia sah ihre Tante fragend an.

»So genau haben wir nicht darüber gesprochen. Aber ich gehe doch stark davon aus.« Linette wollte gerade wieder gehen, da fiel ihr noch etwas ein. »Die Zeit in Neuseeland war nicht ganz einfach. Also löchere ihn nicht mit tausend Fragen, hörst du?«

Jetzt wurde Magnolia hellhörig. »Was meinst du mit nicht ganz einfach? Was hat er dir erzählt?«

Ihre Tante schüttelte den Kopf. »Er hat nur sehr wenig erzählt. Ich musste in seiner Erinnerung lesen. Und jetzt halte mich nicht auf, denn ich werde erwartet. Die Mitglieder des Festtagskomitees sitzen schon im Wohnzimmer. Wir müssen die Verabschiedung der drei Spinnerinnen planen.« Mit diesen Worten schloss Linette die Tür und war verschwunden.

Verwirrt blieb Magnolia in ihrem Zimmer zurück. Manchmal war es wirklich schlimm mit Tante Linette. Ihre vagen Andeutungen konnten einem ziemlich auf die Nerven gehen. Sie musste unbedingt jemandem erzählen, was eben alles passiert war. Also setzte sie sich vor ihre Kristallkugel und rief Jörna an. Der Rauch hatte sich kaum verzogen, da war Jörna auch schon da.

»Oh, schön, dass du dich meldest. Ich wollte dich auch gerade anrufen«, sagte sie, noch bevor Magnolia irgendetwas sagen konnte, und kam ganz dicht an die Kugel. »Elon sitzt in Stockholm fest. Sein Onkel hat wieder geheiratet, und er soll bei der Hochzeitsfeier unbedingt dabei sein. Er wird also erst einen Tag später hier sein. Aber wer weiß, wozu es gut ist. Vielleicht habe ich ja bis dahin die ultimative Jeans gefunden!« Jörna plapperte und plapperte. »Und? Hast du inzwischen etwas von Leander gehört?«

Das war die entscheidende Frage. Magnolia holte tief Luft und wollte gerade ausführlich darauf antworten, als sie im Hintergrund die Stimme von Jörnas Mutter hörte. »Jörna! Wo zum Teufel steckst du? Ich habe dir schon vor einer halben Stunde gesagt, dass ich Hilfe bei den Ziegen brauche!«

»Er ist schon hier«, flüsterte Magnolia, als ob es ein Geheimnis wäre.

»Wie meinst du das?«, fragte Jörna verblüfft.

Magnolia grinste. »Wie soll ich es schon meinen? Leander ist hier. Ich habe ihn auf dem Heimweg getroffen. Kurz nachdem wir uns getrennt haben.«

»Hat er auf dich gewartet?«

»Jörna!!!« Die Stimme von Jörnas Mutter klang deutlich gestresst.

»Gleich, Mama! – Meine Mutter will, dass ich ihr bei den Ziegen helfe. Also erzähl, wie war es?«

»Was meinst du?«

Jörna verdrehte die Augen. »Stell dich nicht dümmer als du bist! Habt ihr euch geküsst?«

»Quatsch«, erwiderte Magnolia und merkte, wie sie rot wurde. »Es war ganz okay. Er fand die Spinnerinnen wahnsinnig interessant ...«

Jörna runzelte die Stirn. »Interessanter als dich?«

»Ich weiß nicht.« Magnolia verzog das Gesicht.

»Blödmann! Gib ihm ein bisschen Zeit, aber nicht zu lange. Vielleicht ...«

»So, Fräulein! Du bewegst augenblicklich deinen Hintern hierher oder ich verspreche dir ...«

»Schon gut, Mum, reg dich nicht auf!«

»Am besten wir reden morgen weiter«, sagte Magnolia schnell. »Dann kann ich dir auch erzählen, wie es in der Schule gelaufen ist.«

»Geht er hin?« Jörna konnte sich noch nicht trennen. Doch ehe Magnolia antworten konnte, füllten Eiskristalle die Kugel, und die Verbindung war unterbrochen. Seufzend löschte Magnolia das Licht und kroch, so wie sie war, ins Bett.

Am nächsten Morgen war sie schon früh wieder wach und wahnsinnig nervös. So sorgfältig wie heute hatte sie ihre Klamotten schon lange nicht mehr ausgesucht. Erst als sie die getönte Tagescreme und etwas

Wimperntusche aufgetragen hatte, ließ ihre Nervosität langsam nach. Sie hatte keinen Appetit und Tante Linette drängte sie glücklicherweise auch nicht zum Frühstücken. Sehr zeitig machte sich Magnolia auf den Weg, und sie wollte gerade auf ihr Rad steigen, als jemand durch die Zähne pfiff. Ohne hinzusehen, wusste sie, dass es Jeppe war.

»Nanu, Jungfer Riesengroß! So aufgebrezelt bist du ja schon lange nicht mehr zur Schule gefahren. Verrätst du mir den Grund oder muss ich raten?«

»Halt die Klappe und lass mich durch«, blaffte sie und schob ihr Rad durch die geöffnete Gartenpforte.

»Ich habe gehört, dein Halbelf ist zurück! War wohl etwas ungemütlich in Neuseeland. Er hat gehöriges Glück gehabt …«

Magnolia verdrehte die Augen und fuhr einfach los. Trotzdem ging ihr der letzte Satz des Kobolds nicht aus dem Kopf. Was sollte das heißen, Glück gehabt? Auf einmal bedauerte sie, nicht mit Jeppe gesprochen zu haben.

Kurz vor acht Uhr kam Magnolia in der Schule an, und es kribbelte ganz abscheulich in ihrem Bauch. Wie würde Leander sich verhalten, wenn seine Mitschüler um ihn herumstanden? Und was würden Birte, Merle, Samantha und die anderen dazu sagen, wenn sie bemerkten, dass sie ein Paar waren? Vor allem Samantha machte Magnolia Sorgen, denn die hatte seit Langem ein Auge auf Leander geworfen und machte keinen Hehl daraus, dass er früher oder später ihr gehören würde. Trotzdem musste sie lächeln, als sie ihren Klassenraum betrat.

Der Unterricht war wie immer, nur das Gras war heute sehr viel grüner, die Sonne schien heller, und der Himmel war blauer als sonst. Magnolia ertappte sich dabei, wie sie immer wieder, ohne jeden Grund, mit einem dämlichen Grinsen aus dem Fenster schaute. Die Doppelstunde Physik zog sich hin wie Kaugummi. Als es dann doch endlich zur Pause läutete, wurde Magnolia entsetzlich nervös. Allein mit Leander zu sein war eine völlig andere Nummer, als ihn hier vor aller Augen zu treffen. Zusammen mit Merle und Birte ging sie in die große Pause und hielt schon auf der Treppe nach ihm Ausschau. Leider oder glücklicherweise konnte sie ihn nirgends entdecken. Birte wollte in die Cafeteria, und Magnolia und Merle begleiteten sie. Die Schlange war riesig, und die halbe Pause ging allein für das Anstellen drauf. Immer wieder sah Magnolia sich unauffällig um.

Dann war Birte an der Reihe. Sie kaufte sich ein belegtes Brötchen und einen Muffin, und danach stellten die Mädchen sich an ihren Lieblingsplatz vor die Schulmauer. Dort kamen ihnen auch schon Samantha und Steffi entgegen. Magnolia ahnte sofort, dass die beiden etwas Wichtiges zu erzählen hatten, denn Steffis Augen blitzten verdächtig hinter ihren Brillengläsern. »Das Schuljahr ist gerettet!«, jubelte sie bereits von Weitem. Und Samantha grinste so zufrieden wie eine Katze, die gerade eine Maus verspeist hatte.

»Ach, und warum?« Birte schob sich gelangweilt den letzten Bissen ihres Brötchens in den Mund.

»Er ist zurück!«

Magnolia bekam eine Gänsehaut. Nur Birte und Merle fragten völlig verdutzt: »Wer?«

Samantha beachtete sie gar nicht. »Endlich habe ich morgens wieder einen Grund aufzustehen!«, flötete sie.

Birte und Merle sahen sie verständnislos an. »He, von wem redet ihr?«

»Von Leander, ihr Dummchen! Von wem wohl sonst? Ich weiß gar nicht, was ich tun soll, wenn er sein Abi gemacht hat.«

Steffi grinste. »Ganz leicht, du schnappst ihn dir einfach vorher!«

Samantha belohnte sie mit einem silberhellen Lachen. »Du hast völlig recht, Schatz. Genau das werde ich tun.«

»Wow!«, sagte Merle, die erst jetzt verstanden hatte, um was es eigentlich ging. »Wo ist er, kann man ihn sehen?«

Jetzt reckten alle den Hals.

»Er steht zwischen seinen Leuten auf der anderen Seite des Schulhofs.« Samantha deutete unauffällig in seine Richtung, und alle Blicke folgten ihr.

Ja, da stand er! Magnolias Herz machte einen winzigen Hüpfer.

»Guckt nicht so auffällig hin!«, ermahnte Samantha sie.

»Zu spät«, erwiderte Birte trocken. »Er hat uns gesehen.«

»Was? Nein! Ich sterbe.«

»Oh, mein Gott, er kommt rüber!« Die Mädchen kreischten und quiekten wild durcheinander. Nur Magnolia straffte ihre Schultern und fuhr sich einmal nervös durch die Haare. Leander hatte sich tatsächlich von seiner Gruppe getrennt und kam lässig über den Schulhof auf sie zu.

»Er sieht soooo gut aus«, seufzte Birte. Und Samantha knipste ihr fünf-Millionen-Dollar-Lächeln an.

Jetzt war Leander nur noch wenige Meter von ihnen entfernt. Alles was dann geschah, registrierte Magnolia wie durch einen lichten Frühlingsnebel.

Sie stieß sich von der Mauer ab, an der sie bis eben gelehnt hatte, und schob Samantha einfach zur Seite. Ihr genervtes »He!« und den Knuff in den Rücken spürte sie kaum. Viel wichtiger war Leanders Lächeln. Es galt ihr, und das war alles, was zählte. Magnolia holte einmal tief Luft und ging ihm dann genauso lässig entgegen.

Das fassungslose »Was wird das denn?« von Samantha war Gold wert und die Szene wäre perfekt gewesen, wenn Magnolia nicht in letzter Sekunde gestolpert wäre und sich Leander so heftig in die Arme geworfen hätte, dass er ernsthaft Mühe hatte, sie aufzufangen.

»Hi«, hauchte sie, als hätte es dieses kleine Missgeschick nie gegeben und wurde gleichzeitig rot wie ein Radieschen. Dann legte sie ihren Arm um seine Taille und drehte sich zu ihren Freundinnen um.

»Das ist übrigens Leander, mein … mein …« Nun zögerte sie doch.

»Freund?«, schlug Leander vor.

»Mein Freund!«, strahlte Magnolia.

»Jetzt sterbe ich wirklich!«, stöhnte Stefanie, und Birte verschluckte sich fast an ihrem Muffin.

»Hilf mir bitte in die Spur. Das kann doch alles nicht wahr sein«, stammelte Samantha und sah Steffi sprachlos an.

Merle sagte nichts, aber man sah ihr an, dass sie die Szene erst einmal verdauen musste.

Leander zog Magnolia mit sich fort. »Tut mir leid, dass ich gestern so schnell wegmusste. Aber ich hatte meinen Eltern versprochen, sofort nach Hause zu kommen, und dann hat deine Tante mich …«

»Schon gut. Kein Problem«, versicherte Magnolia. In diesem Moment läutete es zum Ende der Pause.

»So ein Mist! Hast du heute Nachmittag Zeit?« Leander sah Magnolia hoffnungsvoll an.

Doch die schüttelte den Kopf. »Ich muss arbeiten. Aber morgen Abend, auf der Verabschiedung der drei Spinnerinnen, da können wir uns sehen.« Sie trennten sich und gingen wie alle anderen zurück in ihre Klassenzimmer.

Natürlich wusste Magnolia, was sie dort erwartete. Samantha starrte sie an, als hätte sie den Todesblick einer Banshee im Repertoire. Und Birte und Merle kicherten nervös, während sich Magnolia auf ihren Platz fallen ließ, als wäre nichts gewesen.

»Das war so cool. W… wie hast du das gemacht?«, hauchte Birte. Zu mehr war sie nicht imstande. »War es das Parfüm?«

»Was?« Verdutzt sah Magnolia sie an. »Ach so. Du meinst die Düfte von Meister Schnuck!« Sie lachte. »Nein, wir sind schon länger befr… zusammen.«

»Ist nicht wahr!«, platzte es jetzt auch aus Merle heraus. »Und du erzählst uns nicht ein einziges Sterbenswörtchen?«

»Ja, erzähl schon, wie ist es passiert?« Neugierig beugte sich Birte zu ihr herüber.

»Letztes Jahr in Amerika, im Sommercamp«, sagte Magnolia.

»Ihr seid schon über ein halbes Jahr zusammen?«

»Na ja, zwischendurch war Leander in Neuseeland. Da haben wir uns natürlich weniger gesehen.« Magnolia wurde bei dieser Lüge nicht einmal rot.

»Und?«

»Und was?« Fragend sah Magnolia Birte an.

»Habt ihr ...«

Magnolia stöhnte. Jetzt wurde ihr diese Fragerei doch zu viel, außerdem bekam sie rote Ohren. Zum Glück betrat Frau Mümmel in diesem Augenblick das Klassenzimmer.

»Attention please!«, rief sie und klatschte in die Hände.

Sechzehntes Kapitel

Der Kamm der Undine

Nach Schulschluss legte Magnolia einen kurzen Sprint zu den Fahrradständern hin, um Birtes und Merles neugierigen Fragen zu entkommen, und stand schon fünf Minuten später im Geschäft von Meister Schnuck.

Der Laden erfreute sich noch immer größter Beliebtheit, und auch heute gaben sich die Kunden die Klinke in die Hand. Der Professor hatte inzwischen noch eine zweite Aushilfe eingestellt, um dem Ansturm Herr zu werden. Sie hieß Frau Pellgrim und hatte ihr Leben lang als Verkäuferin gearbeitet. Frau Pellgrim ließ keinen Zweifel daran, dass sie als Fachfrau wusste, wie man so ein Geschäft zu führen hatte, und Magnolia nichts weiter war als eine kleine dumme Aushilfe. An allem, was sie tat, hatte Frau Pellgrim etwas auszusetzen. Mal staubte sie die Regale nicht gründlich genug ab, dann unterhielt sie sich zu lange mit einem Kunden, oder in der Kasse fehlten abends ein paar Cent, was dann prompt Magnolias Schuld war.

Meister Schnuck schien sich für derartiges Geplänkel nicht zu interessieren. Er verbrachte die meiste Zeit in seinem Labor und erfand neue Parfüms.

Als Magnolia an diesem Mittag den Laden betrat, saß er jedoch oben auf der Galerie und las in den alten Grimoires.

»Magnolia!«, rief er, kaum dass sie ihren Rucksack hinter den Tresen gestellt hatte. »Komm rauf. Es gibt hier etwas, das …« Seine Stimme verrutschte und klang plötzlich tief und gefährlich. Meister Schnuck schien vor sich selbst zu erschrecken, denn er legte schnell die Hand vor den Mund und räusperte sich energisch. Magnolia runzelte die Stirn. Wenn die Sache mit den Ticks schlimmer wurde, musste er unbedingt einen Arzt aufsuchen. Vielleicht konnte sie ihm sogar einen Termin bei Tante Linette besorgen.

»Das könnte dich interessieren!«, rief er mitten in ihre Gedanken hinein. »Schau dir an, was mir ein Freund heute Morgen geschickt hat.«

Eifrig wie ein kleiner Junge schlug der Professor ein grünes Seidentuch auf und schaute Magnolia erwartungsvoll an. »Und?«, fragte er.

Vor Magnolia lag ein seltsam geformtes goldenes Etwas. Es sah aus wie eine Muschel und hatte Zinken aus feinen Fischgräten.

»Ist das ein Kamm?«, fragte sie unsicher.

Meister Schnuck gluckste. »Alle Achtung! Du hast es erkannt. Der Kamm, den du hier vor dir siehst, ist der Kamm einer Undine.«

Magnolia war beeindruckt. Ihr Chef schien wirklich ein Händchen für sagenhafte Schätze zu haben.

»Na los, probier ihn aus. Solch eine Chance bekommst du nie wieder.« Erneut verrutschte Meister Schnucks Stimme und klang für einen klitzekleinen Moment wie das Knurren eines hungrigen Raubtiers.

Eigentlich verspürte Magnolia wenig Verlangen, sich mit diesen eigenartigen Fischgräten die Haare zu kämmen. Doch sie wollte ihren Chef nicht enttäuschen.

Voller Respekt nahm sie den Kamm in ihre Hand und fuhr sich damit vorsichtig durch die Haare. Es fühlte sich relativ normal an, wenn man einmal davon absah, dass es natürlich ein ekliges Gefühl war, sich mit Fischgräten die Haare zu kämmen. Sie setzte den Kamm gerade das zweite Mal an, da passierte es!

Er blieb in ihren Haaren stecken. Erschrocken schrie Magnolia auf. Es fühlte sich an, als würden die Gräten plötzlich lebendig. Wie die

Beine eines Tausendfüßlers krallten sie sich in ihre Haare und ließen nicht mehr los. Panisch riss Magnolia an dem Kamm. Für einen Moment hatte sie den Eindruck, als würde Meister Schnuck geradezu boshaft zuschauen. Doch dann wurde sein Blick besorgt. »Warte. Ich werde dir helfen«, murmelte er.

Aber auch er hatte Mühe, den Kamm zu lösen. Und als es ihm schließlich gelang, hing ein ganzes Büschel von Magnolias Haaren darin.

Meister Schnuck wirkte sehr verlegen. »Tut mir leid. Es war voreilig von mir, dir zur Benutzung dieses Kammes zu raten. Bei magischen Dingen kann man einfach nicht vorhersehen, was geschieht, wenn man sie gebraucht.«

»Halb so schlimm«, winkte Magnolia ab. Sie war heilfroh, das grässliche Ding los zu sein.

»Nein, nein! Ich mache es wieder gut. Ich werde … ich werde dir das Parfüm, das du gestern kaufen wolltest, schenken. Eine extra große Flasche. Du brauchst mir dafür kein Geld zu geben. Das bin ich dir schuldig. Es wird noch ein bisschen dauern, aber dann gehört es dir. Die Herstellung ist kompliziert, und ich habe die letzte Zutat gerade erst erhalten.«

Magnolia lächelte ein wenig angestrengt. »Okay, dann sage ich schon mal Danke!« Sie versuchte einen Scherz. »Dafür trenne ich mich gern hin und wieder von ein paar Haaren.«

Meister Schnuck wurde schlagartig ernst. »Das wird nie mehr nötig sein!«, versicherte er.

Am nächsten Tag war Leander nicht in der Schule. Er schrieb ihr am Morgen eine SMS, dass er Elon abholen würde, und wollte wissen, ob es bei ihrer Verabredung am Abend bliebe.

Sicher, schrieb Magnolia zurück. *Ich bin auf jeden Fall da. Schließlich geht es um die Verabschiedung der drei Spinnerinnen. Und selbst wenn ich nicht wollte, würde mich Tante Linette dorthin schleifen.*

Darauf schrieb Leander: *Hoffe doch sehr, dass du willst!* Als Antwort schickte Magnolia ihm ein ☺.

Nachdem sie die SMS abgeschickt hatte, rief sie Jörna an, um ihr zu erzählen, dass Leander Elon abholte. Aber Jörna wusste wie immer bereits Bescheid.

»Stell dir vor, Elon hat vorhin angerufen! Wir sehen uns heute Abend bei der Verabschiedung der Spinnerinnen in Hackpüffel. Ich bin so wahnsinnig aufgeregt, dass sicher noch irgendein Unglück geschieht.«

»Quatsch! Komm am besten vorher zu mir, dann kann ich ein Auge auf dich haben«, lachte Magnolia. »Wir können uns in aller Ruhe fertigmachen und zusammen hingehen. Es wird sowieso wahnsinnig voll werden. Ronda hat mir erzählt, dass Nemo, Eugenie und Konrad auch kommen.«

Magnolia hörte, wie Jörna genervt Luft holte. »Solange sie sich nicht in der kindischen Räubersprache unterhalten, ist mir das ziemlich egal.«

Als Magnolia an diesem Nachmittag von der Schule nach Hause kam, wartete zum ersten Mal keine Schlange von Flachsbesitzern vor Tante Linettes Garten. Die Wohnwagen der drei Spinnerinnen standen zwar noch an Ort und Stelle. Von ihnen selbst war jedoch nicht der winzigste Kopftuchzipfel zu entdecken.

»Sie schlafen«, erklärte Tante Linette, als sich Magnolia zwei Minuten später zu ihr an den Tisch setzte. »Und ich werde genau dasselbe tun, wenn ich mit dieser verflixten Arbeit fertig bin. Es wird eine fantastische und vor allem lange Nacht, wenn uns nicht in letzter Minute ein Troll in die Suppe spuckt! Apropos Suppe. Hast du Hunger?«

Magnolia grinste. »Wenn noch kein Troll hineingespuckt hat, schon.«

Ihre Tante lächelte grimmig zurück. Sie war gerade dabei, die kleinen Kräutersträußchen auf ihrem dunkelgrünen Festumhang mit Goldfäden auszubessern.

»Sei unbesorgt. Es gibt keine Suppe. Der Umhang muss bis nachher fertig sein, und die Goldfäden lassen sich verflixt schwer vernähen.«

»Sind das Fäden aus dem versponnenen Flachs?«, wollte Magnolia wissen. Ihre Tante nickte und beugte sich so dicht über ihre Arbeit, dass ihre Nasenspitze beinah den Umhang berührte.

»Warum zauberst du nicht ein bisschen, dann geht es schneller?«

»Stör mich nicht dauernd!«, blaffte Linette. »Zauberei hilft hier nicht weiter. Der Goldflachs lässt sich nur per Hand verarbeiten.« Man sah deutlich, dass ihr die Arbeit keinen Spaß machte.

»Im Ofen ist übrigens eine Pizza für dich. Verflucht!« Linette lutschte geräuschvoll an ihrem Zeigefinger. »Es hat schon seinen Grund, weshalb ich keine Gewandhexe, sondern eine Kräuterhexe geworden bin.«

Ungläubig starrte Magnolia ihre Tante an. »Du hast Pizza gekauft?«

Linette bekam rote Ohren. Sie hielt absolut nichts von Fast Food und Fertiggerichten. »Ausnahmsweise. Du siehst doch hoffentlich, wie beschäftigt ich bin.«

Magnolia war begeistert. Schnell holte sie die Pizza aus dem Ofen und setzte sich damit an den Tisch. »Mmm, lecker! Willst du mal probieren?«

Energisch winkte ihre Tante ab. »Ich kann bis heute Abend warten. Bin gespannt, was Kerbelkraut auf die Tische bringt.«

Magnolia zog den Käse mit den Zähnen in die Länge. »Ich freue mich schon auf das Fest«, nuschelte sie mit vollem Mund.

Linette lächelte grimmig. »Dann kommen Leander und Elon also auch?«

»Woher weißt du, dass Elon dabei ist?«

»Die Buschtrommeln funktionieren tadellos«, antwortete Linette und biss den letzten Goldfaden ab. »Fertig!«, sagte sie zufrieden. »Ich mache es jetzt wie die drei Schwestern. Ich lege mich aufs Ohr und würde dir raten, das Gleiche zu tun.«

»Aus dem Alter bin ich raus«, behauptete Magnolia. »Außerdem kommt Jörna nachher.«

Linette packte ihr Nähzeug und den Umhang zusammen. »Sowie es dunkel wird, geht es los. Seht zu, dass ihr die große Parade nicht verpasst«, ermahnte sie Magnolia und schlurfte hinaus.

Diese Ermahnung hätte sie sich schenken können. Niemand wollte die Eröffnungsparade verpassen. Auch wenn die Sache ziemlich spießig klang, versprach es doch einen ganzen Zauberhut voller Spaß. Denn wenn Hexen feierten, dann richtig!

Pünktlich um vier war Jörna da, und die Mädchen verschwanden sofort in Magnolias Turm, wo sie vor neugierigen Tanten und Kobolden sicher waren. So war zumindest der Plan. Denn es dauerte nicht lange, da schlüpfte Jeppe ungebeten durch die Tür. Er durfte das erste Mal das große Koboldtriolett mittanzen und redete seit Tagen von nichts anderem. Magnolia war die Erste gewesen, die sich seine holprigen Tanzschritte hatte ansehen müssen. Und seitdem verging kein Tag, an dem er ihr nicht vortanzte. Magnolia sah schon gar nicht mehr hin. Sie fand es ziemlich sinnlos, denn wie man bereits am Namen hörte, tanzte man das Triolett nicht allein, sondern zu dritt.

»Na, wie sehe ich aus?«, fragte der Kobold diesmal ohne Einleitung und grinste frech in die Runde. Er trug eine Lederschürze, blaue Strümpfe und Schuhe mit silbernen Schnallen. Wie ein Gockel stolzierte er vor den Mädchen im Zimmer auf und ab.

»Wow«, sagte Magnolia, weil ihr gerade nichts Besseres einfiel.

»Genau meine Meinung!« Jeppe verbeugte sich bis zum Boden.

»Na, was ist? Habt ihr Lust, das Triolett mit mir zu tanzen? Jungfer Riesengroß und Jungfer Kugelrund?« Frech sah er von einer zur anderen.

Magnolia und Jörna waren sprachlos. »Wie hast du mich eben genannt?«, fauchte Jörna und warf ein Kissen nach dem Kobold. Der keckerte boshaft, steppte dreimal auf der Stelle und war gleich darauf aus dem Zimmer verschwunden.

»Irgendwann drehe ich ihm den Hals um«, versprach Magnolia und kramte in ihrem Kleiderschrank nach der Tunika, die sie im letzten Jahr gekauft hatte.

Zwei Stunden später war auch Linette ausgeschlafen und hatte sich für das große Fest umgezogen. Die Mädchen liefen ihr in der Diele über den Weg. Stolz stellte Magnolia fest, wie beeindruckend ihre Tante in der Festtagskleidung aussah. Als Kräuterhexe trug sie einen Umhang im dunklen Grün von Rosmarin. Er war über und über mit den kleinen Sträußchen bestickt, die sie vorhin so verbissen ausgebessert hatte. Der breitkrempige spitze Hut machte ihr respekteinflößendes Aussehen komplett.

»Wir sehen uns nachher, Mädchen!«, rief Linette, während sie umständlich in den Schrank stieg. »Und vergesst nicht, dass wir heute nicht nur die Verabschiedung feiern, sondern auch Walpurgisnacht. Also keine unnötigen Umwege! Diese Nacht ist gefährlich für so junges Gemüse, wie ihr es seid. Im Wald sind Wilde Jäger unterwegs, und die Späße der Kobolde werden heute Nacht besonders grob sein.«

Magnolia und Jörna wechselten einen genervten Blick. »Mach dir keine Sorgen, Tante Linette. Wir gehen genau wie du durch den Schrank und sind in null Komma nichts in Hackpüffel.«

Linette nickte beruhigt und verschwand nun endgültig zwischen den Jacken und Mänteln. Einen Moment später streifte ein Luftzug die Mädchen, dann war alles ruhig.

»Zeit, uns schön zu machen«, sagte Magnolia. – Und das taten sie.

Sie starteten mit einer Gesichtsmaske, probierten dramatisches Make-up aus und versuchten sich so lange an den abenteuerlichsten Frisuren, bis sie mit dem Ergebnis zufrieden waren.

Ganz zuletzt stieg Jörna in ihre neue Hose, die sie sich heute noch schnell gekauft hatte. Sie war noch nicht einmal richtig drin, da gab es schon einen scheußlichen kleinen Knall, und der Hosenknopf, der eigentlich so stabil aussah, flog wie ein Gummigeschoss durch das

Zimmer. Er rollte unter Magnolias Kommode und verschwand zu allem Überfluss unter einem Dielenbrett im Fußboden.

Jörna wurde erst blass und dann rot. »Hilfe!«, wimmerte sie. »Verdammter Mist!!!«

Magnolia wurde ebenfalls rot. Und zwar vor Vergnügen. »Ich lach mich tot«, quiekte sie. »Du hättest sehen sollen, wie das Ding abgezischt ist. Wie eine Wüstenrennmaus ist es unter dem einzig losen Brett weit und breit verschwunden!« Sie lachte so sehr, dass sie Schluckauf bekam.

Dann sah sie Jörnas beleidigten Blick. »Wirklich sehr witzig!«, schimpfte sie. Und plötzlich traten ihr Tränen in die Augen.

Sofort hörte Magnolia auf zu lachen. »He, halb so wild. Wir nähen ihn wieder an.«

»Annähen? Wir werden ihn unter den blöden Dielen niemals wiederfinden und Elon …« Jetzt schniefte Jörna endgültig los.

Sofort lag Magnolia auf den Knien und versuchte, den blöden Knopf zu erspähen. Fehlanzeige. Er war irgendwo im Fußboden verschwunden. Sie versuchte es mit dem Magnetismuszauber, obwohl sie wusste, dass der nur wirkte, wenn man die Dinge, die man heranziehen wollte, sehen konnte. Natürlich ohne Erfolg.

»Nicht weinen!«, versuchte sie Jörna zu trösten. »Davon bekommst du bloß rote, dicke Augen.«

Dann hatte sie eine Idee. »Warte hier! Tante Linette hat in ihrem Schlafzimmer eine Beißschnalle. Die wird sie uns sicher ausleihen.«

Sofort hörte Jörna auf zu schniefen. »Eine Beißschnalle?«, fragte sie hoffnungsvoll. »Ist die auch nicht zu groß?«

»Ach was, es wird schon gehen.«

Magnolia sauste ein Stockwerk tiefer in Tante Linettes Zimmer. Hier sah es aus, als hätte eine Bombe eingeschlagen. Schubladen und Schranktüren standen offen, und der Inhalt ihrer Schmuckschatulle lag achtlos ausgeschüttet auf ihrem Bett. Ein sicheres Zeichen dafür, dass sie sich sehr sorgfältig zurechtgemacht hatte. Außerdem erleichterte es die Suche nach der Beißschnalle ganz ungemein. Unter Krötenringen, Strumpfbändern und einem Haufen Armreifen entdeckte Magnolia das gute Stück. Sie hatte die Form einer kleinen Schlange, und als Magnolia sie berührte, bewegte sie sich. Man musste sie dicht hinter dem Kopf packen, so, wie man es bei Schlangen tat, um zu verhindern, dass sie sich in ihrem eigenen Schwanz verbissen, bevor man sie an der Hose befestigt hatte. Denn hatte die Beißschnalle erst einmal zugebissen, ließ sie sich nur schwer überreden, wieder loszulassen.

Die Mädchen hatten Glück. Völlig problemlos ließ sich die Schnalle durch das Knopfloch fädeln. Der Schlangenschwanz krümmte sich wie ein Haken, und der Kopf verbiss sich auf der anderen Seite mit dem Hosenbund. Einen sichereren Verschluss konnte es nicht geben.

»Und wenn ich mal zum Klo muss?«, fragte Jörna, nachdem die Schnalle zugebissen hatte.

»Versuch es mit Niespulver«, schlug Magnolia vor und drückte Jörna ein Tütchen davon in die Hand. Vor nicht allzu langer Zeit hatte sie damit ihren Schreibtisch gesichert. Sie war es leid gewesen, jedes Stück Schokolade mit Jeppe teilen zu müssen. Sein lautes Niesen hatte ihn eines Tages verraten, und Magnolia dachte noch heute mit Vergnügen an die kleine Prügelei, aus der Jeppe nur als Zweitbester hervorgegangen war.

Dann war es an der Zeit, sich auf den Weg zu machen. Schließlich wollten die Mädchen einen guten Platz haben und sich die Parade aus nächster Nähe ansehen. Da es sich um eine offizielle Veranstaltung handelte, wurde auch von den Junghexen erwartet, dass sie in Hut und Mantel erschienen. Hüte und Mäntel der Hexen waren etwas ganz Besonderes. Sie wurden eigens für ihre Trägerinnen angefertigt und waren so verschieden wie die Hexen selbst. Magnolias Mantel vereinte die Farben der Wäscherin am Fluss, so nannte man eine Banshee, mit den Farben der Windsbraut. Von außen graublau, schimmerte das Mantelfutter wie flüssige Lava. Jörnas Mantel war der einer Kaminhexe. Tomatenrot mit schwarzem Hut.

»Ich bin froh, wenn wir die Dinger wieder ausziehen können!«, stöhnte Jörna. »Cool geht irgendwie anders, finde ich.«

Die Mädchen wollten gerade den Turm verlassen, als das miese Krächzen einer Sumpfhexe den Raum erfüllte. »Alles raus hier! Hähähä! Alles raus hier! Hähähä! Alles ...« In Magnolias Kristallkugel kräuselten sich weiße Nebelschwaden.

»Was für ein blöder Klingelton«, brummte Jörna.

Magnolia zuckte verlegen mit den Schultern. Sie musste sich wirklich etwas Neues zulegen.

Neugierig traten die Mädchen vor die Kristallkugel und waren erstaunt, Rondas blasses Gesicht darin zu sehen. Die Spitze ihres Zauberstabs leuchtete wie eine Taschenlampe, und sie bemühte sich sichtlich, die Verbindung zur Kristallkugel aufrechtzuerhalten.

»Bin ich froh, dass ihr noch da seid!«, piepste sie. »Ich habe es schon überall versucht, aber es scheint niemand mehr zu Hause zu sein.«

»Sind wir so spät dran?«, staunte Jörna. Magnolia beachtete sie nicht. Das Bild in der Kugel flackerte verdächtig, als würde die Verbindung jeden Augenblick zusammenbrechen.

»Was ist los?«, fragte sie beunruhigt.

Wieder zuckte Rondas Bild, und ihre Worte erreichten sie nur in Fetzen. »Nemo ... die anderen. Koboldfalle ... nicht alleine...«

Magnolia und Jörna sahen sich an. »Seid ihr in eine Koboldfalle geraten?«

Ronda nickte. »I... ... ... H...fen!«

»Wo steckst du?«

»Vor ... K...ste ... toten Mann...« Das Bild knisterte.

»Okay, wir sind gleich bei euch!«, versprach Magnolia. Da war die Verbindung auch schon unterbrochen.

»So ein Mist!«, fluchte Jörna. »Warum bleibt so etwas immer an uns kleben? Ich wette, wir kommen zu spät zur Parade und Elon ...«

»Hör auf zu jammern und beweg dich. Sonst kommen wir ganz

bestimmt zu spät!«, rief Magnolia ungeduldig und war schon auf der Treppe.

Jörna stampfte wütend mit dem Fuß auf, zog ihren Hexenhut über die Ohren und sauste ihrer Freundin hinterher.

»Wo stecken sie?«, fragte sie im Laufen.

»Hörte sich an wie die Kiste des toten Mannes«, sagte Magnolia. »Würde auch Sinn machen, schließlich ist das ein Zugang nach Hackpüffel.«

»Trotzdem seltsam«, wunderte sich Jörna. »Weshalb sind sie alle zusammen da? Ob zwischen Nemo und Eugenie etwas läuft?«

Magnolia grinste. »Kann ich mir nicht vorstellen.«

In der Diele ließ sie Zauberwisch, ihren Zauberstab, in den Ärmel ihres Mantels gleiten und öffnete die Tür. Zögernd blieben die beiden Hexen stehen und sahen in den nachtblauen Himmel hinauf.

»Es ist fast dunkel«, stellte Jörna unbehaglich fest. »Und deine Tante hat uns gerade noch gewarnt!«

»Heißa, Walpurgisnacht!«, antwortete Magnolia trocken. »Wir nehmen die Besen, dann wird es schon gut gehen.«

Die Mädchen griffen nach ihren Besen und riefen: »Nach oben hinaus und nirgends an!« Einen Atemzug später hatte der Wald sie verschluckt.

Siebzehntes Kapitel

Die Kiste des toten Mannes

Die Kiste des toten Mannes war einer von neun Zugängen, die nach Hackpüffel führten. Der sargähnliche Stollenvorbau und ein Grubenunglück vor mehr als hundert Jahren hatten für diesen Namen gesorgt. Es war der unheimlichste Zugang ins Zwergendorf, denn die Seelen der sechsundsiebzig verschütteten Bergarbeiter trieben sich noch immer in den Minen herum. Nicht einmal die Zwerge legten Wert darauf, hier nach Silber zu schürfen.

Schon von Weitem sahen die beiden jungen Hexen den bläulichen Schein von Rondas Zauberstab. Sie flogen tiefer und landeten neben ihr im dichten Unterholz. Die Kiste des toten Mannes lag so gut versteckt, dass sie das letzte Stück ohnehin zu Fuß gehen mussten.

»Was ist passiert?«, fragte Magnolia.

»Beim Rübezahl, bin ich froh, euch zu sehen!«, piepste Ronda. »Die verdammten Kobolde haben pünktlich zur Walpurgisnacht Fallen im Wald aufgestellt, und Nemo, Eugenie und Konrad sind blöderweise kopfüber hineingestolpert.«

»Habt ihr euch verabredet, oder warum seid ihr hier alle zusammen aufgeschlagen?«, wollte Jörna unpassenderweise wissen.

Ronda schüttelte den Kopf. »Ich war mit niemandem verabredet und Konrad auch nicht. Wir waren auf dem Weg zur Verabschiedung der drei Spinnerinnen, genau wie ihr. Als ich hier ankam, kniete Konrad schon vor einem tiefen Loch. Eugenie und Nemo waren hineingefallen, und er wollte sie mit einem dicken Ast wieder herausziehen. Keine gute Idee. Das Ding brach ab, und er ist gleich hinterhergepurzelt. Jetzt sitzen alle drei fest.«

Magnolia und Jörna sahen sich an. Ja, das klang ganz nach Konrad. Im Gänsemarsch liefen sie durch den Wald. Der Pfad war so schmal, dass ständig irgendwelche Blätter und Zweige ihre Gesichter streiften. Ein Vogel schrie in der Dunkelheit und nur den leuchtenden Spitzen ihrer Zauberstäbe war es zu verdanken, dass sie überhaupt etwas von ihrer Umgebung erkennen konnten.

»Hast du eine Ahnung, welche Kobolde die Falle gebaut haben?«, fragte Magnolia außer Atem.

Wenn es eine Sache gab, die sie während ihrer Hexenausbildung gelernt hatte, dann, dass es von jeder Art magischer Wesen genauso viele Unterarten gab wie von Hexen oder Elfen. Und es konnte niemals schaden, zu wissen, mit wem man es zu tun hatte.

»Goblins!«, antwortete Ronda prompt.

»Goblins?« Jörna grinste. »Oh, schau nicht an den Goblinmann und kauf nicht seine Frucht. Wer weiß, wo ihre Wurzeln einst die Nahrung sich gesucht«, rezitierte sie ein altes Gedicht.

Magnolia schüttelte sich. »Hör auf, das ist eklig.«

»Goblins sind eklig!«, erwiderte Jörna.

»Weshalb bist du so sicher, dass es Goblins waren?«, wollte Magnolia wissen.

»Ganz einfach, sie versuchen ständig, kleine Stücke aus den dreien rauszubeißen.«

»Was?!!«, schrien Magnolia und Jörna gleichzeitig. »Heißt das, sie haben nicht nur die Falle gestellt, sondern sind immer noch da?«

Ronda nickte. »Das Netz, das sie über die Fallgrube gespannt haben, hat sich allerdings auf halbem Weg an ein paar Baumwurzeln verfangen, sodass die Goblins von unten kaum an sie herankommen. Blöd ist nur, dass man sie von oben auch nicht erreicht.«

Automatisch liefen die Mädchen schneller und hatten kurz darauf den Ort des Geschehens erreicht. Die Grube, in die die drei Zauberschüler gefallen waren, sah passenderweise aus wie ein offenes Grab. Als die Mädchen ankamen, mischte sich das wütende Knurren der Goblins mit den spitzen Schreien von Eugenie und den wüsten Flüchen von Nemo und Konrad. »Verpisst euch, ihr grüngesichtigen stinkenden Biester!«

Die Antwort war ein wildes Fauchen und das Klappern von Spießen und Stangen, mit denen die Goblins versuchten, ihre Gefangenen zu sich herunterzuziehen.

Die drei Hexen gingen vor dem Loch vorsichtig auf die Knie und spähten über den Rand. »He, alles gut da unten? Macht euch keine Sorgen, wir holen euch gleich raus!«

Doch das war leichter gesagt als getan. Im Schein ihrer Zauberstäbe bot sich ihnen ein seltsames Bild. Nemo und Eugenie zappelten wie die Heringe im Netz, während Konrad wie ein Nachtmahr obendrauf hockte und sich verbissen an eine Wurzel klammerte. »Vielleicht können wir es mit Magnetismus versuchen?«, schlug Ronda vor.

»Gute Idee«, seufzte Jörna. »Das ist auch der einzige Zauber, den wir sauber zustandebringen. Leider ist er zu schwach, um das Netz anzuheben.«

»Nicht, wenn wir unsere Kräfte vereinen«, erwiderte Magnolia. »Wie sagt Runa immer: Gemeinsam seid ihr stark! Lasst es uns wenigstens versuchen.«

Kurzerhand deuteten die drei Hexen mit ihren Zauberstäben auf das Netz, in dem ihre Freunde hingen. »Wir versuchen euch heraufzuziehen!«, rief Magnolia. »Vielleicht ist es besser, wenn ihr die Bäuche einzieht. Ich weiß nicht, wie das mit dem Magnetismuszauber so ist.«

Die Mädchen sahen sich an. »Kum to mar, kum to mar, kum to mar«, murmelten sie.

Der Trick an der Sache war, hundertprozentig synchron zu sein. Und das war gar nicht so einfach.

»Also, auf drei!«, kommandierte Jörna. »Eins … zwei …«

»Warte, warte!«, unterbrach Magnolia. »Meinst du, bei drei geht es los? Oder eins … zwei … drei und dann?«

Jörna und Ronda verdrehten die Augen. »Bei drei geht's los! Also: eins … zwei … Kum to mar! Kum to mar! Kum to mar!«

Die boshaften kleinen Goblins heulten zornig auf, als sie bemerkten, dass das Gemurmel dort oben ein Zauber werden sollte. Sie stießen ihre Spieße ein letztes Mal in Richtung ihrer Gefangenen und verzogen sich danach wütend in die dunklen Stollen der Mine.

Es waren sechs Anläufe nötig, bis die Mädchen so synchron waren, dass sich die Kräfte ihrer Zauberstäbe verbanden. Erst dann wurde ein klingendes, beschwörendes Mantra aus den magischen Worten. Und in der Grube kam es zu einem spektakulären Schauspiel. Schnüre wie flüssige Lava liefen aus den Zauberstäben der drei Hexen und glitten die rauen Wände der Grube hinab. Unter dem Netz verschmolzen sie zu einem breiten Band und hoben es Zentimeter für Zentimeter an.

Der Zauberstab in Magnolias Hand vibrierte und bog sich, als würde er jeden Moment brechen. Dann war es geschafft. Als Erster kletterte Konrad aus der Grube. Mit vereinten Kräften zogen sie dann das Netz mit Nemo und Eugenie auf den sicheren Waldboden.

Schnell öffnete Ronda die Falle. So würdig wie möglich krabbelten Eugenie und Nemo heraus und bürsteten sich zuallererst die Kleidung ab. Jubelnd brach die Freude aus ihnen heraus. Lachend fielen sie sich in die Arme. Magnolia, Jörna und Ronda waren ungeheuer stolz auf sich. Leider nutzte Nemo die Gelegenheit sofort aus und versuchte, die Mädchen zu küssen.

»He, behalte deine Froschlippen bei dir!«, drohte Jörna mit ihrem Zauberstab. Doch Magnolia war nicht schnell genug. Nemos Kuss traf sie mit einem hellen Klirren genau auf dem linken Ohr. Sie wurde das Geräusch gar nicht mehr los, und es nervte sie noch nach Stunden.

Zum Abschied schickten die Zauberschüler dann eine Ladung

Knalldrachen in die Grube, die in den niedrigen Gängen der Goblins für Stimmung sorgten.

»Aulewauf zulewum Felewest!«, kommandierte Nemo.

Und Konrad war sich nicht zu blöd zu antworten: »Zulewu belewefelewehl, kälewäptelewen!«

Magnolia und Jörna verdrehten die Augen. Vorsichtig tasteten sie sich gemeinsam um die Fallgrube herum. Bis zur Kiste des toten Mannes waren es glücklicherweise nur ein paar Schritte, dann waren sie endlich im Stollen, der nach Hackpüffel führte.

Die Zauberstäbe waren auch hier ihre einzige Lichtquelle. Die Luft war abgestanden, und die Stollendecken hingen beängstigend niedrig. Magnolia konnte nicht verstehen, wie man freiwillig diesen Zugang zum Zwergendorf wählen konnte. Ungeübt war es nicht einfach, die richtige Abzweigung zu nehmen, und es konnte passieren, dass man sich im Labyrinth der Stollen verirrte. Tagelang konnte man hier unten herumirren, ohne auch nur einmal auf eine lebendige Seele zu treffen. Die toten Bergleute waren die einzige Gesellschaft – und bei Wind konnte man sie manchmal sogar stöhnen hören.

Magnolia huschte eine Gänsehaut über den Rücken. Ängstlich leuchtete sie in jeden Nebengang, an dem sie vorbeikamen, und zuckte erschrocken zurück, als da plötzlich ein fahles Gesicht vor ihr auftauchte, das sie mit brennenden Augen anstarrte. Magnolia schrie leise auf. »Milauro«, flüsterte sie. Der Unterirdische zog die Krempe seines Hutes tiefer ins Gesicht und war in der nächsten Sekunde verschwunden.

»War das Milauro?«, wunderte sich Ronda, die dicht hinter ihr ging. Magnolia nickte.

»Er beobachtet uns schon die ganze Zeit«, sagte Nemo.

»Und warum hat er uns dann nicht geholfen?«, fragte Konrad.

»Weil er ein Unterirdischer ist, Dummbatz!«, zischte Eugenie. »Ich wünschte, er würde den Gesang der Banshee hören.«

Das wünschte Magnolia ausnahmsweise auch.

Mit einem mulmigen Gefühl setzte die Gruppe ihren Weg fort und stand wenig später an der hölzernen Brücke, die zum Silbernen Löwen führte.

Magnolia sog die frische Luft tief in ihre Lungen, während Jörna zuallererst ihre Hose auf Grasflecken hin untersuchte. »Wäre ja klar, wenn ich mir wegen der drei Pappnasen meine Hose versaut hätte«, brummte sie. Doch alles war gut. Wie durch ein Wunder hatte die Kleidung der Mädchen nicht gelitten.

Der Silberne Löwe war das einzige Gasthaus in Hackpüffel. Zufrieden stand es in der Landschaft und betrachtete still den Trubel, der sich direkt vor seiner Tür abspielte. Zur Feier des Tages war es mit einer Girlande aus Glühwürmchen geschmückt. Magnolia fand, dass das alte Gemäuer einen sehr festlichen Eindruck machte.

Das Hexenfeuer war wie immer ein beeindruckendes Schauspiel. Mit hellen Flammen leckte es am Saum des Waldes, und Magnolia fühlte sich augenblicklich an die Nacht ihrer Hexenweihe erinnert. Diesmal ging es allerdings nicht ganz so locker zu. Lange Tische waren aufgestellt, an denen später das Festessen stattfinden sollte. Eine Tribüne mit drei goldenen Sesseln, von denen jeder einzelne wie der Thron eines mächtigen Königs aussah, erwartete die Hauptpersonen dieses Abends, während die übrigen Gäste auf einfachen Klappstühlen Platz nehmen mussten.

Als die Hexen und Jungmagier endlich den Festplatz erreichten, waren die vorderen Stuhlreihen bereits besetzt, und es blieb ihnen nichts anderes übrig, als sich nach hinten zu setzen.

Suchend schaute sich Magnolia nach ihrer Tante um und entdeckte sie im Gespräch mit Konstantin Kerbelkraut, dem Wirt des Silbernen Löwen. Als sie ihre Nichte bemerkte, machte sie ihr ein Zeichen, auf sie zu warten, und war eine Minute später bei ihr.

Linettes Gesicht war vor Aufregung gerötet, und ihre Haare standen, wie immer bei solchen Gelegenheiten, in alle Himmelsrichtungen vom Kopf ab.

»Magnolia!«, rief sie erleichtert. »Gut, dass ihr endlich da seid. Ich hatte schon befürchtet, ihr hättet die Zeit vertrödelt.«

»Vertrödelt?«, schnaubte Magnolia beleidigt. »Entschuldige, aber uns sind unterwegs ein paar Kleinigkeiten dazwischengekommen!«

Normalerweise wäre Tante Linette spätestens jetzt hellhörig geworden. Heute Abend hatte sie jedoch so viel um die Ohren, dass sie völlig vergaß nachzufragen.

Die Zwergenkapelle legte los, und man konnte sein eigenes Wort nicht mehr verstehen. Linette winkte die Zauberschüler dicht zu sich heran. »Hört genau zu!«, schrie sie gegen den Lärm der Kapelle an. »Wie ihr wisst, ist heute Beltane, Walpurgisnacht, wie es die Menschen nennen. Und die Verabschiedungszeremonie wird von der ›Wilden Jagd‹ eröffnet!«

»Aaaaaah!«, riefen die Zauberschüler und sahen sich begeistert an.

»Vergesst es!«, schnitt Linette ihnen augenblicklich das Wort ab. »Ihr legt eure Köpfe auf die Knie und haltet euch die Ohren zu. Verstanden?«

Unwilliges Grummeln setzte ein. »Wehe, einer von euch schaut auf. Wir haben heute Abend anderes zu tun, als Schocks und Panikattacken zu behandeln.«

»Aber …«, versuchte Konrad es.

»Kein Aber!«

»Ich habe eine Spezialbrille«, riskierte Konrad es trotzdem. »Meine Großmutter …«

»Dann setz deine Spezialbrille auf, Konrad Korona!«, unterbrach Linette ihn. »Mir ist alles recht, solange du deinen Kopf auf den Knien behältst. Verstanden?« Mit diesen Worten ließ sie die verdutzten Zauberschüler allein und marschierte schnurstracks auf Runa los, die mitten im Gewühl auf sie wartete.

»Verdammter Mist«, stöhnte Magnolia. »Da hat man schon mal die Gelegenheit, die ›Wilde Jagd‹ zu sehen, und dann wird es einem prompt verboten! Tante Linette ist so eine Spielverderberin.«

Der Protest der anderen hielt sich seltsamerweise in Grenzen.

»War schon klar«, sagte Nemo.

»Es ist sicher besser, wir tun, was deine Tante sagt«, meinte auch Jörna. »Mit der ›Wilden Jagd‹ ist nicht zu spaßen. Es hat seinen Grund, weshalb Kinder in der Walpurgisnacht zu Hause bleiben sollen. Die Gefahr, dem Wilden Heer zu begegnen und den Verstand zu verlieren, ist einfach zu groß.«

»Den Verstand verlieren?«

Jörna nickte. »Hast du das nicht gewusst?«

Magnolia schüttelte den Kopf. »Ich bin doch selbst eine Windsbraut und darf später mit der ›Wilden Jagd‹ über den Himmel ziehen, wenn ich Lust darauf habe.«

Jörna zuckte die Schultern. »Ich würde es nicht darauf ankommen lassen.«

Es gab einen tiefen, lang gezogenen Ton, und alle Anwesenden begaben sich auf ihre Plätze. Magnolia und Jörna saßen neben ihren Mitschülern in der vorletzten Reihe und warteten darauf, dass der Hexenrat im Halbkreis hinter den drei goldenen Sesseln auf der Tribüne Platz nahm.

»Meinst du, dass sie noch kommen?«, fragte Magnolia nervös.

Jörna wusste genau, um wen es ging, und grinste. »Das will ich doch stark hoffen. Die Hose hat ein Vermögen gekostet.«

Magnolia sah sich um. An allen Seiten des Festplatzes nahmen plötzlich Waldmänner Aufstellung. Sie waren in Felle gekleidet und trugen Hirschgeweihe auf dem Kopf. Magnolia hatte schon von ihnen gehört. Sie lebten hoch im Norden und waren extra für diesen Abend angereist. Erneut ertönte der dunkle, lang gezogene Ton, und Pestilla, die Oberhexe, nahm ihren Platz auf der Tribüne ein. Sie sah wie immer außerordentlich stattlich und würdevoll aus.

Da stieß Jörna Magnolia in die Rippen. »Sie sind da!«, raunte sie.

Magnolia reckte den Hals. Und wirklich, aus dem Wald hinter ihrem

Rücken trat eine Gruppe Elfen auf die Lichtung. Es waren beeindruckende Gestalten. Sofort suchte ihr Blick nach Leander. Er sah umwerfend aus. Überhaupt hatte Magnolia noch nie so viele gut aussehende Wesen auf einem Haufen gesehen. Das Alter schien bei ihnen keine Rolle zu spielen, und sie trugen ihre Festgewänder wie Könige. Auf der Stelle stellte sie sich die Frage, warum sich Leander ausgerechnet in sie verliebt hatte.

Erneut ertönte eine Fanfare, und zwei Feuervögel stolzierten über den Festplatz. Hinter ihnen folgten die Wohnwagen der drei Spinnerinnen. Columbina saß auf dem Kutschbock des ersten Wagens und ließ es sich nicht nehmen, die große Glocke zu läuten, genau wie bei ihrer Ankunft. Mohnblüte, Tokker und Löwenherz hatten Mühe, den langsamen Feuervögeln nicht auf ihre lodernden Schwanzfedern zu treten. Dann waren sie vor der Tribüne angekommen, und die Spinnerinnen nahmen unter donnerndem Applaus ihre Plätze ein.

»Lasst die Show beginnen«, flüsterte Jörna.

Und die ließ nicht lange auf sich warten.

Achtzehntes Kapitel
Hexenküsse

Sonderbare Töne zogen über den Platz. Luftstimmen, die aus der Höhe herabstiegen und aus allen Richtungen gleichzeitig zu kommen schienen.

Magnolia hörte das Bellen von Hunden, das Wiehern von Pferden und das Grunzen von Schweinen. Dazwischen mischten sich Gewehrschüsse und die wilden Rufe von Jägern. Ein Sturm fegte über den Festplatz.

Genau wie ihre Mitschüler saß Magnolia nach vorn gebeugt und presste die Hände auf ihre Ohren. Den Lärm konnte sie trotzdem nicht ausschalten. Es klang, als würden Bäume zu Boden gerissen. Es krachte, knirschte und fetzte. Irgendwann hielt Magnolia es nicht länger aus. Sie musste sehen, was um sie herum vor sich ging. Neugierig richtete sie sich auf. – Und da waren sie! Grau, zerrissen und furchtbar. Geister, so durchscheinend und bleich, als hätten sie im milchigen Nebel gebadet. Männer, Frauen und Kinder. Ein ganzes Heer zog heulend, stöhnend und zähnefletschend über den Platz. Riesige Geisterhunde, von denen nur die Konturen sichtbar waren, zerrten die Jäger an ihren Leinen voran. Donnernde Paukenschläge komplettierten den Lärm, der geradewegs aus der Hölle zu kommen schien.

Gebannt starrte Magnolia auf das Wilde Heer, das dort rasselnd und pfeifend über den Platz zog. Sie verspürte keine Angst, und selbst als die lodernden Blicke eines Jägers sie trafen, spürte sie kaum mehr als ein leises Schaudern.

Anders Konrad Korona. Natürlich hatte auch er durch seine Schutzbrille das Wilde Heer angesehen. Jetzt brach ein Wimmern aus ihm heraus, das Magnolia eine größere Gänsehaut über den Rücken jagte als sämtliche Wilde Heere zusammen.

Es schwoll an wie der lang gezogene Ton einer Sirene und im nächsten Moment sprang Konrad auf.

Magnolia versuchte noch, ihn zurück auf seinen Platz zu ziehen, doch da war es bereits zu spät. Er riss sich die Brille herunter und jagte, wie von Dämonen gehetzt, über den Platz. Wie ein Derwisch drehte er sich im Kreis, riss sich die Kleidung vom Leib und wälzte sich wie wahnsinnig am Boden.

Sofort stieß einer der Geisterhunde herab, packte ihn mit seinem gewaltigen Fang und riss ihn mit sich hoch in die Luft. Es entstand ein grauer Wirbel, und sämtliche Geister schienen über Konrad herzufallen.

Für einen Moment sah Magnolia das Entsetzen in Konrads Blick. Dann ging alles ganz schnell. Die Waldmänner stießen in ihre Hörner, und gleichzeitig stiegen sechs Wetterhexen auf ihren Besen in die Luft. Der Ton der Hörner schien sie mitten in den Geisterwirbel zu katapultieren. Es gab einen gleißenden Blitz, und die sechs Hexen stürzten mit Konrad in ihrer Mitte zu Boden. Die Landung war entsprechend unsanft. Und das Geisterheer löste sich auf. Vereinzelte Nebelfetzen, die über den Festplatz trieben, waren alles, was von ihnen übrig blieb.

Während ihre Mitschüler noch gebeugt auf ihre Knie blickten, war Magnolia mit den übrigen Hexen aufgesprungen und rannte über den Platz auf Konrad zu. Dabei wurde sie von Runa überholt, die sie unsanft zur Seite stieß.

Konrad lag auf dem Rücken und hatte sämtliche viere von sich gestreckt. Die Zunge hing ihm aus dem Mund, und seine Augen rollten wie eine Roulettekugel immer rundherum. Ein Blinder konnte sehen, dass er den Verstand verloren hatte.

Runa ging vor ihm auf die Knie und tätschelte ihm das bleiche Gesicht. Ungeduldig sah sie sich nach einem der Waldmänner um, der sich endlich nach vorn gedrängt hatte. Er nahm den Lederbeutel von seinem Gürtel und schüttete den harzigen Inhalt vor sich auf den Boden. Mit einem Feuerstein schlug er Funken und setzte die Zaubermischung in Brand. Das Harz fing an zu schmelzen, und würziger Rauch stieg auf. Sacht blies der Wilde Mann den Rauch in Konrads Gesicht. Einmal, zweimal, dreimal. Das Augenrollen hörte auf, die Zunge verschwand wieder in Konrads Mund, und er setzte sich stöhnend auf. Verwirrt blickte er von einem zum anderen. »Was war das?«, fragte er und hielt sich gleich darauf den Bauch. »Ist mir schlecht!«

»Wir sprechen uns später«, versprach Runa, und das klang verflixt nach einer Drohung.

Unauffällig sah Magnolia sich um und entdeckte neben Leander leider auch Tante Linette, die ihr wütende Zeichen machte. Wenn Magnolia sie richtig deutete, hieß das: Komm sofort hierher, ich muss mit dir reden! Eine Sekunde überlegte Magnolia, ob es nicht klüger wäre, so zu tun, als hätte sie Tante Linettes Aufforderung nicht verstanden. Doch dann besann sie sich eines Besseren und ging rüber, um sich ihre Standpauke abzuholen.

Tante Linette war richtig in Fahrt. Und es nützte nichts, dass Magnolia immer wieder beteuerte, dass das Wilde Heer ihr als Wetterhexe ganz offensichtlich nichts anhaben konnte. Sie regte sich immer weiter auf. Irgendwann jedoch rief Pestilla die Hexen resolut auf die Tribüne zurück. Und das eigentliche Fest konnte endlich beginnen.

Magnolia setzte sich nicht wieder neben ihre Mitschüler auf den Klappstuhl, sondern gesellte sich zu Elon und Leander. Elon hatte im letzten Jahr bei der Befreiung von Runa und Tante Linette geholfen, und Magnolia war ihm immer noch dankbar.

»He, schön dich zu sehen!«, begrüßte er Magnolia und hielt sich nicht lange mit Vorreden auf. »Ist Jörna nicht auch hier?«

Magnolia grinste. »Klar, sie sitzt vermutlich in der vorletzten Reihe und überlegt, wie sie Nemo so schnell wie möglich loswird.«

»Nemo?« Elon reckte den Hals. »Okay. Ich denke, dabei kann ich behilflich sein.« Mit diesen Worten war er im Gedränge verschwunden.

»Armer Nemo«, sagte Leander lachend. Die Zwergenkapelle von Hackpüffel spielte einen Tusch, und die von allen so sehnsüchtig erwartete Parade konnte endlich beginnen.

»Einmarsch der Kobolde!«, verkündete Jacko mit lauter Stimme. Er war Bürgermeister von Hackpüffel, und ihm fiel die ehrenvolle Aufgabe zu, die Vertreter der einzelnen Zünfte anzusagen.

Tja, und was dann kam, war, gelinde gesagt, enttäuschend. Da marschierten die Waldkobolde vor den Flusskobolden, gefolgt von den Silber- und Gipszwergen. Es liefen die Nussweiblein hinter einer Abordnung Sumpfhexen und so weiter … und so weiter …

Elon hatte Jörna inzwischen gefunden, und nun standen sie, von einem Ohr bis zum anderen grinsend, neben Magnolia und Leander.

»Das soll die große Parade sein?«, flüsterte Jörna. »Da habe ich eindeutig mehr erwartet.«

Magnolia ging es ganz genauso. Was ihnen hier geboten wurde, war Lichtjahre von dem entfernt, was man sich von einer großartigen Parade magischer Wesen versprach.

Danach ergriff Pestilla das Wort und setzte zu einer Dankesrede an, die sich gewaschen hatte. Wahre Füllhörner des Lobes schüttete die Oberhexe über den drei Spinnerinnen aus. Und ihre Rede wollte und wollte einfach kein Ende nehmen.

Allmählich wurde Magnolia ungeduldig. Sie hatte das Gefühl, jeden Augenblick bewusstlos vornüberzukippen, wenn Pestilla nicht endlich zum Schluss kam. Aber nicht nur auf sie hatten Pestillas Worte eine einschläfernde Wirkung. Belustigt stellte sie fest, dass Columbun plötzlich anfing, ganz ungeniert zu schnarchen, und Pestilla immer lauter werden musste, um sie zu übertönen.

Dann gab die Oberhexe endlich auf. Energisch klatschte sie in die Hände und rief: »Genug der langen Worte. Wie ich sehe, hat Kerbelkraut Keller und Scheunen geplündert, um uns mit einem opulenten Festmahl zu erfreuen. Mir bleibt nichts anderes übrig, als uns allen einen guten Appetit zu wünschen und die Tafel zu eröffnen!«

Jetzt war der Applaus so ohrenbetäubend, dass sogar Columbun aufwachte und sich zu einem milden Lächeln herabließ.

Die Spinnerinnen nahmen auf den Ehrenplätzen am Kopf der Tafel Platz, und das Festmahl konnte beginnen.

Magnolia hatte keinen Hunger. Sie hätte sich hundertmal lieber mit Leander unterhalten. Über das, was er in Neuseeland erlebt hatte, und weshalb er sich so selten bei ihr gemeldet hatte. Denn sosehr sie sich auch über seine Rückkehr freute, das Thema war für sie einfach noch nicht erledigt. Jörna dagegen strahlte wie ein Honigkuchenpferd. Man musste blind sein, um nicht zu bemerken, wie sehr sie in Elon verschossen war.

Irgendwann war auch das Festessen überstanden. Die Musiker der Zwergenkapelle kehrten zu ihren Instrumenten zurück und legten unverzüglich los. Sie spielten so laut, dass das Wacholderbier in den Krügen schäumte und das Geschirr auf den Tischen tanzte.

Sofort stand Elon auf. »Seid nicht sauer, aber Jörna hat versprochen, den ganzen Abend mit mir zu tanzen! Stimmt doch, oder?«

Jörna verdrehte die Augen. »Da war ich wohl etwas voreilig. Die Musik ist furchtbar.«

»Ach was, versprochen ist versprochen.« Elon nahm ihren Arm und zog sie einfach mit sich fort.

Auch die Hexen hielt nun nichts mehr auf ihren Plätzen. Sie stürzten auf die Tanzfläche, und der Ärger ließ nicht lange auf sich warten.

Einige Sumpfhexen hatten es vor lauter Übermut Schnecken regnen lassen und gerieten nun prompt mit ein paar Elfen aneinander, die über die Schleimspuren auf ihren Gewändern alles andere als begeistert waren. Bevor es zu einer ernsthaften Auseinandersetzung kam, übernahm Pestilla das Kommando. Sie teilte die Tanzenden in verträgliche Gruppen ein und sorgte mit einem entsprechenden Zauber dafür, dass sie sich auf der Tanzfläche nicht in die Quere kamen.

Magnolia fand, dass es höchste Zeit war, mit Leander zu verschwinden. Denn die Oberhexe war mittlerweile so in Schwung, dass sie die Tänzer nicht nur grob in Gruppen einteilte, sondern ihnen auch die nötigen Tanzpartner verschaffte. Und dabei hatte sie nicht immer ein glückliches Händchen. Runa hatte sie beispielsweise einen gut gelaunten Gipszwerg zugeteilt. Und dem Gesichtsausdruck der Watthexe nach zu urteilen, konnte die sich kaum etwas Schlimmeres vorstellen.

Magnolia und Leander sahen zu, dass sie wegkamen. Seite an Seite schlenderten sie über den Festplatz und entfernten sich unauffällig immer weiter von all dem Trubel.

Leander schilderte ihr das Wiedersehen mit seiner Familie, fragte sie nach ihrer Arbeit bei Meister Schnuck und erzählte ihr von seinen Plänen, nach der Schule einer Umweltorganisation beizutreten, um sich aktiv am Schutz der Wale zu beteiligen.

»Ein Elf auf dem Meer?«, fragte Magnolia spöttisch. Dann wurde sie ernst. Wie gern wäre sie auf seinen leichten Ton eingegangen, aber da waren immer noch diese blöden Zweifel, und es gab nur eine Möglichkeit, sie aus dem Weg zu räumen. Man musste darüber sprechen. Magnolia seufzte und setzte sich schweigend auf einen Stapel Holz am Rande des Waldes. Verstohlen musterte sie Leanders hübsches Gesicht.

Er sieht aus wie der Herbst in Person, schoss es Magnolia unsinnigerweise durch den Kopf. Goldtöne in allen Schattierungen waren seine Farben, dazu moosgrüne Augen. Sie kannte niemanden, der so perfekt war.

»Wusstest du, dass Feen auf Mondstrahlen tanzen?«, fragte Leander da ganz unvermittelt.

Magnolia lächelte. Na, wenn das nicht romantisch war. Doch sie verbot sich, darauf einzugehen.

»Dein Hexenmantel steht dir unheimlich gut«, versuchte es Leander weiter.

Magnolia seufzte und zupfte nervös an ihrem Ärmel. »Danke«, sagte sie schließlich.

Besorgt sah Leander sie an. »Irgendwas mache ich verkehrt, stimmt's?«

Magnolia schüttelte den Kopf und holte tief Luft. Dann sah sie ihm fest in die Augen. Und schon wieder verließ sie der Mut. »War es schön in Neuseeland?«, fragte sie schlapp und ärgerte sich sofort über ihre Feigheit.

Leander hatte sie trotzdem verstanden. Forschend blickte er ihr in die Augen, und Magnolia spürte, dass er anfing, ihre Gedanken zu lesen. Sofort blockierte sie diesen Versuch.

»Sorry, ich wollte deine Gedanken nicht ...« Der Elf lächelte schief. »Es tut mir leid, dass ich mich nicht öfter gemeldet habe«, sagte er dann. Erstaunt sah Magnolia ihn an.

»Ich habe oft an dich gedacht. Sehr oft«, fuhr er fort.

»Okay, aber Telepathie funktioniert nun mal nicht rund um den Globus«, murmelte Magnolia. Sie fühlte die Kränkung wie einen Schmerz. »Weißt du, wie oft ich umsonst zum Briefkasten gelaufen bin? Ich habe auf meinem Handy geschlafen, obwohl es im Regenfass keinen Empfang hat. Ich ...«

Leander sah Magnolia an und griff nach ihrer Hand. Schnell zog sie sie weg.

»Ich habe versucht, dich anzurufen, ehrlich. Und ich habe versucht zu schreiben«, sagte er. »Aber ... Es ging nicht. Du weißt nicht, was da drüben los war.«

»Und das hast du nicht früher gemerkt? Du hättest schließlich jederzeit zurückkommen können«, erwiderte Magnolia zickig.

Leander ging nicht darauf ein. »Die Elfen waren fantastisch, aber die Stimmung auf dem Vulkan war von Anfang an gespannt. Alle waren irgendwie nervös, allerdings konnte niemand ahnen, in welche Richtung sich die Sache entwickeln würde. Es kam zu den ersten kleinen Scharmützeln mit Schwarzalben, dann musste das Dorf rund um die Uhr bewacht werden.« Er senkte den Kopf. »Genützt hat es letztlich nichts. Wir wurden überfallen. Hier können nur noch die Alten davon erzählen, wie es ist …«

Magnolia bekam ein schlechtes Gewissen. »Klingt nach keiner entspannten Zeit«, sagte sie hilflos.

Leander sah sie an. »Nein, das war es wirklich nicht.« In seinen Augen blitzte es auf. »Natürlich gab es dort auch schöne Dinge!«

Magnolia war dankbar für den Versuch, dem Gespräch eine andere Wendung zu geben. »Erzähl!«, sagte sie gespannt.

»Die Landschaft zum Beispiel. Sie war einfach unvergleichlich … Und Melusil erst …« Leander zwinkerte ihr zu. »Du hättest sie sehen sollen … Ihr Name bedeutet die Feuergeborene. Sie ist ein bisschen älter als du und ein Stückchen größer und hat … Aua!«

Magnolia boxte ihn unsanft auf den Arm. »Hör sofort auf!«, rief sie lachend und gab ihm noch einen extra Knuff in die Seite. Strafe musste sein.

»Au!«, Leander zuckte schmerzhaft zusammen und hielt sich den Bauch. Für einen Moment glaubte Magnolia, es sei Spaß, doch dann wurde sein Gesicht so blass, dass sie fürchtete, er würde jeden Moment umkippen.

»Was ist? Hab ich dich verletzt?«, fragte sie besorgt.

Leander presste die Lippen zusammen und schüttelte den Kopf. »Schon gut, es tut bloß verdammt weh.«

»Also habe ich dich doch verletzt?« Magnolia war ernsthaft erschrocken. »Das wollte ich nicht … Ich meine … ich wusste zwar, dass ich eine ganz passable Linke habe, aber … das eben sollte nur ein kleiner Knuff sein …«

»Es ist nicht deine Schuld!«, sagte Leander.

Aber Magnolia war nicht mehr zu bremsen. »Ich bin ein Schläger!«, rief sie fassungslos. »So ein Leberhaken ist unverzeihlich!« Sie sah ihn völlig zerknirscht an.

Leander versuchte ein Lachen. »Beruhige dich. Das hier war ganz sicher nicht deine Linke!« Er hob sein Hemd ein Stück hoch, und Magnolia schnappte nach Luft. »Autsch!« Sie sah ihn mitleidig an.

Ein langer Schnitt lief quer über Leanders Bauch.

»War das ein Schwert?«

Leander nickte. »Ein Kurzschwert.«

Magnolias Gedanken gingen drunter und drüber. »Wer hat das getan?«

Leander zuckte die Schultern. »Vermutlich ein Schwarzalb. Es war Nacht, und ich habe ihn kaum gesehen.«

»Er hätte dich töten können!«, stellte Magnolia fest und musste ihre Gedanken erst einmal sortieren.

Leander grinste. »Stimmt. Aber dank guter Reflexe und meinem unglaublichen Talent, drei Meter aus dem Stand zu springen, ist es noch mal gut gegangen.« Dann wurde er ernst. »Aber weißt du, was das Schlimmste daran war?«, fragte er.

Magnolia schüttelte den Kopf.

»Das Schlimmste war, dass ich für einen Moment geglaubt habe, ich würde dich nicht wiedersehen. Dich nicht und Rauschwald nicht …«

Magnolia versuchte, betreten dreinzublicken, aber es wollte nicht gelingen. Ihr Herz quoll über vor lauter Glück. Konnte es eine schönere Liebeserklärung geben? Gut, das mit Rauschwald hätte er weglassen können. Aber der Rest?!

»Du tust mir furchtbar leid«, flüsterte sie, und schon stahl sich wieder dieses dumme, absolut unpassende Lächeln auf ihr Gesicht.

»Wirklich?«, fragte Leander und musste ebenfalls grinsen. Dann zog er Magnolia zu sich heran und küsste sie ganz kurz auf die Nase.

»He!«, rief sie. »Was soll das werden?«

Leander hielt sie so fest, dass sie seinen Herzschlag spüren konnte.

»Keine Ahnung …«, murmelte er und vergrub sein Gesicht in ihren Haaren. »Heißt es nicht, Hexenküsse heilen alle Wunden?«

»Ganz sicher nicht! Das verwechselst du mit Blutegeln, mein Junge!«, peitschte da eine Stimme durch die Luft.

»Runa!!!« Magnolia zuckte innerlich zusammen und stieß Leander beinah grob von sich.

»Wie gut, dass ich dich hier zufällig treffe«, sagte die Watthexe mit einem hämischen Lächeln. »Deine Tante möchte dich dringend sprechen. Sie wartet am Feuer auf dich.« Breit und schadenfroh grinsend verschwand Runa hinter ihnen im dichten Wald.

Magnolia glühten die Ohren. Es war außerordentlich peinlich, von der eigenen Lehrerin beim Knutschen erwischt zu werden.

»Ich sollte zu meiner Tante gehen, bevor sie mich holen kommt«, sagte sie zerknirscht und stand vom Holzstapel auf. »Kommst du mit?«

Leander hielt noch immer ihre Hand und stand nur sehr widerwillig auf. »Wenn das die einzige Möglichkeit ist, in deiner Nähe zu bleiben.«

Nebeneinander schlenderten sie zum Festplatz zurück. »Du wolltest mich sprechen?«, fragte Magnolia nicht gerade freundlich, nachdem sie ihre Tante ausfindig gemacht hatten.

Die saß zusammen mit der Oberhexe und den drei Spinnerinnen am Hexenfeuer und ließ sich den Rücken wärmen.

Verdutzt sah Linette ihre Nichte an. »Sprechen?«, wiederholte sie und forschte in ihrem Gedächtnis. »Wie kommst du denn darauf?«

Verwirrt sah Magnolia sie an, dann ballte sie die Fäuste. »Verdammt, Runa!«, zischte sie. »Sie hat mich also ohne Grund zu dir geschickt?«

Auf Tante Linettes Gesicht breitete sich ein Lächeln aus.

»Die Gute!«, zwitscherte sie. »Ich nehme an, sie wollte verhindern, dass da irgendetwas aus dem Ruder läuft.«

Auch die anderen Hexen lachten, und Magnolia bekam vor lauter Verlegenheit rote Wangen. »Was sollte denn aus dem Ruder laufen?«, blaffte sie.

Jetzt kicherten die Hexen sogar unüberhörbar, und Magnolia hätte ihnen am liebsten die Nasen umgedreht.

»Hast du uns etwa belauscht?«, fragte Magnolia. Angriff war schließlich die beste Verteidigung.

»Manche Dinge muss man nicht belauschen, um zu wissen, was los ist«, mischte sich jetzt Pestilla ins Gespräch und zwinkerte der Runde auffällig zu. Magnolia hatte genug. Energisch zog sie Leander mit sich fort.

»Wir waren doch alle einmal jung!«, rief die Oberhexe ihnen nach.

Magnolia hörte nicht mehr hin. Glücklicherweise hatten sie Elon und Jörna entdeckt. Und das war das Einzige, was diesen Abend noch rettete. Jetzt waren sie zu viert, was vielleicht nicht besonders romantisch, dafür aber ungeheuer lustig war.

Jörnas gute Laune steckte an, und Magnolia ertappte sich dabei, wie sie sogar Spaß an den altmodischen Kreistänzen der Zwerge und Kobolde fand. Sie tanzte so ausgelassen und vergnügt, bis sie ihre Füße nicht mehr spürte. Was kein Wunder war, denn am Himmel verblassten bereits die Sterne, und die Walpurgisnacht glitt langsam in eine graue Morgendämmerung hinüber. Nach und nach hatte sich der Festplatz geleert, und auch die drei Spinnerinnen zogen sich in ihre Wohnwagen zurück. In ein paar Stunden wollten sie schließlich wieder unterwegs sein. Das Ziel ihrer Reise blieb ihr Geheimnis. Aber sie baten Linette, sie bis ans Meer zu begleiten.

Neunzehntes Kapitel
Ungebetener Besuch

Magnolia erwachte vom Rauschen des Regens vor ihrem Fenster. Es war ein wunderbares, behagliches Geräusch. Vor allem, wenn man wusste, dass heute ein Feiertag war und man im Bett bleiben konnte, solange man wollte. Verschlafen griff sie nach ihrem Wecker, der neben ihr auf dem Nachttisch stand.

Ups, es war weit nach Mittag. Magnolia ließ sich zurück in ihr Kissen fallen und starrte an die Decke. Ein Lächeln huschte über ihr Gesicht, als sie an den vergangenen Abend dachte. Sie fing gerade an, ihre Gefühle zu sortieren, als es an die Zimmertür klopfte und Tante Linette hereinschaute.

»Na, endlich ausgeschlafen?«, fragte sie brummig.

»Beinah«, sagte Magnolia. »Ich wollte gerade aufstehen.«

»Tu das nicht. Es lohnt kaum noch!«

Die junge Hexe verdrehte die Augen. »Ich habe keine Ahnung, weshalb du keinen Schlaf brauchst. Hängt vermutlich mit dem Alter zusammen.«

»Alter? Pah, von mir kann sich so mancher Grünschnabel noch eine Scheibe abschneiden«, grunzte ihre Tante. »Ich wollte dir auch bloß mitteilen, dass ich für ein paar Tage unterwegs sein werde.«

Nun war Magnolia hellwach. »Du fährst weg?« Ihre Tante nickte. »Wohin?«

»Ans Meer. Die Spinnerinnen rüsten sich für die Weiterreise und haben mich gebeten, sie bis dorthin zu begleiten.«

»Finden sie den Weg denn nicht allein?«

Linette schüttelte den Kopf. »Sie müssen hoch bis nach Dänemark und rüber nach Schottland.«

»Dann bist du heute Nacht nicht da?«

Ihre Tante nickte. »Ich weiß nicht, wie lange wir unterwegs sein werden. Es hängt davon ab, wie schnell die Ponys sind und welche Pfade wir benutzen. Ein, zwei Tage wird es sicher dauern. Aber mach dir keine Sorgen. Ich melde mich zwischendurch bei dir und bitte Jeppe, ein Auge auf dich zu haben.«

»Ach, nö. Das muss nun wirklich nicht sein. Ich kann gut auf mich alleine aufpassen!«

»Schnickschnack! Sicher ist sicher.« Tante Linette zwinkerte ihr kurz zu und war in der nächsten Sekunde ohne ein weiteres Wort aus dem Zimmer verschwunden.

Einen Moment starrte Magnolia wie paralysiert an die Zimmerdecke. Dann kam Leben in sie. Sturmfrei, schoss es ihr durch den Kopf. Sie sprang aus dem Bett, zog sich an und saß zwei Minuten später vor ihrer Kristallkugel.

Der pinkfarbene Rauch verzog sich, und Jörna blickte ihr strahlend entgegen. »Na, auch schon wach?«

»Fast«, sagte Magnolia. »Tante Linette hat mich geweckt.«

»Gut. Ich habe nämlich schon viermal bei dir angerufen.«

»Ist etwas passiert?«, wunderte sich Magnolia.

»Nö«, sagte Jörna. »Es gibt nichts Besonderes. Ich wollte mit dir nur über gestern Abend sprechen. Aber jetzt ist es dafür zu spät. Elon holt mich in fünf Minuten ab. Wir wollen im Kino irgendeinen Vampirfilm gucken.«

»Ach so.« Magnolia klang enttäuscht.

Gleich wurde Jörna hellhörig. »Ist bei dir etwas passiert?«

»Nein, nichts. Tante Linette ist nur heute Abend nicht da, und da hätten wir es uns gemütlich machen können.«

»Wirklich schade«, sagte Jörna. »Warum passiert bloß immer alles auf einmal?«

»Halb so schlimm«, beruhigte Magnolia sie.

»Frag doch Leander, der leistet dir bestimmt gerne Gesellschaft«, flüsterte Jörna.

Magnolia lachte. »Schon möglich. Also, viel Spaß im Kino. Vielleicht sehen wir uns morgen.«

Die Kugel füllte sich mit Rauch, und die Verbindung war unterbrochen. Schade. Magnolia hätte zu gerne mit Jörna über alles gesprochen. Sie überlegte gerade, ob sie Leander einladen sollte, da bekam sie eine SMS.

He, kleine Hexe. War echt schön gestern. Werde den ganzen Abend an dich denken, während ich meinen Verwandten vorgeführt werde. Freue mich umso mehr auf morgen. Wir sehen uns in der Schule. XX

Na toll. Magnolia warf ihr Handy aufs Bett. Nun konnte sie nur noch hoffen, dass ihr nicht ausgerechnet Jeppe Gesellschaft leisten wollte.

Missmutig stapfte sie in die Küche hinunter und trank ein Glas Milch. Tante Linette war nirgends zu sehen, und Magnolia machte sich auf die Suche nach ihr. Vor der Haustür blieb sie stehen. Der Regen rauschte nur so aus den Wolken, und die drei Spinnerinnen hatten die Ponys bereits angespannt. Die Zahl derer, die gekommen waren, um ihnen zum Abschied noch einmal zuzuwinken, hielt sich in Grenzen.

Tante Linette kam durch den Garten auf sie zu und schüttelte unter dem Reetdach ihren Hexenhut kräftig aus.

»So ein Wetter«, schimpfte sie. »Aber ich glaube, die Spinnerinnen sind bereit. Ich werde nur noch meinen Besen holen, und dann kann es losgehen.«

Sie pfiff auf zwei Fingern, und Hugin kam aus dem Schrank geschossen.

»Dann bis bald, Schätzchen«, sagte Linette. »Und keine Dummheiten, wilde Partys oder Ähnliches. Verstanden?«

»Logisch, Tante Linette.«

»Ach ja, und verriegele das Haus und schließe die Fensterläden. Mir ist nicht ganz wohl, wenn ich an den Unterirdischen denke.«

Milauro. An den hatte Magnolia überhaupt nicht mehr gedacht. Sie würde das Haus verrammeln und verriegeln, so viel war klar.

»Und wie gesagt, Jeppe wird ein Auge auf dich haben.«

»Bloß nicht!«, winkte Magnolia ab. »Ich schaff das schon.«

»Na gut.« Linette schnappte sich ihren Besen und saß wenig später neben Columbina auf dem Kutschbock. Die läutete zum Abschied noch einmal die große Glocke und bimmelnd und winkend fuhren die drei Spinnerinnen wieder fort.

Magnolia sah ihnen noch eine Weile nach und ging dann zurück ins Haus. Sie suchte nach etwas zu essen und setzte sich damit im Wohnzimmer neben den dicken Ofen, um in aller Ruhe ein Buch über Baumgeister zu lesen, das sie in Tante Linettes Bibliothek gefunden hatte.

Es war unglaublich, wie viele Bäume von Geistern bewohnt wurden. Die höchste Dichte an Geisterwesen fand sich übrigens im Holunderbusch. Gefolgt von Haselnuss und Erle.

Obwohl sie das Thema interessierte, konnte Magnolia sich nicht richtig konzentrieren, und schon bald legte sie das Buch wieder beiseite. Es fühlte sich seltsam an, so allein im Haus zu sein, wenn man Gesellschaft gewohnt war. Ohne es zu wollen, nahm sie Geräusche wahr, die ihr sonst nie besonders aufgefallen waren. Das Knacken der Holzscheite im Ofen. Das Ticken der alten Standuhr in der Diele und das leise Schlagen eines losen Fensterladens, wenn eine Windböe hineingriff.

Auf einmal fühlte Magnolia sich beobachtet. Ein unangenehmes Gefühl, das ihr einen Schauer über den Rücken jagte. Beunruhigt trat sie ans Fenster und sah in den regennassen Garten hinaus. Es wurde schon fast wieder dunkel. Ihr Gesicht spiegelte sich in der Fensterscheibe, und

Magnolia musste unwillkürlich an Milauro denken. Blitzschnell machte sie sämtliche Fensterläden im Haus zu, verschloss die Haustür und legte auch einen Riegel vor die beiden Türen des Bauernschranks. Sollte Jeppe doch jemand anderem auf die Nerven gehen. Seine Gruselgeschichten waren wirklich das Letzte, was sie heute Abend gebrauchen konnte. Danach fühlte sie sich einigermaßen sicher. Sie zündete die Lampen im Haus an und kehrte mit einer Tasse Tee zu ihrem Platz am Ofen zurück. Nun, da das Haus verschlossen war, fiel es ihr nicht mehr schwer, sich in ihr Buch zu vertiefen.

Magnolia konnte nicht sagen, wie lange sie gelesen hatte. Ihr Tee war darüber kalt geworden, als es unerwartet und laut an der Haustür klopfte. Erschrocken fuhr sie zusammen. Es klopfte erneut, und ihr blieb nichts anderes übrig, als nachzusehen, wer bei diesem Wetter hier rausgekommen war. Neugierig öffnete sie ein winziges Fenster und spähte hinaus. Professor Schnuck stand im Mantel und mit hochgeschlagenem Kragen vor der Tür und lächelte sie an.

»Hallo, Magnolia«, begrüßte er sie und hielt eine kleine Tüte in die Höhe. »Rate mal, was ich hier habe.«

»Oh!«, sagte Magnolia und überlegte im selben Moment, wie er ganz ohne Auto bei diesem Wetter hergekommen war.

»Sie bringen mir mein Parfüm?«, fragte sie, obwohl sie die Antwort bereits kannte.

»Richtig.« Meister Schnuck sah sie abwartend an. »Ich würde es dir gerne geben, aber es ist verflixt ungemütlich hier draußen.«

Magnolia zögerte noch eine Sekunde, dann öffnete sie die Tür und ließ ihren Chef herein.

Mit flinken Augen sah er sich um. »Hier wohnst du also mit deiner Tante. Ich freue mich schon lange darauf, sie kennenzulernen.«

Magnolia hatte kein gutes Gefühl. Sie räusperte sich. »Tante Linette macht gerade einen Besuch, wird aber bald wieder zurück sein«, log sie und versuchte ein Lächeln.

Meister Schnucks Augen blitzten. Und für eine Sekunde glaubte Magnolia, er hätte ihren Schwindel durchschaut. »Schade!«, sagte er dann.

Magnolia stand ein wenig unschlüssig herum. Sie hatte keine Lust, den Abend mit Meister Schnuck zu verbringen. Dann besann sie sich jedoch auf ihre guten Manieren. »Kommen Sie doch ins Wohnzimmer und wärmen sich auf. Es ist ein recht lausiges Wetter.«

»Du sagst es.« Meister Schnuck zog seinen Mantel aus und hängte ihn an die Garderobe. Dann ging er voraus und setzte sich unaufgefordert in Tante Linettes Ohrensessel.

»Möchten Sie eine Tasse Tee?«, fragte Magnolia höflich.

Zu ihrer Erleichterung lehnte Meister Schnuck ab.

»Der Duft ist heute Abend fertig geworden«, erklärte er. »Und da ich weiß, wie sehr du darauf wartest, habe ich mich gleich zu dir auf den Weg gemacht.« Er stellte die kleine Papiertüte auf den Tisch und wollte gerade das Parfümfläschchen herausholen, als sich zeigte, dass er Probleme mit der Koordination seiner Hände hatte. Während die eine Hand in die Tüte hineingreifen wollte, zog die andere sie weg. Einmal und noch einmal. Meister Schnuck holte tief Luft und versuchte es erneut. Blitzschnell griff die Rechte zu, doch die Linke war schneller, und er fasste wieder ins Leere. Ihm war deutlich anzusehen, wie sehr er dieses Schauspiel verabscheute. Dann konzentrierte er sich. Und plötzlich schoss seine rechte Hand vor. Statt nach der Tüte zu greifen, packte sie diesmal die Linke und presste sie so stark zusammen, dass es krachte.

Magnolia verzog schmerzhaft das Gesicht, während ihr Chef so tat, als wäre nichts geschehen. Ohne Probleme zog er den kleinen Flakon heraus und stellte ihn vor Magnolia auf den Tisch.

»Für dich«, sagte er und sah sie mit starrem Blick an. Magnolia fühlte sich mehr als unwohl.

»Danke«, murmelte sie. »Aber das hätte doch auch Zeit bis morgen gehabt.«

»Oh nein. Du hast lange genug darauf gewartet!«, erwiderte Meister Schnuck und ließ sie noch immer nicht aus den Augen.

Vorsichtig öffnete Magnolia das Fläschchen und träufelte einen Tropfen auf ihr Handgelenk. Es roch genauso wunderbar, wie sie es in Erinnerung hatte.

Alles Unbehagen war vergessen, und sie sah den Professor freudig an. »Ich weiß gar nicht, was ich sagen soll. Vielen Dank, dieser Duft ist fantastisch … Sie sind ein Genie!«

»Du darfst nicht zu sparsam damit umgehen. Das Parfüm ist sehr flüchtig und braucht eine gewisse Zeit, um seine Wirkung zu entfalten.«

Schnell tupfte Magnolia sich noch ein paar Tropfen auf den Hals und hinter die Ohren.

Zufrieden lehnte sich Meister Schnuck zurück. Magnolia erschrak über das wölfische Lächeln, das sein Gesicht plötzlich ganz fremd und spitz aussehen ließ.

»Zuerst riechst du die Kopfnote. Die Basisnote entwickelt sich erst später auf deiner Haut, und ich hoffe sehr, dass dir dieses Parfüm dann noch immer gefällt.« Mit diesen Worten erhob er sich aus dem Sessel und machte sich auf den Weg in die Diele.

»Ganz sicher, vielen Dank«, sagte Magnolia und folgte ihrem Chef. Sie war froh, dass er schon gehen wollte, und schloss die Tür hinter ihm sorgfältig ab. Dann kehrte sie ins Wohnzimmer zurück und schnupperte noch einmal an ihrem Handgelenk. Tatsächlich, Meister Schnuck hatte recht. Jetzt mischte sich noch eine weitere Note in diesen Duft. Wild und frei roch es. Und das gefiel Magnolia beinah noch besser.

Auf ihr Buch konnte sie sich nun nicht mehr konzentrieren. Obwohl sie bis zum Nachmittag geschlafen hatte, wurde sie auf einmal bleiern müde. Mit schweren Beinen stieg sie hinauf in ihren Turm und fiel der Länge nach aufs Bett. Eine Sekunde später war sie auch schon eingeschlafen.

Vielleicht hatte sie etwas Falsches gegessen? Oder es lag daran, dass sie komplett angezogen auf ihrem Bett lag. Jedenfalls träumte sie so lebendig wie seit Langem nicht mehr. Zuerst war es nur ein Klirren in ihrem Kopf, doch dann kristallisierte sich eine Stimme heraus. Die Stimme einer Frau, die ihr seltsam bekannt vorkam. Sie klang besorgt. Und Magnolia brauchte eine ganze Weile, bis sie verstand, was die Stimme sagte.

»Gefahr … du bist … Gefahr …«, raunte es unablässig in ihrem Innern, und plötzlich wusste Magnolia, dass es die Banshee war, die zu ihr sprach.

Doch da war noch eine zweite, eindringliche Stimme, die nach ihr rief: »Reise, Magnolia, auf den Schwingen der Nacht … Reise … Magnolia!«

Keuchend fuhr Magnolia auf. Es war mitten in der Nacht, und sie hatte hämmernde Kopfschmerzen. Was für ein scheußlicher Traum! Er hing noch immer in der Luft, so als müsste man bloß die Hände nach ihm austrecken, um ihn zurückzuholen.

Magnolia stand auf und trank einen Schluck klares Wasser. Dann legte sie sich wieder ins Bett und fing erneut an zu träumen.

Diesmal stand sie an einem Fluss. Alles war in graues Licht getaucht, und sie hörte ein Wehklagen, wie sie es noch nie zuvor gehört hatte. Sie trat näher ans Ufer und sah eine alte Frau Tücher waschen. Doch dort, wo die Tücher das Wasser berührten, färbte es sich rot. Magnolia stöhnte auf. Sie warf sich so unruhig von einer zur anderen Seite, bis sie schließlich schweißgebadet erwachte.

Ihr Kopf schmerzte noch immer, doch diesmal wurde es draußen schon hell.

Zwanzigstes Kapitel
Süßes Gift

Obwohl es eigentlich noch zu früh war, stand Magnolia auf und ging unter die Dusche. Sie stellte sich vor, wie das klare Wasser all die dunklen Träume von ihr abwusch und sie gurgelnd im Abfluss verschwanden. Ganz allmählich ließen auch die Kopfschmerzen nach, und sie wurde endlich richtig wach.

Etwas lag ihr ganz sicher quer im Magen. Anders ließen sich solche Träume nicht erklären. Sie stieg aus der Dusche und träufelte etwas von dem himmlischen Parfüm auf ihr Handgelenk. Magnolia lächelte. Sie war gespannt, was Birte und Merle in der Schule dazu sagen würden.

Anschließend kochte sie sich eine Tasse Tee, biss lustlos in eine Scheibe Toastbrot und zuckte nervös zusammen, als jemand lautstark gegen die Schranktür in der Diele trommelte.

Unwillig stand Magnolia auf und schob den Riegel beiseite. Sie hatte die Schranktür kaum geöffnet, da drängte Jeppe auch schon heraus.

»Bist du verrückt geworden? Weshalb versperrst du den Schrank?«, fuhr der Kobold sie wütend an. »Deine Tante hat mir aufgetragen, nach dir zu sehen, und ich habe keine Lust, ihr zu erklären, warum ich es nicht getan habe!«

Magnolia kümmerte sich nicht um ihn. Wortlos drehte sie um und ging zurück in die Küche. Doch Jeppe ließ sich nicht so leicht abschütteln.

Er folgte ihr und schnüffelte laut und geräuschvoll. »Was riecht hier so komisch? Bist du das?«

»Wie bitte?« Empört sah Magnolia den Kobold an. »Ich habe eben geduscht.«

»Hier stinkt's!«, beharrte Jeppe.

»Erst, seit du aus dem Schrank gestiegen bist!«, blaffte Magnolia. Er sollte sie gefälligst in Ruhe lassen.

»Hast du was gegen Kopfschmerzen?«, fragte sie dann.

Jeppe schüttelte den Kopf. »Du solltest einfach mal lüften.« Mit einem Satz sprang er auf die Fensterbank, stieß die Fensterläden weit auf und ließ die kühle, feuchte Luft ins Zimmer. Ausnahmsweise hatte der Kobold recht. Magnolias Kopfschmerzen wurden tatsächlich erträglicher.

»So ist es besser«, stellte der Kobold fest. Dann sah er die Hexe aufmerksam an. »Und – hast du die Nacht ohne dein Tantchen gut überstanden?«

Magnolia verdrehte genervt die Augen und sah an dem Kobold vorbei aus dem Fenster. »Logisch!«, sagte sie. »Was kann an einem einzigen Abend schon passieren?«

»Och, da fällt mir eine ganze Menge ein. Zum Beispiel ...«

Aber Magnolia winkte ab. »Verschwinde, Kobold!«

»Ist der Jungfer Riesengroß etwa eine Laus über die Leber gelaufen?«

»Ich habe höllische Kopfschmerzen, also verzieh dich, bevor ich nachhelfe!«

»Ich gehe, wann es mir passt. Verstanden? Und im Augenblick passt es mir nicht.« Mit verschränkten Armen setzte sich Jeppe trotzig auf das Fensterbrett und schlenkerte mit den Beinen. Magnolia schnappte sich wütend ihren Becher und verschwand nach oben in ihren Turm. Dort ließ sie sich auf das Bett fallen und schlürfte den Tee in kleinen Schlucken. Ihr Blick fiel auf das kleine Parfümfläschchen auf ihrem Schreibtisch. Die Form des Zaunkönigs war wirklich süß. Sie roch an ihrem Handgelenk. Leider hatte Meister Schnuck recht, der Duft hielt wirklich nicht besonders lange. Sie nahm noch ein paar Tropfen und ließ sich zurück auf ihr Bett fallen. Es roch himmlisch. Vielleicht konnte sie bei Meister Schnuck in die Lehre gehen und in ein paar Jahren selbst so fantastische Düfte kreieren.

Ein Blick zur Uhr sagte ihr, dass sie zur Schule musste. Schwerfällig stand sie auf und stopfte ihre Schulbücher in den Rucksack. Ausgerechnet heute hatte sie überhaupt keinen Bock auf Frau Mümmel und die anderen Schnarchnasen in ihrer Klasse.

Magnolia wollte gerade los, da füllte sich ihre Kristallkugel mit weißem Nebel, und es krächzte: »Alles raus hier … alles raus hier …!«

Der blöde Ton nervte sie inzwischen selbst. Der Nebel verzog sich und machte dem Gesicht ihrer Tante Platz. »Guten Morgen, Täubchen. Na, kommst du klar?«

Magnolia antwortete nicht darauf. Anscheinend hielten sie alle für blöd.

»Ich wollte dir nur sagen, dass ich mich jetzt auf den Rückweg mache. Heute Abend bin ich wieder zu Hause. Du freust dich doch, oder?«

»Und wie!«, sagte Magnolia, und es klang genauso wenig begeistert, wie es gemeint war.

»Alles in Ordnung?«

»Na sicher! Oder glaubst du, ich kann nicht einen Tag alleine bleiben?«

Das war sehr unfreundlich, und Linette krauste unwillig die Stirn.

»Tschuldigung«, nuschelte Magnolia. »Ich habe nicht besonders gut geschlafen, außerdem habe ich höllische Kopfschmerzen, und Jeppe hat mich vor drei Minuten genau das Gleiche gefragt.«

Jetzt war ihre Tante beruhigt und nickte zufrieden. »So hatte ich es ihm aufgetragen. Also gut. Ich will dich nicht länger aufhalten. Wir sehen uns heute Abend!«

Der Rauch kehrte in die Kugel zurück, und Tante Linettes Gesicht war verschwunden. Erleichtert atmete Magnolia auf. Beim Verlassen des Zimmers schnappte sie sich den kleinen Flakon und war einen winzigen Augenblick versucht, noch etwas von dem Parfüm zu nehmen. Aber das wäre nun wirklich übertrieben gewesen. Also steckte sie den Duft zu den Schulbüchern in ihren Rucksack und machte sich auf den Weg.

Obwohl sie rechtzeitig losgefahren war, kam sie erst auf den letzten Drücker an. Birte und Merle grinsten noch immer, wenn sie Magnolia sahen. Was bewies, dass sie mit dem Thema Leander noch nicht durch waren. Heute fühlte sich Magnolia auch davon genervt.

»Na, ihr zwei Lachmöwen!«, begrüßte sie ihre Freundinnen und warf den Rucksack so schwungvoll auf den Tisch, dass das kleine Fläschchen herausrollte.

»Oh, hast du endlich auch ein neues Parfüm?«, fragte Birte und griff nach der Flasche.

Doch Magnolia war schneller und schnappte sie ihr weg. »Was meinst du mit neu? Im Gegensatz zu dir habe ich kein anderes.«

»Oh, schon gut … schon gut.« Birte hob abwehrend die Hände. »Da hat wohl jemand verdammt schlecht geschlafen?«

Magnolia bekam ein schlechtes Gewissen. »Tschuldigung«, murmelte sie. »Ich habe schon die ganze Zeit Kopfschmerzen. Magst du mal riechen?« Sie hielt Birte das Fläschchen hin und hatte Glück, dass diese so gutmütig war. Ohne ein weiteres Wort öffnete Birte den Verschluss und roch daran. »Wow, riecht super. Hast du es drauf?«

Magnolia nickte. »Logisch.« Sie hielt ihr ihren Arm unter die Nase.

Birte schnupperte erneut. »Zum Anbeißen!«

»Das denkt Leander hoffentlich auch«, kicherte Merle und zog Magnolias Arm neugierig zu sich heran. »Ich rieche kaum etwas.«

Magnolia träufelte etwas Parfüm nach und wedelte mit ihrem Arm, um den Duft besser zu verteilen. Dann ließ sie Merle erneut riechen. »Mmmm, lecker.«

Magnolia verzog das Gesicht zu einem Lächeln, und Birte sah sie mitleidig an. »Sind die Kopfschmerzen so schlimm?«

Magnolia nickte. Birte kramte wortlos in ihrer Federtasche und zog eine Tablette heraus. »Ich hatte gestern auch Kopfweh. Mein Vater hat mir zwei Tabletten mitgegeben. Die hier ist über, du kannst sie haben.«

Dankbar nahm Magnolia die Tablette entgegen und spülte sie mit einem Schluck Wasser herunter.

Kurze Zeit später ging es ihr deutlich besser, und sie freute sich darauf, Leander in der Pause wiederzusehen.

Mit Birte und Merle machte sie sich auf die Suche und fand ihn zwischen seinen Freunden auf der anderen Seite des Schulhofs. Wie selbstverständlich ging sie zu ihm und begrüßte ihn mit einem Kuss. Dass manche Mädchen deswegen reichlich genervt aussahen, freute sie dabei ganz besonders. Magnolia wunderte sich über sich selbst. Und fragte sich, woher diese Gefühle plötzlich kamen. Bisher hatte sie sich nie als Zicke empfunden. Aber so, wie sie sich jetzt benahm, konnte sie Samantha locker das Wasser reichen.

»He, Baby. Schön, dich zu sehen«, sagte Leander scherzhaft und zog sie zu sich heran. Magnolia verzog das Gesicht. Sie hasste es, Baby genannt zu werden.

»Du ahnst nicht, was ich gestern durchgemacht habe. Zwei meiner Cousinen waren da, und ich musste mir die ganze Zeit ihr blödes Gekicher anhören.«

»Du Ärmster«, murmelte Magnolia abwesend. Normalerweise hätte sie sich sicher für Leanders Cousinen interessiert. Heute aber konnte sie sich kaum auf das Gespräch konzentrieren.

»Und du?« Leander sah sie fragend an.

»Wie?« Magnolia war nicht bei der Sache.

»Was hast du gestern den ganzen Tag gemacht?«

»Ich habe die meiste Zeit geschlafen. Bis meine Tante ins Zimmer geguckt hat, um mir zu sagen, dass sie die Spinnerinnen bis ans Meer begleitet und über Nacht wegbleiben wird.«

»Du warst die ganze Zeit alleine?«

»So ungefähr. Abends stand dann allerdings ...« Eigentlich wollte Magnolia sagen, dass Meister Schnuck vor der Tür gestanden hatte. Doch stattdessen sagte sie: »... Jeppe vor der Tür.«

Erschrocken schlug sie die Hand vor den Mund. Und Leander sah sie erstaunt an. »Was ist so schlimm daran?«

»Nichts. Aber eigentlich wollte ich sagen ... Mei... Er ist mir ziemlich auf die Nerven gegangen.«

Magnolia brach der Schweiß aus. Ihr Herz fing wie wild an zu klopfen, und Angst schoss ihr wie glühende Lava durch die Adern. Was war das? Weshalb konnte sie nicht sagen, dass Meister Schnuck vor der Tür gestanden hatte, um ihr das Parfüm zu bringen?

Sie startete einen erneuten Versuch. »Gestern Abend stand ganz unerwartet ...« Sie holte Luft. »M... M...« Es ging nicht. Hektisch glitt ihr Blick über die Schüler, die von der Cafeteria mit ihren Getränken zurück in ihre Klassenzimmer gingen.

»Gestern stand ganz plötzlich ... M... Milchshake«, platzte es aus ihr heraus.

»Was?«, fragte Leander belustigt.

Magnolia wurde rot und holte tief Luft. »Milchshake«, sagte sie noch einmal. Es war unglaublich.

»Möchtest du einen?«

In diesem Moment läutete es zur Stunde. »Nein danke. Später vielleicht.« Magnolia wollte nur noch weg. Sie musste dringend nachdenken und ausprobieren, warum sie »Meister Schnuck« nicht über die Lippen brachte.

»Sehen wir uns nachher?« Hoffnungsvoll sah Leander sie an. »Wir könnten zum See in Hackpüffel gehen und zusehen, wie sächsische Rotmützenelfen für das Turnier nächste Woche üben.«

Magnolia schmolz dahin wie Eis in der Sonne. »Klar, gerne. Holst du mich nachher ab?«

»Mach ich. Bis später!« Leander gab ihr einen flüchtigen Kuss und beeilte sich, in seine Klasse zu kommen.

Magnolia blieb mitten auf dem Schulhof stehen. »Meister Schnuck«, sagte sie probehalber. Kein Problem. Sie versuchte es erneut und lief dann erleichtert zum Unterricht. Sie betrat die Klasse gleichzeitig mit Herrn Grothe, ihrem Geografielehrer. Er schaute sie mit gerunzelter Stirn an.

»Wo hast du so lange gesteckt?«, flüsterte Birte.

»Na, wo wohl!«, murmelte Merle.

»Gestern Abend stand unangemeldet M… M…«, versuchte Magnolia es erneut.

»Hä?« Birte sah sie fragend an.

Herr Grothe warf ihr einen strengen Blick zu.

»Magnolia, wie sieht es aus mit deinem fulminanten Wissen in Sachen Geografie?« Magnolia schluckte.

»Habe ich mir beinahe gedacht. Versuche trotzdem, Mazedonien auf der Karte zu finden.«

Die ganze Stunde war ein Desaster. Magnolia war nicht bei der Sache, denn sie versuchte die ganze Zeit herauszufinden, weshalb sie Schnucks beknackten Namen nicht aussprechen konnte.

Nach dem Unterricht wollte sie nur noch nach Hause. Wenn doch Tante Linette bloß schon zurück wäre. Zu allem Überfluss kehrten jetzt auch die Kopfschmerzen mit aller Macht zurück. Magnolia ging zu den Fahrradständern und presste sich die Hand gegen die Schläfe. »Verdammt!«, murmelte sie und machte sich so schnell wie möglich auf den Heimweg.

Vor Meister Schnucks Geschäft gab sie noch einmal richtig Gas. Unter keinen Umständen wollte sie ihm heute begegnen. Ihr Rad holperte über das Kopfsteinpflaster. Sie war schon fast am Laden vorbei, als sich die Tür öffnete und Meister Schnuck heraustrat. »Magnolia!«, rief er mit dröhnender Stimme.

Sofort sprang Magnolia in die Bremse. Sie bremste so stark, dass sie ausrutschte und auf dem Pflaster landete. Warum, konnte sie nicht erklären. Blinder Gehorsam war normalerweise keine ihrer Stärken.

»Komm bitte kurz in den Laden.« Meister Schnucks Bitte war ein Befehl.

Kein Wort des Bedauerns über ihren Sturz. In Magnolia regte sich Widerstand. Sie fühlte inzwischen deutlich, dass sie seine Gesellschaft verabscheute.

»Keine Zeit!«, wollte sie sagen. Heraus kam: »Sicher, gerne!« Die ausgesprochenen Worte hallten in ihrem Kopf. Gerne??? Was zum Teufel redete sie da, war sie irre?

Sie fühlte ihren Herzschlag bis zum Hals. Nicht nur, dass sie diese Worte ausgesprochen hatte. Nein, sie hob auch schon brav ihr Rad auf und steuerte auf das Geschäft zu. Wortlos, als hätte Meister Schnuck nichts anderes von ihr erwartet, ging er zurück in den Laden, und Magnolia folgte ihm.

Wegen Inventur geschlossen stand auf einem Schild, das gut sichtbar in der Ladentür hing.

Magnolia wollte nur noch weg, und zwar sofort! Aber ihre Beine gehorchten ihr nicht. Wie ein Schaf auf dem Weg zur Schlachtbank setzte sie einen Fuß vor den anderen.

»Dein Sträuben wird dir nichts nützen!« Plötzlich war Meister Schnucks Stimme tief in ihrem Gehirn. Wie kam sie da rein?

Magnolias Gedanken schossen wie Kugelblitze durch ihren Kopf. »Blockieren, blockieren!«, schrie es in ihr. Doch sie konnte sich nicht konzentrieren.

Meister Schnuck war bereits die Kellertreppe hinabgestiegen, und Magnolia trabte noch immer willenlos hinter ihm her.

Aus dem Labor kamen Stimmen. Magnolia wollte gar nicht wissen, zu wem sie gehörten. Dann stand sie in der Tür und prallte entsetzt zurück. Rauchschwaden zogen durch den finsteren Raum und erfüllten ihn mit einem beißenden Geruch. Mit einem Blick erfasste Magnolia das Geschehen. Meister Schnuck saß am Tisch, so als hätte er die ganze Zeit dort gesessen, und beendete seelenruhig seine Mahlzeit. Er tunkte schimmelgrünes Brot in eine graue Sauce auf seinem Teller und verschlang es schmatzend. Milauro stand ihm gegenüber. Er trug eine tote Ziege über seinen Schultern und grinste Magnolia kaltblütig an. Entsetzt huschte ihr Blick von einem zum anderen und blieb am Professor hängen. Sein Gesicht hatte die rundliche Form verloren, es war jetzt wächsern und spitz.

Magnolia stieß einen würgenden Laut aus. Sie hatte das schlimmste Déjà-vu ihres Lebens. Genauso hatte Graf Raptus dagesessen, als sie ihn zum ersten Mal gesehen hatte. Zu allem Überfluss klingelten leise ein paar Glöckchen, und ein Gnom trat aus einer dunklen Nische ins funzelige Licht.

Jetzt war ihr alles klar. Magnolia wurde schwarz vor Augen. Es fühlte sich an, als würde sie jeden Moment das Bewusstsein verlieren.

»Einen Stuhl, Goldemar!«, verlangte Meister Schnuck, oder war es bereits Graf Raptus, der da sprach? Sogar die Stimme glich nicht mehr der von Meister Schnuck. Sie war hell und weich wie ein Schmerz, den man nicht greifen kann. Gerade rechtzeitig schob der Gnom Magnolia einen Stuhl hin, dann gaben ihre Beine auch schon nach.

»Du kannst gehen, Milauro«, sagte der Meister und wischte mit dem letzten Stück Brot den Teller sauber. Milauro zog seinen Hut ins Gesicht und verließ wortlos den Raum.

»Atme!«, befahl Magnolia sich. »Atme!« Dann öffnete sie die Augen und presste die Hand an ihre Schläfe.

Langsam drehte sich Meister Schnuck zu ihr um und musterte sie aus seelenlosen Augen.

»Kopfschmerzen?«, fragte er dann.

Magnolia antwortete nicht. »Nimm etwas von deinem Parfüm, dann wird es erträglicher.« Meister Schnuck lehnte sich in seinem Stuhl zurück. Magnolia biss sich auf die Lippen, bewegte sich aber nicht.

»Ich sagte, nimm noch etwas von dem Parfüm!« Das war ein Befehl, und ob Magnolia wollte oder nicht, sie musste gehorchen. Verzweifelt schüttelte sie den Kopf, während ihre Hände gleichzeitig nach dem Fläschchen in ihrer Tasche suchten. Es war ein Zwang, dem sie nichts entgegenzusetzen hatte. Sie träufelte einige Tropfen auf ihr Handgelenk, und der Schmerz war augenblicklich verflogen.

»Es ist das Parfüm, oder?«

Meister Schnuck starrte sie einen Moment lang schweigend an. »Es ist auch das Parfüm«, bestätigte er dann.

»Es hat die Kopfschmerzen doch ausgelöst. Weshalb hören sie jetzt auf?«

»Es dauert immer ein bisschen, bis sich ein Körper daran gewöhnt hat.«

»Gewöhnt? An was?« Magnolia kannte die Antwort.

»An das Gift.«

»Was wollen Sie von mir?« Ihre Stimme klang hilflos und heiser.

Meister Schnuck, oder besser, DAS, was in ihm steckte, verzog das Gesicht zu einem höhnischen Lächeln, dann wurde seine Stimme laut. »Zuallererst will ich meinen Körper zurück. Diese fette Larve, in der ich stecke, ist meiner Person absolut unwürdig.«

Er ist genauso größenwahnsinnig wie damals, schoss es Magnolia durch den Kopf.

»Hüte deine Gedanken, Hexlein!« Jetzt war es endgültig der Graf, der aus Meister Schnuck sprach. »Du zwingst mich sonst, dir eine Lektion zu erteilen.«

Magnolia fühlte den scheußlichen Zwang, sich selbst zu verletzen. Sie fasste sich in die Haare und riss so fest daran, bis sie ein Büschel in der Hand hielt. Es tat weh, aber ihr kam kein Laut über die Lippen.

»Was soll das?«, fragte sie gepresst. Der Graf sollte nicht merken, wie sehr ihr nach Heulen zumute war.

»Das war lustig!«, meinte der Graf zufrieden. »Du merkst dir dieses Gefühl hoffentlich und stellst mich nicht noch einmal auf die Probe.«

Die Kälte floss wie Eiswasser durch ihren Körper. »Sie wollen mich umbringen.« Es war mehr eine Feststellung als eine Frage.

Graf Raptus schnippte sich beiläufig einen Brotkrümel vom Revers. »Später!«, sagte er. »Doch vorher gibt es noch einiges, das du für mich erledigen kannst. Wie gesagt. Ich will meinen Körper zurück, und du kannst mir dabei helfen. Wenn ich richtig verstanden habe, bist du heute Nachmittag mit einem Elfen verabredet. Für meine Genesung …«

Magnolia wurde übel. So übel, dass sie sich auf der Stelle übergab. »Nein!«, keuchte sie.

»Goldemar, wisch das auf«, verlangte der Graf, und an Magnolia gewandt: »Weshalb regst du dich so auf? Du weiß doch, wie wertvoll magisches Blut ist.«

»Wenn … wenn Sie Rache wollen, dann nehmen Sie mich. Ich bin bereit, alles zu tun …«

Der Graf sah sie kalt an. »Da bin ich ganz sicher. Nimm noch etwas Parfüm, dann beruhigst …«

»Niemals!«, schrie Magnolia und schleuderte den Flakon quer durch den Raum.

Der Graf lachte. »Wie dumm du bist. Ich brauche das Parfüm nicht. Es hat seinen Zweck längst erfüllt und mir die Pforte zu deinem Inneren geöffnet. Aber dich wird es innerlich zerreißen, wenn du darauf verzichtest. Entscheide selbst. Du kannst den leichten oder den schweren Weg gehen.«

Magnolia hatte das Gefühl zu ersticken.

»Goldemar, hol ein neues Fläschchen!«

Der Gnom tippelte auf seinen kurzen dünnen Beinen los und kehrte augenblicklich mit einem neuen Flakon zurück. Ohne zu fragen, bespritzte er Magnolia von Kopf bis Fuß mit dem Parfüm und steckte die Flasche dann in ihren Rucksack.

Der Graf war mit der Entwicklung der Dinge mehr als zufrieden. »Schön, schön«, summte er. »Dann geh jetzt nach Hause. – Ach ja, aus deiner Verabredung mit deinem Elfen in Hackpüffel wird nichts. Sag ihm, du erwartest ihn stattdessen am Teufelsberg.«

Magnolia schüttelte den Kopf. Der Graf beachtete diese Geste nicht weiter. »Du wirst dich wundern, wie schnell du Übung im Lügen bekommst«, versicherte er. »Und jetzt ruf ihn an!«

Magnolia fühlte sich leer. Sie griff nach ihrem Handy und wählte mit zitternden Fingern Leanders Nummer.

Einundzwanzigstes Kapitel
Der dunkelste Tag im Leben

Magnolia wollte sich das Handy vom Ohr reißen. Es zertreten oder in einer der brodelnden Chemikalien versenken. Aber sie rührte keinen Finger. Wie erstarrt presste sie es gegen ihr Ohr und lauschte dem Klingeln.

»Bitte geh nicht ran, bitte geh nicht ran, bitte geh nicht ran«, flüsterte sie lautlos.

»Hallo!« Leander klang atemlos.

Magnolia sah ihn deutlich vor sich. So klang er, wenn er gerannt war. Überlaut nahm sie jedes Geräusch wahr. Sie hörte, wie sich ihre Lungen mit Luft füllten, bevor sie anfing zu sprechen. Sie spürte das Zittern in ihrer Stimme.

»Magnolia?«, fragte Leander am anderen Ende.

»Ja, hi!« Ihre Stimme klang unbefangen und fröhlich. »Ich wollte dir nur kurz sagen, dass ich heute nicht nach Hackpüffel kommen kann. Aus unserem Treffen wird nichts. Tut mir leid.«

»Oh …« Sie hörte die Enttäuschung in seiner Stimme.

»Ich muss eine Bestellung in Wurmstadt ausliefern und bin erst spät wieder zurück. Das Training der Rotmützen werde ich ganz sicher verpassen.«

»Okay«, sagte Leander. »Aber vielleicht können wir uns danach noch sehen.«

Magnolia tat, als würde sie überlegen. »Vielleicht, wenn du mir ein Stück entgegenkommst?«

Es war unerträglich, denn jetzt klang ihre Stimme sogar hoffnungsvoll. »Wir könnten uns am Teufelsberg treffen? Wenn das für dich in Ordnung ist.«

»Am Teufelsberg?«, wunderte sich Leander. »Ja klar ... gerne, ich warte dann am Kreuzweg auf dich.«

»Super, ich freue mich, bis nachher.« Magnolia fiel das Handy aus der Hand. Schnell hob Goldemar es auf und steckte es zu dem Parfüm in ihren Rucksack. Der Graf applaudierte leise. »Gut gemacht«, sagte er anerkennend.

Magnolia sprang auf. Sie wollte weg. Bloß weg! Und diesmal hielt sie niemand auf. Sie sprintete die Treppe hoch und stürzte zu ihrem Fahrrad. Wie von Furien gehetzt, raste sie nach Hause. Tante Linette war ihre einzige Hoffnung. Nur sie konnte ihr helfen. Wenn sie doch bloß schon zu Hause wäre. Atemlos warf Magnolia ihr Rad in die Brombeerhecke und stürmte ins Haus.

»Tante Linette!«, schrie sie. »Tante Linette!« Tränen liefen ihr über die Wangen. Keine Antwort. Sie war noch immer allein. Selbst Serpentina, die sie sonst immer begrüßen kam, machte plötzlich einen Bogen um sie. Noch nie hatte sie sich so verlassen gefühlt. Und dann setzten auch schon wieder die Kopfschmerzen ein.

Magnolia stand völlig neben sich. Sie ging in ihren Turm hinauf und warf sich auf das Bett. Sie fühlte sich krank und müde. Die Kopfschmerzen wurden immer stärker, und inzwischen tat ihr auch der restliche Körper weh. Verzweifelt griff sie nach dem Parfüm. Der Schmerz ließ nach, sowie die Tropfen ihre Haut berührten, und sie war wieder in der Lage, einen klaren Gedanken zu fassen. Was konnte sie tun? Oder besser, wie konnte sie sich selbst davon abhalten, Leander in eine Falle zu locken? Vielleicht konnte sie sich mit Tante Linettes »Gute-Träume-Trunk« so stark betäuben, dass sie das Treffen einfach verschlief? Oder sie konnte Jeppe um Hilfe bitten. Die Frage war nur wie, wenn sie die richtigen Worte nicht aussprechen konnte?

Magnolia beschloss, sich auf dem Klo einzuschließen und den Schlüssel einfach aus dem Fenster zu werfen. Unter keinen Umständen durfte es zu einem Treffen zwischen ihr und Leander kommen. Es war zum Verzweifeln. Sich auf dem Klo einzuschließen war nicht das Problem. Nur den verdammten Schlüssel, den wurde sie nicht los. Ihre Hand weigerte sich, ihn herzugeben. Sie konnte ihn weder aus dem Fenster werfen noch in der Toilette herunterspülen. Magnolia setzte sich auf den Klodeckel und weinte. Sie hatte ziemlich lange so dagesessen, als es plötzlich an die Tür klopfte.

»He, kommst du da auch irgendwann wieder raus?«

Gestern noch hätte sich Magnolia darüber aufgeregt, nicht mal auf dem Klo vor dem Kobold sicher zu sein. Jetzt war es tröstlich, seine Stimme zu hören. Sie stand auf und öffnete die Tür. Vorsichtshalber machte Jeppe einen Sprung zurück und sah sie forschend an. »Hast du geheult?«

Magnolia versuchte es mit Telepathie. Sie sah dem Kobold fest in die Augen und versuchte, sich zu konzentrieren. Es war zwecklos. Ihr Kopf war so leer wie eine Kokosnuss. Den einzigen Gedanken, der noch darin war, sprach sie aus.

»Ich habe die vierte Fünf in Mathe.« Magnolia schickte einen verzweifelten Blick hinterher. Jeppe musste doch etwas merken. Er kannte sie und musste wissen, dass sie wegen schlechter Noten niemals in Tränen ausbrach.

Doch Jeppe schöpfte keinen Verdacht. »Ach so!«, sagte er. »Ist doch kein Grund, in Tränen auszubrechen. Linette wird dir den Kopf schon nicht abreißen. Weißt du, was mir mal passiert ist?« Magnolia hörte nicht zu. Sie hatte ganz plötzlich das Gefühl loszumüssen. Jetzt auf der Stelle. Wie ferngesteuert stand sie auf. »Ich muss los«, sagte sie. »Ich treffe mich gleich mit Leander.«

Sie rief ihren Besen, stieg auf und murmelte: »Nach oben hinaus und nirgends an. Zum Teufelsberg!« Das Unheil nahm seinen Lauf.

Während des Fluges klammerte sich Magnolia an Huckebein fest wie eine Ertrinkende an einem Stück Treibholz. Sie wusste genau, was geschehen würde. Wie ein Film, den sie bereits fünfmal gesehen hatte, lief die Szene vor ihrem inneren Auge ab.

Sie würden sich treffen. Sie würde Leander seinen Bogen abnehmen, und sie würden gemeinsam die Lichtung betreten, auf der der Dolmen stand. Eine uralte Grabstätte aus riesigen übereinanderliegenden Steinen. Sie würde Leander in Sicherheit wiegen und ihm im entscheidenden Moment einen so heftigen Stoß verpassen, dass er rückwärts hinfiel und Goldemar leichtes Spiel mit ihm hatte.

Viel zu schnell waren sie am Ziel. Huckebein senkte die Flughöhe und landete am Fuße des Teufelsberges, wo sich die Wege von Rauschwald und Wurmstadt kreuzten. Mit zitternden Beinen stieg Magnolia von ihrem Besen. Die Tannen, die hier ringsherum wuchsen, waren bestimmt hundert Jahre alt und hatten sicher schon eine ganze Menge erlebt. Von Leander war glücklicherweise noch nichts zu sehen. Vielleicht war ihm ja etwas dazwischengekommen? Ein Funke Hoffnung keimte in Magnolia auf. Doch da traf sie auch schon etwas am Kopf, und ein vertrockneter Tannenzapfen rollte ihr vor die Füße. Erschrocken blickte Magnolia in den Baum. Hoch oben und gut versteckt zwischen dunkelgrünen Zweigen saß Leander und sah sie aus lachenden Augen an. Magnolia fühlte sich furchtbar. Sie hatte dem Zauber von Graf Raptus nicht das Geringste entgegenzusetzen.

»Hey!«, rief Leander vergnügt. Er ließ sich vom Baum auf den Boden fallen und landete direkt vor ihren Füßen.

»Bitte nicht!«, flehte Magnolia innerlich und überlegte fieberhaft, wie sie Leander doch noch warnen könnte. Abwehrend hob sie die Hände und starrte ihm in die Augen. Irgendetwas musste er doch bemerken! Schließlich las er ja sonst auch andauernd ihre Gedanken.

Doch Leander merkte nichts. »Buhuhuhu!«, sagte er lachend und hob ebenfalls die Hände, als sei Magnolia ein Geist. »Was ist los? Weshalb starrst du mich so an? Übst du den Bansheeblick?«

Magnolia versuchte, sich zu konzentrieren. »Hau ab!«, presste sie zwischen den Zähnen hervor.

Verdutzt sah Leander sie an. »Was?«

Magnolia holte tief Luft. Es war so ungeheuer anstrengend. »Hau … bitte nicht gleich wieder ab!«, war der Satz, der ihr locker über die Lippen kam.

»Keine Sorge. Ich habe nicht eine Stunde lang in diesem Baum gehockt und nach deinem Besen Ausschau gehalten, um gleich wieder zu verschwinden.« Leander legte den Arm um sie und gab ihr zur Begrüßung einen Kuss. Magnolias Gedanken rasten. Irgendetwas musste sie doch tun können. Wo blieben die Ideen, wenn man sie brauchte?

Leander ahnte nichts von ihrer Qual. Er packte sie übermütig um die Taille und wirbelte sie herum. Dann schnüffelte er.

»Was ist?«, fragte Magnolia.

»Nichts. Aber irgendwas riecht hier seltsam.«

Sofort befreite sie sich aus seinen Armen. »Das könnte mein Parfüm sein«, sagte sie heiser.

»Ach so … ja.« Leander war sichtlich verlegen. »Vielleicht muss man sich erst ein bisschen daran gewöhnen.«

»Ich mag es auch nicht mehr riechen!«, erklärte Magnolia aus vollem Herzen. »Ich hasse es! – Wollen wir ein Stück gehen?« Ihre Zunge fühlte sich an wie ein moosbewachsenes Stück Holz. Sie führte ihn direkt auf die Lichtung, auf der der Dolmen stand. Leander schöpfte keinen Verdacht. Munter erzählte er von den Rotmützen und den Tricks, die sie draufhatten, um das Turnier zu gewinnen. Er fragte, ob sie Jörna in Wurmstadt getroffen hatte und redete ununterbrochen weiter.

Magnolia antwortete nicht. Verzweifelt suchte sie nach einer Möglichkeit, ihn zu schützen. Fehlanzeige. Sie hatte keine Ahnung, was sie tun sollte.

Instinktiv hielt sie Abstand zu Leander, denn schließlich sollte sie ihm gleich den verhängnisvollen Stoß geben. Magnolia registrierte jede Kleinigkeit in ihrer Umgebung. Den Eingang zum Dolmen, in dem sich Goldemar versteckt hielt. Die Findlinge, die wie Legosteine überall auf der Wiese herumlagen.

»Also, irgendwas stimmt doch nicht mit dir!«, wunderte sich Leander gerade. Da fühlte Magnolia auch schon den übermächtigen Impuls, ihn zu stoßen. Sie hob die Arme, doch anstatt sich auf ihn zu stürzen, warf sie sich zur Seite und fiel flach auf den Bauch. »Lauf!«, schrie sie im Fallen und wusste nicht, was schlimmer war. Leanders Blick, als er die Gefahr bemerkte, oder der Schritt rückwärts, den er machte, um ihr auszuweichen. Es geschah wie geplant. Er stolperte über einen der herumliegenden Steine und landete unsanft auf dem Rücken.

Sofort war Goldemar da. Wie eine Spinne in ihrem Versteck hatte er auf diesen Moment gewartet. Er pirschte sich heran und warf ein Netz über den Elfen, der sich darin hoffnungslos verhedderte. Man sah es Goldemar nicht an, aber der Gnom war stark wie ein Bär. Als hätte Leander keinerlei Gewicht, zog er ihn samt Netz mit sich fort, in die finsteren Tiefen des alten Grabes.

Magnolia wollte zu ihm laufen. Ihn befreien. Sagen, dass es ihr leidtat. Aber sie konnte nicht einmal vom Boden aufstehen. Verzweifelt krallten sich ihre Finger ins Gras, und sie fing hemmungslos an zu weinen. Mit aller Macht kehrten die Kopfschmerzen zurück. Langsam, als wäre sie mindestens achthundert Jahre alt, stand Magnolia schließlich auf. Mit zittriger Stimme rief sie ihren Besen und stieg auf. »Regenfass«, murmelte sie kaum hörbar. Und Huckebein brachte sie sicher nach Hause.

Bereits aus der Luft sah Magnolia Licht im Haus. Tante Linette war also zurück. In ihr wuchs die Hoffnung, dass nun doch noch alles gut würde.

Huckebein bretterte durch die offene Gartenpforte, und Magnolia sprang noch im Flug von ihrem Besen. »Tante Linette!«, rief sie atemlos. »Tante Linette!«

»Hier bin ich, Lämmchen«, knarzte die vertraute Stimme ihrer Tante aus dem roten Zimmer. Magnolia fiel ihr erleichtert um den Hals. »Oh, Tante Linette, wie gut, dass du da bist!«, keuchte sie.

Wenn ihre Tante erstaunt war über diesen Gefühlsausbruch, so ließ sie es sich nicht anmerken. »He, langsam, du Kröte. Willst du mich umbringen?«, lachte sie und warf ihrer Nichte einen forschenden Blick zu. »Alles in Ordnung?«

»Neiiiin!!!«, schrie alles in Magnolia. Stattdessen strahlte sie, als hätte sie den ersten Preis im Gummistiefelweitwurf gewonnen. »Sicher, Tantchen. Könnte nicht besser sein. Ich freue mich bloß, dich so frisch und munter wiederzusehen.« Sie gab ihrer Tante einen Kuss auf die Wange. Linette lächelte etwas irritiert, war aber beruhigt. Dann schnüffelte sie. »Was riecht hier so seltsam?«

Magnolia wurde tatsächlich rot. »Och, das kommt sicher von meinem Parfüm. Ich habe es selbst zusammengemischt«, gestand sie. »Vielleicht hätte ich auf Meister Schnucks Rat hören und einige Zutaten sparsamer verwenden sollen.«

Ihre Tante schien mit dieser Antwort zufrieden. »Es ist noch kein Meister vom Himmel gefallen«, sagte sie und musste wegen dem Meister etwas schmunzeln.

»Wie war die Reise? Hast du die drei alten Damen ordnungsgemäß abgeliefert?«, fragte Magnolia, um von sich abzulenken.

Jetzt strahlte Tante Linette, und ihr Wackelzahn schob sich von unten über ihre Oberlippe. »Habe ich. Und stell dir vor, sie haben mich zu sich nach Hause eingeladen.«

Jetzt war Magnolia wirklich platt. »Das haben sie getan? Ich dachte, sie wären so ein bisschen abgehoben. Ich meine, alle feiern sie wie Popstars.«

Linette lächelte selig. »Sie sind schon etwas Besonderes, und natürlich war es eine Ehre«, gab sie geschmeichelt zu.

»Und wie wohnen sie so? In einem Palast mit dreißig Badezimmern und Spaßbad direkt vor der Tür?« Magnolia hörte sich selbst reden, als gäbe es nicht die kleinste dunkle Wolke an ihrem Horizont.

»Oh, so ganz genau weiß ich es nicht. Es war sehr neblig, als wir das Meer erreichten. Aber ich bin sicher, dass wir uns in Schottland aufgehalten haben. Die Landschaft war hügelig und zerklüftet und hinter jedem zweiten Felsbrocken lauerte ein Pixie. Außerdem sind uns unterwegs ein paar Rotkappen begegnet. Die drei wohnen in einer Höhle direkt am Meer.«

»In einer Höhle?«, wunderte sich Magnolia.

Ihre Tante nickte. »So viel zu den Popstars. Und stell dir vor, es gibt dort keinerlei Komfort. Drei Betten und ein Quader aus schwarzem Onyx, auf dem die größte Kristallkugel liegt, die ich je gesehen habe. Das ist ihr einziges Mobiliar.« Linette runzelte die Stirn. »Ich weiß gar nicht, wie sie das aushalten. Ehrlich gesagt, kann ich mir nicht vorstellen, dass die Höhle ihre einzige Behausung ist.«

Magnolia wurde unruhig. Bis eben hatte sie ihrer Tante interessiert zugehört, aber jetzt spürte sie den unwiderstehlichen Drang zu flüchten. Sie musste raus aus dem Zimmer, weg von ihrer Tante. Und zwar schnell.

»Ich schreibe morgen Mathe und muss mich darauf noch vorbereiten«, kam ihr die Lüge trotz der Unruhe locker über die Lippen. Sogar lächeln konnte sie noch.

»Verstehe!« Linette verstaute ihren Hexenhut im obersten Regal und zog eine zierliche Flöte aus ihrer Reisetasche, die wie milchiges Mondlicht schimmerte. Magnolia hatte noch nie etwas Ähnliches gesehen.

»Was ist das für eine seltsame Flöte?«, fragte sie. Und als hätte sie ein geheimes Codewort benutzt, drängten sich fremde Gedanken in ihren Kopf. Meister Schnuck hörte mit. Magnolia wusste nicht, weshalb, aber ihr war klar, dass er sich für die Flöte der drei Spinnerinnen interessierte. Grund genug, ihn aus ihren Gedanken herauszuhalten. Er durfte nichts von dem hören, was ihre Tante gerade erklärte. So gut es ging, blockierte Magnolia ihre Gedanken und verfluchte sich, weil sie in Runas Unterricht nicht besser aufgepasst hatte. Da hörte sie es plötzlich wispern. Es war nur ein Hauch, aber er kam tief aus ihrem Innern. »Es gibt einen Ort, wo deine Gedanken sicher sind!«

»Was?« Magnolia glaubte, die Stimme der Banshee zu erkennen. Aber von welchem Ort sprach sie, und wie sollte sie dort samt ihrer Gedanken so schnell hinkommen?

»Ich meine einen Ort tief in deinem Innern! Du musst ihn nur aufsuchen.«

»Aufsuchen? Wie denn?«

Magnolia hatte diesen Gedanken noch nicht zu Ende gedacht, als sie auch schon etwas mit sich fortzog. Wie Schatten flogen ihre Gedanken durch einen langen dunklen Korridor, an dessen Ende eine helle, offene Tür wartete. Magnolia stürzte kopfüber in diese offene Kammer und schlug die Tür hinter sich zu. Auf der Stelle beruhigte sich ihr Puls. Hier fühlte sie sich tatsächlich sicher. Hier konnte der Graf sie nicht erreichen. Das Dumme daran war nur, dass sie hier, tief in ihrem Innern, auch von der Außenwelt nichts mehr mitbekam. Sie bemerkte ihre Tante erst, als die sanft ihren Arm berührte. Magnolia riss die Augen auf.

»Das ist die einzige Erklärung, die ich dir geben kann«, sagte ihre Tante gerade. »Ich hoffe, du gibst dich damit zufrieden.«

In Magnolias Kopf arbeitete es, dann lächelte sie leise. Wenn sie nichts von dem gehört hatte, was ihre Tante ihr scheinbar gerade erzählt hatte, dann hatte Meister Schnuck ebenfalls nichts gehört. Erleichtert atmete Magnolia auf.

»Dann muss mir diese Erklärung reichen«, sagte sie ins Blaue hinein. »Tante Linette?«

»Ja?«

Magnolia holte tief Luft. Doch es war zwecklos. Ihr kam nichts über die Lippen, von dem Meister Schnuck nicht wollte, dass es ihr über die Lippen kam. Stattdessen wurde jetzt der Drang, den Raum zu verlassen, übermächtig.

»Ich schreibe morgen Mathe …«, presste sie mühsam hervor.

»Das sagtest du bereits«, erwiderte ihre Tante. »Dann husch, husch … worauf wartest du? Ich will dich ganz sicher nicht aufhalten.«

Das hatte Magnolia befürchtet. Ihre Füße schienen ein Eigenleben zu entwickeln. Sie machte auf dem Absatz kehrt und lief eilig in ihren Turm hinauf. Und noch während sie die enge Wendeltreppe hinaufstieg, wusste sie, was sie dort oben erwartete. Sie würde einen Brief schreiben. Einen verhängnisvollen Brief.

Zweiundzwanzigstes Kapitel

Ein verhängnisvoller Brief

Es kam genauso, wie Magnolia es vorausgesehen hatte. Sie hatte Meister Schnuck nicht das Geringste entgegenzusetzen. Auf ihrem Schreibtisch am Fenster lag ein Stück vergilbtes Pergament, das aussah wie abgezogene Drachenhaut, und wartete darauf, von ihr beschrieben zu werden. Daneben stand ein Tintenfass, in dem eine Feder steckte.

Zielstrebig durchquerte Magnolia den Raum und zog sich einen Stuhl heran. Sie hatte noch nie mit einer Gänsefeder geschrieben, doch es ging leichter als gedacht. Kaum hatte sie die Feder zur Hand genommen, tropften die verhängnisvollen Worte auch schon auf das Papier.

An alle Junghexen und Magier!

Wegen der Aktualität des Themas und des guten Wetters findet der heutige Unterricht nicht auf der Hallig, sondern am Fuße des Teufelsbergs statt.

Treffen um Punkt 16 Uhr auf der Lichtung vor dem Eingang zum Dolmen,

Runa

PS: Magnolia kennt sich aus.

PPS: Sollte jemand von euch schwänzen, reiße ich ihm persönlich den Kopf ab.

Magnolia legte die Feder aus der verschwitzten Hand. Das klang eindeutig nach Runa. Ihr wurde das Herz schwer. Keiner ihrer Mitschüler würde Verdacht schöpfen. Sie würden wie Schafe zur Schlachtbank in ihr Unglück laufen, und es war allein ihre Schuld. Niemand konnte es verhindern. Magnolia stand mit zitternden Beinen auf und presste sich die Hände vor das Gesicht. Dann legte sie sich auf ihr Bett und wartete darauf, dass es Nacht wurde. Schließlich musste der Brief noch dort hingebracht werden, wo ihn garantiert jeder bemerkte. Und zwar direkt am Einstieg der Gondel.

Wenig später hörte Magnolia ihre Tante die Treppe heraufkommen. Schnell griff sie nach ihrem Mathebuch und hielt es sich dicht vor die Nase.

»Gib acht, dass du dir nicht die Augen verdirbst«, brummte ihre Tante. »Ich werde jetzt noch ein paar Gymnastikübungen machen und dann zeitig ins Bett gehen. Die Fahrt auf dem Wagen steckt mir noch ganz gehörig in den Knochen.«

Magnolia stützte sich auf ihre Ellenbogen und sah ihre Tante flehend an. »Hilfe ...«, murmelte sie. Es war eine gewaltige Anstrengung, dieses Wort auszusprechen.

»Was?« Linette blickte ihre Nichte verwundert an.

Magnolia holte tief Luft. »Hilfe ... bei Linearen Gleichungen kann ich von dir sicher nicht erwarten, oder? Es ist also völlig okay, wenn du dich auf's Ohr haust!«, platzte sie heraus.

Sofort wich das Misstrauen aus Tante Linettes Blick. »Da wäre ich mir nicht so sicher«, murrte sie. »Aber du hast völlig recht. Heute Abend habe ich tatsächlich keine Lust, dir zu helfen.«

Magnolia lachte. »Sicher! Schlaf gut, Tantchen.«

Linette warf ihr einen grimmigen Blick zu und zog die Tür mit einem Ruck hinter sich ins Schloss.

Magnolia verzog schmerzhaft das Gesicht und ließ ihr Mathebuch kraftlos auf die Bettdecke fallen. Es war grausam. Unentwegt dachte sie daran, was sie Leander angetan hatte. Und was er ihretwegen womöglich erleiden musste. Tränen liefen ihr über das Gesicht, und sie fühlte sich so einsam, als wäre sie der einzige Mensch auf diesem Planeten.

»Du bist nicht allein«, wisperte die Stimme in ihrem Innern, die Magnolia inzwischen schon so gut kannte.

»Aber das nützt mir nichts«, presste sie mühsam zwischen den Zähnen hervor.

Ein dröhnendes Gelächter war die Antwort. Magnolia hielt sich die Ohren zu und stöhnte auf. Das Monster konnte sich jederzeit in ihre Gedanken schleichen, und nichts konnte es daran hindern. Verzweifelt schlug sie sich gegen die Stirn. Wieder und wieder. Die Kopfschmerzen ließen nicht lange auf sich warten. Heftig, stechend, Übelkeit erregend. Magnolia griff nach dem Parfüm und ließ sich zurück in die Kissen sinken. Es war wie eine Droge. Kaum hatten die Tropfen ihr Handgelenk berührt, fingen die Kopfschmerzen an zu verschwinden. Magnolia wünschte, sie wäre tot.

»Bald!«, versprach die Stimme des Grafen in ihrem Kopf und gluckerte wieder vor Lachen.

Magnolia wusste nicht, wie lange sie so dagelegen und an die Zimmerdecke gestarrt hatte. Es war bereits dunkel und die Sichel des zunehmenden Mondes stand als heller Streifen hoch am Himmel. Da bekam sie plötzlich einen unsanften Stoß und fühlte den schrecklichen Drang aufzustehen. Es war so weit, der Köder musste ausgelegt werden.

Widerwillig packte Magnolia den Strang Baumharz ein, den Una ihr im letzten Jahr zu Weihnachten geschenkt hatte. Das Harz stammte von dem einzigen Mammutbaum in der Nähe von Hackpüffel und klebte fester als jeder Superkleber. Anschließend stopfte sie sich die teuflische Botschaft in ihre Hosentasche und schwang sich auf das Fensterbrett. Mit einer Stimme, die ihr nicht zu gehören schien, rief sie nach ihrem Besen.

»Eieiei, wohin so spät bei Nacht und Wind?«

Jeppe! Magnolia öffnete den Mund und wusste im nächsten Moment, dass es zwecklos war. Sie würde nichts von dem, was sie sagen wollte, über die Lippen bringen.

»Das geht dich nichts an, Kobold!«, blaffte sie deshalb in gewohnt unwirschem Ton und ging sofort zum Angriff über. »Überhaupt, was suchst du vor meinem Fenster in der Eiche? Hat Tante Linette dich nicht samt deinem bekloppten Hotel vom Baum geworfen?«

»Langsam, langsam! Wer sagt, dass das hier ein Hotel ist?«, fragte der Kobold mindestens genauso angriffslustig. »Die Trolle sind längst weg. Und seit die Spinnerinnen abgereist sind, ist hier weniger los als auf einem Friedhof. Was nicht bedeutet, dass ich den Baum nicht gelegentlich als Schlafplatz nutzen darf.« Herausfordernd blitzte der Kobold Magnolia an. »Eine herrliche Nacht. Wie für Elfen gemacht!«, stellte er listig fest und blickte in den sternenklaren Himmel hinauf.

Magnolia schnürte es die Kehle zu. Jeppe ahnte ja nicht, dass seine Worte ihr wie ein Dolch ins Herz stachen. Zum Glück kam Huckebein in diesem Moment angeflogen und ließ die junge Hexe aufsteigen.

»Zur Kiste des toten Mannes«, flüsterte sie. Sie musste Hackpüffel auf diesem Weg betreten, denn die Gefahr, von Tante Linette erwischt zu werden, wenn sie den Zugang durch den Schrank nahm, war viel zu groß.

Huckebein ging auf Kurs und landete wenig später an der gleichen Stelle im Wald, an der sie sich bereits vor ein paar Tagen mit Ronda getroffen hatten. Magnolia holte tief Luft. Damals war ihre Welt noch in Ordnung gewesen. Schon wieder traten ihr die verflixten Tränen in die Augen, und sie stolperte blind über Farne und Baumrinden. Einzig das Licht von einem Schwarm Glühwürmchen, der in der Krone eines Baumes tanzte, sorgte für ein wenig Licht in der Dunkelheit. Unbeirrt setzte Magnolia ihren Weg fort. Von irgendwoher drang leise, wundervolle Musik an ihr Ohr, und sie konnte sich die lieblichen Feen vorstellen, die anmutig auf dem Feenhügel tanzten. Natürlich war ihr bewusst, dass der Wald nicht nur von Feen und Glühwürmchen bevölkert war. Trotzdem hatte sie keine Angst. Um Angst zu haben, musste man lebendig sein. Aber sie fühlte sich abgestorben und tot wie der morsche Ast einer alten Eiche.

Die Kiste des toten Mannes tauchte wie aus dem Nichts direkt vor ihr auf. Jetzt musste sie durch das Labyrinth in den Eingeweiden des Berges, und Magnolia hoffte fast, ein paar Goblins zu begegnen, die sie davon abhalten würden, das zu tun, weshalb sie hergekommen war. Aber Wünsche gehen eben nicht immer in Erfüllung, und so erreichte sie den Ausgang nach Hackpüffel ohne weitere Vorkommnisse. Von dort war es nur noch ein kurzes Stück bis zu dem Stollen, der an den unterirdischen See führte. Leise tastete sie sich die feuchten Stufen hinab, und jetzt wurde ihr doch mulmig zumute. Am Bug der Gondel brannte ein kleines Licht. War Milauro womöglich in der Nähe? Mit zitternden Händen zerrte Magnolia das Pergament aus ihrer Hosentasche und brach ein Stück Baumharz aus Unas Geschenk heraus. Dann wärmte sie es in ihrer Hand und klebte die Botschaft direkt an den Rumpf der Gondel. Es war getan. Magnolia wollte nur noch weg. Fast panisch drehte sie sich um und prallte gegen Milauro, der hinter ihr stand und jede ihrer Bewegungen beobachtet hatte. Auch wenn Magnolia sich innerlich leer fühlte, mit ihrem Leben hatte sie dennoch nicht abgeschlossen. Wie durch ein Brennglas registrierte sie jede Kleinigkeit. Sie nahm den modrigen Geruch wahr, der von Milauro ausging, spürte seine Hände auf ihren Oberarmen, als er sie festhielt, und sah in seine tintenschwarzen Augen. In der nächsten Sekunde riss sie sich los, richtete ihren ausgestreckten Zeigefinger auf ihn und rief genau, wie sie es von Runa gelernt hatte: »Tonebat!« Ihre Fingerkuppe brannte wie Feuer und an der Stelle, an der Milauro bis eben noch gestanden hatte, gab es eine kleine Explosion. Von dem Unterirdischen fehlte jede Spur, seine Reaktion war um ein Vielfaches schneller als die eines Menschen. Einen Moment atmete Magnolia auf, dann machte sie sich schnell auf den Heimweg.

In dieser Nacht schlief sie nicht. Sie lag wach und wach und wach. Sowie sie die Augen schloss, sah sie Leanders Blick, als er realisierte, dass sie ihn verraten hatte. Es war furchtbar. Magnolia biss in ihr Kissen, um nicht laut zu schreien, und war froh wie ein Schiffbrüchiger, der endlich Land sieht, als der erste Vogel den frühen Morgen ankündigte. Zeitig stand sie auf, um sich für die Schule zurechtzumachen. Ihr Kopf schmerzte, und um einen halbwegs vernünftigen Gedanken fassen zu können, benutzte sie wieder das Parfüm. Es war falsch. Es war gefährlich. Es war ein Kreislauf ohne Ende. Um die Verzweiflung nicht mehr zu fühlen, zog sich Magnolia in ihren Inneren Raum zurück. So, wie die Banshee es ihr gezeigt hatte. Das hatte zur Folge, dass sie ihre Umwelt nur noch sehr gedämpft wahrnahm und steif wie eine Marionette die Treppe hinunterstieg. Sie hoffte inständig, dass Tante Linette noch schlief. Es wäre ihr unerträglich, über Belanglosigkeiten zu plaudern, während ihr Herz um Hilfe schrie.

Magnolia hatte Glück. Die Küche war leer. Sie trank einen Schluck Wasser und machte sich dann viel früher als nötig auf den Weg zur Schule. Während des gesamten Weges kreisten ihre Gedanken darum, wie sie verhindern konnte, ihren Freunden dasselbe wie Leander anzutun. Sie ratterte über die kopfsteingepflasterte Brücke, und ihr wurde schlecht, als sie an Meister Schnucks Laden vorbeifuhr.

Den ganzen Vormittag drehten sich ihre Gedanken im Kreis. Sie musste Meister Schnuck oder, besser gesagt, den Grafen loswerden. Sie musste sich seinem Zugriff entziehen.

Während des Unterrichts war Magnolia so abwesend, dass Frau Mümmel sie schon dreimal ermahnt hatte und Samantha bereits darüber tuschelte. Und zwar so laut, dass es die ganze Klasse mitbekam.

»Sieht aus, als hätte unsere Stahlmagnolie Liebeskummer!«

Stefanie kicherte. »War doch logisch, dass die Sache mit Leander nur ein paar Tage hält.«

Samantha nickte. »Tja, der Typ war dann wohl ein paar Nummern zu groß für sie.«

An Magnolia perlten diese Kommentare ab. Es gab so viel Wichtigeres, über das sie nachdenken musste. Trotzdem nahm sie sich vor, den Akne-Zauber noch einmal an Samantha auszuprobieren, sollte diese Sache irgendwie gut ausgehen.

Mit dem Pausenzeichen stürmte sie aus dem Klassenraum und rannte beinah Birte über den Haufen, die gerade vom Klo zurückkam. Magnolia murmelte eine Entschuldigung und wollte sofort weiterlaufen, doch Birte hielt sie am Ärmel fest. »Du läufst rum wie der Fürst der Finsternis. Ist etwas mit Leander?«

Das war genug. Magnolia starrte sie an, und ihre Unterlippe bebte verdächtig. »Ich muss weg! Sag Frau Mümmel, mir ist schlecht oder etwas Ähnliches!«, rief sie und stürzte an Birte vorbei, die Treppen hinunter.

Sie würde Meister Schnuck zur Rede stellen. Sie wusste zwar nicht genau, wie sie das bewerkstelligen sollte, aber das war ihr herzlich egal. Sie wollte wissen, was er mit Leander gemacht hatte. Wie eine Furie stürmte sie über den Schulhof, hin zu seinem Laden und stieß wütend die Tür bis zum Anschlag auf. Der Schmerz traf sie wie eine Kanonenkugel. »Arrrgh!«, keuchte sie und ging in die Knie. Die Kundin, die Meister Schnuck gerade bediente, sah sich erschrocken nach ihr um.

»Magnolia!« Die Stimme des Grafen klang wie ein Samthandschuh und verursachte ihr eine Gänsehaut.

»Ist es wieder der Kopf?« Besorgt fasste er sie am Ellenbogen und geleitete sie zur Treppe, die zur Empore hinaufführte. »Setz dich einen Moment. Möchtest du einen Schluck Wasser?«

Magnolia presste die Hände auf ihre Schläfen, biss die Zähne zusammen und schüttelte vorsichtig den Kopf.

»Ich kann Hitzköpfe wie dich nicht ausstehen«, flüsterte Meister Schnuck ihr zu und Magnolia roch seinen stinkenden Atem. Laut sagte er: »Ruh dich etwas aus. Ich schaue gleich wieder nach dir.« Er ließ sie allein auf der Treppe sitzen und widmete sich wieder der Kundin im Laden.

Blind vor Schmerz tastete Magnolia nach ihrem Parfüm, doch noch bevor sie es greifen konnte, wurde die Ladentür erneut geöffnet, und ein Luftzug fuhr wie eine Windböe herein. Im nächsten Moment streifte etwas Magnolias Schulter und klatschte neben ihr auf den Boden. Ein Buch! Magnolia war wie elektrisiert. Es war einfach an ihr vorbeigesegelt und lag jetzt aufgeschlagen auf dem Boden. *Einmal Zombie und zurück oder wie man dem Fluch der lebenden Toten entkommt.*

Das konnte kein Zufall sein. Magnolia konnte ihr Glück kaum fassen. Sie beugte sich vor, um den alten, mit Schreibmaschine geschriebenen Text zu entziffern, und schluckte. Die darin geschilderten Symptome trafen haarklein auf sie zu. Und wenn sie den Text richtig verstand, war an ihrem Zustand einzig und allein das Brot der lebenden Toten schuld. Magnolia schüttelte sich. Hergestellt aus den Knollen des Affodills, war es bereits zu Homers Zeiten in der antiken Welt bekannt.

Magnolia sog die wenigen Zeilen, die dort vor ihr aufgeschlagen lagen, in sich auf, und ihr Herz fing wie wild an zu klopfen. Das konnte die Rettung, die Freiheit bedeuten. Wenn es stimmte, was in diesem Buch stand, benötigte man nicht mehr als drei Zutaten, um den verhängnisvollen Fluch zu brechen. Alraunen-Blut, einen Bezoar und ein paar Tropfen Wermut oder Martini, wie in dem Rezept erklärt wurde. Magnolia hörte das Blut in ihren Ohren rauschen, und obwohl sie großen Respekt vor Büchern hatte, riss sie die Seite mit einem Ruck heraus und versteckte sie gerade noch rechtzeitig im Bund ihrer Jeans.

Denn inzwischen hatte der letzte Kunde den Laden verlassen, und Meister Schnuck kam mit schnellen Schritten auf sie zu. Eilig beförderte sie das Buch mit einem Fußtritt unter das nächste Regal. Dann griff sie nach dem Parfüm und gab ein paar Tropfen auf ihren Arm. Noch konnte sie nicht darauf verzichten.

Dreiundzwanzigstes Kapitel

Martini und Bezoar

Meister Schnuck lächelte. Es war ein teuflisches Lächeln, das seine Gesichtszüge komplett veränderte, und Magnolia fragte sich, wie lange der Graf sich noch hinter dieser Fassade verbergen konnte.

»Schön, dass du dich freiwillig hier blicken lässt«, sagte er. »Ich zähle heute Nachmittag auf dich.«

Magnolia biss die Zähne zusammen. »Was haben Sie mit Leander gemacht?«

Meister Schnuck sah sie spöttisch an. »Stimmt. Der Elfenbengel interessiert dich.«

Magnolia sah, wie er einen Moment nachdachte. »Komm!«, sagte er dann, als hätte er einen Entschluss gefasst. »Du hast ein Recht darauf, zu erfahren, wie es ihm geht. Schließlich bist du meine Assistentin!« Er gluckste über die Absurdität dieser Situation und stieg vor Magnolia die Kellertreppe hinab. Statt wie gewöhnlich geradeaus in sein Labor zu gehen, verschwand Meister Schnuck diesmal hinter dem dicken Vorhang, den Magnolia selbst schon einmal untersucht hatte. Als sie zögerte, streckte der Meister seinen Arm aus dem Vorhang heraus und winkte ihr, ihm zu folgen. Ohne eigenen Willen setzten sich Magnolias Beine in Bewegung. Sie hasste sich dafür und musste einmal mehr erkennen, welche Macht das Monster über sie hatte.

Wie zur Beruhigung tastete sie nach dem Stück Papier in ihrem

Hosenbund. Im nächsten Moment hörte sie die Stimme der Banshee tief in ihrem Kopf: »Er kann dich hören, wenn er will. Du musst deine Gedanken gut verstecken.«

Magnolia atmete einmal tief aus und schob den Gedanken an den Befreiungszauber in den sicheren Raum in ihrem Innern. Sofort spürte sie das Tasten fremder Gedanken in ihrem Kopf und konzentrierte sich auf die Frage, wohin man sie wohl führte. Augenblicklich ließ das unangenehme Tasten nach, und Meister Schnuck verschwand durch die niedrige Öffnung, die Magnolia schon bei ihrem ersten Blick in den Raum aufgefallen war. Sie beeilte sich, ihm zu folgen. Der Gang, durch den sie sich bewegten, war so niedrig, dass Magnolia nur gebückt gehen konnte. Bereits nach kurzer Zeit führte er jedoch bergauf, und sie war sicher, dass sie Rauschwald verlassen hatten. Ihr Rücken fing an zu schmerzen und Magnolia fragte sich, ob Meister Schnuck keine Schmerzen verspürte. Er eilte voraus und schien in dem Labyrinth der Gänge nie die Übersicht zu verlieren.

»Wohin gehen wir?«, fragte Magnolia nach einer gefühlten Ewigkeit.

»Was soll die dumme Frage? Du wolltest doch wissen, wie es dem Elfen geht.«

Das klang fast böse, und Magnolia hegte die Hoffnung, dass auch Meister Schnuck unter dem langen Weg zu leiden hatte.

Endlich schienen sie am Ende des niedrigen Ganges angekommen zu sein, denn hinter der nächsten Biegung fiel Licht auf die groben Wände eines Stollens. Einen Moment später stand Magnolia in einer kleinen Höhle, in deren Mitte sich etwas befand, das wie ein überdimensionaler Wasserbrunnen aussah. Meister Schnuck nahm wortlos eine Fackel aus der Halterung an der Wand, trat damit an den Rand des Brunnens und ließ sie fallen.

»Hah!« Ein erstickter Laut kam aus der Tiefe des Brunnens. Sofort war Magnolia da und beugte sich über den Schacht. Was sie dort sah, brach ihr beinahe das Herz. Am Boden des trockengelegten Brunnens saß Leander. An die Wand gelehnt, die Beine angezogen, bedeckte er mit dem Unterarm seine Augen. Das plötzliche Licht der Fackel bereitete ihm nach den vielen Stunden der Finsternis offenbar Schmerzen.

»Leander!«, rief Magnolia, und ihre Stimme klang leise und dünn. »Bist du okay? Es tut mir so leid! Ich wollte …« Da legte sich auch schon Meister Schnucks Hand auf ihren Mund.

»Sei still, Hexe! Das soll kein Plauderstündchen werden.«

Magnolia hörte ihm nicht zu. Ihr Blick hing wie gefesselt an Leander. »Geht es dir gut?«, fragte sie in Gedanken und suchte den Blickkontakt.

»Was ist passiert?«, fragte Leander genauso stumm zurück.

Bevor Magnolia antworten konnte, riss Meister Schnuck sie vom Rand des Brunnens weg.

»Ihr könnt euch später in aller Ruhe austauschen«, versprach er und zerrte sie mit sich fort.

Magnolia blieb nichts anderes übrig, als ihm zu folgen. Aufgewühlt stolperte sie hinter ihm durch die niedrigen Gänge zurück in den Keller, aus dem sie gekommen waren. Das alles war ganz allein ihre Schuld. Und der Albtraum nahm noch immer kein Ende.

Grob stieß Meister Schnuck sie durch den Vorhang zurück und sah sie lächelnd an. »Ich hoffe, du hast genug gesehen und kannst dir vorstellen, wie einsam und verlassen man sich dort fühlt.« Magnolia schluckte.

»Freundlicherweise wirst du die Einsamkeit des Elfen schon heute Nachmittag beenden und ihm zusammen mit deinen Freunden Gesellschaft leisten. Ich hoffe nur, er weiß das zu schätzen. Denn wie heißt es so schön? Geteiltes Leid ist halbes Leid. Und leiden werdet ihr.«

»Was haben Sie mit uns vor?« Magnolias Stimme klang rau.

Meister Schnuck grinste diabolisch und rieb sich die Hände. »Sagen wir es so: Ihr werdet mir helfen, wieder ganz ich selbst zu werden.«

Das klang alles andere als beruhigend. Magnolia kämpfte gegen die aufsteigende Angst an. »Warum auch die anderen? Ich meine, ich bin …«

»Eine Hexe … und magisch?«, fragte Meister Schnuck spöttisch zurück. »Stell dir vor, das sind die anderen auch. Und wenn du früher aufmerksam die Sesamstraße geschaut hast, weißt du sicher, dass sieben mehr als einer sind.« Er lachte leise. »Ich brauche mehr als einen von euch. Und jetzt geh! Ich erwarte von dir, dass du deine Freunde heute Nachmittag am Eingang zum Dolmen ablieferst, verstanden?«

Magnolia stieg mit steifen Beinen und schmerzendem Rücken in den Laden hinauf.

»Ach ja, Magnolia!« Sie drehte sich um.

»Versuch gar nicht erst, den Aufstand zu proben. Es würde niemandem nützen, und ich müsste dich auf der Stelle töten!«

Ein Schmerz durchzuckte Magnolias Körper, als hätte ihr jemand ein glühendes Brandeisen auf die Haut gedrückt. Sie keuchte, dann war der Schmerz vorbei. Meister Schnuck tätschelte ihr den Rücken. »Das war nur eine klitzekleine Kostprobe. Jetzt geh!«, sagte er milde. »Und vergiss deinen Rucksack nicht.«

Magnolia trat hinaus in den hellen Sonnenschein. Die Vögel zwitscherten, und vor dem Wagen des Eismanns auf dem Marktplatz hatte sich eine lange Schlange gebildet. Ein verstörender Anblick. Wie konnten die Luft so lau und die Bäume so grün sein? Wie konnte die Sonne so hell scheinen, wenn das Böse nur darauf wartete auszubrechen?

Eine Sekunde lang vermisste sie ihr Rad, dann fiel ihr ein, dass es ja noch immer im Radständer in der Schule stand. Die letzte Stunde hatte gerade angefangen. Es bestand also keine Gefahr, einem Lehrer oder Klassenkameraden über den Weg zu laufen. Verstohlen tastete Magnolia nach der Seite, die sie aus dem Buch herausgerissen hatte. Gott sei Dank, sie war noch da. Sie holte ihr Rad und fuhr, so schnell sie konnte, nach Hause.

Wie sollte es jetzt weitergehen? Ihre Tante konnte sie nicht um Hilfe bitten, so viel stand fest. Also war es das Beste, ihr gar nicht erst zu begegnen. Magnolia sah auf die Uhr.

In einer Stunde würde Tante Linette ihre Praxis öffnen. Mit etwas

Glück bereitete sie in der Küche gerade die letzten Heilwasser und Tinkturen zu. Magnolia könnte dann im roten Zimmer ungestört die benötigten drei Zutaten zusammensuchen. Sie hoffte inständig, dass ihre Tante sie vorrätig hatte.

Als Magnolia am Regenfass ankam, saßen die ersten Kunden, wie Linette sie nannte, bereits auf der wackeligen Gartenbank vor dem Haus in der Sonne. Sie warf ihr Rad wie immer in die Brombeerhecke, ignorierte das Stirnrunzeln der wartenden Patienten und verschwand schnell im Haus.

»Hallo, Tante Linette!«, rief sie wie immer. Ihre Tante schöpfte keinen Verdacht.

»Draußen bleiben!«, krähte es aus der Küche. »Die Rezeptur gegen Schlupflider ist jeden Moment fertig. Wenn du selbst keinen Wert darauf legst, lass die Tür zu. Du weißt, was bei Durchzug passiert.«

»Schon in Ordnung!«, antwortete Magnolia. Besser konnte es ja gar nicht laufen. Schnell schlüpfte sie ins rote Zimmer, und obwohl ihr nicht nach Lachen zumute war, huschte doch ein kleines flüchtiges Lächeln über ihr Gesicht. Vielleicht würde die Sache nun doch noch ein gutes Ende nehmen. Die Ordnung hatte ihre Tante definitiv nicht erfunden. Sämtliche Schubladen, Kästchen und Schränke standen offen und Linette würde sie erst mit dem Wink ihres Zauberstabes schließen, wenn der erste Kunde das rote Zimmer betrat. Magnolia konnte das nur recht sein. So konnte sie selbst ungestört nach den benötigten Zutaten suchen, ohne dass es von Tante Linette bemerkt würde.

Sie zog die herausgerissene Seite des Zauberbuchs unter ihrem T-Shirt hervor und legte sie auf den runden Tisch, auf dem auch Tante Linettes Kristallkugel stand. Aufmerksam beugte sie sich über die braunen Zeilen. Es waren tatsächlich nur drei Zutaten nötig. Aber die hatten es in sich, und Magnolia hoffte, dass ihre Tante sie tatsächlich vorrätig hatte.

Da waren als Erstes 100 ml Alraunenblut. Magnolia sah sich aufmerksam um. Sie war sicher, dass ihre Tante so etwas besaß. Da, auf dem obersten Regal stand eine Reihe brauner, gut verkorkter Arzneiflaschen. Schnell zog sich Magnolia einen Stuhl heran und stieg darauf. Schlafmohnsud, schwarzer Nachtschatten und ein Extrakt aus Stechapfel standen geordnet nebeneinander. Von Alraunenblut war weit und breit nichts zu sehen. Magnolia wollte gerade wieder vom Stuhl steigen, als ihr Blick zufällig auf zwei Flaschen fiel, hinter denen sich eine dritte versteckte. Volltreffer. Ihr Gefühl hatte sie nicht getäuscht. In dieser Flasche befand sich das Blut oder, besser gesagt, der Saft der Alraune. Alemannentrutz stand in Tante Linettes krakeliger Schrift darauf geschrieben, was ein anderes Wort für Alraune war. Nie hätte Magnolia geglaubt, selbst einmal deren Blut zu benötigen, und beschämt dachte sie an ihr erstes Erlebnis mit einem Alraun und an das anschließende Streitgespräch zurück, das sie deshalb mit ihrer Tante geführt hatte. Heute konnte sie darauf keine Rücksicht nehmen. Sie hatte nicht einmal ein schlechtes Gewissen. Schnell zog sie die Flasche aus dem Regal und stellte sie auf den Tisch.

»Nummer eins«, murmelte sie und machte sich umgehend auf die Suche nach der zweiten Zutat. Dem Bezoar-Stein. Blitzschnell glitten ihre Augen über Schubladen und Kästchen. Ihre Tante hatte ihr dieses ekelhafte Teil schon mindestens ein Dutzend Mal gezeigt. Der Bezoar nannte sich zwar Stein, war im Grunde genommen aber nichts anderes als ein längliches, von einer harten Kruste überzogenes Gebilde aus unverdauten Haaren, die sich in den Mägen von Katzen fanden und von ihnen zuweilen herausgewürgt wurden. Mit spitzen Fingern untersuchte Magnolia den Inhalt einer Schublade, in der neben ganz normalen Dingen wie Schnüren und Knöpfen auch Krähenfüße und Schreckeier zu finden waren. Bingo! Sie wurde fündig. Ganz unten, in der hintersten Ecke, ertastete sie den Bezoar und zog ihn heraus. Magnolia schüttelte sich und hätte ihn viel lieber in die nächste Ecke geschleudert als ihn, in welcher Form auch immer, einzunehmen. Doch für solche Gedanken war jetzt kein Platz. Als letzte Zutat fehlte nur noch der Wermut oder, Magnolia sah noch einmal ganz genau in das Rezept, der Martini. Martini? Da klingelte doch etwas. Das war doch das Getränk, das James Bond, Agent seiner Majestät, gerne gerührt und nicht geschüttelt zu sich nahm. Magnolia fiel ein Stein vom Herzen. Denn sie war sich ziemlich sicher, dass ihre Tante auch die letzte Zutat im Haus hatte.

Nicht, dass sie eine Schnapsdrossel wäre. Bewahre. Aber Magnolia wusste, dass sie Martini für die Zubereitung verschiedener Tinkturen brauchte. Zufällig wusste sie ganz genau, wo Tante Linette die alkoholischen Zutaten aufbewahrte. Zielstrebig ging sie an den dunklen kleinen Eckschrank und zog die Flasche Martini heraus. Jetzt hatte sie alles, was sie brauchte, und konnte mit der Herstellung des rettenden Trunks beginnen. Aufmerksam las sie noch einmal den magischen Text. Wenn sie alles richtig verstand, gab man 100 ml des Alraunensafts in ein Reagenzglas, verdünnte ihn mit etwas Wermut und rieb zum Schluss zwei Esslöffel Bezoar hinein. Anschließend wurde das Ganze über einem Bunsenbrenner aufgekocht und in winzigen Schlucken getrunken. Bunsenbrenner? Magnolia lief die Zeit davon. Dann fiel ihr erleichtert ein, dass sie so ein Ding von früheren Experimenten aus dem Hexenbuch noch in ihrem Zimmer hatte. Immer wieder sah sie nervös über ihre Schulter. Es konnte nicht mehr lange dauern, bis Tante Linette ins Zimmer kam, um für Ordnung zu sorgen. Kurz entschlossen packte Magnolia alles, was sie brauchte, in ihren Rucksack und verließ schnell das Zimmer.

Sie hatte keine Zeit zu verlieren. Im Nu war sie in ihrem Turmzimmer und stellte die benötigten Zutaten auf den Tisch. Die Zubereitung des Trunks schien nicht besonders schwierig. Blieb also nur zu hoffen, dass der alte Bunsenbrenner keine Zicken machte und die kleine Gaskartusche darunter nicht leer war. Magnolia hatte Glück. Schnell gab sie Alraunensaft und Wermut in das Glas und rieb zwei gehäufte Esslöffel von dem widerlichen haarigen Bezoar hinein. Zum Schluss kochte sie, wie verlangt, alle Zutaten auf und wartete, bis das Gebräu abgekühlt war. Dann stürzte sie es mit geschlossenen Augen in drei Schlucken hinunter. Die Welt fing an, sich zu drehen. Schneller und immer schneller. Magnolia hoffte inständig, dass ihr nicht schlecht werden würde und sie das Zeug ausspuckte, bevor es seine Wirkung getan hatte. Schwankend tappte sie zu ihrem Bett und ließ sich darauf fallen. Der Schwindel wurde nicht besser. In Gegenteil, es fühlte sich an, als würde ein Tornado ihr den Boden unter den Füßen wegreißen. Dann setzte ein helles, sirrendes Klirren ein. Magnolia presste sich die Hände auf die Ohren, sie war sicher, den Verstand zu verlieren, wenn dieses entsetzliche Geräusch auch nur eine Sekunde länger andauerte. Doch so plötzlich, wie das Sirren eingesetzt hatte, hörte es auch wieder auf. Es wurde still. Totenstill. Magnolia hörte absolut nichts, weder das Zwitschern der Vögel vor ihrem Fenster noch ihren eigenen Atem. War sie womöglich taub? Ängstlich setzte sie sich auf und lauschte. Nichts. Nicht das allerkleinste Geräusch. Es fühlte sich an, als hätte ihr jemand die Ohren mit Watte verstopft. Eine Minute, zwei Minuten, die Zeit verstrich, und in Magnolia wuchs die Angst. Dann hörte sie endlich ihren Herzschlag und gleich darauf die leise Stimme der Banshee. »Du hast es geschafft«, flüsterte sie.

Aufatmend ließ sich Magnolia rückwärts aufs Bett fallen. »Geschafft!«, wiederholte sie die Worte der Banshee. Sie war für niemanden mehr eine Gefahr. Vorsichtshalber griff sie noch einmal nach dem Text, den sie aus dem Buch herausgerissen hatte, und überflog den Inhalt. Sie las ihn einmal, sie las ihn zweimal. Nein, das konnte nicht wahr sein! »WARUM!!!«, schrie sie so laut, dass man es bis nach Rauschwald hören konnte. Dieser verdammte Trunk brauchte neun Stunden, um seine Wirkung zu entfalten.

Vierundzwanzigstes Kapitel
Warum???

Magnolia sah auf die Uhr. Jörna und Ronda mussten jeden Moment kommen, um sie zum Unterricht abzuholen. Nervös kaute sie auf ihrer Unterlippe. Wenn es stimmte und der Gegenzauber wirklich erst neun Stunden später wirkte, dann war noch nichts gewonnen. Sie musste die beiden unbedingt warnen, aber wie? Sie durfte nichts unversucht lassen. Vielleicht wirkte der Trunk ja schon ein klitzekleines bisschen, und sie konnte Tante Linette doch um Hilfe bitten.

Magnolia sauste die Treppen hinunter und nahm immer drei Stufen auf einmal. Trotz der geschlossenen Tür und obwohl sie wusste, dass Tante Linette mitten in einer Beratung steckte, stürmte sie ins rote Zimmer.

Wie angewurzelt blieb sie stehen. An jedem anderen Tag wäre sie vermutlich in schallendes Gelächter ausgebrochen. Heute war ihr nicht danach. Eine große dünne Frau stand auf einem Stuhl und schwenkte angriffslustig einen Besen. »Wenn ich es Ihnen doch sage, Frau Kater. Ich bin eine Hexe! Ich fühle es in jeder Faser meines Herzens. Und das hier«, sie stieg auf den Besen, »ist mein Fluggerät!«

»Warten Sie!«, rief Tante Linette erschrocken, doch da war die lange dünne Frau auch schon gesprungen und rollte mit einem dumpfen Poltern über den Boden.

»Äm …« Magnolia räusperte sich, und ihre Tante fuhr böse herum.

»Magnolia!«, rief sie. »Du weißt, dass du nicht stören sollst, wenn ich Patienten habe.«

Patient? Magnolia grinste. Die lange Frau dort schien wirklich und wahrhaftig ein Patient zu sein. Sie stutzte. Wie schön war es, dass sie schon wieder so respektlose Gedanken haben konnte. Der Blick ihrer Tante sprach allerdings Bände.

»Ich muss dich ganz dringend sprechen, Tante Linette«, erklärte Magnolia schnell.

Linette zögerte einen Moment, doch dann kam sie raus vor die Tür. »Stimmt etwas nicht?« Ihre Stimme klang besorgt.

Du musst mir helfen … Ich fürchte, Graf Raptus lebt, und er zwingt mich, meine Freunde in einen Hinterhalt zu locken! Leander habe ich ihm schon geliefert, und wenn du mir nicht auf der Stelle hilfst, werde ich ihm auch Jörna, Ronda und die anderen bringen. Inklusive meiner selbst!

Das wollte Magnolia ihrer Tante entgegenschreien. Tatsächlich sagte sie: »Würdest du mir wohl etwas Kleingeld für ein Eis leihen? Jörna und ich wollen nach dem Unterricht noch kurz ins Milky Way, und ich bin zurzeit echt klamm.«

Der Blick, den Tante Linette ihr daraufhin zuwarf, war so frostig, dass Magnolia sich wunderte, dass das kleine Alpenveilchen auf der Fensterbank nicht erfror. Wortlos drehte sich ihre Tante um und warf die Tür des roten Zimmers mit einem Knall hinter sich ins Schloss.

Innerlich stöhnte Magnolia auf. Das hatte ja schiefgehen müssen, aber einen Versuch war es auf jeden Fall wert. In diesem Moment klopfte es auch schon an der Terrassentür. Wenn Tante Linette Sprechstunde hatte, kamen Jörna und Ronda immer durch den Garten, um mit ihren Besen und Hexenhüten nicht an den Wartenden vorbeizumüssen.

Magnolia stand stocksteif in der Diele und ignorierte das Klopfen. Es dauerte nicht lange, da fühlte sie den unvermeidlichen Impuls, sich in Bewegung zu setzen. Es nützte auch nichts, dass sie sich im Vorbeigehen am Geländer der Wendeltreppe festhielt. Ihre Beine liefen einfach weiter.

»Du tust dir doch nur selber weh«, hörte sie Meister Schnucks Stimme in ihrem Kopf und fühlte den gleichen heißen Schmerz, den sie bereits im Laden verspürt hatte. Sie stöhnte auf und ging zur Terrassentür, um ihre Freundinnen hereinzulassen.

»Na endlich!«, sagte Jörna vorwurfsvoll. »Wir haben schon geglaubt, du wärst nicht mehr da.«

»Eine alte Frau ist kein Schnellzug«, entgegnete Magnolia mit schiefem Grinsen und ließ die beiden in die Stube.

»Bist du noch nicht fertig?«, wunderte sich Ronda.

Suchend sah Magnolia sich um. Tatsächlich, sie hatte weder Mantel noch Hut dabei, geschweige denn ihre Tasche.

»Hab die Zeit ein bisschen verpennt«, erklärte sie und lief die Treppe in ihr Zimmer hinauf. »Wie spät ist es denn?«

»Gleich halb vier. Lass dir ruhig Zeit«, brummte Jörna. Magnolia holte ihren Rucksack und stand im nächsten Moment wieder unten in der Diele. »Worauf wartet ihr?«, fragte sie und verschwand als Erste im Schrank.

Der Dämon, der noch immer in ihrem Innern nistete, trieb sie voran. So zielstrebig wie selten eilte sie durch den unterirdischen Gang. Sie durchquerte das Zwergendorf, grüßte dabei freundlich jeden Bewohner, der ihren Weg kreuzte, und stand schon wenig später an der steinernen Brücke. Hier holte sie das erste Mal Luft. Jetzt war der Eingang zur unterirdischen Grotte nur noch einen Steinwurf entfernt. Sie drehte sich nach Jörna und Ronda um und bemerkte, dass sie die beiden weit hinter sich gelassen hatte.

Atemlos kamen sie heran. »Was zahlt dir Runa, dass du plötzlich so scharf auf ihren Unterricht bist?«, schnaufte Jörna.

Magnolia antwortete nicht, sondern sah ihrer Freundin nur verzweifelt in die Augen.

»Alles in Ordnung?« Jörnas Stimme klang besorgt. »Du bist ganz blass um die Nase.«

»Das kommt davon, wenn man es so eilig hat«, piepste Ronda mürrisch. Sie hatte Seitenstiche und war ziemlich außer Atem.

Magnolia presste die Lippen aufeinander und nickte. Dann bekam sie auch schon den unvermeidlichen Stoß, der sie zwang, sich in Bewegung zu setzen.

»Ich wette, die anderen sind sowieso schon lange da«, bemerkte Ronda überflüssigerweise, denn die anderen waren immer vor ihnen da.

Alles in Magnolia sträubte sich, die Stufen zum unterirdischen See hinabzusteigen. Doch das war gar nicht nötig, denn Nemo und Eugenie warteten bereits vor dem Eingang auf sie. Nemo hielt den unseligen Zettel in den Händen und sah ihnen missgelaunt entgegen. »Runa muss dich fest in ihr Herz geschlossen haben!«, stellte er fest, noch bevor Magnolia ihn erreicht hatte. »Streberin!«, sagte Eugenie.

»Was ist los?«, fragte Jörna und trat an Magnolias Seite.

»Magnolia ist Runas neuer Hauskobold!«, erklärte Nemo und reichte Jörna den Zettel. Erstaunt las Jörna die Nachricht vor und sah Magnolia fragend an. »Was soll das? Weshalb hast du uns nichts davon erzählt?«

Magnolia zuckte hilflos mit den Schultern.

»Es war ihr peinlich«, warf Ronda ein.

»Also ehrlich, Magnolia. Manchmal bist du wirklich seltsam.« Jörna sah ihre Freundin streng an.

»Vielleicht ist ihr der alberne Elf auf das Gehirn geschlagen«, überlegte Nemo.

»Klappe!«, blaffte Magnolia. »Kommt mit. Ich führe euch zu Runa.« Nicht nur in ihren eigenen Ohren klangen diese Worte fremd.

»Sie führt uns zu Runa. Ist das nicht edel?«, spottete Nemo.

»Wir müssen noch auf Konrad warten.« Ronda sah sich suchend nach ihm um.

»Nein, müssen wir nicht!«, erklärte Magnolia hastig.

»Dann lassen wir ihm aber wenigstens den Zettel da«, beharrte Ronda und nahm ihn Jörna aus der Hand. Sie steckte ihn auf einen Zweig am Eingang zur Grotte und sprang erschrocken einen Schritt zurück. Milauro trat aus der Dunkelheit des Stollens ans Tageslicht.

Unheimlich starrte er Magnolia an. »Ich behalte dich im Auge!«, knurrte er. Und sie konnte sich aussuchen, ob das eine Drohung oder ein Versprechen war. Ohne ein Wort riss sie sich von seinem Blick los und lief zielstrebig in den nahen Wald. Die anderen folgten ihr.

Obwohl Magnolia sich bemühte, zwischen Farnen und Bäumen unterzutauchen, gelang es ihr nicht, Milauro abzuschütteln. Zuerst glaubte sie, einen Hirsch aufgeschreckt zu haben, dann wurde ihr schnell klar, dass Milauro sein Versprechen wahr machte und sie nicht mehr aus den Augen ließ. Meister Schnuck wollte hundertprozentig sichergehen, dass Magnolia ihre Mitschüler zum Dolmen brachte. Was würde passieren, wenn er ihre Spur verlor? Wenn er seinem Meister nicht melden konnte, dass sie im Anmarsch waren? Könnte das die Pläne des Grafen vielleicht stören?

Magnolia hatte nicht viele Möglichkeiten, sich gegen das Böse zu wehren. Sie wartete, bis die Gruppe zu ihr aufschloss. »Milauro folgt uns«, zischte sie halblaut.

Nun sahen sich alle nach ihm um. »Nicht so auffällig«, flüsterte Magnolia.

»Warum, lass ihn uns doch verfolgen. Vielleicht schickt Runa ihn, und er soll ...« Aber Magnolia schüttelte den Kopf. »Ich habe so ein komisches Gefühl. Er verfolgt mich schon seit einigen Tagen.«

»Dich? Du meinst, er ist hinter dir her?« Nemo sah sie erstaunt an.

»Sie hat recht«, bestätigte Jörna. »Irgendetwas stimmt mit dem Unterirdischen nicht.«

»Dann sollten wir ihn in einen hundertjährigen Schlaf schicken«, lächelte Eugenie leise.

»Leider ist er gegen deinen Blick immun, Bääänschie«, blaffte Jörna sie an.

»Zusammen werden wir locker mit ihm fertig«, sagte Nemo. »Wir erreichen gleich den Kreuzweg, der verstärkt unsere magischen Kräfte.«

Ronda war noch nicht überzeugt. »Welche magischen Kräfte? Wollt ihr ihn telepathisch zu Tode quatschen? Oder soll Nemo wieder ein paar goldene Sternchen auf ihn herabrieseln lassen? Viel mehr haben wir schließlich noch nicht gelernt.«

»Oh Mann, Ronda! Warum bist du bloß so ein Schisser?«, blaffte Nemo sie an. »Erinnerst du dich vielleicht noch an den Hexenschuss, den uns Runa letztes Mal beigebracht hat?«

»Der muss dann aber auch auf Anhieb klappen«, gab Ronda schnippisch zurück. »Und Jörna darf nicht gleich wegen einer schmerzenden Fingerkuppe heulen.«

»Wie bitte?« Jörna holte empört Luft und sah Ronda an wie ein besonders ekliges Insekt.

»Hört auf zu streiten!«, befahl Magnolia. »Nemo hat recht. Der Kreuzweg ist die Gelegenheit, seht ihr den Holzstapel dahinten?« Die anderen nickten.

»Bei drei laufen wir los und verschwinden dahinter. Milauro wird glauben, dass es dort einen geheimen Gang oder ein Portal gibt. Wenn er nachsehen kommt, legen wir ihn mit dem Hexenschuss flach.«

Die anderen nickten. Unauffällig hielten sie sich nah beieinander. Magnolia zählte leise vor sich hin. »Los«, flüsterte sie schließlich, und die Zauberschüler sprinteten zu dem Holzstapel und ließen sich dahinter flach auf den Boden fallen.

Es dauerte nicht lange, da knackste es im Unterholz, und Milauro stand auf dem Kreuzweg. Unschlüssig musterte er den Stapel Holz, hinter dem die fünf Zauberschüler auf der Lauer lagen. Unterirdische waren selten bei Tag unterwegs, und die Helligkeit machte Milauro eindeutig zu schaffen. Immer wieder wischte er sich über die Augen.

»Alles hört auf mein Kommando!« Das war natürlich Nemo. Sein Befehl nervte, aber niemand hatte Lust zu streiten. »Eins …«, setzte er an.

»Wie hieß das Wort noch mal?«, fragte Eugenie plötzlich.

Magnolia stöhnte. »Tonebat«, flüsterte sie.

Nemo fing erneut an zu zählen. »Eins!« Sie deuteten mit ihren Fingern auf Milauro. »Zwei!« Sie konzentrierten sich auf ihr Ziel. »Drei!« Alle zusammen riefen lauthals »Tonebat!« und feuerten den Schuss ab. Vier von ihnen trafen, nur Eugenie setzte stattdessen den Holzstapel, hinter dem sie versteckt lagen, in Brand.

»Arrgh!«, schrie Milauro und brach auf der Stelle zusammen.

»Ist er tot?«, fragte Ronda besorgt. Die fünf sahen sich an. »Das wollen wir doch nicht hoffen«, keuchte Jörna ängstlich. Und Eugenie lächelte leise.

Magnolia war als Erste bei dem Unterirdischen und fiel neben ihm auf die Knie. Sein Brustkorb hob und senkte sich. Erleichtert winkte sie die anderen heran. »Alles in Ordnung! Er ist nur ohnmächtig. Wir haben ihn aus den Socken gehauen.«

Nemo hob den Daumen. »Fasst mit an! Wir ziehen ihn hinter den Holzstapel. Es macht keinen guten Eindruck, wenn die Unterirdischen wie gefällte Bäume auf dem Weg herumliegen.« Sie zerrten Milauro hinter den Stapel, und Nemo löschte das kleine Feuer, das Eugenie entfacht hatte, mit seinem Mantel. Dann setzten sie eilig ihren Weg fort.

Einen Moment vergaß Magnolia, was gleich geschehen würde, und freute sich mit den anderen darüber, wie wunderbar der Hexenschuss funktioniert hatte. Sie atmete tief durch. Vielleicht hatten sie die Weichen dadurch neu gestellt. Ein höhnisches Lachen dröhnte wie ein chinesischer Gong in ihrem Innern und ließ ihr Herz zittern. Der Stoß, der gleich darauf folgte, war so heftig, dass sie ins Taumeln geriet. Zielstrebig führte sie ihre Mitschüler zu der Lichtung, auf der der Dolmen stand.

»Na endlich, dahinten ist der alte Steinhaufen. Ich hätte in diesen Schuhen keine Minute weiterlaufen können«, maulte Eugenie.

»Weshalb trägst du auch immer so seltsame Kleidung? Du siehst aus wie ein Grufti«, brummte Jörna und warf einen Blick auf Eugenies modische schwarze Schnürstiefel.

»Die Kleidung ist Ausdruck der Seele«, antwortete die Banshee und sah herablassend auf Jörnas alte Jeans.

»Als ob du eine Seele hättest«, knurrte Jörna.

Magnolia fühlte den Drang, sich vorwärts zu bewegen, so stark, als würde sie von einem Rudel Wölfe gehetzt. Sie lief über die Wiese auf den Dolmen zu, ohne sich nach den anderen umzudrehen.

»Sie zahlt dir doch etwas, ich hab's gewusst!«, rief Jörna, die wie alle anderen Mühe hatte hinterherzukommen.

»Was sind das da hinten für seltsame Pilzkreise?«, wunderte sich Ronda. Die Gruppe blieb stehen.

»Das sind Hexenringe, sie wachsen nur an besonders magischen Orten«, erklärte Nemo.

Wirklich, rund um den Dolmen wuchsen große, runde Bovisten. Magnolia war sicher, dass die gestern, als sie Leander hierhergelockt hatte, noch nicht da gewesen waren.

»Runa scheint noch nicht hier zu sein, und das, obwohl Milauro uns aufgehalten hat«, stellte Eugenie fest.

»Vielleicht ist sie schon drin«, sagte Magnolia und setzte sich wieder in Bewegung.

»Du meinst, sie steckt in diesem ekligen Grab?« Ronda sah sie ängstlich an.

»Ich bin ziemlich sicher. Kommt!« Magnolia hätte sich lieber die Zunge abgebissen, als diesen scheußlichen Satz von sich zu geben, aber sie konnte nichts dagegen tun. Unbeirrt trat sie in den magischen Kreis, und die anderen folgten ihr arglos.

Kaum hatten alle fünf Schüler den Hexenring betreten, geschah etwas Seltsames. Aus dem Boden schossen weitere Pilze. Die Bovisten ploppten wie riesige weiche Kissen auf und zerplatzten im selben Moment mit einem leisen Puff unter ihren Füßen. Heraus schossen

Millionen kleiner, klebriger Sporen, die sich wie Fesseln um ihre Knöchel legten und sie an Ort und Stelle festhielten. Verstört sahen sich die Hexenschüler an. »Was ist das?«, rief Jörna erschrocken.

»Das klebt wie Trollkacke! Verdammt, ich komme hier nicht weg!« Nemo versuchte vergeblich, seine Füße aus den Fesseln zu lösen. Und auch Ronda und Eugenie konnten sich nicht mehr von der Stelle rühren. Erfolglos versuchten sie wieder und wieder, die klebrigen Fesseln zu zerreißen. Es dauerte eine Weile, bis sie das Unglaubliche begriffen. Und auf einmal sahen alle Magnolia an. Die nickte und hob hilflos die Hände. Spätestens jetzt wurde auch dem Letzten klar, dass sie in die Falle gelockt worden waren und dass Runa nirgendwo auf sie wartete.

Wie zur Bestätigung kam in diesem Moment Goldemar aus seinem Versteck. Der Gnom legte ihnen wortlos die Handfesseln an, und Magnolia fühlte sich sterbenselend. Frei und teilnahmslos stand sie da und konnte die Blicke, die ihr die anderen zuwarfen, kaum ertragen. Sie war beinah froh, als Meister Schnuck selbst aus dem Dolmen trat und fragte: »Nun, Magnolia. Willst du Goldemar nicht ein wenig helfen?«

Magnolia schüttelte den Kopf.

»Dann lässt du mir keine Wahl!« Der beinah vertraute Schmerz fuhr in Magnolias Körper und zwang sie für einen Moment in die Knie. Sie keuchte und biss die Zähne zusammen. Dann stand sie wieder auf und befestigte das Seil, das Meister Schnuck ihr reichte, mit kantigen Bewegungen an den Fesseln ihrer Mitschüler. So entsetzlich die Sache auch war, nun wusste hoffentlich jeder, dass sie ihre Freunde nicht freiwillig verraten hatte.

Sogar Eugenie sah sie für einen Moment mitleidig an. »Ist es ein Bann?«, fragte sie. Und Magnolia nickte.

In Jörnas Augen standen Tränen, und Magnolia wusste, dass sie ihr galten. »Verzeihung!«, murmelte sie und sah ihre Freundin bittend an.

»Verdammter Mist!«, antwortete Jörna.

Goldemar befreite jeden Einzelnen von den klebrigen Pilzen und stellte sie der Reihe nach auf. Dann ruckte er an dem Seil, das Magnolia eben befestigt hatte, und den Zauberschülern blieb nichts anderes übrig, als ihm zu folgen. Magnolia hatte ebenfalls keine Wahl. Als der Impuls kam, musste sie sich genau wie die anderen in Bewegung setzen.

»He, wartet auf mich!«

Magnolia zuckte zusammen. Konrad, schoss es ihr durch den Kopf. Und auch die anderen drehten sich erschrocken zu dem Jungmagier um. Mit erhitztem Gesicht lief er über die Lichtung und schwenkte die Nachricht, die sie für ihn am Eingang zum unterirdischen See zurückgelassen hatten.

Hau ab!, wollte Magnolia schreien. »Beeil dich!«, waren die Worte, die sie tatsächlich rief. Verzweifelt schlug sie die Hände vor den Mund. Jetzt riefen alle durcheinander. Aber Konrad machte nicht den Eindruck, als hätte er irgendetwas von dem, was sie riefen, verstanden.

Plötzlich schrie Nemo: »Falewallelewe haulewau alewab!«

Aus vollem Galopp zog Konrad die Handbremse. Er blieb so abrupt stehen, dass selbst Magnolia überrascht war. Dann drehte er um und rief im Weglaufen: »Ilewich holewolelewe Hilewilfelewe!«

Ein Gefühl, das Magnolia nie für möglich gehalten hätte, lief wie ein elektrischer Strom durch ihren Körper. Sie war so unglaublich stolz auf Nemo und Konrad. Die Räubersprache, natürlich! Dann wurde ihr eiskalt. Warum zur Hölle hatte sie nicht selbst daran gedacht. Warum??? Wie konnte das angehen? Sie hatte die Räubersprache vor lauter Stress einfach vergessen. Magnolia war fassungslos. Sie hätte Jörna und die anderen warnen können. Sie hätte vielleicht sogar Tante Linette …. Jetzt war es zu spät.

Auch Meister Schnuck hatte die Szene mitbekommen. Konrad konnte er nicht entkommen lassen. »Schnapp ihn dir!« Er warf Goldemar ein Fangnetz zu. Und mit einer Geschwindigkeit, die wohl niemand seinen kurzen, dünnen Beinchen zugetraut hätte, spurtete der Gnom los. Konrad rannte wie ein Weltmeister. Doch gegen den Gnom und sein Netz hatte er keine Chance. Kurz bevor er den rettenden Wald erreichte, blieb Goldemar stehen. Er ließ das Netz über seinem Kopf kreisen und warf es dann in einer blitzschnellen Bewegung nach ihm aus. Konrad zappelte darin wie ein Fisch auf dem Trockenen. Er wurde von Goldemar auf die Schulter genommen und zu den anderen getragen.

Fünfundzwanzigstes Kapitel

Ein scheußlicher Verdacht

Im Inneren der steinernen Grabkammer führte eine Leiter hinunter in ein unterirdisches Labyrinth. Magnolia konnte sich nicht vorstellen, wie man hier die Orientierung behalten konnte. Die Gänge durchzogen den Teufelsberg wie die Löcher einen porösen Schwamm. Goldemar führte die Karawane der Gefangenen an. Zwischendurch ruckte er aus purer Bosheit immer wieder an dem Seil, um sie ins Stolpern zu bringen. Magnolia, die als Letzte in der Reihe vor Meister Schnuck ging, hasste ihn dafür. Das Einzige, was ihr Mut machte, war die Hoffnung, Leander bald wiederzusehen. Außerdem hatte sie schon seit Stunden keine Kopfschmerzen mehr. Wie schön wäre es, wenn der Bann tatsächlich gebrochen wäre und der Graf keine Macht mehr über sie hätte!

Ein letztes Mal bogen sie ab. Dann standen sie vor einer eisenbeschlagenen Tür. Magnolia ahnte, dass es sich hierbei um den Eingang zu Leanders Gefängnis handelte. Rechts und links von der Tür saßen zwei Trolle auf wuchtigen Schemeln und standen nur widerwillig auf, als sie Meister Schnuck erblickten.

»Öffnet!«, rief er und zog eine Fackel aus der Halterung. Einer der Trolle drehte den großen Eisenschlüssel quietschend im Schloss herum, und die Tür schwang auf. Als müsste er ein wildes Tier zurücktreiben, stieß Meister Schnuck immer wieder mit der Fackel in die Dunkelheit. Magnolia tat das Herz weh. Leander war aufgesprungen und stand mit dem Rücken zur Wand. Er musste seine Augen gegen das plötzliche Licht schützen.

»Leander!«, rief Magnolia. Sie stürzte zu ihm und fiel ihm um den Hals. Die anderen sahen verlegen zur Seite.

»Ihr habt Glück, denn ich bin ein Hexenfreund und lasse euch die Fackel da. Das ist dann fast so romantisch wie bei den Pfadfindern«, gluckerte Meister Schnuck leise. »Ach ja, Goldemar wird euch etwas zu essen herunterlassen, wenn ich nicht vergesse, ihn daran zu erinnern.« Er deutete nach oben, und allen wurde klar, dass sie sich auf dem Grund eines metertiefen Brunnenschachts befanden.

»Hat sie dich auch in die Falle gelockt?«, fragte Eugenie, nachdem Meister Schnuck das Gefängnis verlassen hatte.

Leander warf einen schnellen Blick auf Magnolia. »Es war nicht ihre Schuld«, sagte er, und seine Stimme klang heiser, weil er so lange nicht mehr gesprochen hatte.

»Verdammter Mist!«, fluchte Konrad. »Kann mir bitte jemand erklären, weshalb wir hier sind und warum Runa uns an so einen bekloppten Ort bestellt hat?«

»Sie hat uns nicht herbestellt, Dummbatz!«, erklärte Eugenie. »Magnolia hat uns alle in die Falle gelockt.«

Magnolia zuckte zusammen, als hätte Eugenie sie geohrfeigt.

»Du? Warum?« Konrad sah Magnolia fragend an.

»So ein Blödsinn«, brauste Jörna auf, obwohl sie sich auch nicht erklären konnte, was eigentlich geschehen war.

Magnolia straffte die Schultern und lächelte ihre Freundin dankbar an. »Eugenie hat recht«, erklärte sie dann unumwunden. »Es ist meine Schuld. Ich habe euch hierhergelockt. Aber ich schwöre … Ich habe es nicht freiwillig getan!«

»Was ist passiert?«, fragte Ronda.

Magnolia zuckte mit den Schultern und sah unsicher von einem zum anderen. »Ganz genau weiß ich das auch nicht. Es muss mit dem Parfüm zusammenhängen, das Meister Schnuck mir vor ein paar Tagen geschenkt hat. Tante Linette war nicht da, und eigentlich wollte ich ihn gar nicht ins Haus lassen. Aber es hat an jenem Abend geregnet, und er hatte sich extra auf den Weg gemacht, um es mir zu bringen ...«

»Sagt er ...«, knurrte Nemo.

»... weil ich schon so lange darauf gewartet habe.« Magnolia traten die Tränen in die Augen. »Gleich nachdem ich es das erste Mal aufgetragen hatte, bekam ich fürchterliche Kopfschmerzen. Leider habe ich das nicht mit dem Parfüm in Verbindung gebracht und es am nächsten Morgen gleich noch einmal benutzt. Und in der Schule auch ...« Magnolias Lippe zitterte. »Dann war es zu spät.« Sie erzählte von der Macht, die Meister Schnuck über sie hatte. Von den unsäglichen Kopfschmerzen, die plötzlich immer dann einsetzten, wenn sie das Parfüm nicht nahm, und davon, wie verzweifelt sie war. Wie einsam sie sich gefühlt hatte, weil sie mit niemandem darüber sprechen konnte.

»Du Ärmste«, versetzte Eugenie bissig. »Hat vielleicht jemand eine Zwiebel? Ich würde jetzt sehr gerne weinen!« Niemand antwortete ihr.

»Hast du das Parfüm denn hier? Was passiert, wenn du es nicht nimmst?«, wollte Ronda wissen.

Magnolia konzentrierte sich auf die Worte, die sie nun aussprach: »Ilewich halewabelewe elewes milewit eileweinelewem Gelewegelewenzaulewaubelewer verlewersulewucht.«

»Halewat elewes geleweklalewappt?«, fragte Nemo so schnell, dass die anderen ihn baten, den Satz zu wiederholen.

»Elewes daulewauelewert neuleweun Stulewundelewen«, antwortete Magnolia. »Alewabelewer ilewich halewabelewe keileweinelwe Kolewopfschmelewerzelewen melewehr.«

Die anderen nickten, setzten sich auf den Boden und blickten schweigend vor sich hin. Nur Leander kratzte sich am Kopf und sagte: »Okay, ich nehme an, das war kein Französisch?« Magnolia lächelte und schüttelte den Kopf.

»Wie lange bist du schon hier?«, wollte Nemo wissen.

Leander zuckte mit den Schultern. »Keine Ahnung.«

»Seit fast vierundzwanzig Stunden«, murmelte Magnolia kleinlaut. »Gestern zur selben Zeit habe ich dich …« Sie konnte den Satz nicht zu Ende bringen.

Leander berührte kurz ihren Arm. »Zerbrich dir darüber nicht den Kopf. Sagt mir lieber, in welcher Sprache ihr euch eben unterhalten habt.«

Konrad strahlte stolz in die Runde. »Krass, oder? Sie heißt Räubersprache. Meine Großmutter hat sie mir beigebracht. Das Gute daran ist, dass magische Wesen sie nicht verstehen können, ohne vorher kräftig zu üben.«

»Eigentlich ist es eine Sprache für Kinder«, murmelte Magnolia verlegen.

»Klingt cool!«, sagte Leander, und Magnolia überlegte kurz, ob er das ernst meinte.

»Was hat der seltsame Typ mit uns vor?«, wollte Ronda wissen.

»Gute Frage!«, fand Jörna.

»Ist er magisch?«, fragte Konrad.

»Davon kannst du ausgehen. Die Sache mit den Bovisten und den Fußfesseln war schon eine größere Nummer«, meinte Nemo.

»Er hat ein Geschäft in Rauschwald und heißt Meister Schnuck«, erklärte Magnolia. »Er verkauft dort selbst kreierte Parfüms und alte Bücher. Auch schwarzmagische.«

Die anderen hörten ihr aufmerksam zu.

»Die Parfüms riechen so wahnsinnig gut. Und sein Laden ist immer rappeldicke voll!«, schwärmte Jörna. »Allerdings ist uns schon früher aufgefallen, dass ihm ein paar Sprossen an der Leiter fehlen. Erinnerst du dich noch an den Gesichtszirkus, den er neulich aufgeführt hat?«

Magnolia nickte. »Damals hatte ich das erste Mal so ein seltsames Gefühl. Ich weiß noch genau, wie ich dachte, dass er vielleicht gar nicht der richtige Meister Schnuck ist. Hätte ich bloß auf mein Bauchgefühl gehört. Denn inzwischen bin ich mir sicher, dass wir nur eine Hülle sehen.«

Jörna sah sie mit großen Augen an. »Was meinst du mit Hülle?«

»Ganz einfach, irgendwer hat von Meister Schnuck Besitz ergriffen und benutzt seinen Körper, um sich unauffällig und frei bewegen zu können.«

»Und wer sollte das sein?«

»Graf Raptus?«, schlug Magnolia vor.

Jörna wurde blass. »Du glaubst, er ist zurück, um sich an uns zu rächen?«

Die letzte Begegnung mit dem Schwarzmagier war dramatisch verlaufen. Damals waren sie nur knapp dem Tode entronnen. In letzter Sekunde waren ihnen die Hexen zu Hilfe gekommen und hatten Graf Raptus mit vereinten Kräften besiegt.

»Kann sein, dass er sich rächen will. Im Laden sagte er allerdings auch, wir könnten ihm helfen, wieder ganz er selbst zu werden. Im letzten Kampf hat er schließlich seinen Körper verloren.«

»Ich habe geglaubt, er sei tot«, murmelte Jörna.

»Das haben wir wohl alle«, sagte Magnolia und sah ihre Freundin müde an.

»Die Geschichte könnte Sinn machen«, bemerkte Konrad eifrig. »So ein Körpertausch ist gar nicht so selten. Ich habe mal einen Film gesehen, da steckte ein Richter im Körper eines neunjährigen Jungen.«

»Klingt alles zusammen ziemlich mies. Und wir können nichts weiter tun, als zu warten«, stellte Leander fest. Wütend trat er im Sitzen nach einem Kiesel.

»Moment mal!« Magnolia kramte in ihrer Hosentasche. »Hier!« Sie drückte Leander den versteinerten Seeigel in die Hand, den Runa ihnen zum Schutz gegen magische Angriffe gegeben hatte.

Verständnislos sah Leander Magnolia an.

»Er schützt vor magischen Angriffen«, erklärte sie kurz.

»Nein.« Leander wollte ihn ihr zurückgeben, aber Magnolia versteckte ihre Hände hinter dem Rücken.

»Bitte, nimm ihn!«, bat sie eindringlich. »Es gibt mir das Gefühl, etwas gutzumachen.«

»Ja, nimm ihn!«, verlangte jetzt auch Nemo. »Er nützt hier sowieso nichts. Ich habe meinen nicht einmal dabei.«

Magnolia sah ihn böse an.

Dann wurde es wieder still in dem runden Gefängnis. Trübe hing jeder seinen eigenen Gedanken nach.

Plötzlich sah Konrad Eugenie an und sagte: »Rate mal, was das ist! Es ist drei Zentimeter lang, hat einen abgeflachten Körper und Klammerbeine mit Endklauen.«

Eugenie verdrehte entnervt die Augen. »Keine Ahnung … was ist es?«

»Ich weiß nicht, aber es krabbelt auf deinem Nacken!«, grinste Konrad.

»Iiiiiih!« Kreischend sprang Eugenie auf und schlug wild um sich. Das seltsame Insekt fiel zu Boden und verschwand eilig in den Ritzen des Mauerwerks.

Im Regenfass war die Sprechstunde vorbei, und Linette brachte zwei kichernde Mädchen zur Gartenpforte, die mithilfe der Kristallkugel in die Zukunft geblickt hatten. Fast die Hälfte ihrer Kunden kam wegen eines Blicks in die Kugel. Die Hexe war schon auf dem Weg zurück ins Haus, als sie die Mädchen plötzlich aufgeregt flüstern hörte. Neugierig blieb sie stehen, um zu sehen, was die beiden zum Tuscheln brachte. Da hüpfte auch schon Elon lässig über ihre Gartenpforte. Linette schüttelte den Kopf. Als ob er diese Angeberei nötig hätte. »Hallo, Elon, schön dich zu sehen!«, begrüßte Linette den jungen Elfen. »Du kommst genau zur richtigen Zeit, ich wollte gerade eine Pause machen!«

Einladend hielt sie ihm die Haustür auf, und Elon trottete mit gesenktem Kopf ins Wohnzimmer.

Verwundert ging Linette ihm nach. »Setz dich!« Sie deutete großzügig auf das plüschige Sofa. »Ich mache uns jetzt einen Kaffee. Möchtest du einen Keks dazu?«

»Nein danke.« Elon hatte auf der Kante des Sofas Platz genommen und knetete nervös seine Hände. »Eigentlich möchte ich auch keinen Kaffee.«

»Hast du Kummer?«, fragte Linette und sah den jungen Elfen forschend an.

»Jep!«, sagte Elon, ohne von seinen Händen aufzublicken.

»Und … kann ich dir vielleicht helfen?«

»Wissen Sie wo Leander ist?«, fragte er wie aus der Pistole geschossen.

Linette schüttelte den Kopf. »Er war schon seit ein paar Tagen nicht mehr hier.«

Elon ließ die Schultern sinken und fuhr sich nervös durch die Haare. »Er ist verschwunden.«

»Verschwunden? Wie meinst du das?«

»Weg, wie von einer Seeschlange verschluckt.«

»Seit wann vermisst du ihn denn?«, fragte Linette.

»Seit gestern Abend. Er wollte sich mit Magnolia treffen und anschließend zum Bogenschießen kommen.«

»Davon hat mir Magnolia gar nichts erzählt«, wunderte sich Linette. »Dabei haben wir heute Morgen noch miteinander gesprochen.«

Elon zuckte hilflos die Schultern. »Ich weiß einfach nicht mehr, wo ich suchen soll. Seine Eltern werden mir den Kopf abreißen, wenn sie davon erfahren.«

»Was kannst du dafür, wenn Leander nicht nach Hause kommt?«, fragte die Hexe.

»Ganz einfach. Ich habe sie belogen. Ich habe ihnen erzählt, Leander sei bei mir. Weil … Na ja, ich habe geglaubt … dass er vielleicht hier, bei …«

»Oho!«, fiel Linette ihm aufbrausend ins Wort. »Ich will doch nicht hoffen, dass du so einen Unsinn wirklich geglaubt hast?!« Drohend blitzte sie ihn an.

»Ich dachte ja bloß …«, murmelte Elon kleinlaut.

»Falsch gedacht, mein Lieber!« Man sah deutlich, wie es hinter Linettes Stirn arbeitete.

»Okay. Er ist jedenfalls weg, und ich mache mir schlimme …«

»… Vorwürfe, weil du ihm ein falsches Alibi verschafft hast«, vollendete Linette den Satz.

Elon saß da wie ein Häufchen Elend. »Wer weiß, was passiert ist? Ich hätte viel früher nach ihm suchen müssen. Keine Ahnung, wie ich das seinen Eltern erklären soll.« Er stand auf.

»Warte! Bevor du gehst, will ich einen Blick in die Kugel werfen. Vielleicht kann sie uns zeigen, wo Leander steckt.«

Die Hexe wollte gerade vor der Kristallkugel Platz nehmen, als es ganz furchtbar rumpelte und Runa wie aus dem Boden gewachsen in der Wohnstube stand.

»Huch!« Erschrocken fuhr Linette herum, und Elon saß mit einem Satz auf einem der niedrigen Deckenbalken. Böse sahen beide die Watthexe an.

»Runa, verdammt! Ich habe zwar geahnt, dass du mir nach dem Leben trachtest. Aber in meinem eigenen Haus …«, fauchte Linette.

Runa ließ sie nicht ausreden. »Etwas Furchtbares ist geschehen«, sagte sie mit dumpfer Stimme.

Linette winkte ab. »Ich weiß, Leander ist weg. Elon hat mir gerade davon erzählt. Aber ich würde mir da keine allzu großen Sorgen machen. Er ist in einem Alter, wo …«

»Ich rede nicht von Leander«, fiel Runa ihr ungeduldig ins Wort. »Ich rede von den Kindern, sie sind weg. Alle!«

»Die auch? Das wird ja immer besser!« Jeppe tauchte ganz plötzlich hinter dem Ofen auf. Die zwei Hexen wirbelten erschrocken herum und sahen ihn feindselig an.

»He he! Nichts für ungut. Ich wollte nicht lauschen, ehrlich, ich …« Der Kobold hob abwehrend die Hände. Aber Linette und Runa hatten jetzt andere Probleme.

»Was meinst du damit, sie sind weg?«, fragte Linette, und ihre Stimme klang spitz.

»Sie sind nicht zum Unterricht erschienen. Keiner von ihnen«, erklärte Runa.

»Und da meldest du dich erst jetzt?«, fuhr Linette die Watthexe an.

»Moment mal! Seit über zwei Stunden versuche ich, dich zu erreichen. Aber die Kristallkugel ist wegen deiner dämlichen Sprechstunde ja ständig besetzt!«, fauchte Runa zurück.

»Wie bitte? Dir rennen die Kinder weg, und du nennst meine Sprechstunden dämlich?« Drohend kam Linette näher, und Runa streckte angriffslustig das Kinn vor. Es fehlte nur noch ein Funke, und die beiden Hexen würden sich eine handfeste Rauferei liefern.

»He, langsam … langsam …« Elon sprang mit einem Satz zwischen sie und hielt die Kampfhennen auseinander.

Verlegen strich sich Linette eine Haarsträhne aus dem Gesicht, und auch Runa ließ die Fäuste sinken.

»Hast du ihre Familien schon informiert?«

Verlegen schüttelte Runa den Kopf. »Schließlich wissen wir noch nicht einmal, was wirklich los ist.« Die Watthexe machte eine Pause und knetete die Krempe ihres Hexenhutes. »Es gibt allerdings Grund zu der Annahme, dass man es auf unseren Nachwuchs abgesehen hat«, gestand sie dann.

Linette schüttelte den Kopf. »Unsinn. Sicher schwänzen sie bloß deine Stunden.«

»Damit könnte ich leben, aber so einfach ist die Sache nicht. Man hat sie in einen Hinterhalt gelockt, so viel ist sicher«, antwortete Runa.

»Wie kommst du darauf?«, fragten Linette, Elon und Jeppe im Chor.

Runa sah sie grimmig an. »Ich könnte mir vor Wut in den Hintern beißen. Dabei habe ich es von Anfang an gewusst. Seit er in Anatol Totts Laden gezogen ist, war mir klar …«

»Anatol Totts Laden …? Wovon redest du?«

»Sagt dir der Name Schnuck etwas?«

Linette nickte. »Magnolia hilft in seinem Geschäft aus. Sag bloß, du hast seinen Laden beobachtet?«

»Natürlich. Der Laden besitzt schließlich ein Portal zur dunklen Seite. Du weißt doch, wie oft Anatol unbemerkt auf der Burg war. Und erinnerst du dich nicht an die widerlichen Skulpturen in seinem Laden? Die Fresken an der Kellerdecke sind übrigens genauso furchtbar. Wer sich in Gegenwart solcher Bilder wohlfühlt, macht sich verdächtig. Und wer dazu Affodill und schwarze Ziegen bestellt, macht sich dreimal verdächtig.«

»Woher weißt du, wie es in seinem Keller aussieht?«, wunderte sich Linette.

Runa sah sie von oben herab an. »Ich habe Schnuck von Milauro beobachten lassen!«, erklärte sie knapp.

»Von Milauro?« Linette schnappte nach Luft. »Was hast du mit diesem Unterirdischen zu tun?«

»Das geht dich nichts an. Aber es hat funktioniert. Ich habe ihn gebeten, ein Auge auf Magnolia zu haben«, blaffte Runa.

»Du hast was? Magnolia fühlte sich von ihm bedroht!«

»Ich weiß!« Runa wurde nun doch ein bisschen unbehaglich zumute. »Ich habe meine Schüler unterschätzt. Die fünf Spezialisten haben ihn nämlich ausgeschaltet, als er ihnen gefolgt ist.«

»Du lässt zu, dass er sie verfolgt? Woher weißt du, dass man ihm trauen kann? Milauro ist ein Unterirdischer. Womöglich war er es, der sie entführt hat!« Linette war kurz davor, aus der Haut zu fahren. »Wo steckt dieser Kerl?«

Runa zuckte mit den Schultern. »Keine Ahnung, vielleicht ist er dabei, ihre Spur wiederzufinden«, sagte sie.

»Und im Himmel ist Jahrmarkt!«, brummte Linette. Sie setzte sich an den Tisch, auf dem die Kristallkugel stand, und versuchte, sich zu konzentrieren. Das war unter diesen Umständen auch für eine erfahrene Hexe wie Linette nicht leicht. Mehrere Minuten kreisten ihre Hände wie von selbst über dem Kristall. Ihre Lippen murmelten alte magische Worte, und das Innere der Kugel fing an, sich zu verändern. Der weiße Schmauch darin löste sich auf, als wäre ein Windstoß hineingefahren, und machte blutrotem, nicht zu durchdringendem Nebel Platz. Wie von einer Viper gebissen zuckte Linette zurück. Das Blut rauschte in ihren Ohren, als sie die grausame, längst tot geglaubte Stimme hörte, die mühelos den Raum füllte.

»Zu spät, Hexe. Viel zu spät! Du hast sie verloren!« Es folgte dröhnendes Gelächter, und der rote Nebel löste sich wieder auf.

Erschrocken sah Linette in die Runde, auch Runa und Elon hatte es die Sprache verschlagen. Jeppe, der sich im ersten Moment hinter den Ofen flüchten wollte, schüttelte sich wie ein nasser Hund.

Runa fing sich zuerst. »Zu spät? Pah, das wollen wir doch mal sehen! Wie heißt es in diesem Sprichwort über das Lachen?«

»Wer zuletzt lacht, lacht am besten«, murmelte Linette. Aber nach Lachen war ihr weiß Gott nicht zumute.

»Hast du den roten Nebel gesehen und diese ekelhafte Stimme gehört?«, fragte sie. Runa nickte.

»Das war nicht Meister Schnucks Stimme.«

»Nicht?«

Linette schüttelte den Kopf. »Das war die Stimme von dem schwarzmagischen Blutschlürfer. Ich bin ganz sicher. Graf Raptus ist nach Rauschwald zurückgekehrt und holt sich unsere Kinder!«

»Jetzt mach aber mal einen Punkt!« Runa sah sie beunruhigt an. »Ich dachte, ihr habt diese Pest ein für alle Mal erledigt … habt ihn in seinem eigenen Schleim verkochen lassen!«

»Das dachte ich auch«, sagte Linette abwesend. »Aber ich fürchte, wir haben uns geirrt … Natürlich, das würde auch erklären, weshalb er nicht riecht! Er hat in der Apotheke direkt vor mir gestanden und nicht gerochen …«

Runa und Elon sahen sie so verständnislos an, als würde sie einen Vortrag über experimentelle Nanophysik halten.

»Er ist ein Körpertauscher, versteht ihr? Der Kerl, den wir suchen, ist nicht Meister Schnuck. Meister Schnuck ist nur die Hülle, in der er sich bewegt.«

»Deshalb benötigt er auch den Affodill!«, sagte Runa, der nun ebenfalls ein Licht aufging. »Schnuck isst jeden Morgen eine Stulle von dem Totenbrot, und der Körpertauscher kann es sich weiter in ihm bequem machen.«

Verwirrt sah Elon von einer zur anderen. Er verstand zwar nur die Hälfte von dem, was geredet wurde. Aber er war der Ansicht, dass es höchste Zeit war zu handeln.

»Klingt, als sollten wir sie so schnell wie möglich finden!«, rief er ungeduldig. »Milauro hat ihre Spur im Wald verloren … also, worauf warten wir?«

»Du hast völlig recht, Söhnchen!«, lobte Runa. »Aber bevor wir den kompletten Wald nach ihnen absuchen, sollten wir sicherstellen, dass er die Kinder nicht in seinem Laden gefangen hält.«

Linettes Gedanken rasten wie der Propeller eines Flugzeugs. Sollte es sich bei dem Körpertauscher tatsächlich um Graf Raptus handeln, war Magnolia in allerhöchster Gefahr. Denn die beiden hatten noch eine gewaltige Rechnung offen. In Windeseile schnappten sich die beiden Hexen ihre Mäntel und Besen.

Bevor sie davonflogen, drehte sich Linette noch einmal zu Jeppe um. »Bitte sei so gut und halte die Stellung im Haus«, sagte sie. »Es ist zwar sehr unwahrscheinlich, aber vielleicht tauchen die Kinder ja auch ganz ohne unsere Hilfe wieder auf, und dann sollen sie nicht vor verschlossener Tür stehen.«

Jeppe nickte mürrisch. »Aber …« Er brach wieder ab. Mit Linette war nicht zu verhandeln.

»Würdet ihr mich vielleicht auf dem Besen mitnehmen?« Elon sah fragend in die Runde. »Ich könnte bei der Suche sicher nützlich sein«, fügte er schnell hinzu, als er die Blicke der beiden Hexen bemerkte.

»NEIN!« »JA!«, antworteten Runa und Linette gleichzeitig.

»Was heißt hier ja?«, empörte sich Runa. »Vermissen wir nicht schon genug Kinder? Wir werden alle Hände voll damit zu tun haben, auf uns selbst aufzupassen.«

»Er sucht nach Leander.«

»Äm, ja, und Jörna ist ja nun auch dabei«, meinte Elon.

Runa runzelte noch immer unwillig die Stirn. Doch Linette war auf ihrem Besen schon ein Stückchen nach vorne gerutscht. »Steig auf, und halte dich gut fest!«, sagte sie zu dem jungen Elfen. Und an Runa gewandt: »Ich erzähle dir die Geschichte, wenn wir unterwegs sind.«

Sechsundzwanzigstes Kapitel
Spurensuche

Der Wald unter ihnen verschwamm bereits in der Dämmerung, als sie Rauschwald erreichten. Runa und Linette landeten hinter den hohen Mauern der Schule, die früher einmal ein Kloster gewesen war, und versteckten ihre Besen und Mäntel zwischen den Mülltonnen. Um diese Zeit brauchten sie keine Angst davor zu haben, entdeckt zu werden.

Elon konnte gar nicht schnell genug vom Besen steigen. Er gab es zwar nicht zu, doch er war wahnsinnig froh, wieder festen Boden unter den Füßen zu haben.

Schnell marschierten sie in Richtung Meister Schnucks Laden. Es war ein glücklicher Zufall, dass die Geschäfte bereits geschlossen hatten und nur noch wenige Menschen auf den Straßen unterwegs waren. Sie gingen dreimal am Laden vorbei und warfen unauffällige Blicke durch die Schaufenster. Alles blieb ruhig.

»Er scheint nicht da zu sein«, flüsterte Runa. »Ich kann ihn weder riechen noch seine Gedanken hören.«

»Riechen konnte ich ihn selbst dann nicht, als er beinahe vor mir stand!«, murrte Linette. Doch der Laden schien wirklich wie ausgestorben. Es war eine Kleinigkeit für Runa, das Türschloss mit dem Zauberstab zu öffnen. Mit einem leisen Klick sprang es auf, und die drei ungebetenen Besucher verschwanden eilig im Laden. Aufmerksam sahen sie sich um. Auf den ersten Blick konnten sie nichts Ungewöhnliches feststellen. Parfüms, Schmuck, bunte Tücher ... Alles war an seinem Platz. Als Linette ihren Blick jedoch hoch zur Empore lenkte, stellte sie fest, dass dort oben gähnende Leere herrschte und sämtliche magische Bücher fehlten. Ein sicheres Zeichen, dass der Vogel ausgeflogen war. Nacheinander stiegen sie nun die steile Treppe hinunter, die in den Keller führte. »Lumier«, flüsterten sie, und die Zauberstäbe tauchten den ganzen Raum in ein bläuliches Licht. Linette schickte Elon, der ihnen folgen wollte, wieder fort. »Geh nach oben!«, flüsterte sie. »Sollte hier unten etwas schiefgehen, bist du vielleicht unsere einzige Rettung.«

Runas spöttischem Blick schenkte sie keine Beachtung. Linette war nicht der Meinung, dass der Elf nur eine zusätzliche Belastung war. Das blaue Licht der Zauberstäbe ließ die schaurigen Fresken an der Kellerdecke zu lebendigen Albträumen werden. Linette stellte sich gerade vor, wie diese Bilder wohl auf ein so junges Mädchen wie Magnolia wirken mussten, als Runa plötzlich geräuschvoll die Luft einsog. Im nächsten Moment stieg auch Linette ein seltsam stechender Geruch in die Nase. »Affodill!«, sagte sie und setzte zielstrebig ihren Weg in Richtung Labor fort. Die Unordnung, die dort herrschte, überraschte die Hexen. Tiegel und Reagenzgläser lagen zerbrochen am Boden, und ein Destillat hatte auf dem Tisch eine bräunliche Lache gebildet. In einem Kochtopf fanden sich die Überreste menschlicher Haare. Alarmiert sah Runa ihre Freundin an. »Wir hatten recht. Er hat das Brot der lebenden Toten tatsächlich gebacken!«, rief sie empört.

Linette nickte. »Und er ist kurz davor, in seinen neuen Körper zu schlüpfen«, flüsterte sie. »Die Kinder sind in höchster Gefahr!«

Bedrückt verließen die beiden Hexen den Raum. Von der Gefahr zu wissen, ihr aber nicht entgegentreten zu können, war schlimmer als alles andere. Auf dem Weg zur Treppe fiel ihnen der Vorhang auf, der ganz offensichtlich etwas verbarg. Mit einem Ruck zog Linette ihn zur Seite und spähte durch die offene Tür.

»Sieh da. Ein geheimer Raum«, murmelte sie.

»Und ein geheimer Gang«, sagte Runa grimmig.

Mit wenigen Schritten hatten die zwei Hexen den Raum durchquert und standen nun am Eingang des niedrigen Stollens.

»Hier hast du den Beweis!«, rief Runa triumphierend. »Es ist genau so, wie ich es dir gesagt habe. Und ich verwette all meine Warzen darauf, dass dieser Stollen direkt bis unter die Burg des Grafen führt.«

»Glaubst du, er hält die Kinder dort gefangen?«

Runa wiegte bedächtig den Kopf. »Die Burg existiert nicht mehr. Und die Spur der Kinder verliert sich mitten im Wald, aber wer weiß …«

»Gut.« Linette hatte einen Entschluss gefasst. »Lass uns nachsehen, wohin dieser Gang führt!« In gebückter Haltung verschwand sie im Stollen.

Runa war die Sache nicht geheuer. »Sei nicht leichtsinnig!«, warnte sie. Da gab es auch schon so einen lauten Knall, dass den Hexen Hören und Sehen verging. Und mit viel Staub und Getöse fiel der Stollen in sich zusammen. Es hätte nicht viel gefehlt, und Linette wäre von herabfallenden Balken begraben worden. Keuchend und hustend flüchteten die Hexen zur rettenden Treppe und rannten blind in Elon hinein, der ihnen erschrocken entgegenkam. »Was war das?«, rief er.

»Irgendjemand möchte verhindern, dass wir ihm folgen«, erklärte Runa trocken.

»Fliegenpilz und Krötendreck!«, fluchte Linette und wischte sich den Staub aus den Augen. »Ich bin sicher, dass dieser Stollen zu den Kindern führt. Weshalb sollte der Graf ihn sonst mit Sprengfallen sichern?«

»Vermutlich hast du recht«, knurrte Runa. »Hier kommen wir jedenfalls nicht weiter. Wir müssen uns etwas anderes einfallen lassen.«

So unauffällig, wie sie gekommen waren, verließen die drei den Laden wieder.

»Ihr solltet den Staub von eurer Kleidung klopfen«, schlug Elon vor, nachdem er draußen einen Blick auf die beiden geworfen hatte.

Runa stutzte, dann zeigte sie mit dem Finger auf Linette und fing schallend an zu lachen. »Du siehst aus wie ein Plattfisch, der sich in einem Teller mit Mehl gewälzt hat«, kicherte sie.

»Dito!«, antwortete die Kräuterhexe böse und klopfte ihren Rock aus. Ihr war nicht nach Lachen zumute, und sie marschierte hocherhobenen Hauptes in Richtung Schulhof, wo sie ihre Besen versteckt hatten.

»Und nun? Hat jemand einen vernünftigen Vorschlag?«, fragte Linette, während sie ihre Fluggeräte zwischen den Mülltonnen hervorzogen.

»Jetzt versuchen wir es im Wald!«, sagte Elon eifrig und half ihr charmant in den Mantel.

»Ist es dafür nicht schon fast zu dunkel?«, fragte Runa nach einem Blick in den abendlichen Himmel.

»Zu dunkel? Soll das heißen, du willst die Suche für heute abbrechen?«, brauste Linette auf und sah die Watthexe empört an. »Glaubst du im Ernst, ich könnte mich seelenruhig ins Bett legen, während dort draußen unschuldige Kinder von einem Blutschlürfer bedroht werden?«

Runa seufzte. »Natürlich nicht! Aber dann hör auf, lange Reden zu schwingen, und setz dich endlich auf deinen Besen. Die letzten sicheren Spuren von ihnen finden sich in Hackpüffel.« Mit diesen Worten sprang die Watthexe auf ihren Besen und flog davon. Linette und Elon folgten ihr.

Sie betraten das Zwergendorf durch die Kiste des toten Mannes.

»Vielleicht sollten wir Jacko informieren. Die Zwerge könnten uns bei der Suche nach den Kindern behilflich sein«, überlegte Runa.

Aber Linette winkte ab. »Später. Jacko würde im Handumdrehen eine ganze Hundertschaft zusammentrommeln, und das Getöse, das sie veranstalten würden, wäre ganz sicher nicht in unserem Sinne. Besser, wir sehen uns selbst nach Spuren um. Elon ist hundertmal effizienter als eine Horde aufgebrachter Zwerge.«

Dankbar nickte der Elf Linette zu und sah sich aufmerksam um. »Wo hat Milauro ihre Spur verloren?«, fragte er.

»Verloren? Die Dummköpfe haben ihn k.o. geschossen!«, stellte Runa empört richtig.

»Wo?«, fragte Linette.

»Mitten auf dem Kreuzweg!«, brummte Runa. »Das Letzte, was er von ihnen sah, war, wie sie hinter einem Holzstapel verschwanden. Milauro nimmt an, dass es dort einen Zugang in den Berg gibt.«

Runa hatte den Satz kaum beendet, da war Elon auch schon auf dem Weg. Trotz der Dunkelheit bewegte er sich so schnell und sicher durch den Wald, dass die Hexen Mühe hatten, ihm zu folgen. Die spezielle Färbung, die seine Haut annahm, sobald er einen Wald betrat, machte es ungeschulten Augen fast unmöglich, ihn vom Blattwerk der Bäume zu unterscheiden. Linette ließ sich deshalb eher von ihren Hexensinnen als von ihren Augen leiten, und Runa tat sicherlich das Gleiche.

»Es gibt hinter dem Stapel keinen Zugang in den Berg!«, verkündete Elon, als Runa und Linette endlich dazukamen. »Aber das Holz hat gebrannt.« Der Elf deutete auf die angesengten Baumstämme, die Runa und Linette in der Dunkelheit mehr riechen als sehen konnten.

»Ich nehme an, sie haben sich hier nur versteckt, um Milauro eine Falle zu stellen«, erklärte Elon. Runa runzelte unwillig die Stirn.

»Und dann …« Elon lief auf den Kreuzweg zurück und ging in die Hocke. »Dann haben sie Milauro mit irgendeinem Zauber aus den Sandalen gehauen.«

»Mit dem Hexenschuss!«, knirschte Runa.

Erstaunt sah Linette sie an. »So etwas bringst du ihnen bei? Ich dachte, ihr wärt noch mit dem Blockieren von Gedanken beschäftigt. Das sitzt bei Magnolia nämlich noch immer nicht richtig.«

»Sind wir auch«, bestätigte Runa schnell. »Meistens jedenfalls.«

Elon hatte sich ein Stück von ihnen entfernt und sah sich unschlüssig um. Dann kehrte er zu den beiden Hexen zurück.

»Sie haben Milauro hinter diesen Stapel gezogen, so viel steht fest. Dann sind sie …« Wie ein Bluthund suchte der junge Elf nach einer Spur.

Er lief im Zickzack und im Kreis, kehrte dann auf den Kreuzweg zurück und brach die Suche ganz plötzlich ab.

»Was ist los? Weshalb suchst du nicht weiter?«, fragte Linette ungeduldig.

»Keine Chance. Es ist einfach zu dunkel. Ich kann weder an den Zweigen noch am Boden irgendwelche Spuren entdecken. Dabei bin ich sicher, dass es hier Spuren gibt.« Elon sah ehrlich enttäuscht aus.

»Unsinn! Mach weiter. Du bist doch ein Elf. Ein geborener Spurenleser, oder etwa nicht?«, schimpfte Linette. Sie konnte den Gedanken an einen Abbruch der Suche nicht ertragen.

»Schon, aber …«

»Dann streng dich gefälligst an. Es geht hier nicht um den ersten Preis bei einem Kindergeburtstag, sondern um Leben und Tod!«

»Danke für den Hinweis! Zufällig ist mir das sehr, sehr bewusst!« Elon blickte Linette ernst in die Augen.

Die Hexe richtete sich zu ihrer vollen Größe auf. »Dann verstehe ich nicht, weshalb du so einfach aufgibst!«, sagte sie drohend.

»Weil es wenig Sinn macht, Kräfte unnütz zu vergeuden«, mischte sich nun Runa ein. »Du siehst doch, wie dunkel es ist. Sie könnten in jede Richtung gegangen sein. Wir sollten die Suche bei Tagesanbruch fortsetzen.«

»Gut. Wenn ihr es so wollt!« Linette betonte das *wollt* ganz besonders. »Aber ich werde mich nicht gemütlich auf's Ohr hauen. Ich werde Jacko nun doch um Hilfe bitten. Sollten die Kinder im Berg gefangen gehalten werden, sind die Zwerge vermutlich die Einzigen, die sie finden können.«

Schweigend und enttäuscht kehrten sie nach Hackpüffel zurück. In der Hoffnung, Milauro könnte mit Neuigkeiten auf sie warten, schauten sie am unterirdischen See vorbei. Ihre Hoffnungen wurden allerdings enttäuscht. Zwar lag die Gondel gut vertäut am Anleger. Von Milauro war jedoch weit und breit nichts zu sehen.

Es war spät geworden. In den meisten Häusern des Zwergendorfs waren die Lichter bereits erloschen, und ihre Bewohner lagen in tiefem Schlaf. Unschlüssig standen Linette, Runa und Elon vor Jackos weißem, strohgedecktem Haus.

»Er scheint zu schlafen«, stellte Runa fest.

»Darauf können wir nun wirklich keine Rücksicht nehmen!«, brummte Linette und wummerte mit der Faust gegen die niedrige Tür.

Eine Weile passierte nichts, dann gingen in der Küche die Lichter an, und die Haustür wurde einen Spaltweit geöffnet. Der Schein der Bergwerkslaterne ließ die drei blinzeln.

»Linette, Runa! Kommt herein. Wir haben euch schon erwartet.«

Verwunderung klang anders.

»Entschuldige die Störung«, bat Linette. »Aber wenn es nicht so ungeheuer wichtig wäre, hätten wir dich …«

Jacko winkte ab, und sie folgten ihm ins Haus. »Ich habe mich zu entschuldigen, denn ich laufe noch immer im Nachthemd herum«, sagte er. »Aber die Nachricht, mit der Jeppe zu uns kam, ist so ungeheuerlich, dass ich bis eben noch nicht einmal daran gedacht habe, mich anzuziehen.«

»Jeppe?«, echoten Runa und Linette.

»Ja, er hat uns gleich Bescheid gesagt!« Hinter Jacko erschien nun auch seine Frau Greta.

»Kommt mit ins Arbeitszimmer, damit wir ungestört sprechen können!«, schlug Jacko vor und ging ihnen voraus.

Eilig stampfte Linette hinterher. Jeppe konnte sich schon mal warm anziehen! Wütend flogen ihre Blicke in sämtliche Ecken des Arbeitszimmers, doch der Kobold war nirgendwo zu entdecken.

»Zeig dich, Kobold!«, zischte Linette. Und als das nichts nützte, zog sie kurzerhand ihren Zauberstab aus dem Ärmel und murmelte: »Dolbok-Hopp.« Augenblicklich schwebte Jeppe zappelnd hinter dem Sofa hervor.

»Lass mich runter, Linette! Ich schwöre, ich habe gewartet. Aber mir ist klar geworden, wie sinnlos es ist. Magnolia wird nicht von allein wiederkommen, und je früher wir mit der Suche beginnen, desto größer sind die Aussichten auf Erfolg. Niemand kennt sich im Labyrinth der Stollen und Gänge besser als die Zwerge aus! Und jetzt lass mich gefälligst runter!«

Linette verkniff sich eine bissige Antwort, steckte ihren Zauberstab wieder ein und ließ den Kobold unsanft auf das Sofa plumpsen. Im Grunde genommen hatte er ja recht. Genau deshalb waren sie hier. Sie wollten Jacko um Hilfe bitten, und für kleinliche Zänkereien war wahrhaftig nicht der richtige Zeitpunkt.

»Dann weißt du also schon, was passiert ist?«, fragte sie und sah Jacko aufmerksam an.

Der Zwerg nickte. »Trotzdem würde ich die Geschichte gern noch einmal aus deinem Mund hören. Es gibt da ein paar Fragen, die Jeppe mir nicht beantworten konnte.«

Runa und Linette setzten sich auf die Schemel, die Jacko ihnen hinschob, während Elon es vorzog, auf dem Boden zu sitzen.

Abwechselnd erzählten Linette und Runa, was sich heute Nachmittag ereignet hatte. Weder Jacko noch Greta unterbrachen sie ein einziges Mal. Nachdem die Hexen geendet hatten, war es so still im Zimmer, dass ihnen das Ticken der Standuhr wie Donnerhall vorkam.

»Du siehst«, sagte Linette zum Abschluss, »wenn es stimmt, was Milauro Runa erzählt hat, dann werden die sieben vermutlich irgendwo in einer der tausend unterirdischen Kammern des Berges festgehalten. Ihr Zwerge seid unsere letzte Hoffnung. Nur ihr könnt ein Versteck unter Tage finden.«

Jacko kratzte sich den weißen Bart. »Du ahnst nicht, wie weit das Stollensystem unter dem Berg verzweigt ist. Selbst wenn ich die erfahrensten Bergmänner auf die Suche schicke, wird es Tage dauern, bis sie die Kinder finden. Es ist die sprichwörtliche Suche nach der Nadel im Heuhaufen.«

»Wir haben einen Anhaltspunkt«, meldete sich jetzt Elon zu Wort. »Milauro hat sie immerhin bis zum Kreuzweg verfolgt. Heute Nacht verliert sich ihre Spur in der Dunkelheit, aber gleich bei Sonnenaufgang werde ich die Suche wieder aufnehmen.«

Linette schlürfte den süßen heißen Tee, den Greta ihnen wortlos gereicht hatte. Sie trank ihn in kleinen Schlucken, und er war wie Balsam für ihre aufgepeitschten Nerven.

Jacko sah auf die Uhr. »Also gut. In drei Stunden wird es hell, dann können wir mit der Suche beginnen. Bis dahin lasse ich meine Männer schlafen, damit sie ausgeruht sind. Und euch wird eine Mütze voll Schlaf ebenfalls guttun.«

»Vergiss es!«, zischte Linette und knetete nervös ihre kalten Hände. Immer wieder versuchte sie, telepathisch mit Magnolia in Verbindung zu treten. Es war hoffnungslos. Eine dicke Mauer aus Bosheit machte all ihre Versuche zunichte.

Greta brachte ein paar Decken, und Runa streckte sich ohne Umstände auf dem kleinen Sofa aus, während Elon versuchte, in einer Ecke zu meditieren. Die Stunden der Untätigkeit waren für Linette nur schwer zu ertragen. Sie zählte die Minuten, bis der aufziehende Morgen endlich die nächtlichen Schatten vertrieb.

Jacko hatte inzwischen sein Nachthemd gegen Stiefel, Hose und Wams getauscht und vier seiner erfahrensten Männer um Hilfe gebeten. Doch als die vier dann eine halbe Stunde später abmarschbereit in der Tür standen, fiel nicht nur Linette die Kinnlade herunter. Von den gut gelaunten und zu allem entschlossenen Kerlen war keiner jünger als Methusalem. Außerdem waren sie klapperdürr, und ein längerer Marsch war ihnen ganz sicher nicht zuzumuten.

»Es wäre schon eine Sensation, wenn sich einer von ihnen länger als drei Minuten auf den Beinen halten könnte«, murmelte Runa zwischen zusammengepressten Lippen.

»Darf ich vorstellen?«, fragte Jacko. »Diese vier Burschen sind die erfahrensten Höhlenläufer, die Hackpüffel zu bieten hat.«

»Läufer?« Runa zog erstaunt die Augenbrauen hoch. »Sie sehen aus, als müssten wir sie in ihren eigenen Schubkarren vor uns herschieben«, flüsterte sie. Linette nickte und seufzte müde.

Jacko ließ sich von Runas unablässigem Gemurmel nicht beirren. »Kobelbert, Lemtram, Kerlvin und Lump! Sie kennen das Höhlensystem rund um Rauschwald wie ihre Westentasche. Kerlvin war sogar dabei, als die Niederwaldsippe hier sesshaft wurde. Er ist gewissermaßen einer der Gründer von Hackpüffel und hat eigenhändig die ersten Stollen in den Berg gehauen.«

Ein leises Schnarchen zeigte, dass Kerlvin die Lobeshymnen über ihn und seine Sippe herzlich wenig interessierten. Und Linette fragte sich, ob es wirklich eine gute Idee gewesen war, Jacko um Hilfe zu bitten. Ihre bösen Vorahnungen bestätigten sich, als der Zwerg kurz vor ihrem Aufbruch Tragegurte verteilte, die sich wie ein Rucksack auf den Rücken schnallen ließen und verflixt an das Rettungsgeschirr von Höhenrettern erinnerten.

»Falls ihnen die Beine müde werden«, erklärte Jacko und legte sich selbst ebenfalls eine solche Tragevorrichtung um.

»Das ist nicht dein Ernst, oder?«, flüsterte Linette. »Bist du sicher, dass sie nicht auch noch blind und taub sind?«

»Natürlich!«, gab Jacko ärgerlich zurück. »Du musst mit ihnen nur etwas lauter sprechen.« Dann klatschte er in die Hände, gab Kerlvin einen sanften Stoß, und schon setzte sich der Suchtrupp in Bewegung. Die ersten hundert Meter kamen sie gut voran. Doch bereits an der steinernen Brücke fingen Kobelbert und Lemtram an zu schwächeln und mussten in die Rucksäcke steigen. Als sie den Kreuzweg erreichten, trugen bereits alle einen Höhlenläufer huckepack. Was allerdings weniger schlimm war, als Linette befürchtet hatte, denn die Zwerge hatten kaum Gewicht. Dafür unterhielten sie sich in einer Lautstärke miteinander, die Steine zum Leben erwecken könnte.

Die ersten Strahlen der frühen Sonne trafen noch nicht auf den Waldboden, als Elon die Suche auch schon wieder aufnahm. Er ging in die Knie, drehte sich rundherum und versuchte, sich von dem Protest auf seinem Rücken nicht ablenken zu lassen. Als Lump ihm dann aber seine Spitzhacke zwischen die Rippen stieß, wurde es Elon zu bunt. Wütend riss er sich die Tragevorrichtung von den Schultern und drohte dem Höhlenläufer mit ausgestrecktem Finger. »Pass mal auf, du Gnom! Wenn du den Sonnenaufgang noch bei bester Gesundheit erleben willst, dann hör auf, mich mit deiner Spitzhacke zu schlagen, verstanden?«

»Willst du mir etwa Vorschriften machen, Elf?«, empörte sich der alte Zwerg seinerseits. »Mir wird schlecht, wenn du dich wie ein Irrwisch im Kreis drehst, und ich habe einen verdammt schwachen Magen! Also fordere dein Glück nicht heraus«, fügte er grimmig lächelnd hinzu.

Damit der Streit die Suche nicht belastete, tauschten Jacko und Elon kurzerhand die Zwerge auf ihren Rücken. Elon ging erneut in die Hocke und hatte bald gefunden, wonach er suchte. Er sah sich um und deutete dann geradeaus. »Sie sind in diese Richtung weitergegangen. Einer von ihnen ging voran, und die anderen sind ihm gefolgt.«

»Magnolia«, meinte Runa nachdenklich. »Milauro erwähnte, dass sie die Gruppe angeführt hat.« Die beiden Hexen sahen sich an.

»Wenn sie die Gruppe angeführt hat, muss sie gewusst haben, wo es langgeht«, sagte Linette erstaunt.

Runa schüttelte den Kopf. »Unmöglich. Es sei denn …« Mitten im Satz brach die Watthexe ab.

Aber Linette wusste auch so, was ihre Freundin sagen wollte. »Wenn du denkst, was ich denke, dann … dann …« Die Furcht stand Linette ins Gesicht geschrieben.

»Das wäre nur eine Möglichkeit«, versuchte Runa, sie zu beruhigen. »Es kann tausend andere Gründe dafür geben, dass sie den Weg kannte. Sie muss nicht zwangsläufig unter seinem Einfluss stehen. Ist dir in den letzten Tagen denn etwas Ungewöhnliches an ihr aufgefallen?«

Linette ließ sich Magnolias Verhalten noch einmal durch den Kopf gehen. »Nein, irgendwie war sie sehr normal.«

»Da muss ich dir aber widersprechen«, sagte Jeppe energisch. »Ich fand sie gerade in den letzten Tagen irgendwie seltsam. Natürlich ist sie immer etwas seltsam, aber in den letzten Tagen war sie eben noch seltsamer als sonst. Manchmal hatte ich den Eindruck, sie wollte etwas sagen, was sie dann doch lieber verschluckt hat.«

Jetzt wurde Linette hellhörig. »Sie hat Worte verschluckt?«

Der Kobold nickte. »Und da war dieser seltsame Geruch …«

Linette wusste, wovon er sprach. »Sie sagte, er käme von ihrem Parfüm, das sie sich selbst zusammengemischt hat.«

Runa schnaubte grimmig. »Ich sage nur Affodill, meine Liebe.«

Es fiel Linette wie Schuppen von den Augen. »Er hat Magnolia dazu benutzt, ihre Freunde in die Falle zu locken«, murmelte sie ungläubig.

Rundherum herrschte betretenes Schweigen.

Nur Jacko dachte bereits einen Schritt weiter: »Wenn das stimmt, dann müssen wir damit rechnen, dass ihre Freunde jetzt ebenfalls unter seinem Kommando stehen. Und das könnte gefährlich werden.«

Linette nickte. »Er wird ganz sicher nicht zögern, sie gegen uns aufzuhetzen.«

»Du hast recht. Wenn er sie erst mit dem Brot der lebenden Toten gefüttert hat, wird das kein Problem mehr sein«, stimmte Runa ihr zu.

Elon sah zweifelnd von einem zum anderen. »Ihr meint, sie werden zu einer Horde hirnloser Zombies?«

»So ähnlich«, bestätigte Runa.

»Ich glaube nicht, dass Leander so dumm sein wird, von diesem Brot zu essen«, sagte er im Brustton der Überzeugung.

Jeppe lächelte böse. »Er wird es vielleicht nicht einmal bemerken.«

»Ein teuflisches Zeug«, bestätigte Runa und sah düster von einem zum anderen. Linette tätschelte Elon den Arm und sah ihn hoffnungsvoll an. »Was meinst du, wirst du sie für uns finden?«

Elon presste die Lippen aufeinander und nickte. »Mithilfe der Zwerge ganz sicher.«

»Gut, dann lasst uns aufbrechen.«

Siebenundzwanzigstes Kapitel
Erstaunliche Worte

Magnolia hatte kaum ein Auge zugetan. Sie saß neben Leander an die Brunnenmauer gelehnt und wachte jedes Mal auf, wenn ihr Kopf auf seine Schulter fiel. Sie hatte keine Ahnung, wie lang diese Nacht noch dauern würde und was sie am nächsten Morgen erwartete. Das Einzige, was sie wusste, war, dass ihre Kopfschmerzen inzwischen völlig verschwunden waren und sie sich in ihrem Körper wunderbar frei fühlte. Jörna drehte sich im Schlaf und benutzte dabei Magnolias Schoß als Kopfkissen. Sachte strich sie ihrer Freundin eine widerspenstige rote Locke aus der Stirn. Jetzt, wo ihre Hexenaugen sich an die Finsternis gewöhnt hatten, genügte der Schein der Fackeln, der unter dem Türspalt schimmerte, um ein wenig von ihrer Umgebung zu erkennen. Sie seufzte leise. Das alles war allein ihre Schuld.

»Ich würde nicht zu lange darüber nachdenken«, hörte sie Eugenies Stimme in ihrem Kopf. Offensichtlich konnte sie ebenfalls nicht schlafen und versuchte eine lautlose Unterhaltung. Warum waren bloß alle anderen so viel besser im Lesen und Senden von Gedanken, schoss es Magnolia durch den Kopf.

»Jeder von uns hat seine Stärken.« Das war wieder Eugenie.

»Dass zu deinen Stärken auch Nettigkeit gehört, hatte ich gar nicht abgespeichert«, dachte Magnolia mittelmäßig freundlich zurück.

»Du kennst mich eben nicht. Niemand kennt mich.« Ein Lächeln umspielte Eugenies Mund.

»Hast du eine Ahnung, wie spät es ist?«

»Fünf«, dachte Eugenie, ohne auf die Uhr zu sehen.

Jörna drehte sich abermals und rollte dabei von Magnolias Schoß. »Au«, murmelte sie und setzte sich verwundert auf. Jetzt wurden auch die anderen wach. »Wie spät ist es?«, fragte Leander und fuhr sich mit den Händen über das Gesicht.

»Gleich fünf«, antwortete Magnolia.

»Und?« Nemo sah erwartungsvoll in die Runde. »Hat irgendjemand einen Plan?«

»Du solltest nicht mal daran denken«, antwortete Leander knapp, und Magnolia musste blödsinnigerweise kichern.

»Stimmt. Feind hört mit«, erklärte Konrad allen, die es noch nicht verstanden hatten.

»Was hat er bloß mit uns vor?«, piepste Ronda, und ihre helle Haut fing vor Angst an zu leuchten.

»Sicher was Fieses«, brummte Konrad, und Magnolia spürte die Schuldgefühle so heftig wie einen Schlag in den Magen. Sie schnappte nach Luft, und Leander nahm sie fest in den Arm.

»Ich weiß, dass es unpassend ist, aber allmählich könnte ich etwas zu essen gebrauchen«, quengelte Jörna.

»Und ich habe Durst!«, stimmte Konrad ein. »Hat der Kerl gestern nicht gesagt, der Gnom würde uns etwas zu essen herunterlassen?«

»Er sagte: Wenn er es nicht vergisst«, meinte Eugenie ohne jede Regung. Es herrschte bedrücktes Schweigen.

»Er wird uns hier hoffentlich nicht verhungern lassen.« Konrad war sehr besorgt.

»Nein, ganz sicher nicht. Mach dir keine Sorgen«, beruhigte Leander ihn.

»Außerdem ist Wasser hundertmal wichtiger«, murrte Nemo. »Ich habe Durst wie eine ganze Herde Nilpferde.«

Aber Konrad machte sich Sorgen und wollte nicht länger warten.

»He, ihr da oben!«, schrie er. »Wir haben Hunger und Durst, versteht ihr?«

Im nächsten Moment waren an der Tür gedämpfte Stimmen zu hören, und der Riegel, der das Guckloch verdeckte, wurde zurückgezogen. Ein Trollgesicht zeigte sich und machte dann jemandem Platz, den Magnolia hier nicht erwartet hatte.

»Milauro!«, entfuhr es ihr.

»Elewesst nilewicht volewon delewem Brolewot. Velewer-stalewandelewen? Rülewürt dalewas Brolewot nilewicht alewan!«, rief Milauro ihnen durch die offene Klappe zu. Es kam zu einem kurzen Handgemenge, und schon drängte der Troll ihn wieder zur Seite. »Schluss!«, bestimmte er. Und die Klappe wurde mit einem Ruck wieder geschlossen. Verdutzt sahen sich die Hexenschüler an.

»Das kam ja wie auf's Stichwort«, sagte Konrad. »Ob er uns belauscht hat?« Magnolia sah Konrad an und legte den Zeigefinger auf den Mund.

»Seileweit walewann sprichlewicht elewer dielewie Räulewäubelewer-spralewach-elewe?«, wunderte sich Nemo.

»Seileweit walewann ilewist elewer aulewauf ulewun-selewer-elewer Seilewei-telewe?«, fragte Jörna.

Oben am Brunnenrand klingelten jetzt Glöckchen, und eine brennende Fackel wurde zu ihnen hinuntergeworfen. Geblendet kniffen sie die Augen zu. Dann hörten sie die Brunnenwinde quietschen, und ein Eimer wurde zu ihnen herabgelassen.

»Hier habt ihr Futter. Lasst es euch schmecken!«, rief Goldemar und lachte böse.

»Und was ist mit Getränken? – Ja, wir brauchen Wasser! – Willst du uns verdursten lassen?«, riefen nun alle durcheinander. Ihre Stimmen hallten dumpf und hundertfach von den hohen Brunnenmauern wider.

Goldemar brummte unwillig und verschwand aus ihrem Sichtfeld.

»Glaubt ihr, er kommt noch einmal zurück?«, piepste Ronda ängstlich. Da quietschte die Winde erneut, und ein weiterer Eimer wurde zu ihnen heruntergelassen.

»Beeilt euch mit dem Essen. Der Meister wartet nicht gern, er wird schnell ungeduldig.«

»Ungeduldig, weshalb? Was hat er mit uns vor?«, versuchte Nemo sein Glück. Doch Goldemar hatte sich bereits vom Brunnen entfernt und antwortete nicht.

»Wenigstens haben wir jetzt Wasser«, meinte Jörna.

»Und du glaubst, dass wir es gefahrlos trinken können?«, fragte Magnolia.

Jörna nickte. »Milauro hat uns schließlich nur vor dem Brot gewarnt«, sagte sie in der Räubersprache.

Trotzdem wollte niemand der Erste sein. Misstrauisch beäugten sie den Eimer, in dem das klare Wasser so verlockend glitzerte.

»Wir haben wohl kaum eine Wahl. Man kommt nicht besonders lange ohne Wasser aus«, sagte Leander. Er griff nach der Schöpfkelle und nahm den ersten Schluck.

»Und, wie fühlst du dich?«, fragte Konrad gespannt.

Leander zuckte mit den Schultern. Da griff Konrad ebenfalls nach der Kelle und trank gierig von dem Wasser. Plötzlich griff sich Leander an den Hals. »Arrgh!«, stöhnte er und streckte die Arme steif nach vorne aus. Mit hölzernen Schritten und starrem Blick kam er auf Konrad zu.

Der schleuderte die Kelle panisch von sich, und auch die anderen waren entsetzt.

»Scherz!«, sagte Leander und ließ die Arme wieder sinken.

Die Hexenschüler sahen ihn empört an.

»Der war ja mal richtig gut!«, blaffte Nemo wütend.

»Super!«, meinte auch Eugenie trocken. Magnolia verdrehte nur die Augen und hob die Kelle auf. Nacheinander tranken sie von dem Wasser. Dann schielte Konrad auch schon nach den winzigen runden Brötchen.

»Die sehen richtig lecker aus«, meinte er bedauernd. »Aber sie sind so seltsam klein.«

Nemo blitzte Konrad böse an und schüttelte den Kopf. »Nilewicht!«

»Wir müssen sie …«, setzte Leander an, als Magnolia ihn anstieß und den Kopf schüttelte.

»Wilewir mülewüss-elewen silewie velewer-steleweck-elewen!«, sagte sie schwerfällig in der Räubersprache.

»Wolewo?«, wollte Jörna wissen.

Die Hexenschüler sahen sich um. Auch Leander hatte verstanden. Er stand auf und tastete die rauen Steine im Mauerwerk ab. »Hier war irgendwo ein …«, murmelte er und brach den Satz dann ab. Kurz darauf hatte er den losen Stein, nach dem er suchte, gefunden. Er zog ihn heraus und schob zwei der kleinen, weichen Brote in die Öffnung. Dann setzte er den Stein wieder ein und untersuchte erneut das Mauerwerk. Wieder wurde er fündig und versteckte wie zuvor ein paar Brote in der entstandenen Öffnung. Das klappte besser als gedacht. Gebannt und erleichtert beobachteten die anderen, wie er schließlich auch das letzte Brot hinter einem losen Stein verschwinden ließ. Dann setzten sie sich wieder auf den Boden und taten das, was sie bereits die ganze Nacht getan hatten. Sie warteten.

Bei Tageslicht fiel es Elon nicht schwer, die Spuren von Magnolia und den anderen zu verfolgen. Überall fanden sich Hinweise, die verrieten, dass sich hier eine Gruppe Menschen völlig unbedarft fortbewegt hatte. Es dauerte nicht lange, und sie hatten die Wiese, auf der die steinerne Grabstätte stand, erreicht. Schnaufend blieb Linette stehen. Der Höhlenläufer auf ihrem Rücken mochte nicht besonders schwer sein, doch wie sagte ein altes Sprichwort so treffend? *»Die Länge trägt die Last.«* Und Linette spürte diese Last ganz deutlich, auch wenn sich Lemtram auf ihrem Rücken ruhig verhielt. Runa wischte sich ebenfalls unauffällig den Schweiß von der Stirn.

»Da hinten muss es sein«, erklärte Elon stolz. »Da drinnen sind sie verschwunden.«

»In dem Dolmen?«, fragte Linette erstaunt. »Ich wusste nicht, dass er einen Zugang zum Berg hat.«

»Hat er auch nicht«, bestätigte Lemtram auf ihrem Rücken.

»Bist du sicher, dass ihre Spuren dorthin führen?«

Elon ging noch einmal in die Hocke und peilte dicht über dem Boden den Dolmen an, dann nickte er. »Kein Zweifel. Sie sind darin verschwunden.«

»Wenn wir die Rucksäcke doch wenigstens für fünf Minuten in die Ecke stellen könnten«, raunte Runa Linette zu, während sie hinter Elon und Jacko über die Wiese eilten und sich bemühten, den Anschluss nicht zu verlieren.

Als sie den Dolmen schließlich erreichten, stellten sie fest, dass der Elf recht und Lemtram sich geirrt hatte. In der hintersten Ecke direkt neben einer Steinstele klaffte ein rechteckiges Loch im felsigen Boden, und eine altersschwache Leiter führte hinunter in den Berg. Entschlossen nahm Linette ihren Rucksack ab. »Bei allem Respekt«, sagte sie. »Aber an diesem Ding müsst ihr schon alleine runterklettern.«

Lemtram, Kerlvin und die zwei anderen murrten zwar, stiegen dann aber doch aus ihren Tragegurten. Sie reckten sich und machten ein paar Kniebeugen, die ihren Gelenken schauerliche Geräusche entlockten.

»Wir sind heute besonders knackig!«, fand Kerlvin und blinzelte vielsagend in die Runde.

»Allerdings!«, grunzte Linette und verschwand vor dem Zwerg auf der Leiter. Einer nach dem anderen stieg in das Loch. Sie gelangten in einen niedrigen Tunnel, in dem sie sich nur gebeugt fortbewegen konnten. Runa und Linette taten die Rücken weh, und sie waren glücklich, als der niedrige Gang in einen ausgewachsenen Stollen mündete. Unschlüssig blieben die Zwerge stehen. Sie hatten die Wahl zwischen drei weiteren

Gängen, von denen einer mit einem weißen Kreidezeichen markiert war, das mit ein wenig Fantasie an eine Spitzhacke erinnerte.

»Aaaah!« Über die Gesichter der Höhlenläufer huschte ein Lachen. Sie schnüffelten, und plötzlich wurde selbst Jacko hellwach. »Jaaaa!«, rief er und schwenkte seine Laterne so übermütig, dass sie zu erlöschen drohte.

»Was ist, habt ihr die Kinder gefunden?«, rief Linette und schloss aufgeregt zu ihnen auf.

»Nein«, antwortete Jacko zerknirscht.

»Aber wir haben eine Erz-Ader entdeckt, wie man unschwer an diesem Zeichen erkennt«, erklärte Lump. »Einer unserer Urahnen hat diesen Stollen markiert. Ein großer Teil des Berges ist noch unerforscht.«

Runa sah die Zwerge böse an. »Dann merkt euch die Stelle und marschiert weiter! Wir dürfen keine Zeit verlieren.« Sie sprach Linette aus der Seele.

Die Zwerge guckten bei diesen Worten zwar beschämt zu Boden, aber Linette sah aus den Augenwinkeln, wie sie trotzdem immer wieder ihre Hände über die feuchten Wände gleiten ließen und die Finger danach probehalber in den Mund steckten. Sie waren eben immer auf der Suche nach Schätzen. Elon dagegen erwies sich als richtiger Glücksgriff. Er war freundlich, vorausschauend und unermüdlich. Allein ihm war es zu verdanken, dass sie sich im Labyrinth des Berges nicht verliefen und immer wieder Spuren der Kinder fanden. Kurz vor der nächsten Biegung hob Jacko plötzlich warnend die Hand. Eine Gestalt kauerte am Boden und starrte ihnen feindlich entgegen.

»Es ist Milauro!«, stellte Linette fest und sah Runa fragend an.

»Was guckst du so komisch? Ich habe auch keine Ahnung, warum er dort herumlungert«, verteidigte die sich.

»Dann frag ihn! Schließlich ist er doch dein Schoßhündchen.«

»Schoßhündchen? Pah!« Trotzdem machte Runa ein paar Schritte auf Milauro zu. »Wartest du auf uns?«, fragte sie.

Der Unterirdische knurrte etwas Unverständliches, und Runa fragte noch einmal nach.

Wieder brachte Milauro nicht mehr als ein unwilliges Knurren heraus. Linette konnte sich sehr gut vorstellen, wie unangenehm es für die Hexenschüler sein musste, ihn als Begleitung zu haben.

»Ich habe sie gefunden«, knarrte er schließlich halbwegs verständlich.

Diese Nachricht schlug ein wie eine Bombe.

»Du hast was? Wo sind sie? Und woher wusstest du, dass du uns hier treffen würdest?«, schnatterten jetzt alle durcheinander. Milauro stand langsam auf. Aber Linette traute ihm nicht. Automatisch tastete sie nach ihrem Zauberstab.

»Sie gefunden. In einer Zisterne. Ihr macht Lärm wie hundert Klopfer.«

Im ersten Moment wusste Linette nicht, was sie von diesen seltsamen Sätzen halten sollte, dann verstand sie, dass er lediglich auf ihre durcheinandergerufenen Fragen geantwortet hatte.

»Kannst du uns zu ihnen bringen?«

Milauro sah sie aus unergründlichen Augen an. »Sicher!«, sagte er und verschwand ohne ein weiteres Wort in einem der vielen Gänge.

Achtundzwanzigstes Kapitel

Die Mauern des Bösen

Konrads Magen knurrte unablässig und machte alle anderen verrückt.

»Hör doch mal auf damit!«, verlangte Nemo.

»Wie denn? Ich hab ein riesiges Loch im Bauch, und wenn ich nicht gleich etwas zu essen bekomme …«

»Dass du überhaupt an Essen denken kannst!«, beschwerte sich Ronda mit dünner Stimme. »Mir wird schon schlecht, wenn ich nur daran denke, was gleich mit uns passiert.«

»So? Was passiert denn gleich?«, fragte Konrad angriffslustig, und die anderen starrten ihn böse an.

»Wir sind sieben Mann! Na ja, drei Männer und vier Mädchen«, räumte er ein. »Aber ich glaube trotzdem, dass wir uns wehren können. Und mal im Ernst. Wir wissen doch wirklich nicht, was der Typ mit uns vorhat.«

Jörna verdrehte die Augen. »Du bist so naiv, da könnten einem glatt die Tränen kommen«, höhnte sie. »Was meinst du wohl …«

Weiter kam sie nicht, denn im selben Moment wurde ein Schlüssel im Schloss herumgedreht, und die Tür öffnete sich quietschend. Magnolias Herz fing bedenklich an zu klopfen. Flankiert von zwei Trollen erschien Goldemar in der Türöffnung. Die Trolle blickten grimmig in die Runde und ließen keinen Zweifel daran, dass jeder Fluchtversuch kläglich scheitern würde.

Es war zwar nicht der richtige Zeitpunkt, trotzdem stellte Magnolia wieder einmal fest, wie hässlich Trolle waren. Diese beiden Exemplare trugen Lederschürzen und sahen damit aus wie Henkersknechte. Ihre verschränkten, behaarten Oberarme waren dick wie Elefantenbeine, und sie glotzten so stumpfsinnig, dass man sich zwangsläufig fragen musste, ob da oben jemand zu Hause war.

Goldemar händigte jedem aus der Gruppe einen schwarzen Sack aus, den sie sich über den Kopf ziehen sollten. Dann schubste er sie grob in eine Reihe. »Stellt euch hintereinander auf und legt die rechte Hand auf die Schulter eures Vordermanns!«, bellte er mit so viel Nachdruck, dass die Glöckchen an seiner Kappe klingelten. Es dauerte eine Weile, bis sie sich wie verlangt aufgestellt hatten. An den langen glatten Haaren, die ihr auf die Hand fielen, erkannte Magnolia, dass Eugenie vor ihr ging. Man hörte ein leises klirrendes Rasseln, und Magnolia vermutete, dass Goldemar den ersten von ihnen an die Kette gelegt hatte.

»Kommt jetzt!«, sagte der Gnom. »Der Meister erwartet euch.« Ein Ruck ging durch die Gruppe, und sie folgte Goldemar hinaus in das Labyrinth der Gänge.

Obwohl sie nichts sehen konnte, versuchte Magnolia, sich zu orientieren. Wenn sie nicht alles täuschte, gingen sie nach Osten. »Zieht die Köpfe ein!«, rief Goldemar, und Nemo stöhnte im selben Moment auf. Scheinbar war er der Erste in der Reihe. In gebeugter Haltung gingen sie weiter.

»Stufen!«, rief Goldemar. Und sie tasteten sich eine steile Treppe hinunter. Bald hatte Magnolia jegliche Orientierung verloren. Sie konnte nicht einmal mehr sagen, ob sie sich vor- oder zurückbewegten.

»Hat jemand eine Ahnung, wo wir sind?«, fragte sie in der Räubersprache. »Neilewein«, brummten die anderen, und als wäre das ein Weckruf gewesen, flüsterten nun alle durcheinander.

Es war Konrad, der den Anstoß gab. »Wir müssen etwas unternehmen. Hat jemand eine Idee?« Er beherrschte die Räubersprache wie kein Zweiter. Einen Moment schwiegen die anderen, dann sagte Magnolia zögernd: »Helewex-elewen-schulewuss?«

»Hat bei Milauro auch geklappt!«, bestätigte Jörna blitzschnell in ihrer neuen Lieblingssprache.

»Ja, aber damals konnten wir sehen!«, entgegnete Nemo.

»Schnauze!«, blaffte Goldemar und ruckte so heftig an der Kette, dass Nemo ins Stolpern geriet.

»Dann versuchen wir es eben blind«, flüsterte Jörna noch immer in Räubersprache.

»Wo genau sind sie?«, fragte Ronda und meinte damit Goldemar und die Trolle.

»Goldemar geht vorne«, antwortete Nemo.

»Du sollst das Maul halten!« – Ruck.

»Neben mir geht ein Troll. Ich kann ihn riechen«, sagte Eugenie.

»Und ich bin Letzter, aber hinter mir schlurft was«, flüsterte Konrad.

»Zwei auf einen!«, wisperte Magnolia. »Konzentriert euch.« Vor ihrem geistigen Auge sah Magnolia die Reihe vor sich. An der Spitze ging Nemo, dann Ronda. Danach kamen Eugenie und sie selbst. Hinter ihr ging Leander, der bei dieser Aktion nicht helfen konnte. Dann folgten Jörna und Konrad.

Magnolia konzentrierte sich auf den Troll, den sie neben sich schlurfen hörte, und Eugenie schien genau dasselbe zu tun, denn Magnolia fühlte unter ihrer Hand, wie sie sich leicht nach rechts drehte. Als sie seine Silhouette ganz klar vor Augen hatte, drückte sie kurz Eugenies Schulter und zielte mit ausgestrecktem Finger auf den Troll. »Tonebat!«, rief sie.

Runa hätte ihre helle Freude an ihnen gehabt. Die Goldformation im Wasserballett hätte nicht synchroner sein können. Beinah gleichzeitig feuerten sie ihre Hexenschüsse ab. Und dem Aufstöhnen und dumpfen Poltern zufolge hatten sie ihr Ziel nicht verfehlt. Blitzschnell rissen sie sich die Säcke vom Kopf, und eine Sekunde lang hatte Magnolia Mitleid mit Nemo, der einen Eisenring um den Hals trug. Hastig riss er Goldemar die Kette aus der schlaffen Hand und rannte los.

»Nichts wie weg!«, rief Leander, als der erste Troll auch schon wieder zu sich kam.

Magnolia lief, wie sie noch nie in ihrem Leben gelaufen war. Und das taten die anderen auch. Es war ein gutes Gefühl, Leander hinter sich zu wissen. Sie liefen endlose Stollen entlang, bogen ab, kletterten ein paar Stufen empor, um auf eine andere Ebene zu gelangen und in den nächsten Stollen zu stolpern. Magnolias Lungen brannten, und auch Jörna schnappte geräuschvoll nach Luft. »Pause!«, bat sie schließlich. »Gleich!«, rief Nemo. »Dahinten ist eine Höhle, in der wir uns verstecken können.« Einer nach dem anderen schossen sie in die Höhle und gingen keuchend in die Knie. »Wir müssen uns verstecken«, japste Konrad. Dann hörten sie ein seltsam zirpendes Geräusch.

»Wir sollten so schnell wie möglich von hier verschwinden«, sagte Leander mit gedämpfter Stimme.

»Aber warum?« Jörna konnte sich nicht vorstellen, auch nur noch einen Schritt zu machen.

»Ich habe zwar noch keine gesehen, aber wenn das Geräusch von einer Mantis Giganticus stammt, ist die Kacke richtig am Dampfen.«

Wie auf Kommando löste sich aus dem Schatten der schwarzen Felswand ein riesiges Wesen. Die gebogenen Fühler an dem länglichen Kopf tasteten bedrohlich in ihre Richtung, und aus den beeindruckenden Kauzangen tropfte gelber Speichel, der sich zischend in den Felsboden fraß. Magnolia stockte der Atem. Dieses riesige Insekt, das dort sabbernd vor ihnen stand, war eine gigantische Heuschrecke!

»Raus hier!«, stammelte Magnolia fassungslos. Und auch ohne diese Aufforderung wären ihre Mitschüler gerannt, doch da schoss Goldemar in die Halle hinein. Mit einem Blick hatte er die Situation erkannt. Er blieb wie angewurzelt stehen und verschwand auf leisen Sohlen wieder rückwärts im Tunnel.

»Lauft!«, schrie Leander, und jetzt ging alles furchtbar schnell. Die Hexenschüler wirbelten herum und flitzten wie die Hasen in den nächsten Stollen, den sie erreichen konnten. Und wieder rannten sie um ihr Leben. So lange, bis Ronda stolperte und der Länge nach hinfiel. »Ich kann nicht mehr!«, fiepte sie, und es klang so besorgniserregend, dass alle anderen auf der Stelle stehen blieben.

»Das ist auch nicht mehr nötig. Ihr seid am Ziel«, versicherte da eine Stimme, die so bitter klang wie Galle. Geschockt wirbelte Magnolia herum. Direkt hinter ihnen stand Meister Schnuck. Ein paar Trolle hatte er gleich mitgebracht. Glöckchen klingelten, und von der anderen Seite versperrte ihnen ein sichtlich erleichterter Goldemar den Weg.

»Damit wären wir dann wohl alle wieder zusammen«, murmelte Jörna.

Umständlich wischte sich der Gnom den Schweiß von der Stirn. »Ich bin untröstlich, Meister«, stammelte er. »Diese Wanzen in Menschengestalt haben uns angegriffen und verdienen strengste Bestrafung!«

Meister Schnuck beachtete ihn nicht. »Sei still«, sagte er nur. »Oder glaubst du, ich hätte von diesem Desaster nichts mitbekommen?«

Auf sein Zeichen schnappte sich jeder der Trolle rechts und links einen Hexenschüler und schleifte ihn mit sich fort. Sie waren ihrem Feind direkt in die Arme gelaufen.

Und nun? Magnolia mochte nicht glauben, dass all ihre Anstrengungen umsonst gewesen waren, aber ein Blick auf die anderen zeigte, dass sie ebenso ratlos waren wie sie selbst.

Grob zerrten die Trolle sie durch die engen, staubigen Gänge und scheuchten sie schließlich eine steile, nicht enden wollende Treppe hinauf. Oben angelangt, fuhr ihnen der Wind in die Haare, und sie standen ganz unerwartet im Freien. Magnolia schnappte überwältigt nach Luft. Es war ein wundervolles Gefühl. Denn auf einmal hatte sie trotz der Ruinen, die sie umgaben, das tröstliche Gefühl, als könnte nun doch noch alles gut werden.

Vor ihnen ragten die rußgeschwärzten Mauern eines Turms in den Himmel. Die Scheiben der winzigen Fenster waren gesprungen, und das Dach sah aus, als hätte es ein Rendezvous mit einer Abrissbirne gehabt. Nichts war mehr so, wie sie es in Erinnerung hatte. Trotzdem gab es für Magnolia keinen Zweifel. Sie waren zurück auf dem Teufelsberg. Die Burg des Grafen war zwar nicht mehr als eine Brandruine, aber der Turm hatte genau wie sein Besitzer überlebt. Man konnte die Boshaftigkeit spüren, die noch immer in seinen Mauern nistete.

»Worauf wartet ihr? Wir sind noch nicht am Ziel!«, rief Meister Schnuck ungeduldig und verschwand hinter einer niedrigen Tür, die in den Turm hineinführte. Die Trolle stießen sie unsanft an, und sie stiegen erneut eine steile Wendeltreppe empor. Dann waren sie offensichtlich dort, wo Schnuck sie haben wollte.

»Willkommen in meinem Labor!«, begrüßte der Meister seine unfreiwilligen Gäste, und in seinem Gesicht fing es heftig an zu zucken.

Angespannt huschte Magnolias Blick durch den Raum und blieb an einem gläsernen Sarg hängen, der auf einem wuchtigen hölzernen Tisch aufgebahrt war. Was sie dort sah, ließ ihr das Blut in den Adern gefrieren. Entsetzt suchte sie Kontakt zu Jörna und stellte fest, dass ihre Freundin genauso erschrocken war. In dem gläsernen Sarg lag niemand anderer als Graf Raptus. In seiner ganzen Scheußlichkeit! Eingehüllt in einen blutroten Umhang, die wächsernen Gesichtszüge unbeweglich und die Augen wie im Schlaf geschlossen. Einzig auf seinen unnatürlich roten Lippen lag ein winziges Lächeln.

»Wenn ihr genug gestaunt habt, nehmt Platz!«, sagte Meister Schnuck und deutete auf sieben Armstühle, die in einer Reihe nebeneinander standen und mit Lederriemen versehen waren.

»Niemals!«, zischte Magnolia. Und als hätten die anderen genau den gleichen Gedanken, stellten sie sich Rücken an Rücken zueinander auf. Leander nahmen sie dabei in die Mitte.

Meister Schnuck lachte amüsiert. »Und nun? – Buh!«

Die Gruppe zuckte geschlossen zusammen.

»Tonebat!«, rief Magnolia und deutete auf Meister Schnuck. Die Explosion traf seine Brust, zeigte aber außer ein paar Schmauchspuren keine Wirkung.

»Du langweilst mich«, ließ der Meister sie wissen. »Fesselt das Ungeziefer an die Stühle!«, befahl er kurzerhand, und die Trolle fackelten nicht lange. Wer schon einmal unbewaffnet gegen einen Troll gekämpft hat, weiß, dass Widerstand zwecklos ist. Im Handumdrehen saßen die Zauberschüler auf ihren Stühlen, und Goldemar legte ihnen persönlich die Fesseln an. »Viel Spaß«, raunte er.

Magnolia war ungeheuer stolz auf Leander und ihre Mitschüler. Keiner von ihnen ließ sich seine Angst anmerken. Sogar Ronda saß kerzengerade da und blickte durch Meister Schnuck hindurch, als wäre er Luft. Eugenie schaffte es sogar, ein kleines, böses Lächeln auf ihr Gesicht zu zaubern.

Meister Schnuck stolzierte inzwischen wie ein aufgeblasener Gockel vor ihnen auf und ab. Er genoss die Situation. Dann trat er an den gläsernen Sarg und strich liebevoll mit der Hand über den Deckel.

»Sicher habt ihr inzwischen eins und eins zusammengereimt«, fing er an. »Trotzdem will ich euch erklären, was ich mit euch vorhabe. Dieser wunderbare Körper, gefangen unter Glas, gehört mir.« Aufmerksam blickte er in die Runde. »Volle zwei Jahre hat es gedauert, bis ich die Kraft zur Metamorphose entwickelt habe. Und nun ist er endlich da, der Tag der Verwandlung. Der Tag, an dem ich diese ekelhafte Hülle, in der ich seit Monaten gefangen bin, abstreife, um so zu leben, wie es mir zusteht. Ewig, mächtig und vor allem in meinem eigenen Körper.«

Jörna sah Magnolia an. »Hat er das ewige Leben?«

Magnolia mochte nicht darüber nachdenken.

»Ihr werdet Zeugen dieser Verwandlung sein, zu der mir nur noch sieben Zutaten fehlen.«

Beunruhigt sahen sich die Hexenschüler an. Man musste kein

Mathematikgenie sein, um zu begreifen, wer ihm diese sieben Zutaten liefern sollte.

»Der Körper im Sarg sieht doch völlig okay aus. Was fehlt denn noch?«, fragte Konrad, und seine Stimme zitterte nur ein winziges bisschen.

Meister Schnuck lächelte. »Was noch fehlt, ist das, was mich menschlich macht«, sagte er. »Um die Menschen zu regieren, muss man sie verstehen. Und was macht eurer Meinung nach einen Menschen aus?«

Niemand antwortete. Nemo biss sich auf die Unterlippe, und Leander presste die Zähne so fest aufeinander, dass es knirschte.

»Keine Idee? Wie wäre es mit Träumen, Liebe, Mut, Hoffnung, Lachen, Tränen und natürlich wunderschönen Erinnerungen?«

Magnolia hielt die Luft an. Meister Schnuck hatte ihre Reaktion bemerkt und grinste teuflisch. »Ihr ahnt es bereits, oder? Und ihr habt recht, denn genau deshalb seid ihr hier. Ihr werdet mir diese Kleinigkeiten an Gefühlen zur Verfügung stellen.« Er ging langsam vor ihnen auf und ab und sah ihnen dabei forschend in die Augen. Magnolia fühlte, wie fremde Gedanken in ihrem Kopf nach Informationen suchten.

»Du!«, sagte Meister Schnuck dann plötzlich und deutete auf Konrad. »Du schenkst mir all deine schönen Erinnerungen!«

Die Hexenschüler schnappten hörbar nach Luft.

»Und von dir will ich das Lachen.« Er zeigte auf Jörna und wirbelte gleich darauf herum. »Die Tränen nehme ich von dir!«

Man konnte nicht sagen, ob Ronda verstanden hatte, was Meister Schnuck von ihr wollte. Denn sie saß immer noch einfach so da und starrte durch ihn hindurch, als wäre er unsichtbar.

»Du gibst mir deinen Mut! – Nemo, so heißt du doch? Und Magnolia schenkt mir ihre Träume. Jeden einzelnen.« Magnolia starrte ihm wütend in die Augen. Aber der Meister beachtete sie gar nicht. Er war noch nicht fertig und ging einen Stuhl weiter.

»Niemand hält so lange an seinen Hoffnungen fest wie ein Elf. Aber das wird sich gleich ändern. Versprochen!« Er schaute Leander spöttisch an und blickte dann belustigt in die Runde. »Jetzt bleibt wohl nicht mehr viel übrig, oder?«, sein Blick streifte Eugenie. »Von dir nehme ich die Liebe!«

Eugenie zuckte nicht einmal mit der Wimper. Sie sah Meister Schnuck in die Augen, und ihren Mund umspielte ein kleines Lächeln. Eine seltsame Reaktion, fand Magnolia.

»Und was dann?«, fragte Nemo. »Bringen Sie uns danach um?«

Meister Schnuck schüttelte heftig den Kopf. »Nein, nein, nein! Natürlich bringe ich euch nicht um. Ihr dürft weiterleben«, sagte er und sah sie bedauernd an. »Aber ich fürchte, es wird sich dann nicht mehr lohnen.« Und mit diesen Worten brach er in schallendes Gelächter aus.

Neunundzwanzigstes Kapitel
Klopfer

Milauro kannte diesen Teil des Berges wie seine Westentasche, was man von den Höhlenläufern ganz gewiss nicht behaupten konnte. Sie nahmen das Ganze als ein gigantisches Abenteuer und waren nur vier Klötze an den Beinen der anderen. Linette sah Jacko deutlich an, wie peinlich es ihm war, sie mitgenommen zu haben, trotzdem konnte sie sich einen bissigen Kommentar nicht verkneifen: »Bei allem Respekt«, knurrte sie. »Aber deine besten Männer hätten wir getrost zu Hause lassen können. Sie taugen bei der Suche rein gar nichts!«

Jacko murmelte verlegen etwas in seinen Bart und drängte sich an ihr vorbei an die Spitze der Gruppe.

Auf einmal blieb Elon stehen. »Hört ihr das?«

Die anderen lauschten. Klopfgeräusche. Man hörte sie ganz laut und deutlich.

»Was ist das?«, fragte Linette.

»Vermutlich Zwerge, die die Erzader ein paar Tage vor uns entdeckt haben«, meinte Runa, aber die Zwerge schüttelten die Köpfe. »Zwerge würden nie einen solchen Lärm machen«, erwiderte Jacko.

»Dann sind es Klopfer«, sagte Jeppe. »Sie schlagen Drusen auf, um sich an dem Glitzer zu erfreuen. Wir müssen einen Umweg gehen. Hier kommen wir nicht weiter.« Der Kobold sah sich unschlüssig um.

»Wir haben keine Zeit für Umwege«, erklärte Linette. »Wenn sie uns nicht freiwillig durchlassen, werden wir sie eben überreden.« Sie tastete nach ihrem Zauberstab. Sofort war Runa an ihrer Seite. Unerschrocken gingen die beiden Hexen voran. Mit jedem Schritt wurden die Klopfgeräusche lauter.

»Wir sind gleich da«, flüsterte Linette. Vorsichtig linste sie um die nächste Ecke. Die Hexen waren ja auf einiges gefasst. Aber das Bild, das sich ihnen dann bot, war wirklich putzig. Eine Handvoll kleiner Männlein stand inmitten aufgeschlagener Steine und betrachtete ein ganz besonders schönes Exemplar, das verheißungsvoll in ihren Händen funkelte.

»Wertloser Plunder!«, entfuhr es Lump lauter als nötig.

Erschrocken fuhren die Klopfer herum, und im nächsten Moment prasselte ein Schauer Kieselsteine auf die Hexen und Zwerge nieder, als hätte man eine Schüssel Erbsen nach ihnen geworfen. Verdattert zogen sie sich zurück.

»Potzblitz!« Das war selbst Runa noch nicht untergekommen. »Ich werde ihnen mit ein paar zischenden Feuerdrachen Beine machen«, versprach sie. Doch Jeppe hielt sie zurück.

»Warte!«, sagte der Kobold. Er zog ein leidlich weißes Taschentuch aus seiner Hosentasche und wagte sich winkend aus dem Versteck. »Wir wollen euch nichts Böses«, versicherte er. »Aber wir müssen unbedingt durch diesen Teil des Berges. Es ist sehr wichtig. Also, lasst uns bitte durch.«

Misstrauisch sahen die Klopfer ihn an. Kieselsteine wurden in den Händen gewogen.

»Wohin seid ihr unterwegs?«, fragte ein Klopfer mit schwarzer Zipfelmütze und rußigem Gesicht.

»Wir sind auf der Suche nach ein paar entführten Kindern«, mischte sich Runa in das Gespräch. »Habt ihr sie zufällig gesehen?«

Die Klopfer schüttelten die Köpfe. »Nein, aber vor einer Stunde sind hier ein paar Trolle im Laufschritt vorbeigekommen.«

Linette überlegte noch, wie wertvoll diese Information für sie sein könnte, als sich Milauro auch schon in Bewegung setzte. Ohne die Erlaubnis der Klopfer abzuwarten, stieg er über die aufgeschlagenen Steine und Werkzeuge hinweg und verschwand in einem angrenzenden Stollen. Der Rest der Gruppe nickte den Wichteln verbindlich zu und folgte ihm.

Bis zum Brunnen oder der Zisterne, wie Milauro es nannte, war es nicht mehr weit. Auf leisen Sohlen pirschten sie sich heran und waren maßlos enttäuscht, als sie die Tür offen und den Brunnen leer vorfanden.

»Wir kommen zu spät!«, sagte Runa und erntete von Linette einen wütenden Blick.

»Was redest du für einen Unsinn? Wir kommen natürlich nicht zu spät! Oder?« Ungewöhnlich ängstlich blickte sie in die Runde.

Elon sah sich in der Zisterne um, er schnüffelte, und es dauerte nicht lange, da hatte er die versteckten Brote gefunden.

»Was ist das?«, fragte Jacko.

»Das ist das Brot der lebenden Toten als kleiner Snack«, antwortete Runa. »Aber das Beste daran … Sie haben es nicht gegessen!« Stolz sah sie die anderen an. »Ich habe es gewusst, DAS sind meine Schüler!« Die Watthexe führte einen kleinen Stepptanz auf, und auch über Linettes Gesicht huschte ein flüchtiges Lächeln.

»Dann haben wir sie noch nicht verloren …«

»Aber wir sollten sie schnellstens finden«, beendete Jacko den Satz.

»Sie sind auf der Burg«, knarzte Milauro.

Die Hexen sahen sich an. »Auf der Burg? Es gibt keine Burg mehr.«

»Aber eine Ruine.« Jacko kratzte sich nachdenklich am Bart. »Er kehrt an den Ort seiner Vernichtung zurück, um dort neu geboren zu werden«, sagte er.

Linette sah den Zwerg einen Moment schweigend an, dann nickte sie. »Du könntest recht haben. Wir müssen es auf der Burg versuchen.«

»Also hier entlang.« Elon scharrte bereits mit den Hufen. Und so schnell es ihnen mit der Last auf ihren Rücken möglich war, setzte sich der Trupp in Bewegung.

Auf der Burg ahnten Magnolia und ihre Freunde nichts von dem Rettungskommando, das bereits zu ihnen unterwegs war. Und die Zeit, die ihnen blieb, war wirklich verflixt knapp.

Meister Schnuck hatte sich vor den Schülern aufgebaut und starrte einem nach dem anderen in die Augen. Eugenie erwiderte seinen Blick ebenso reglos.

»Eine echte Banshee!«, stellte Meister Schnuck fest. »Müsste ich nicht Angst haben?« Dann klatschte er in die Hände. »Schluss mit den Spielchen. Meine Verwandlung steht unmittelbar bevor. Goldemar, öffne den Sarg, damit ich meinen Körper endlich in Besitz nehmen kann!«

Der Gnom eilte auf seinen dünnen Beinchen heran, und mit einer Kraft, die ihm niemand zugetraut hätte, hob er den gläsernen Deckel vom Sarg. Was dann kam, war alles andere als appetitlich. Meister Schnuck trat zwei Schritte beiseite und erbrach sich mitten im Raum. Eine grüne, schleimige Masse kleckerte vor ihm auf den Boden, und seine Beine gaben augenblicklich nach. Wie eine Marionette, der man die Fäden gekappt hatte, sackte er reglos zu Boden und blieb dort liegen. Magnolia unterdrückte einen leisen Schrei. Sie wusste nicht, was schlimmer war: Meister Schnuck so unvermutet tot am Boden zu sehen oder der Schleim, der blitzschnell über den Boden kroch und in den gläsernen Sarg tropfte. Dort glitt er über den Körper des Grafen bis zu seinem Gesicht und verschwand – schwuppdiwupp – in seinem Innern.

Augenblicklich schlug der bislang leblose Körper die schwarzen Augen auf. Er nahm einen hörbar tiefen Atemzug, knackste geräuschvoll mit den Fingern und sprang mit einer Leichtigkeit, die alle erstaunte, aus dem Sarg. Ein modriger Geruch streifte Magnolias Nase.

»Er hätte sich zwischendurch lüften sollen«, flüsterte Jörna, und Magnolia sah sie überrascht an.

Auf einen Wink brachte Goldemar dem Grafen einen silbernen Pokal, in dem ein blaues Feuer brannte, »die ewige Flamme«, wie Magnolia aus dem Hexunterricht wusste. Gierig stürzte der Graf den Inhalt des Pokals hinunter. Ein Beben ging durch seinen Körper. Flammen züngelten aus seinem Mund, und sein kranker, wächserner Teint verwandelte sich in eine frische Gesichtsfarbe. Hätte er nicht diesen seltsamen Umhang getragen und wären seine Augen nicht schwarz wie Brandlöcher gewesen, man hätte ihn glatt für ein menschliches Wesen halten können.

Dann klatschte der Graf noch einmal in die Hände, und diesmal brachte Goldemar ein Tablett mit sieben Tellern, auf denen ...

Magnolia reckte den Hals. Auf denen ... Ihr Gehirn lieferte keine verwertbaren Informationen.

Es sah aus, als lägen dort auf den Tellern sieben glibberige Quallen. Fragend sahen sich die Schüler an.

Graf Raptus schritt unruhig vor ihnen auf und ab. »Endlich ist es so weit!«, sagte er, und seine Stimmbänder knirschten nach der langen Zeit des Schweigens, als hätten sie Rost angesetzt. »Die Verwandlung zum vollkommenen, unsterblichen Menschen steht unmittelbar bevor. Und ihr habt die Ehre, meine Zeugen zu sein. Goldemar, die erste der sieben Acumedus!«

Eilig reichte Goldemar seinem Herrn den ersten Teller.

»Wir fangen mit dir an!«, sagte der Graf und deutete auf Konrad. »Ich bin ganz erpicht auf schöne, herzerwärmende Erinnerungen!« Er verzog sein Gesicht zu einer Grimasse, die wohl ein Lächeln sein sollte.

»Mit mir?« Konrad versuchte vergeblich, von seinem Stuhl aufzuspringen. Die Fesseln hielten ihn unerbittlich an seinem Platz.

»Sitz still!«, fauchte der Graf. Doch Konrad dachte nicht daran. Wie ein Wahnsinniger zerrte er an seinen Fesseln. Der Graf zögerte nicht. Er winkte einem Troll, und im nächsten Moment wurde Konrad von zwei Trollarmen umschlungen und gnadenlos an seinem Platz festgehalten.

Jetzt schrien alle durcheinander. »Zur Hölle mit dir, du Bastard!« Leander wäre beinah mit seinem Stuhl umgekippt, hätte Goldemar ihn nicht mit einem Tritt zur Räson gebracht. Magnolia versuchte, Feuer zu spucken, aber außer etwas Rauch, der aus ihren Nasenlöchern kam, passierte gar nichts.

Der Graf schenkte ihnen nur einen kurzen Blick. Er nahm die Acumedu vom Teller und legte sie Konrad auf den Kopf. Augenblicklich saugte sich das unheimliche Teil daran fest. Konrad strampelte noch einmal mit den Beinen und hing dann schlaff in seinem Stuhl. Die Acumedu schmatzte wie ein Gummistiefel, den man aus dem Schlamm zieht, und änderte dabei mehr und mehr ihre Farbe. Aus einem farblosen Grau wurde ein luftiges Himmelblau.

Schöne Erinnerungen sind also himmelblau, schoss es Magnolia durch den Kopf. Welche Farbe mochten wohl ihre Träume haben?

Das scheußliche glibberige Ding hörte auf zu schmatzen. Der Graf nahm es Konrad vom Kopf und legte es zurück auf den Teller. Dann griff er nach dem nächsten.

»Jetzt bist du an der Reihe.« Er deutete auf Jörna. »Dein Lachen, wenn ich bitten darf.«

Jörna presste die Lippen aufeinander und schüttelte den Kopf.

»Lass sie zufrieden, du Mistkerl!«, schrie Magnolia und versuchte, nach ihm zu treten. Umsonst. Ihre Tritte gingen hoffnungslos ins Leere. Dafür war es Leander gelungen, seine Fesseln zu lockern. Während Magnolia noch nach dem Grafen trat, schaffte er es, sich zu befreien. Blitzschnell sprang er auf und entriss dem Troll, der eben noch Konrad festgehalten hatte, das Kurzschwert. Der Troll brüllte verblüfft auf, und Magnolia stellte beeindruckt fest, dass der Elf in Neuseeland tatsächlich etwas gelernt hatte. Aus einer kurzen Drehung heraus verpasste er dem Troll einen Hieb. Blut spritzte, und er suchte verletzt und erschrocken das Weite. Jetzt war Leander nicht mehr zu bremsen. Mit einem Satz stand er vor dem Grafen und hielt ihm die Klinge an den Hals. Doch der lachte nur höhnisch. »Was soll das werden? Ich habe das ewige Leben, schon vergessen?« Er schnippte nach seinem Zepter und war im nächsten Moment bewaffnet. Eine magische Waffe gegen ein Schwert.

»Und nun, was machst du nun, Elf?« Der Graf grinste höhnisch. »Wenn ich dich nicht noch brauchen würde, wärst du jetzt tot. Also leg das Schwert weg!«

Leander dachte nicht daran. Blitzschnell schnappte er sich die Acumedu mit Konrads Erinnerungen und ließ sie vor sich auf den Boden fallen. Er war unsicher und wusste selbst nicht genau, wohin diese Aktion führen sollte. Aber ein wenig Zeit brachte sie allemal. Und manchmal bedeutet ein wenig Zeit ein Leben.

»Werfen Sie das Zepter aus dem Fenster«, sagte er. »Oder ich zertrete dieses Ding, und dann wird es heute nichts mehr mit dem menschlichen Menschen.«

Man sah dem Grafen deutlich an, dass ihn diese Aktion aus dem Konzept brachte. Er zögerte.

Da waren auf der Treppe plötzlich Stimmen zu hören. Im nächsten Moment flog die Tür mit einem Knall auf, und Runa und Linette stürzten in den Raum. Mit einem Blick hatten sie die Lage erfasst, und während Milauro und Jacko die Trolle in Schach hielten und Jeppe die Fesseln der Hexenschüler löste, richteten Runa und Linette ihre Zauberstäbe auf den verdutzten Grafen.

»Die Hände aus den Taschen!«, schrie Linette. Und zu Elon: »Zieh ihm etwas über den Kopf, damit er uns nicht ansehen kann!«

Darauf wollte der Graf jedoch nicht warten. Er nahm seine Hände wie verlangt aus den Taschen und schleuderte den Hexen gleichzeitig Blendsand ins Gesicht. Für einen Moment waren Runa und Linette blind. Diesen kurzen Moment nutzte der Graf zur Flucht. Genau wie beim ersten Mal wollte er sich aus dem Staub machen. Mit einem Satz war er am Fenster und hätte sich sicher im nächsten Moment hinuntergestürzt, hätte Jacko ihm nicht seinen Stiefel in den Weg gestellt. Der Graf geriet ins Stolpern und fiel der Länge nach hin.

Magnolia hatte die beiden Hexen noch nie so schnell gesehen. Im Bruchteil einer Sekunde standen sie über ihm und stießen die Spitzen ihrer Zauberstäbe in seinen Körper. »Tötum-Strax!«, riefen sie, und ihr Ruf klang wie der Schrei einer Harpyie. Der Graf bäumte sich auf und sah die beiden hasserfüllt an. »Ihr könnt mich nicht vernichten!«, schleuderte er ihnen entgegen. »Sobald ihr eure Zauberstäbe zurückzieht, bin ich wieder da! Und ich schwöre, ich werde euch umbringen!«

»Dann bleiben die Dinger eben stecken!«, gab Linette genauso hasserfüllt zurück, obwohl sie wusste, dass das Unsinn war. Eine Hexe konnte auf alles verzichten, aber nicht auf ihren Zauberstab.

»Räumt ihn aus dem Weg«, sagte sie missmutig. Jacko und Elon packten den Grafen an Armen und Beinen und wuchteten ihn zurück in seinen Sarg.

»Geht es euch gut?«, fragte Linette mit einem Blick auf die Kinder.

Die Hexenschüler nickten und schüttelten gleichzeitig die Köpfe. Da bemerkten auch die Hexen, dass es Konrad ganz und gar nicht gut ging.

»Hat er etwa …« Runa sprach den Satz nicht zu Ende, und Linette sah sich hastig im Raum um. Goldemar hielt noch immer das Tablett mit den Acumedus in den Händen.

»Stell das sofort hin, Gnom!«, forderte Linette ihn auf, und Goldemar gehorchte nur widerstrebend.

Besorgt sahen die beiden Hexen Konrad an. »Wo ist seine Acumedu?«, fragte Linette. Leander hob sie schnell vom Boden auf und reichte sie ihr. Irritiert sah Linette ihn an. »Was macht sie auf dem Boden?«

»Äm, das ist eine längere …«

Linette winkte ungeduldig ab. »Halte ihn fest«, sagte sie zu Runa.

Sofort legte die Watthexe beide Arme um Konrad, und Linette platzierte die Acumedu wieder auf seinen Kopf. Die Prozedur begann von Neuem. Die Acumedu saugte sich an Konrad fest und gab seine schönen Erinnerungen Stück für Stück wieder zurück. Dann rollte sie sich zusammen und fiel einfach von ihm ab. Runa fing sie auf und steckte sie in ihre Schürzentasche. »Ich werde die Acumedus im Meer aussetzen«, meinte sie. Und Magnolia wunderte sich, dass sie für solche Gedanken überhaupt Zeit hatte.

»Stopp!«, fauchte Milauro urplötzlich. Er war einen Moment unachtsam gewesen und die Trolle, auf die er bis eben aufgepasst hatte, machten sich eilig aus dem Staub. Sofort setzte er ihnen nach, aber Linette rief ihn zurück. »Lass sie laufen! Sie können uns nicht gefährlich werden.«

Dann richteten sich die Blicke wieder auf Konrad. Die Farbe war in sein Gesicht zurückgekehrt, und er bewegte sogar seinen rechten Arm. Zwei Sekunden später schlug er die Augen auf und sah erstaunt von einem zum anderen.

»Ich habe eben ganz seltsam geträumt«, sagte er. Sein Blick fiel auf den Grafen. »Was ist mit ihm?«

»Das ist eine gute Frage«, antwortete Linette und knetete ratlos ihre Unterlippe. Die Zauberstäbe hielten ihn zwar noch immer an Ort und Stelle fest, aber eine endgültige Lösung war das nicht.

Was tut man mit jemandem, den man nicht aus der Welt schaffen kann?

Der Graf hatte ihre Gedanken gehört und lachte heiser. »Ihr werdet mich nicht los. Ganz gleich, was ihr versucht. Ich werde euch bis an das Ende eures erbärmlichen Lebens jagen. Und ich werde euch kriegen, das verspreche ich euch!«

»Leg den Deckel drauf. Ich kann sein dummes Gerede nicht mehr hören!«, brummte Runa. Dabei wusste sie nur zu gut, dass der Graf die Wahrheit sagte. Zeit spielte für ihn keine Rolle, ganz gleich, wie lange er in seinem Sarg gefangen war. Er konnte seinen Geist von dort aus auf Reisen schicken, Verbündete suchen, und irgendwann würde er wieder da sein. Unglücklich sahen sich die beiden Hexen an.

»Wir müssen ihn vernichten!«, sagte Linette entschlossen. »Jederzeit, wenn du mir sagst, wie!«, knarzte Runa.

Die beiden dachten so heftig nach, dass es krachte. Dann schnippte Linette plötzlich mit den Fingern.

»Die Spinnerinnen!«, rief sie und kramte auch schon in ihrer Rocktasche nach der kleinen Flöte, die sie von ihnen geschenkt bekommen hatte.

»Wo hast du denn diese Tute her?«, fragte Runa verblüfft. Linette antwortete nicht. Sie nahm die Flöte an ihre Lippen und spielte darauf eine leise fremdartige Melodie, die alle im Raum verzauberte. Alle bis auf Graf Raptus. Denn auf seinem Gesicht breitete sich das erste Mal so etwas wie Sorge aus. Diese Flöte war etwas ganz Besonderes. Ihre Töne stiegen als feine Silberfäden empor, kräuselten sich und schwebten schließlich zum offenen Fenster hinaus. Linette hörte nicht auf zu spielen. Und plötzlich erfüllte ein Knistern den Raum, als stünde der ganze Turm in Flammen. Graf Raptus schien zu ahnen, was ihn erwartete, denn der Hass, mit dem er Linette ansah, hätte ausgereicht, um die komplette Welt zu vernichten. Das Knistern verstummte, und ein Bild der drei Spinnerinnen erschien wie ein Hologramm mitten im Raum. In strahlenden Gewändern standen sie da und wirkten wie aus einer anderen Welt. Nichts erinnerte mehr an die Flachsspinnerinnen, die Magnolia kennengelernt hatte.

»Bin ich froh, euch zu sehen!«, rief Linette aus vollem Herzen. »Wir haben hier nämlich ein kleines Problem.«

Eine Sekunde fürchtete Magnolia, man könnte ihre Tante wegen Majestätsbeleidigung festnehmen, weil sie so respektlos mit den drei Damen sprach. Doch die Spinnerinnen schienen sich an ihrem Ton nicht zu stören.

»Das habt ihr«, antworteten sie schlicht.

»Und nicht einmal wir können es vernünftig lösen«, sagte Columbina bedauernd. »Denn wie ihr wisst, hat der Kerl, der dort liegt, bereits das ewige Leben! Es bleibt nur zu hoffen, dass ihm das irgendwann zum Fluch wird. Und er sich selbst gehörig auf den Wecker geht.«

Linette war enttäuscht. »Da … das ist alles? Ihr könnt doch sicher ein kleines bisschen mehr tun als bloß hoffen.«

Jetzt lächelten die drei Spinnerinnen. »Du kennst uns gut, meine Liebe«, antwortete Columbina und fuchtelte mit den Armen. »Tretet zur Seite!«

Schnell machten Runa und Linette Platz. Die drei Frauen in dem Hologramm bildeten einen Kreis. Sie fassten sich an den Händen und fingen an zu singen. Es war dieselbe Melodie, mit der die Flöte sie gerufen hatte. In ihrer Mitte entstand ein leuchtender Wirbel, der aussah wie eine Spindel voll goldenem Garn. Noch immer singend zog Columbina einen einzelnen schwarzen Faden heraus. Prüfend schaute sie ihn an und nickte.

»Der Schicksalsfaden des Grafen!«, flüsterte Jörna Magnolia ins Ohr, und ihre Stimme war vor Aufregung ganz heiser. Dann hielt Columbina ihn ihren Schwestern hin, und alle drei legten ihre Finger darauf. »Dieser Faden ist eng mit dem Schicksal des Grafen verbunden«, sagte Columbina. »Es steht uns nicht zu, ihn endgültig zu zerreißen. Aber wir können ihm einen hundertjährigen Schlaf bescheren, indem wir seinen Faden verknoten. Jeder Knoten steht für hundert Jahre Schlaf. Und da wir zu dritt sind …«

Linette und Runa atmeten hörbar auf. Die Augen des Grafen schossen vor lauter Wut Blitze, und er knurrte tief und gefährlich.

Die Spinnerinnen ließen sich davon nicht beeindrucken. Columbina knüpfte den ersten Knoten in den Schicksalsfaden des Grafen, und ihre Schwestern Columbana und Columbun machten es ihr nach. Die Wirkung ließ nicht lange auf sich warten. Sobald der erste Knoten geknüpft war, schloss der Graf die Augen und fiel in einen todesähnlichen Schlaf.

»Das ist alles. Mehr können wir nicht für euch tun. Vielleicht in dreihundert Jahren …« Die letzten Worte der drei Spinnerinnen wehten genau wie die Flötentöne durch den Raum. Ihr Bild verblasste und löste sich auf.

»Er sieht aus wie tot!«, stellte Elon fest.

»Schön wäre es«, schnaubte Runa. »Leider schläft der Kerl nur.«

Einer nach dem anderen trat an den Sarg und lauschte. Konrad pikste ihn sogar probehalber in den Arm. Keine Reaktion.

»Ich schätze, wir können unsere Zauberstäbe aus ihm herausziehen«, sagte Runa.

Linette nickte. Es war ein spannender, nicht ungefährlicher Moment. Doch der Graf blieb weiterhin reglos liegen, und ein allgemeines Aufatmen ging durch den Raum.

»Was soll jetzt mit ihm geschehen?«, fragte Linette. »Hier kann er nicht liegen bleiben.«

»Da mach dir mal keine Sorgen«, beruhigte Jacko sie. »Wir Zwerge haben Erfahrung mit Schlafenden in gläsernen Särgen. Wir werden ihn tief im Berg aufbewahren und alle paar Jahre mal nach ihm sehen.«

Das klang gut, und alle waren mit diesem Vorschlag einverstanden. – Alle bis auf Goldemar. Der Gnom konnte es nicht ertragen, dass sein Meister wie tot in seinem Sarg lag. Und das dreihundert Jahre lang. Was sollte in der Zeit aus ihm, Goldemar, werden?

Außer sich vor Wut griff der Gnom das magische Zepter seines Herrn und richtete es auf Magnolia.

»Wenn ich solch einen Verlust erleiden muss, dann sollt ihr es auch!«, rief er.

Und was dann geschah, kam Magnolia später vor, als hätte sie es in Zeitlupe erlebt. Sie konnte sich an jede kleine Bewegung um sie herum erinnern. Sie hörte Jörna und Elon schreien. Sah Runa und Linette herumwirbeln. Sah die zerstörerische magische Flamme aus dem Zepter auf sich zurasen. Und sie sah Leander. Mit einem Satz warf er sich zwischen sie und das Feuer. Es gab einen Blitz, als sei eine Blendgranate explodiert. Einen Knall, der das Trommelfell zerriss, und Leander, der sich noch in der Luft überschlug und getroffen zu Boden fiel. Für eine Sekunde war es mucksmäuschenstill. Dann hörte Magnolia sich schreien. So wütend und entsetzt, wie sie sich noch nie gehört hatte. Sie stürzte sich auf den Gnom, der jetzt zur Besinnung kam und blitzschnell das Weite suchte. Es sollte ihm nichts nützen, denn Magnolia war schneller. Sie holte ihn ein, packte ihn an seinem dicken Wams und schleuderte ihn mit einer Kraft, von der sie nicht wusste, woher sie kam, aus dem Fenster. Das Letzte, was sie von Goldemar sahen, war, wie er über den Wald davonsegelte.

Linette und Runa knieten währenddessen neben Leander, und Magnolia kam mit zitternden Knien heran. »Bitte, lass ihn nicht tot sein«, murmelte sie.

Linette hatte ihr Ohr auf seine Brust gelegt und lauschte. »Er lebt!«, sagte sie.

Und als würde in diesen Worten ein Zauber stecken, schlug Leander die Augen auf. Erleichtert fiel Magnolia neben ihm auf die Knie. Der Elf sah sich einen Moment benommen um, dann wurde sein Blick klar. »Hi«, murmelte er, als er Magnolias besorgtes Gesicht erkannte.

»Wie geht es dir?«, fragte sie ängstlich.

»Wunderbar!« Leander versuchte ein schiefes Grinsen. »Es fühlt sich zwar an, als hätte mich die Schwanzspitze eines Drachen erwischt, und ich weiß nicht, ob alle Knochen noch an ihrem Platz sind, aber sonst … Doch, ich glaube, es geht mir gut!« Magnolia lächelte, und ihre Angst löste sich auf wie Zitroneneis in der Sonne.

»Elfen sind stark!«, bestätigte Tante Linette.

»Trotzdem ist magische Unterstützung nie verkehrt!« Leander griff in seine Hosentasche und zog den Seeigel heraus, den Magnolia ihm im Brunnen gegeben hatte. »Ich schätze, es lag an diesem Kerl, dass die Sache so gut ausgegangen ist.« Nemo bekam große Augen und kratzte sich verlegen am Kopf.

»Neptuns Igel, da hatte ich doch wieder den richtigen Riecher!«, lobte sich Runa selbst.

Linette grinste. »Hattest du, meine Liebe, aber nun mach Platz. Wir müssen Leander so schnell wie möglich ins Regenfass bringen, sonst wird er doch noch ein paar hässliche Brandnarben behalten.« Die Kräuterhexe war ganz in ihrem Element, und Magnolia sah sie dankbar an. »Ich liebe dich«, murmelte sie und gab ihrer Tante einen dicken Kuss, obwohl sie wusste, dass die jede Art von Gefühlsduselei ablehnte.

»Was ist mit dem hier?«, fragte Runa und lenkte die Aufmerksamkeit auf Meister Schnuck, der noch immer so dalag, wie der Graf ihn zurückgelassen hatte.

»Schwer zu sagen.« Linette tippte ihn mit der Spitze ihres Stiefels an. »Am besten nehmen wir ihn mit und fliegen einen Umweg über den Feengrund. Vielleicht kann Giraldus uns helfen, ihn zu entgiften.«

»Ist er denn noch am Leben?«, fragten die Hexenschüler im Chor.

Die zwei Hexen nickten. »Er hat eine schwere Affodill-Vergiftung, aber mit etwas Glück kriegen wir ihn im Feengrund wieder hin.«

Linette hüllte Meister Schnuck in ihren Mantel, während Runa die Besen rief. Dann ließ sie ihren wie ein Gepäckstück neben sich herschweben und stieg von der Fensterbank aus auf. Runa winkte Leander zu sich heran. »Nun steig schon auf, Elf. Du siehst nicht danach aus, als könntest du auf deinen eigenen Beinen ins Regenfass laufen!«

Magnolia und Nemo halfen Leander auf die Beine und brachten ihn bis ans Fenster. Mit einem kräftigen Ruck zog Runa ihn hinter sich auf den Besen. »Gut festhalten!«, befahl sie.

»Wir sehen uns zu Hause!«, rief Linette. »Und … räumt hier noch ein bisschen auf!« Dann brausten die beiden Hexen auch schon in Richtung Feengrund davon.

Dreißigstes Kapitel

Der schönste Ort der Welt

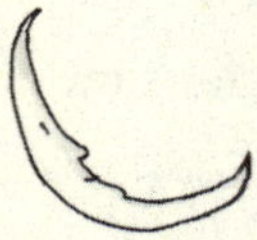

Natürlich räumten sie nicht auf. Jörna fiel Magnolia erleichtert in die Arme, und alle redeten aufgeregt durcheinander.

»Ich kann nicht glauben, dass wirklich alles vorbei ist«, piepste Ronda. Eugenie klopfte ihr beruhigend auf die Schulter.

»Was ist mit deinem Gehirn?«, fragte Nemo besorgt. »Sind da noch irgendwelche schöne Erinnerungen?«

»Ich denke schon«, erklärte Konrad. »Jedenfalls fällt mir spontan ein, wie du im letzten Sommer gegen die Sporthalle gepinkelt hast, und am nächsten Tag hing da dieses Schild an der Tür: *Wegen Wasserschaden geschlossen*!« Die beiden grinsten.

»Glaubst du, ich habe Goldemar umgebracht?«, wollte Magnolia von Jörna wissen. Die zuckte mit den Schultern.

»Unwahrscheinlich«, meinte Jeppe, der ihre Frage gehört hatte. »Die meisten Gnome sind ganz passable Raumgleiter. Sonst würden sie ewig brauchen, um mit ihren plumpen Körpern von A nach B zu kommen.«

Jacko klatschte in die Hände. »Ihr habt verdammt viel Glück gehabt!«, rief er erleichtert. »Ein paar Tage Ruhe, dann habt ihr den Schrecken überwunden. Es ist Zeit, nach Hause zu gehen.«

»Hat einer von euch Milauro gesehen?«, fragte Elon.

»War der hier?«, wunderte sich Magnolia. Sie hatte ihn überhaupt nicht bemerkt.

»Allerdings! Ohne ihn hätten wir euch sicher nicht so schnell gefunden.«

Magnolia schluckte. »Er hat uns auch vor dem verdammten Brot gewarnt. Und ... dabei haben wir ihn im Wald so gemein zu Boden geschickt.« Sie bekam ein schlechtes Gewissen.

Jetzt sahen sich alle nach dem Unterirdischen um. Aber von Milauro fehlte jede Spur.

Jacko führte sie die Treppe hinunter, wo die Höhlenläufer bereits missmutig auf sie warteten. »Und? Mission endlich erfüllt?«, fragte Lemtram.

»Erfolgreich abgeschlossen!«, antwortete Jacko und verteilte die Tragegurte an die verdutzten Hexenschüler.

Konrad, der auch einen Gurt abbekommen hatte, konnte den Sinn darin nicht verstehen. »Was soll ich damit?«, fragte er.

»Das Alter sollst du ehren ...«, zitierte Kobelbert ein altes Gedicht. »Geh mal in die Hocke!«

»Hä?« Konrad verstand noch immer nicht.

»Ihr müsst sie nach Hause tragen!«, erklärte Elon knapp.

»Moment, ich denke, das sind Höhlenläufer?«

»Du musst nicht jedes Wort auf die Goldwaage legen«, sagte Elon grinsend.

Wortlos ließ Konrad Kobelbert einsteigen. »Wehe, du machst da oben irgendwelche Zicken«, knirschte er.

Doch Kobelbert hörte überhaupt nicht zu. »Eins, mein Kind, das merk dir bald ... Lass dich von grauem Haar nicht täuschen, auch Lumpen werden alt!«, trug er mit lauter Stimme vor. Konrad verdrehte die Augen und marschierte los.

Runa und Linette flogen das Regenfass nicht direkt an, sondern machten wie geplant einen Umweg über den Feengrund. Meister Schnuck musste entgiftet werden, wenn er überleben sollte, und hier wohnte ein Waldschrat, der sich wie kein Zweiter auf das Heilen verstand. Bereits von ihren Besen aus sahen sie die kleine Lichtung, auf der die drei Weißdornbäume im spitzen Winkel zueinander standen. In ihrer Mitte verborgen lag der hohle Baumstumpf einer mächtigen gefällten Eiche, aus dessen totem Holz wieder grüne Triebe sprossen. Diese Eiche war ein Ort der Kraft und des Heilens. Die beiden Hexen landeten vor den drei Dornbäumen und lauschten. Weit und breit war kein magisches Wesen zu sehen. Aber ihnen war klar, dass man sie beobachtete.

»Nun sag den Spruch schon auf!«, forderte Runa Linette auf.

»Aber langsam, damit er dich auch versteht.«

Linette räusperte sich. »Ulme trauert und Eiche hasst, wenn Weide wandert und Eibe umgeht um Mitternacht!«

Sie warteten. Dann tauchte wie aus dem Nichts der Hüter des magischen Hains auf. Der Waldschrat lebte im Blätterdickicht der Bäume und war sehr deutlich an seiner Kleidung zu erkennen, die aus nichts anderem als aus Moos und welken Blättern bestand.

»Sei gegrüßt, Giraldus«, sagte Linette und neigte leicht den Kopf.

Giraldus musterte die beiden Hexen aus zusammengekniffenen Augen. Misstrauen war sein zweiter Vorname.

»Wir haben einen Verletzten bei uns, den wir sehr gern in deine Obhut geben würden, bevor wir ihn mit uns nach Hause nehmen«, erklärte Linette. »Wenn ihn einer gesund machen kann, dann bist du es.«

Giraldus warf einen kurzen Blick auf Meister Schnuck. »War es schwarze Magie?«, fragte er.

Linette und Runa nickten. »Das Brot der lebenden Toten. Er hat es über längere Zeit zu sich genommen.«

Der Waldschrat kratzte sich am Kopf. Dann nickte er. »Ich kann euch nichts versprechen. Zur Not müssen wir bis zum nächsten Vollmond warten.«

Runa winkte ab. »Es eilt ja nicht!«, sagte sie. »Er ist kein armer Mann, und ich bin sicher, dass er dich später gut für deine Mühen bezahlen wird.«

Bei diesen Worten huschte ein Lächeln über das misstrauische Gesicht des Waldschrats. Er trat aus dem Hain heraus und trug Meister Schnuck ohne Umstände zu seinem Baum. Dort legte er ihn in den Stamm der alten Eiche und deckte ihn mit trockenem Laub zu.

Runa und Linette, die ihm gefolgt waren, atmeten erleichtert auf. Diese Sorge waren sie los. Meister Schnuck war bei Giraldus in guten Händen, und der Waldschrat würde ihnen Bescheid geben, sobald sie ihn gesund und munter wieder abholen konnten.

»Ich bringe morgen fünf Gläser Brombeermarmelade vorbei«, versprach Linette.

Giraldus nickte und war im nächsten Augenblick im Dickicht der Blätter verschwunden. Rasch kehrten die beiden Hexen zu Leander zurück, der vor dem Hain bei den Besen auf sie wartete.

Als Magnolia und die anderen endlich im Regenfass ankamen, staunten sie nicht schlecht, als sie sahen, dass es im Garten vor lauter Zwergen und Kobolden nur so wimmelte. Manche von ihnen schwenkten sogar Fähnchen oder hielten Schilder in die Höhe, auf denen so nette Sachen standen wie: *Hipp Hipp Hurra! Ein Hoch auf unsere Helden!* Oder einfach: *Willkommen zu Hause!*

»Verflixt, was hat das zu bedeuten?«, wollte Jacko wissen und kratzte sich verwundert an seinem Bart.

»Unser Abenteuer hat sich in Windeseile bis nach Hackpüffel herumgesprochen«, erklärte Linette, die gerade aus der Küche kam. »Und nun will jeder aus erster Hand erfahren, wie es uns gelungen ist, die Schüler aus den Klauen des Grafen zu befreien!«

Jacko lächelte geschmeichelt. »Na, dann werde ich mich wohl opfern und ihnen Rede und Antwort stehen«, erklärte er.

»Nicht nötig, mein Guter! Wenn mich nicht alles täuscht, hat Jeppe das bereits übernommen. Jedenfalls ist er eben mit Lichtgeschwindigkeit an mir vorbei in den Garten geflitzt.«

Enttäuscht sah Jacko sie an. »Dann werde ich ihm wohl besser zuhören. Wer weiß, was der Kobold so alles zum Besten gibt.«

Magnolia war ungeheuer glücklich, wieder im Regenfass zu sein, und sah ihre Tante dankbar an. »Wie geht es Meister Schnuck?«, fragte sie. »Wird er wieder auf die Beine kommen?«

Tante Linette schenkte ihrer Nichte ihr schönstes Wackelzahnlächeln. »Sicher, Täubchen«, sagte sie. »Giraldus wird ihn entgiften und seine Lebensgeister wecken. Wir müssen Professor Schnuck nur genügend Zeit lassen. Es wird eine Weile dauern, bis er wieder völlig der Alte ist. Schließlich war er auf einer sehr langen Reise.«

Magnolia dachte einen Moment nach. »Wird er sich daran erinnern können, was passiert ist?«

Jetzt schüttelte ihre Tante energisch den Kopf. »Das werden wir nicht zulassen«, versprach sie. »Wir wollen doch, dass er ein glückliches Leben führen kann.«

Mit dieser Auskunft konnte Magnolia gut leben. Sie lächelte ihrer Tante zu und ging hinaus in den Garten. Es war kaum zu glauben, aber hier herrschte ein Gedränge wie zu den besten Zeiten der Spinnerinnen. Sie musste sich auf die Zehenspitzen stellen, um überhaupt etwas zu sehen. Da, endlich hatte sie Leander entdeckt. Er saß umringt von den Hexenschülern auf einer Bank am Ende des Gartens und schien sich recht wohlzufühlen. So schnell wie möglich bahnte sich Magnolia einen Weg durch die Menge.

»Das war voll cool, Alter. Wie du dich dazwischengeschmissen hast. Alle Achtung!«, rief Konrad gerade, als Magnolia sie endlich erreicht hatte.

Leander winkte lässig ab. »Reflexe!«, sagte er nur.

Magnolia lächelte. Sie war von Herzen froh, ihn lebendig wiederzusehen, obwohl die Mullbinden und der grüne stinkende Brei, der sein Gesicht bedeckte, eine echte Herausforderung waren.

»Mein Held!«, rief sie lachend und ließ sich neben ihn auf die Bank fallen.

Leander grinste unter den Binden. »Nenn mich Superman, dann passt es«, nuschelte er.

Normalerweise hätte Magnolia ihm jetzt einen Kuss gegeben. Aber weil sich keine Stelle in seinem Gesicht finden ließ, die nicht mit dem grünen Brei bestrichen oder umwickelt war, verzichtete sie darauf und strich ihm nur kurz über den Kopf. »Ich hoffe, du bist das Zeug bald wieder los!«, flüsterte sie.

»Also, ich will nicht undankbar sein«, ertönte da Konrads Stimme. »Aber wenn ich nicht in den nächsten drei Minuten etwas zu essen kriege, war die ganze Rettungsaktion für die Katz. Dann kippe ich garantiert tot ins Gras.« Die anderen nickten zustimmend.

»Das dürfen wir unter keinen Umständen zulassen!«, antwortete Linette, die ihn quer durch den Garten gehört hatte. »Wie gut, dass ich ein paar Butterbrote für euch zurechtgemacht habe.« Sie winkte mit ihrem Zauberstab, und aus der Küche schwebte ein ganzes Tablett voller Sandwiches heran. Dazu gab es Saft und Schokoladenpudding. Die Hexenschüler klatschten begeistert in die Hände, und auch Jacko und Elon lief das Wasser im Mund zusammen.

»Bedient euch!«, forderte Linette sie auf. Und das ließ sich niemand zweimal sagen.

»Jetzt bin ich wirklich gerettet!«, seufzte Konrad nach dem dritten Sandwich und der vierten Schüssel Schokoladenpudding.

»Ich auch«, bestätigte Jörna. »Aber vor allem bin ich unheimlich müde und will nur noch ins Bett!«

Linette warf ihr einen verständnisvollen Blick zu. »Dann solltet ihr jetzt nach Hause gehen«, sagte sie. »Runa wird euch begleiten und dafür sorgen, dass ihr alle gut ankommt.«

»Unmöglich, ihr könnt doch noch nicht gehen!«, protestierte Magnolia. »Ich wollte mich doch noch bei euch bedanken und entschuldigen und so ...« Sie machte eine Pause. »Aber vielleicht können wir das auch in ein paar Tagen mit einer kleinen Feier nachholen«, schlug sie vor, als sie sah, wie fertig und müde ihre Freunde tatsächlich aussahen.

Jörna legte ihr beruhigend die Hand auf den Arm. »Die Entschuldigung und das Gesülze lass mal weg«, meinte sie. »Aber die Feier solltest du unbedingt im Auge behalten.«

Dann verabschiedeten sie sich voneinander und machten sich endlich auf den Heimweg zu ihren Familien, die sie bereits besorgt erwarteten.

Auch Linette lag sehr daran, dass in ihrem Haus endlich wieder Ruhe einkehrte. Mit freundlichen Worten schickte sie deshalb die Zwerge und Kobolde aus Hackpüffel nach Hause, die es sich zwischen ihren Beeten auf Picknickdecken bequem gemacht hatten.

»Ich danke euch ganz herzlich für eure Anteilnahme!«, sagte sie. »Ihr seid wirkliche Freunde. Und ich bin sicher, ihr nehmt es mir nicht übel und habt Verständnis dafür, wenn ich euch nun bitte zu gehen. Magnolia hat eine anstrengende Zeit hinter sich, und ich bin ebenfalls hundemüde.« Mehr brauchte sie nicht zu sagen.

Sofort rollten die Kobolde und Zwerge ihre Picknickdecken auf und packten die Willkommensschilder ein. »Natürlich!«, sagten sie ein wenig beschämt. »Wir hätten es selber merken müssen.«

»Ach was, es war sehr schön, euch heute hier zu haben«, antwortete Linette lächelnd und gab jedem zum Abschied die Hand.

Dann waren sie endlich wieder allein, und die Hexe nahm ihre Nichte fest in den Arm. »Du ahnst nicht, welche Vorwürfe ich mir mache, dass ich nicht bemerkt habe, wie schlecht es dir ging«, gestand sie. »Und wie froh ich bin, dich gesund wiederzuhaben! Nicht auszudenken, wenn …« Linette versagte die Stimme, und sie räusperte sich energisch.

Magnolia schluckte. »Jetzt ist alles gut«, murmelte sie gerührt, denn sie wusste, dass ihre Tante nicht gerade zur Gefühlsduselei neigte.

Gemeinsam kehrten die beiden Hexen in den Garten zurück und

setzten sich an den alten wackeligen Tisch vor dem Holunderbusch. Genau hier hatte es vor zwei Jahren angefangen. Hier hatten sie das erste Mal zusammen zu Abend gegessen. Hier hatte Magnolia zum ersten Mal diesen ganz speziellen Zauber gespürt. »Darf ich dich etwas fragen?«

Ihre Tante nickte. »Natürlich.«

»Die drei Spinnerinnen …«

Linette sah ihre Nichte schmunzelnd an. »Du lässt nicht locker, oder?«

»Sie lassen mir einfach keine Ruhe. Als sie vorhin mitten im Turm erschienen, sahen sie fast überirdisch aus.«

»Überirdisch?« Ihre Tante lächelte. »Überirdisch sind sie ganz gewiss nicht. Aber wenn du sie gute Feen oder vielleicht sogar Schicksalsfrauen nennst, liegst du vermutlich gar nicht so verkehrt.« Linette lehnte sich in ihrem Stuhl zurück und schloss die Augen. Mehr hatte sie dazu nicht zu sagen.

Magnolia wartete einen Moment, dann lehnte sie sich ebenfalls zurück und lauschte auf den Garten. Da war es wieder, dieses ganz besondere Gefühl. Der Duft nach feuchter Erde. Der Gesang der Nachtigall und die Wärme, die sich auf so wunderbare Weise hinter diesen Hecken hielt. Für einen Moment wusste Magnolia nicht, ob sie weinen oder glücklich sein sollte. Sie endschied sich für Letzters. Einen besseren Ort als das Regenfass konnte es nirgendwo auf der Welt geben. Die Anspannung der letzten Tage fiel von ihr ab, und sie wollte diesen paradiesischen Zustand gerade so richtig genießen, als es im Holunderbusch hinter ihr raschelte. Die Zweige bogen sich, und im nächsten Moment schoss etwas dicht an Tante Linettes Kopf vorbei und landete direkt vor Magnolia auf dem Tisch. Die junge Hexe setzte sich empört auf und verdrehte die Augen. Dann konnte sie sich ein breites Grinsen allerdings nicht länger verkneifen.

Jeppe richtete sich zu seiner vollen Koboldgröße auf, stemmte die

Hände in die Hüften und stolzierte vor den Hexen provozierend auf und ab.

»So gut gelaunt, Jungfer Riesengroß?«, fragte er genauso frech wie immer.

»Verzieh dich, Kobold«, ranzte Magnolia auf gewohnte Weise zurück.

Dann sahen sie sich an und brachen im nächsten Moment in schallendes Gelächter aus. Auch wenn Jeppe Magnolia innerhalb kürzester Zeit in den Wahnsinn trieb, so wusste sie doch ganz genau, dass sie in ihm einen Freund fürs Leben gefunden hatte.

Einunddreißigstes Kapitel

So einfach ist das

Am nächsten Morgen ging Magnolia natürlich nicht zur Schule. Erstens fühlte sie sich bei näherer Betrachtung noch sehr schwach. Und zweitens hatte sie absolut Besseres zu tun. Sie musste ihre Party organisieren, und das kostete jede Menge Energie und Zeit. Allein für die Gästeliste brauchte sie den halben Nachmittag. Nach reiflicher Überlegung hatte sie sich dafür entschieden, auch Birte und Merle einzuladen. Aber das wäre natürlich nur möglich, wenn Tante Linette sich bereit erklären würde, ihre Erinnerungen an die Party ein wenig zu verändern, bevor sie wieder nach Hause gingen. Linette, die grundsätzlich nie etwas gegen einen handfesten Zauber einzuwenden hatte, war gerne dazu bereit. Und so stieg Magnolia in aller Herrgottsfrühe auf ihren Besen und schwebte auf Huckebein bis über die Baumwipfel, um aus dem Funkloch, das über dem Regenfass lag, herauszukommen.

Von hier oben hatte man nicht nur einen herrlichen Blick, sondern endlich auch eine Handyverbindung.

Schnell wählte Magnolia Birtes Nummer. Sie musste sie unbedingt noch vor dem Unterricht erreichen.

»Hi«, sagte sie kurz und knapp, nachdem Birte sich verschlafen gemeldet hatte.

»Magnolia?« Jetzt war Birte hellwach. »Ich fass es nicht! Wo steckst du? Weißt du, was hier los ist? Frau Mümmel will heute im Regenfass vorbeikommen, um nach dem Rechten zu sehen. Niemand von uns wusste, wo du steckst!«

Magnolia schluckte. Frau Mümmel war die Letzte, die sie heute Nachmittag bei sich zu Hause sehen wollte. »Sie braucht nicht vorbeizukommen«, sagte sie hastig. »Mir geht es schon wieder ganz gut.«

»Ganz gut? Heißt das, du kommst noch immer nicht zur Schule?«

»So ähnlich.« Magnolia hüstelte, als hätte sie einen Frosch im Hals. »Ich bin noch nicht völlig fit, verstehst du?«

Birte verstand nicht. »Was hast du denn?«

Magnolia murmelte etwas von böser Erkältung. »Wäre nett, wenn du mich noch einmal bei Frau Mümmel entschuldigen könntest. Aber das ist nicht der Grund, weshalb ich dich anrufe …«

»Mach's nicht so spannend, weswegen rufst du an?«, drängelte Birte sofort.

»Ich wollte fragen, ob du und Merle … Ob ihr Lust habt, morgen Abend auf meine Party zu kommen.«

»Du machst Party, obwohl du krank bist?«

Weshalb musste Birte immer alles so hässlich ausdrücken? Magnolia bekam sofort ein schlechtes Gewissen. »Äm, ja!«

»Okay.« Birte dachte einen Moment nach. »Und du feierst im Regenfass?«, fragte sie dann.

Magnolia musste lachen. »Ja!«

»Mit Jungs?«

»Und mit was für welchen«, murmelte sie.

»Wie bitte?«

»Vergiss es, logisch mit Jungs!«

Magnolia hörte, wie Birte tief Luft holte. »Klar habe ich Lust und Merle ganz sicher auch!«

Magnolia grinste. »Ich hab's gewusst! – Ach ja, es wird eine Party mit Verkleidung, vielleicht könntet ihr ein paar Hexenhüte aufsetzen und Nasen und so. Du kennst den ganzen Zauber ja.«

»Hexenhüte? Wie ist denn das Thema?«

Magnolia dachte kurz nach. »Nennen wir es ›Magic Moments‹«, lachte sie.

»Okay, ich schau mal, ob ich was Passendes finde.«

»Prima, also dann bis morgen Abend. Ich freue mich auf euch.«

Mit Feuereifer stürzte sich Magnolia in die Vorbereitungen. Trotzdem war sie am Tag der Party ungeheuer nervös, und das, obwohl sie keinen Grund dazu hatte. Tante Linette stand ihr mit magischer Raffinesse zur Seite und auch das Wetter spielte ganz hervorragend mit. Der Garten war mit bunten Lampions geschmückt, und Magnolia hatte den ganzen Nachmittag Stühle und Bänke in den Garten geschleppt, während ihre Tante sich um Leckereien und Getränke kümmerte. Nun strahlte das Regenfass in hellem Glanz, und auch die Gäste waren superpünktlich.

Nemo und Konrad hatten es besonders eilig. Sie kamen eine ganze Stunde zu früh, um sich einen Platz in der Hollywoodschaukel zu sichern, die Tante Linette für diesen Sommer angeschafft hatte. Magnolia war noch nicht einmal umgezogen. Und die beiden saßen schon da wie bestellt und nicht abgeholt.

»Besser zu früh als zu spät«, meinte Tante Linette. Sie hatte im Gegensatz zu Magnolia kein Problem damit, dass die beiden, statt mit anzupacken, jeden ihrer Handgriffe feixend kommentierten.

»Huhu! Seht mal, wen ich mitgebracht habe!«, krähte es plötzlich vor dem Haus.

Verdutzt sahen sich Magnolia und ihre Tante an. »Das klingt verflixt nach Runa, aber warum kommt sie nicht durch den Schrank?«

Magnolia zuckte die Schultern und öffnete die Tür. Erschrocken sprang sie zur Seite. Ein Rollstuhl aus dem vorletzten Jahrhundert wurde von Runa mit Schwung in die Diele geschoben. Und darin saß niemand anderer als Meister Schnuck. Magnolia hielt automatisch die Luft an und Tante Linette schien es ähnlich zu gehen. »Was soll das?«, flüsterte sie aufgebracht und zog Runa ein Stück beiseite. »Weshalb bringst du ihn her, und was bedeutet diese alberne Verkleidung?«

Magnolia musste grinsen. Runa trug eine Schwesterntracht mit weißem Häubchen, die es vom Alter her locker mit dem Rollstuhl aufnehmen konnte. Jetzt zog sie missbilligend die Augenbrauen hoch. »Dankbarkeit scheint in diesem Haus ein Fremdwort zu sein!«, bemerkte sie säuerlich. »Du solltest froh sein, dass ich mich um Meister Schnuck kümmere. Sonst hättest du ihn selbst aus dem Feengrund abholen können.«

»Hast du seine Erinnerungen zurechtgerückt?«, fragte Linette jetzt etwas freundlicher.

»Sicher!«, schnaubte Runa beleidigt. »Und stell dir vor, ich habe ihm auch nicht erzählt, dass wir auf einer Party mit Hexen, Elfen und Zwergen vorbeirollen.«

»Trotzdem war es eine dumme Idee!«, beharrte Linette. »Weshalb hast du ihn überhaupt hierhergebracht?«

»Na, du bist lustig! Nur, weil ich ihn abgeholt habe, heißt das noch lange nicht, dass ich auch auf die Party verzichte!« Runa sah Linette von oben herab an. »Würdest du jetzt bitte aus dem Weg gehen, damit ich dir nicht über den Fuß fahre!«

»Sicher.« Linette trat zur Seite, und Runa rollte Meister Schnuck ohne ein weiteres Wort in den Garten hinaus. Magnolia folgte ihnen.

»Arrgh!« Konrad hatte den Rollstuhl als Erster entdeckt und bekam einen gehörigen Schrecken. Doch Runa machte ihm beruhigende Zeichen.

»Was macht der Kerl hier?«, wollte auch Nemo wissen.

Meister Schnuck hatte ihn prompt gehört und gab gerne Auskunft. »Schwester Runa war so freundlich, mich auf diesen Ausflug zu begleiten«, erklärte er. »Ich lag eine Weile im Krankenhaus und muss mich an die normale Welt erst wieder gewöhnen, bevor es zurück nach Hause geht.«

»An die normale Welt?«, staunte Konrad. »Na, da sind Sie hier ja genau richtig.« Magnolia gab ihm einen Knuff.

Nemo schaltete wie immer etwas schneller. »Sie waren im Krankenhaus. Hatten Sie denn einen Unfall?«, fragte er neugierig.

Meister Schnuck nickte. »Dummerweise passiert so etwas immer im Urlaub. In der schönsten Zeit des Jahres.« Er lächelte.

»Sie machen hier also Urlaub«, sagte Magnolia und zwinkerte Konrad listig zu.

»Ja, eigentlich komme ich aus Bern. Ich leite dort ein Museum. Also ... solltet ihr zufällig einmal in der Nähe sein, könnt ihr mich gerne besuchen.«

»Gerne!«, strahlte Konrad.

»Haben Sie noch irgendwelche Erinnerungen an den Unfall?«, wollte Nemo wissen.

Man sah deutlich, wie es in Meister Schnuck arbeitete. Dann schüttelte er bedauernd den Kopf. »Schwester Runa sagte, ich sei beim Klettern vom Wurmberg gestürzt.«

»Ach ...«, staunten die Hexenschüler.

»Meine eigenen Erinnerungen enden allerdings deutlich früher. Ehrlich gesagt, kann ich mich nicht einmal mehr daran erinnern, überhaupt eine Reise geplant zu haben. In meiner letzten Erinnerung stehe ich in meinem Arbeitszimmer ...« Professor Schnuck zögerte. »Und ich blicke in die Mündung einer altertümlichen Pistole, die ein Gnom auf mich richtet.« Er lächelte gequält. »Ihr seht. Mein armer Kopf hat ganz schön etwas abbekommen.«

Magnolia strich ihm beruhigend über den Arm. »Machen Sie sich keine Sorgen. Das wird schon wieder.«

Meister Schnuck seufzte. »Das will ich hoffen. Du bist ein gutes Kind.«

»Ihr habt den Professor genug angestrengt!«, sagte Runa, die sich zwischendurch ein Stück Kuchen geholt hatte, und schnappte sich energisch den Rollstuhl. »Kommen Sie, Herr Schnuck. Ich bringe Sie in einen ruhigeren Teil des Gartens, dort können Sie ein bisschen Augenpflege betreiben.«

»Augenpflege?«

»Schlafen!«

»Schlafen, ich will nicht schlafen!«

»So ein Ausflug ist anstrengend, Professor. Träumen Sie schön.« Mit diesen Worten blies Runa ihm etwas Sternenstaub ins Gesicht und im nächsten Augenblick war der Professor eingeschlafen.

»Ich schiebe ihn unter den Goldregen. Da kann er stehenbleiben, bis ich ihn zu seiner Schwester nach Bern zurückbringe«, erklärte Runa und ließ die Hexenschüler allein.

Nach und nach trudelten auch Leander, Jörna und die übrigen Gäste ein. Der lange Tisch war sehr festlich gedeckt, und Magnolia taten Birte und Merle beinah leid, weil sie sich mit ihren Verkleidungen so viel Mühe gegeben hatten und ihnen jetzt, beim Anblick der richtigen Hexen, Zwerge und Elfen, der Mund offen stand.

»Dreht hier jemand einen Film?«, wunderte sich Merle.

»So ähnlich«, antwortete Magnolia schnell. »Die ... die haben alle beim Herrn der Ringe mitgespielt. Als Komparsen, meine ich.«

»Auch die Hexen?« Merle sah nicht so aus, als würde sie Magnolia auch nur ein Wort glauben.

Glücklicherweise bat Tante Linette die ganze Gesellschaft in diesem Moment zu Tisch, und so musste sich Magnolia nichts weiter einfallen lassen. Im Garten bog sich der Tisch unter den leckeren Speisen, und auch der Maibowle, die Magnolia selbst zubereitet hatte, konnte niemand widerstehen. Je länger sie aßen, desto mehr rutschte ihr allerdings das Herz in die Hose. Sie hatte in Hackpüffel sechs silberne Medaillons gekauft. Wenn man sie öffnete, war auf der einen Seite das Datum eingraviert, an dem sie den Grafen besiegt hatten und auf der anderen Seite stand einfach nur das Wort »Massiv«.

Tante Linette hatte ihr zu »Tausend Dank und in Liebe« geraten. Aber dazu konnte sich Magnolia nicht durchringen. Erstens war das viel zu lang. Und zweitens war sie ganz sicher, dass ihre Freunde verstanden, was sie meinte.

Soweit war alles schön und gut. Leider mussten die Medaillons aber auch irgendwann überreicht werden, und dazu war es nötig, dass sie ein paar Worte sprach. Und das lag Magnolia ganz und gar nicht. Nicht das Sprechen an sich. Aber sie hasste Referate jeglicher Art. Allein der Gedanke daran trieb ihr die Schweißperlen auf die Stirn. Trotzdem klopfte sie jetzt gegen ihr Glas und stand auf. Tante Linette lächelte ihr aufmunternd zu.

»Äm, ich möchte ganz kurz etwas sagen!« Magnolia bekam einen roten Kopf.

»Na, dann mal los!«, trompetete Runa, die sich schon vor dem Essen ein paar Gläser Maulbeerwein genehmigt hatte.

»Ja, danke«, Magnolia nickte in ihre Richtung. »Ich freue mich, dass ihr heute alle hier seid. Und dass es euch geschmeckt hat.« Sie machte eine Pause. »Die letzten Tage waren die aufregendsten meines Lebens, und für euch war es sicherlich nicht anders. Was ich sagen will … Ohne euch hätte ich es wohl nicht geschafft.«

Birte und Merle sahen sie zwar erstaunt an, sagten aber nichts.

»Ich möchte, dass ihr wisst, wie, wie sehr es mir leidtut, euch in diese Geschichte hineingezogen zu haben. Und wie viel mir eure Freundschaft bedeutet.« Magnolia machte erneut eine Pause. »Ich hoffe, ihr findet es nicht kitschig, aber ich habe in Hackpüffel sieben Medaillons gekauft, die ich euch zur Erinnerung schenken möchte.«

Erst waren alle still, dann klatschten sie kräftig Beifall. Erleichtert setzte sich Magnolia wieder auf ihren Platz. Tante Linette nickte ihr erwartungsvoll zu. Was wollte sie denn jetzt noch? Die Hexe deutete auf den kleinen Samtbeutel, der vor ihr auf dem Tisch lag.

Natürlich, sie musste die Dinger ja auch noch verteilen. Schnell überreichte Magnolia Jörna, Ronda, Nemo, Eugenie, Konrad und Leander die silbernen Kettchen. Und ausnahmsweise gab es mal keine flapsige Bemerkung. Die Hexenschüler waren ganz augenscheinlich gerührt.

»Danke«, flüsterte Jörna und gab Magnolia einen Kuss.

»Das war hoffentlich der offizielle Teil!«, rief Runa munter. »Möchte jemand tanzen?«

Spontan wollte sich niemand vordrängeln, und so sprang Linette in die Bresche. »Gern, meine Liebe. Magnolia, mach die Musik an!«

Alles, was dann kam, war nur noch vergnügt und locker. Birte und Merle stießen sich immer wieder unbemerkt an.

»Die Verkleidungen sind echt fantastisch!«, schwärmte Merle. »Kaum zu glauben, dass die nicht echt sind. Da komme ich mir mit meinem Hut fast dämlich vor«, gestand Birte.

»Sehen die Elfen nicht super aus? Ich glaube, ich schnapp mir einen.«

»Habt einfach Spaß. Ich bin gleich wieder da«, sagte Magnolia zu ihren Schulfreundinnen. Und sah sich suchend nach Leander um. Er stand mit Jörna und Elon etwas abseits und winkte Magnolia vergnügt zu sich heran. Der grüne stinkende Brei hatte Wunder gewirkt. Von den Verletzungen an Hals und Gesicht war beinah nichts mehr zu sehen und auch sonst war er wieder ganz der Alte. Unternehmungslustig und gut gelaunt.

Magnolia war wahnsinnig froh, dass die Sache doch noch so gut ausgegangen war.

»Birte und Merle scheinen sich hier ja ganz wohlzufühlen«, stellte Jörna mit einem Blick auf die beiden fest. Sie standen mit Nemo und Konrad zusammen und hingen an ihren Lippen.

»Sieht ganz danach aus, als müssten sie die Räubersprache lernen«, lachte Magnolia. »Lasst uns rübergehen und sie retten. Außer uns dreien kennen sie hier niemanden.«

Also marschierten Magnolia, Jörna und die beiden Elfen zu Birte und Merles Rettung, nur um kurz darauf festzustellen, dass die beiden gar nicht gerettet werden wollten. Im Gegenteil, sie fanden die Räubersprache höchst interessant.

»Sprich mir einfach nach«, sagte Nemo gerade. »Ilewich lielewie-belewe Nelewemolewo!« Und Konrad kicherte albern, während Birte sich ernsthaft bemühte, diesen Zungenbrecher nachzusprechen. Magnolia verdrehte die Augen.

»Weiß du, was ich mir gerade überlege?«, fragte Jörna plötzlich.

Magnolia schüttelte den Kopf.

»Ich würde gerne noch einmal vom Teufelsberg Abschied nehmen. Nur ganz kurz!«, setzte sie nach. »Jetzt, nachdem alles vorbei ist.«

»Bist du verrückt?«, fragte Magnolia. »Ich bin froh, dass wir da lebend rausgekommen sind.«

»Ich auch«, beruhigte Jörna sie. »Und ich will ja auch nicht hin, sondern einfach vom Kuckucksberg aus rübergucken.«

Magnolia sah sie zweifelnd an. »Meinst du, wir können hier so einfach verschwinden?«

»Klar, wir sind doch gleich wieder zurück!«

Magnolia holte tief Luft. »Du hast recht. Vielleicht ist das wirklich ein guter Abschluss«, sagte sie schließlich.

»Wenn ihr wollt, kommen wir mit, dann ist es weniger gruselig«, bot Leander an, der ihnen zugehört hatte. Elon nickte.

»Gut, dann lasst uns hinfliegen!« Jörna schnappte sich schnell noch eine Flasche Maibowle, und die Mädchen riefen leise ihre Besen.

»Wir sehen uns auf dem Berg!«, rief Elon. Er riss sich nicht darum, schon wieder auf so einem Ding zu sitzen.

»Ach nö, bis du da bist, ist es längst dunkel«, maulte Jörna. »Nun steig schon auf!«

Widerwillig setzte sich der Elf hinter Jörna auf den Besen, während Leander mit mulmigem Gefühl auf Huckebein stieg. »Nach oben hinaus und nirgends an!«, riefen die Mädchen, und schon ging es los.

»Teufelsberg«, nannte Jörna das Ziel.

Doch da fiel Magnolia etwas ein. »Ich würde gern kurz am unterirdischen See vorbeischauen. Ich möchte mich bei Milauro bedanken, vielleicht ist er ja da. Ich habe ihn zwar zur Party eingeladen, aber er ist nicht gekommen.«

Jörna verdrehte die Augen. »Muss das sein? Es reicht doch völlig, dass du ihn eingeladen hast. Wenn er dann nicht kommt, ist das seine Sache.«

»Schon«, erwiderte Magnolia. »Aber ich habe ein besseres Gefühl, wenn ich wenigstens versucht habe, mich bei ihm zu bedanken.«

»Okay, dann mach aber schnell«, drängte Jörna. »Sonst ist es wirklich dunkel, bis wir auf dem Kuckucksberg sind.«

Also machten sie einen Abstecher über Hackpüffel, und Magnolia stieg die Stufen zu der Grotte hinab, in der die schwarze Gondel vertäut lag. Sie wusste nicht, ob sie Milauro hier finden würde, aber sie hatte Glück. Er saß auf einem Stein am Ufer des unterirdischen Sees und betrachtete sein Spiegelbild im Wasser. Magnolia beschlich sofort ein ungutes Gefühl, wie immer, wenn er in der Nähe war.

»Äm, guten Abend!« Sie räusperte sich, weil ihr nichts Besseres einfiel.

Blitzschnell drehte sich Milauro um und stand auf. Er war wie immer auf der Hut. »Was ist?«, knurrte er.

Magnolia hob abwehrend die Hände. »Nichts. Ich ... ich ...«

»Dann verschwinde!«

»Ich wollte mich nur bedanken. Ohne deine Warnung hätten wir sicher von dem Brot gegessen ... Dass du die Räubersprache sprichst, ist unglaublich ...«

»Ich weiß ... Noch was?« Milauro sah sie wie immer abweisend an. Magnolia hatte keinen Schimmer, weshalb.

»Und die Sache am Kreuzweg ...«

»Tut dir leid. Kein Thema ... und jetzt geh!«

Er machte es einem wirklich nicht leicht. Magnolia zuckte hilflos mit den Schultern. »Also, danke noch mal!« Mit diesen Worten drehte sie sich um und stieg eilig die Stufen wieder hinauf. Mehr konnte sie nun wirklich nicht tun.

»Und, hat er sich gefreut, dich zu sehen?«, spottete Jörna.

»Hör auf!«, sagte Magnolia. »Ich musste es tun. Er hat schließlich geholfen, uns zu retten.«

»Vermutlich aus Versehen«, meinte Jörna. »Ich werde mich kurz bei ihm bedanken, wenn er uns wieder zu Runa fährt.«

Mit diesen Worten stiegen sie auf die Besen und flogen nun endgültig auf den Kuckucksberg. Auch wenn sie eine Abfuhr erhalten hatte, fühlte sich Magnolia jetzt mit ihrem Gewissen im Reinen.

Der Anblick des Berges war atemberaubend. Sein Gipfel lag im goldenen Licht der Abendsonne, und die Wälder Rauschwalds lagen ihnen zu Füßen. Es war magisch, und niemand konnte sich einen friedlicheren Ort vorstellen. Magnolia breitete die Arme aus und drehte sich einmal im Kreis. Ihre Gedanken wanderten zurück zu dem Tag, an dem sie mit Tante Linette das erste Mal hier gewesen war. Schon damals hatte sie den Frieden gespürt, der von diesem Ort ausging.

»Ist es nicht unglaublich schön hier?«, fragte Jörna. Und die anderen nickten.

»Wir müssen alles daransetzen, damit es so bleibt«, sagte Elon. »Nicht auszudenken, wenn es hier eines Tages von Touristen nur so wimmeln würde.«

»Ach, ich glaube, da würden Tante Linette sicher ein paar lustige Sachen einfallen«, lachte Magnolia.

Sie umrundeten die Bergkuppe und sahen dann Seite an Seite zum Teufelsberg hinüber. Ein Rabe verließ auf schwarzen Schwingen die Burg und flog in östlicher Richtung davon. Magnolia erschauerte. Heute versteckte sich dort keine Burg mehr im Nebel, aber der rußgeschwärzte Turm, der seine Spitze wie einen erhobenen Finger in den Himmel streckte, würde sie für immer daran erinnern.

»Entspann dich, das war nur ein Rabe«, sagte Jörna, die Magnolias Reaktion bemerkt hatte.

Magnolia lächelte ihre Freundin dankbar an. »Du hast recht«, sagte sie. »Es ist vorbei!«

Entschlossen legte Leander seinen Arm um sie. »Ich werde ein Auge auf dich haben«, versprach er. »Oder vielleicht besser zwei? Wer weiß schon, in welches Abenteuer du als Nächstes stolperst.«

»Apropos Abenteuer«, fiel Elon ihm ins Wort. »Habt ihr übrigens gehört, dass in Wurmstadt neuerdings eine schwarzmagische Hexe lebt? Sie soll Kinder mit Senf essen und will sich mit Pestilla anlegen.« Der Elf blickte grinsend in die Runde.

»Hör auf, Elon!«, rief Jörna und gab ihm einen Knuff. »Du machst mir Angst. Ich wohne da, schon vergessen?«

Magnolia runzelte die Stirn. »Ist das wahr?«

Elon nickte. »So hat Jeppe es erzählt!«

Und während Magnolia noch darüber nachdachte, ob an der Geschichte etwas Wahres dran war, streckte sich Leander lang auf dem Felsen aus, verschränkte die Arme unter seinem Kopf und schaute in den abendlichen Himmel.

»He, weshalb bist du so tiefenentspannt? Regt dich das überhaupt nicht auf?«, fragte Magnolia.

»Was meinst du? Die schwarze Hexe?« Sie nickte.

Leander schüttelte den Kopf und lachte. »Ich kann mir siebenhundert Sachen vorstellen, die mich mehr aufregen. Denn am Ende wird alles gut!«

»Okay. Aber solange noch nicht alles gut ist …«

»Ist es auch noch nicht das Ende«, sagte Leander und zwinkerte ihr zu.

Magnolia schüttelte ungläubig den Kopf. »So einfach ist das?«, fragte sie lachend.

Leander nickte. »Ja, so einfach ist das!«

Sabine Städing, geboren und aufgewachsen im Norden Deutschlands, hat sich schon als Kind gerne Geschichten ausgedacht. Mit ihren Büchern rund um die Hexe Magnolia hat sie endlich angefangen, die Abenteuer aufzuschreiben, die ihr schon so lange im Kopf herumspuken. *Magnolia Steel* ist eine dreibändige Serie, bestehend aus den Einzelbänden *Hexendämmerung, Hexenflüstern* und *Hexennebel.*